李焕文 著

# 挑山工

山东文艺出版社

图书在版编目（CIP）数据

挑山工/李焕文著. —济南:山东文艺出版社，
2021.2
ISBN 978 – 7 – 5329 – 6288 – 4

Ⅰ. ①挑… Ⅱ. ①李… Ⅲ. ①长篇小说—中国—当代
Ⅳ. ①I247.5

中国版本图书馆 CIP 数据核字（2021）第 018794 号

# 挑山工

李焕文　著

| | | |
|---|---|---|
| 主管单位 | 山东出版传媒股份有限公司 | |
| 出版发行 | 山东文艺出版社 | |
| 社　　址 | 山东省济南市英雄山路 189 号 | |
| 邮　　编 | 250002 | |
| 网　　址 | www.sdwypress.com | |

| | |
|---|---|
| 读者服务 | 0531 – 82098776（总编室） |
| | 0531 – 82098775（市场营销部） |
| 电子邮箱 | sdwy@ sdpress.com.cn |

| | |
|---|---|
| 印　　刷 | 山东新华印务有限公司 |
| 开　　本 | 710 毫米 ×1000 毫米　1/16 |
| 印　　张 | 20 |
| 字　　数 | 320 千 |
| 版　　次 | 2021 年 2 月第 1 版 |
| 印　　次 | 2021 年 2 月第 1 次印刷 |
| 书　　号 | ISBN 978 – 7 – 5329 – 6288 – 4 |
| 定　　价 | 59.00 元 |

# 目　录

一

1936 年 12 月 31 日，民国二十五年冬月十八。

天黑下来，挑山工贺盛安急匆匆来到五马庄池四喜家。

池四喜和女儿池灵芝正吃着晚饭。

看到贺盛安喊着"大爷"推开堂屋门，池灵芝忙起身道："盛安哥，吃了吗？没吃坐下一块吃。"池灵芝随手抓了一个马扎子，搁在自己近前，便要盛饭。

贺盛安支吾道："吃……吃……吃过了。"池灵芝粲然一笑："盛安哥，可别作假啊！"贺盛安脸一红，支吾道："……没……真的吃了。"池四喜头也不抬，低声道："才几点啊，去哪儿吃啊，坐下吃吧！"

贺盛安如获大赦，憨憨地笑了笑，坐下了。

池灵芝麻利地盛了一碗糊豆，摆在贺盛安近前，又拿了一个煎饼递到他手中，催促道："快吃吧！糊豆要凉了。"

贺盛安局促不安地接过煎饼，刚咬了一口，未及咽下，便听池四喜道："啥事？"贺盛安忙吞下煎饼，说："大爷，牛会长让您和灵芝妹子，明早七点赶到关帝庙，一起上山……啥也不用带。"

池四喜眉头微微一皱："干啥？"贺盛安道："没说，俺也没问。"池四喜道："还有谁？"贺盛安道："还有汗青叔和笑荷，我一会儿去大车档。"池四喜抬头看了贺盛安一眼。贺盛安忙道："大爷，要不我去问一问牛会长？"池四喜道："算啦，吃了饭就去告诉你汗青叔吧。"

吃罢饭，贺盛安匆忙告辞，池灵芝起身相送。

池灵芝迟迟不归。池四喜恨恨地吸了一口烟，慢慢吐将出来，嗟叹道："女大不中留啊！"

贺盛安和池灵芝来到泰安门，贺盛安收住脚步："灵芝，回去吧。"池灵芝道："也好，见了笑荷再说会儿话，回来城门关了，绕路就远了。"贺盛安道："是啊，绕道俺也不放心啊……"池灵芝道："你就不想着送送俺？"

贺盛安低声道："想……大爷最近不高兴，是不是因为庆军哥啊？"池灵芝叹了一口气，说："是……俺哥上个月来信说，日军对北平虎视眈眈，早晚要打仗……"贺盛安道："那就回泰安啊！"池灵芝道："我也是这样说的，可俺爹说他了解自己的儿子，不打仗还能叫回来，一打仗肯定没门儿。"

贺盛安道："庆军哥傻啊，北平打仗啦，还留在那儿。"池灵芝摇头道："俺爹常说，哥是个不安分的人，到哪儿也不让人省心。"

贺盛安不知道该说什么了。

池灵芝转身闷闷不乐地去了。贺盛安盯着池灵芝的背影，直到消失。

第二天早晨，池四喜和池灵芝赶到关帝庙时，挑山帮会会长牛峰已经到了。牛峰立在关帝庙门前，右手拄着一根扁担，扁担上端拴了一个包裹。

池四喜看到那根熟悉的扁担，心里一热，快步走上前，将扁担从肩上拿下来，往地下一戳。两条扁担轻轻一碰，彼此会心一笑。池四喜道："叔，不好意思，来晚了。"牛峰朗声道："没晚，是我沉不住气，来早啦！"

池灵芝叫了声"爷爷好"，便盯着牛峰黑红方正的脸膛寻找答案，心里嘀咕道："牛爷爷今天葫芦里卖的什么药？空手登山，这可是头一回啊！"见牛爷爷不说，爹爹不问，她只得耐心等待。

稍后，贾汗青、贾笑荷和贺盛安结伴赶来。贺盛安肩扛一根扁担，扁担上亦拴了一个包裹。牛峰看了，心道："盛安真是个好孩子，我没有看走眼。"

快到近前时，贾汗青掏出鸳鸯板，手一抬，鸳鸯板响起来：当哩个当，当哩个当，当哩个当哩个当哩个当！

贾汗青身摇头晃嘴一张，高亢激昂开了腔：

　　　　当哩个当，当哩个当，
　　　　当哩个当哩个当哩个当！
　　　　要饭的出门带根打狗棒，

贾汗青出门不忘鸳鸯板，
挑山工出门扛扁担。

当哩个当，当哩个当，
当哩个当哩个当哩个当！
闲言碎语俺不讲，
只想问一问会长叔，
昨夜传令把我们召，
一早来到关帝启，
说要空身把山登。

当哩个当，当哩个当，
当哩个当哩个当哩个当！
察言观色看一遍，
哥未问，叔没讲，
灵芝姑娘心里正嘀咕着呢。
会长叔，快请讲，
敞开心里的闷葫芦，
不管这事是好还是孬，
我们众人一肩挑，一肩挑！

　　贾汗青张口来了一段板书，把众人心头的疑问说了出来，众人不约而同地望向牛峰……

　　牛峰郑重其事地说道："今天把大家约来一起登泰山，就想着数一数泰山到底有多少级台阶。"众人一脸愕然，旋即又面露欣喜。

　　牛峰道："我担了几十年的山，泰山到底有多少级台阶，还真弄不清楚。有说五千多的，有说六千多的，还有说七千多的，至于那些说八千、一万的，就别听了。我们泰山挑夫，今儿个务必弄清楚！"池四喜道："叔说得对，是得弄清楚，我们挑山工说不清泰山有多少级台阶，不让人笑话吗？"

池灵芝和贾笑荷手拉着手，亲热地靠在一起。

贾汗青若有所思。

牛峰道：“汗青，你看这事咋样？”贾汗青下意识地便要打响鸳鸯板，使劲攥着，却努力忍住了，夸张地说道：“这是一件大事，要上县志啊！”

牛峰道：“你说是件大事就是件大事。我们担山的数清楚了，下面的事就靠你了。今天把你请来，帮会是有求于你……”贾汗青精神亢奋，情不自禁地抬手打响鸳鸯板：

当哩个当，当哩个当，
当哩个当哩个当哩个当！
一千人等跑断腿，
不如贾汗青这一张嘴。

贾笑荷嘴一噘，跌足道：“爹——”贾汗青收了鸳鸯板，尴尬地笑了。

牛峰正色道：“四喜、汗青、盛安，咱四个登山数台阶，一段一段地数，都一样就是数对了；不一样，回头再数。咱四个全对上了，保准没错，灵芝和笑荷再记下来。”牛峰掏出两个本子和两支铅笔，递给池灵芝和贾笑荷。她俩赶忙接了，各自捧在手中，宝贝似的看着。

牛峰盯着池四喜、贾汗青和贺盛安，问道：“听明白了吗？”三个人齐声道：“明白了。”牛峰道：“好，咱们开始。第一段先到红门宫。”

空着扁担登山，对挑夫而言何其轻松，他们眨眼之间便到了。

牛峰道：“一百二十九。”池四喜道：“一百二十七。”贾汗青道：“一百三十二。”贺盛安道：“一百二十八。”

四个人面面相觑。

池灵芝和贾笑荷气喘吁吁地跑上来。贾笑荷道：“一百三。”池灵芝道：“一百二十八。”

牛峰苦笑了一下，说：“再来一趟吧。”说完这话，他转身下山。众人依随其后，低着头，眼睛盯着脚下，心里数着台阶……

下了山，众人围拢在一起。牛峰看向贺盛安，贺盛安道：“还是一百二十八。"池四喜道:"一百二十八。"贾笑荷道:"一百三。"池灵芝道:"一百二十八。"贾汗青支吾道:"……一百二十九。"

牛峰开心地笑了,说:"汗青,你这么当真,不容易。"贾汗青道:"那是!那是!这是一件大事嘛……要写进县志啊。"

牛峰道:"越来越接近准数了,走,功夫不负有心人,再数一遍!"

众人登山,片刻之后,到了红门宫,这次全部是一百二十八,遂确定了关帝庙至红门宫的台阶数:一百二十八。

牛峰嘱咐池灵芝和贾笑荷,不要再跟着他们下山了,记好数就行。贾笑荷听了这话,满面春风。

众人继续登山,从红门宫到中天门,最终确认台阶数为两千二百七十一级。红门宫至万仙楼六十一级,万仙楼至斗母宫二百七十六级,斗母宫至经石峪二百零八级,经石峪至四槐树五百二十七级,四槐树至壶天阁二百二十一级,壶天阁至药王殿二百八十三级,药王殿至步天桥三十五级,步天桥至中天门六百六十级。

从中天门继续登山,到了对松亭,最终确认台阶数为一千九百一十七级。中天门至斩云剑五百三十六级,斩云剑至云步桥二百六十三级,云步桥至五松亭一百五十四级,五松亭至朝阳洞三百八十五级,朝阳洞至对松亭五百七十九级。

众人站在对松亭前,不约而同地仰望十八盘。

牛峰朗声道:"十八盘咱们还数吗?"众人齐声道:"不用啦!"牛峰道:"多少?"众人异口同声道:"一千六百四十三。"

大家说说笑笑登上十八盘,转身回望,心旷神怡。

牛峰道:"我每次登上十八盘,都要回头望一眼。只有这个时候,心里才轻松,啥苦恼都没了。"贾汗青道:"会长叔,您知道这是为啥吗?"牛峰道:"为啥?"贾汗青手伸进衣兜里,咬牙忍住,才没掏出鸳鸯板,朗声道:"一脚踏上南天门,就是上了天庭,人都升天成仙了,还有什么烦恼啊!"众人听了这话,不禁莞尔。

牛峰道:"泰山的台阶究竟有多少级,众说纷纭,只有这十八盘一千六百四十三级,没有争议。从这儿到玉皇顶,有说六百九十一的,有说六百七十六的，还有说七百一的，究竟是多少？来，泰山挑夫今天就弄个清楚明白！"牛峰说完这话，转身大踏步走进南天门，欢声道："走啊！"

贾汗青笑道："牢记中山先生之教诲'革命尚未成功，同志仍须努力'，走，跟着会长叔，前进！"

众人笑着走进南天门。

到了玉皇顶，最终确认台阶数为六百七十一级。南天门至碧霞祠三百二十四级，碧霞祠至唐摩崖九十六级，唐摩崖至青帝宫八十二级，青帝宫至玉皇顶一百六十九级。

在玉皇庙门前，池灵芝和贾笑荷皱着眉头，在本子上紧张地算着。牛峰、池四喜、贾汗青和贺盛安站在一旁，满怀期待地看着。

池灵芝和贾笑荷同时扭头，向对方的本子看去。两张俏脸撞在一起，又倏然分开。她俩抿嘴一笑，彼此看了一眼。两个人的本子上，歪歪扭扭地写着同一数字：六千六百三。

池灵芝和贾笑荷齐声道："六千六百三十级台阶。"

牛峰激动地说道："泰山盘道六千六百三十级台阶，我们终于弄清楚啦！"

众人喜不自胜，开始下山。走近碧霞祠，牛峰突然想到，自己担山几十年，竟未曾仔细地看过山下一眼，便道："四喜，都说站在狮子峰上看泰城，一目了然。你看过吗？"池四喜咧嘴一笑："叔啊，每次到了山上，除了累就是渴和饿，谁有那个闲心啊！"

牛峰听了这话，一阵伤感涌上心头，收住脚步，扭头问道："灵芝、笑荷，你们饿了吗？"池灵芝和贾笑荷都说不饿。牛峰道："不饿咱就先去狮子峰，看看咱们的泰安城，再去碧霞祠拜老奶奶，顺便借口热水把饭吃了。"

众人欣然应允，跟着牛峰登上狮子峰，立在崖畔，鸟瞰山下。只见半山腰云遮雾罩，灰蒙蒙的，什么也看不见。

牛峰想象着泰安城的模样，心里怅然若失。

站在狮子峰上，看着三个挑夫，贾汗青第一次从心底萌生敬意，特别是对牛峰。此时此刻，他眼中显现：六千六百三十级台阶上，一个又一个挑夫，荷了重担，顽强攀登……

　　贾汗青庄重地掏出鸳鸯板，手一抬，鸳鸯板响起来：当哩个当，当哩个当，当哩个当哩个当哩个当！

　　贾汗青身摇头晃，嘴一张，高亢激昂开了腔：

当哩个当，当哩个当，
当哩个当哩个当哩个当！
一条扁担肩上扛，
我是泰山挑山工。
肩挑日月，
足踏三界。
蒿里山，鬼神府，
魂归蒿里入地狱。
奈河上，三座桥，
金桥、银桥、奈河桥。
过了奈河是人间。
进岱庙，拜山神，
过山坊，别离尘世登仙界。
台阶六千六百三，
踩在脚下，登上山巅。
我比天高啊，
我比天高！

当哩个当，当哩个当，
当哩个当哩个当哩个当！
一条扁担肩上扛，
我是泰山挑山工。
一肩挑王朝，
一肩挑帝三。
古有三皇与五帝，

泰山封禅，彰显正统。
秦嬴政，一统天下始皇帝，
急急忙忙来封禅。
汉有武帝、光武帝。
唐有高宗和玄宗，
还有那女皇武则天。
宋真宗，弄假成真败了兴。
有名有姓七十二，
不远万里来泰安，
封天禅地为哪般？
国祚永长天下安！

当哩个当，当哩个当，
当哩个当哩个当哩个当！
一条扁担肩上扛，
我是泰山挑山工。
一肩挑众神，
一肩挑传说。
东岳大帝黄飞虎，
掌管人间主生死。
碧霞元君老奶奶，
保佑众生显神灵。
石敢当，真英雄！
大汶口降服九头狐，
灭魑魅，杀魍魉，诛肥遗，
斩妖除魔保平安，
才有这朗朗乾坤！

当哩个当，当哩个当，

当哩个当哩个当哩个当！
一条扁担肩上扛，
我是泰山挑山工。
一肩挑生活，
一肩挑家人。
柴米油盐酱醋茶，
全在这盘道上爬。
孝敬爹娘，拉巴儿女，
全由这双肩扛。

当哩个当，当哩个当，
当哩个当哩个当哩个当！
一条扁担肩上扛，
我是泰山挑山工。
肩挑泰山，
跋涉人生。
重担挑上肩，抬头向上看，
不回头，不溜肩。
重担挑上肩。低头暗加油，
不撂挑子，不埋怨。
泪向盘道洒，苦往心里咽，
劳和累，踩脚下，
脚就比这盘道长！
紧咬牙，勇登攀，
我就比这泰山高！
比泰山高啊，
比泰山高！

# 二

贾汗青即兴发挥，一口气唱完，意犹未尽。

池四喜听到一半，心中暗自赞佩："想不到汗青还真有两下子。"

牛峰听了心里高兴，顿觉扬眉吐气，正欲开口夸赞一番，忽听一阵热烈的掌声传来。

众人转身，见碧霞祠住持裕阳道长来到近前，身后跟着两个道士。

裕阳道长拱手赞道："说得好！说得好！贫道只听了一半，真是可惜啊！"牛峰忙打躬作揖，连连致歉："对不起，道长！对不起，道长！此乃贵教胜地，我等在此大声喧哗，实在是不应该啊！"

裕阳道长握住牛峰的手，笑道："牛会长说这话不就见外了吗？碧霞祠和挑山工是一家人。刚才我听徒弟说牛会长到了狮子峰，岂敢怠慢！"他抬头看了一眼太阳，"日头已经偏西了，这么冷的天，到前边吃了饭再下山！"

牛峰听了这话，心里热乎乎的，忙道："多谢道长厚爱，我们自己带了煎饼咸菜，正打算去您那儿借碗开水下饭。"裕阳道长道："祠里一应用物，都是你们挑上来的，自古以来，咱们就是一家人。会长说这话，真是见外啦！走，到祠里暖和去！"

裕阳道长领着众人进了碧霞祠，跪拜了泰山老奶奶。

随后，裕阳道长将众人请进斋堂，众人按尊卑长幼围桌坐下，便有道童端上饭菜来。牛峰、贺盛安不约而同地取了煎饼、咸菜相赠，裕阳道长也不推辞，收了。

饭间，牛峰将今日上山一事告知裕阳道长。裕阳道长颇为欢喜，连声道："记下了，记下了，六千六百三十级台阶。挑山帮会这是做了件大好事啊！"

吃罢饭，牛峰告诉裕阳道长，明年正月十六，挑山帮会大会上，他就退下来，将担子交给新会长，届时请他一定拨冗出席。

裕阳道长爽快地答应了，盯着池四喜道："想必牛会长已有了中意人选？"牛峰道："有了，他比我强，相信他一定能够挑得起这副担子！"

贾汗青、贺盛安和池灵芝不约而同地看向池四喜。池四喜心里正自惊喜，陡然间觉得肩膀上多了一副担子。这些年来，对于"挑泰山"那块堂匾，他是念兹在兹。

下了山，牛峰交代贾汗青把今天这事写下来，准备两份，过几天和他一起去拜访周县长和范校长，将此事如实禀告。这也算是挑山帮会的一个交代。贾汗青一听要见县长，心里欢喜不禁。

回到家里，池四喜站在堂室正中抬头四顾，最后将目光停在东墙老奶奶神龛上方，心道："就挂在那儿吧。会长叔啊，您常说那个东西是假的，假的您干吗藏着掖着？叔啊，到了我池四喜手中，我要堂堂正正地把它挂起来！"

看到爹爹盯着东墙出神，池灵芝扑哧笑了，说："爹啊，干啥呢，不会是想我哥了吧？"池四喜回神镇定，伤感地说道："想有啥用啊？儿大不由爷，女大不中留啊！"

爹爹说话刮风带刺，池灵芝有些恼了，便道："我不好，俺哥也不好，爹就想你那块牌牌好了。"池四喜被女儿说中了心事，不再言语了。

贾汗青心里憧憬着县衙，不顾劳累，连夜写就信函，工工整整誊了两份，想让笑荷看看，听她夸几句。他扭头瞅见女儿卧房的灯灭了，心想：笑荷睡了，明天再说吧。

第二天，贾笑荷开了房门，看到爹爹手里捧着一张信笺站在门前，吃了一惊，忙道："爹，您……"贾汗青笑道："妮啊，看看爹写得咋样？"

贾笑荷瞟了一眼，说："挺好的，爹的字没得说，叫什么……什么……蝇子……"贾汗青道："蝇头小楷。"贾笑荷脸一红，甜甜地笑了。

贾汗青突然想起笑荷识字不多，忙道："爹糊涂了，爹念给你听。"他咳了一声，高声念道：

县长大人钧鉴：

　　公元一九三七年元月一日，民国二十五年冬月十九。泰山挑山帮会会长牛峰，板书艺人贾汗青，挑山工池四喜、贺盛安，民女池灵芝、贾笑荷，一行六人，自关帝庙徒步登山。所为者何？乃数清泰山盘道几多。此乃泰山挑山帮会会长牛峰之夙愿，亦是泰山挑夫之情怀。

　　七时登山，牛峰、贾汗青、池四喜、贺盛安共同查数台阶，分段确认，贾笑荷、池灵芝仔细记之。每段台阶，均无异议方罢。仅关帝庙至红门宫一段，区区壹佰贰拾捌级台阶，六人往返三次，方才确认。

　　历时四个时辰，终登玉皇极顶，最终确认泰山盘道台阶共计：陆仟陆佰叁拾级。

　　分段如下：关帝庙至红门宫，台阶壹佰贰拾捌级；红门宫至中天门，台阶贰仟贰佰柒拾壹级；中天门至对松亭，台阶壹仟玖佰壹拾柒级；十八盘，台阶壹仟陆佰肆拾叁级；南天门至玉皇顶，台阶陆佰柒拾壹级。

泰山挑山帮会敬上

民国二十五年冬月十九

　　贾汗青念罢问道："妮，爹写得如何？"贾笑荷笑道："好啊，俺爹写的嘛。"贾汗青道："没骗爹？"贾笑荷道："不敢。"贾汗青道："说来我听。"贾笑荷做了个鬼脸："爹，六千六百三十级啊！"

　　贾汗青无可奈何地笑了。

　　他将两张信笺小心翼翼地叠好，分别装在两个信封里，又核对了，方提笔写下周县长启、范校长启，然后庄重地搁在条几上。

　　吃罢早饭，贾汗青料定天寒地冻，牛峰大概也没什么活计，八成待在家里，便让笑荷看家，揣上两封信札，去了三里庄。

　　牛峰果然在家。二人寒暄了几句，牛峰问道："汗青，写完了？"贾汗青道："写完了。"他起身掏出信件，走到牛峰近前，双手呈上。

　　牛峰抽出信笺，展开看了看，尴尬一笑，说："我就认得'泰山''县长'，还有'挑山工'这几个字……你念给我听听吧。"贾汗青心里颇为得意，认认真真念了一遍。

牛峰皱眉沉吟道："汗青啊、有两个地方不太妥当。"贾汗青吃了一惊，忙道："会长叔，您说，我改！"牛峰道："上去、下来，或者下去、上来，才是往返一次，对吧？"

贾汗青道："对。"牛峰道："这就是了，往返三次不对，改回来。"贾汗青支吾道："会长叔……这……"牛峰抬手一挥，厉声道："汗青啊，挑山工性实在，不踏空，也不能言空啊！我牛峰担山，一脚踏空，大不了去那蒿里山就是了。可在这个东西上，如果说了瞎话，不俭给帮会抹黑，还让帮会的挑夫们蒙羞。汗青，这个人，你叔我丢不起啊！"

贾汗青听了这话如坐针毡，低声道："叔，您老说得对……我再把四个时辰改成三个时辰。"牛峰破颜一笑："这就对啦！"

牛峰告诉贾汗青，今天晚上去范校长家，明天上午去县衙。

二人又闲聊了几句，贾汗青告辞去了。

这晚七点，牛峰、贾汗青和贺盛安如约在下河桥与顺河街的交叉路口碰头，向东走进元宝石街，行之不远，便到了范明枢家。

范家大门紧闭。牛峰踌躇了一瞬，忐忑不安地叩响门扉。

片刻，大门吱呀开了，范明枢的孙子范杭出来，客客气气地问道："先生，请问您找谁？"牛峰道："范校长在家吗？"范杭道："在，您是哪位？"牛峰道："在下挑山帮会会长牛峰，特来拜访范校长。"

范杭道："请稍候。"旋即，他转身回去了。不一会儿，范明枢苍老的声音传来："牛会长有请！"

牛峰迈步进了大门，贾汗青、贺盛安依随而入。

范明枢迎出堂屋。牛峰快步走到近前，双手捧住范明枢的右手，连声道："我等冒昧登门，范校长拨冗相见，真是感激不尽啊！"范明枢拍着牛峰的手，亲切地说道："牛会长不要客气。屋里请！屋里请！"

众人进屋，牛峰将贾汗青、贺盛安介绍给范明枢，彼此寒暄了几句，众人一一落座。范明枢的四儿媳妇车秀轩忙着沏茶。

牛峰真诚地说道："范校长，您老人家七十多岁了，身体还这么好，我们这些做晚辈的，真是打心眼里高兴啊！希望您老人家健康长寿，可以说，这也是全泰城民众的共同心愿！"范明枢微微一笑，高声道："活一天就应该努力一天，老年人应该如此，青年人应该如此，少年更应该如此！少年强，则国家强！少年兴，则国家兴！"

牛峰起身，掏出信笺展开，恭恭敬敬地递给范明枢，虔诚地说道："昨天，我们帮会做了一件小事，今天专程登门禀告范校长。"

范明枢接过一看，皱起眉头，抬头扫了牛峰、贾汗青和贺盛安一眼，盯着贾汗青问道："汗青，这是你写的？"贾汗青慌忙起身道："范校长，是我写的。"

范明枢指着信笺道："你看看！"贾汗青凑到近前，范明枢用食指点了点"公元一九三七年元月一日，民国二十五年冬月十九"这句话。

贾汗青听到范校长叫他的名字，心里只顾着高兴，虽然两眼盯着信笺，但脑袋里空荡荡的，不知究竟。

范明枢道："现在全国统一使用公元纪年。民国纪年不是不能用，要用，可将'民国二十五年冬月十九'括起来。再者，前后要统一，不能前面使用公元纪年，后面使用民国纪年。反之亦然。"

贾汗青恍然大悟。

贺盛安眼热地盯着那张信笺，脑海里浮现出一所所武训学校。进武训学校读书，几乎是泰安城里所有穷孩子的梦想，贺盛安焉能例外？只是这两年日渐淡忘了。

突然，范明枢右手猛地一拍桌子，喝道："好！真是太好啦！我从小就想知道泰山有多少级台阶，直到今日才晓得。挑山帮会做了件大好事啊！"牛峰提到嗓子眼的一颗心忽地落下，忙道："谢谢范校长夸奖！谢谢范校长夸奖！"

范明枢问起挑山帮会的情况，牛峰如实讲了。范明枢听了夸赞道："挑山帮会办得好，入会自愿，大家每人拿一点钱，多少随意，帮助有困难的挑夫渡过难关，有境界，有担当。如果四万万中国同胞，哪怕十之一二有泰山挑夫的担当情怀，国家也不会沦落至此。"他蓦地浑身颤抖起来，"一个小日本竟敢骑在中国人的头上……"

范明枢提到时局，大家的心情立时沉重起来。

牛峰试探着说道："范校长，年后正月十六是挑山帮会的例行大会，泰山挑夫都想请您参加，不知范校长有没有时间？"范明枢爽快地说道："有！只要是民众的事，我都有时间！"

三个人喜出望外，谢过范明枢便告辞离开。范明枢送到大门外，突然拉住贾汗青的手道："汗青啊，要为苍生鼓与呼，不给权贵唱赞歌！"贾汗青精神一振，激动地说道："谢谢范校长！汗青一定按您的指教去做！"

范明枢道："汗青，你演的支影不错，板书也好，是山东快书吗？"贾汗青不安地说道："我……想叫山东快书，可人家不让。"范明枢道："为什么？"贾汗青道："说我没有拜师。"

范明枢道："为什么非得拜师啊？自古以来，民众，也只有民众才是最好的老师！"贾汗青忙道："范校长说得对，民众才是我最好的老师！"范明枢道："汗青啊，我看你的板书就比他们的好，稳重，不摇头晃脑，不手舞足蹈，一派大家风范！以后你的板书就叫'泰山板书'。"

贾汗青受宠若惊："前边加上'泰山'俩字，我倒是想过，不敢啊！怕配不上啊！"范明枢高声道："有什么不敢的，我看你贾汗青的板书配得上'泰山'二字。"贾汗青道："好！范校长，今后贾汗青的板书就叫'泰山板书'。我向您保证，'泰山板书'只为苍生鼓与呼，不给权贵唱赞歌！"

范明枢开心地笑了，众人亦笑了起来。

第二天早八点，牛峰、贾汗青和贺盛安如约在岳晏门内恩褒坊碰面。三人向东过了进士坊，便到了县衙。县衙门前挂着泰安县国民政府的牌子。

县政府大门前有两名警备队的士兵站岗。牛峰鼓足勇气，打躬作揖道："两位老总，拜托行行好，我是挑山帮会会长牛峰，前来拜见县长大人。"

一名士兵道："和周县长有约吗？"牛峰忙道："没有。老总能否帮忙通报一下？"另一名士兵道："回去吧，没约，周县长不会见你。"

贾汗青挺直腰板，走近那名士兵，正色道："老总，话可不能这么说。挑山帮会是泰安县三大帮会之一，牛会长来见周县长，是为泰山而来。全国只有一座泰山，老总，您觉得该不该通报啊？"士兵笑了，说："贾老板啊！"

贾汗青道："老板不敢当，我就是一个耍嘴皮子的。"士兵道："真是为泰山而来？"贾汗青道："从泰山板书的嘴里说出来，焉能有假！"

士兵道："为了泰山干吗不早说，俺这就去回周县长，见不见，就不关我的事了。"士兵说完这话，转身进了县衙大院。

过了一会儿，县长的秘书区博跟着士兵匆匆走来。贾汗青一脸得意。

区博将牛峰、贾汗青和贺盛安领进会议室。会议室内，县长周百锽正与警察局局长石擎柱、警备队副队长梁武、马敬光商量政务。

看到牛峰局促不安地走进来，周百锽笑着起身相迎。牛峰未及反应，周百锽已握住他的手摇起来，朗声道："挑山工不但肩膀硬，手也有劲啊！"牛峰如释重负，笑道："谢谢县长！谢谢县长！"

众人甫一落座，周百锽便道："牛会长，我们正在开会，商量迎接省警察厅的检查组，本来没有时间，然事关泰山，不敢等闲视之。若有赐教，但说无妨。"牛峰忙道："周县长，也没什么大事……"

牛峰掏出信笺，展开，走到周百锽近前，双手恭恭敬敬地递上。周百锽赶忙起身，双手接过，看罢喜笑颜开，欢声道："太好啦！你们办了一件大好事！"

周百锽将信笺递给区博，吩咐道："区秘书，明天见报，希望每个泰安人都知道，泰山的盘道是六千六百三十级。"区博答应着接过去。周百锽又道："省报也要发一发，我们要让全省人民，甚至全国人民都知道，泰山的盘道是六千六百三十级。"

周县长态度热诚，牛峰深受鼓舞，朗声道："周县长，打扰了，您忙，俺再汇报一件事就回去。"周百锽道："牛会长，请讲。"

牛峰道："明年正月十六，挑山帮会开大会……"周百锽点头道："我知道，每年都是这个日子。"牛峰道："今年不同，我准备退下来，要有新人接任……所以想请周县长拨冗出席……"

周百锽痛快地说道："好，我去！挑山工是泰安的一张名片，县政府理应大力支持！"牛峰感激不尽，连声道："谢谢周县长！谢谢周县长！我们挑夫都盼着您大驾光临！"

周百锽蓦地想起那块堂匾来，漫不经心地问道："牛会长，听说帮会的堂匾是米芾亲笔所书，可是真的？"牛峰心头一紧，从容地说道："周县长，说出来让您笑话，那块堂匾是假的，托米芾之名。若是米芾的真迹，八九百年了，我们这个穷苦帮会，一撒一捺也保不住啊！"

周百锽点了点头。

走出县衙大院，贾汗青心里颇为沮丧。因为要见县长，他准备了一肚子的话，觉也没睡好，可到头来，一句也没捞着说。

两天后的下午，牛峰和贺盛安抬了一顶山轿来到第一武训学校门前，隐在一棵柏树后。牛峰面朝西，一会儿盯着日薄西山的太阳，一会儿盯着武训学校的大门。贺盛安则一直目不转睛地盯着学校。

放学了，孩子们蜂拥着出了校门。牛峰和贺盛安忙抬起山轿，走到学校门口。落下轿，两个人垂手恭立，仰望着学校。

范明枢走出校门，牛峰快步迎上前去。两个人寒暄了几句，牛峰认真地说道："俺想请范校长去看一样东西。"范明枢道："什么？"

牛峰瞻前顾后，见有两位先生模样的人走来，便搀着范明枢到了山轿近前，低声道："想请范校长屈尊去看一看帮会的堂匾是真还是假。"范明枢皱眉道："你怀疑是假的？"

牛峰低声道："不，我怕是真的。"

# 三

贾汗青每日必去两个地方——萃英中学和育英中学。两个中学大门两侧的墙上都有宣传栏，系各色消息的汇集地。九一八事变后，那里多是揭露日本侵略者罪行的愤慨之作，以及声讨日寇的慷慨檄文。

这日，贾汗青在萃英中学门前的宣传栏上看到一则消息：山东省政府参议沙月波，派听差小道去省政府送信。看到韩复榘在大院内公开提审土匪，小道十分好奇，便凑到近前看热闹。韩复榘见小道探头探脑，厉声喊道："你是干啥的？"小道说："俺是送信的。"韩复榘说："送信的也不是好东西，枪毙！"士兵听命，将小道押上汽车，与判处死刑的土匪一并枪毙了。沙月波听闻此事，大为震惊，带着小道的母亲去见韩复榘，询问小道为何被杀。韩复榘笑言："他现在是小盗，将来就是大盗。"

贾汗青看罢怒火冲天，耳畔响起范明枢的谆谆教导："汗青啊，要为苍生鼓与呼，不给权贵唱赞歌。"他霍地掏出鸳鸯板，腰一挺，手一抬，高亢激昂开了腔：

> 当哩个当，当哩个当，
> 当哩个当哩个当哩个当！
> 闲言碎语咱不讲，
> 泰山板书开了腔。
> 不给权贵唱赞歌，
> 只为苍生鼓与呼。
> 韩复榘，爱审案，
> 人前称青天，

背后把嘴撇。

这日坐堂把那个土匪审，

小道来送信，

探头看蹊跷。

诸位听好了，

小道的'道'是道路的'道'，

不是盗贼的'盗'，

故事的要点全在这儿。

当哩个当，当哩个当，

当哩个当哩个当哩个当！

韩复榘高声问："你来干啥?"

小道说："送信。"

韩青天冷冷一笑杀心起：

"送信的也不是好东西，枪毙!"

可怜那个小道啊，送迷糊糊送了命。

小道爹娘寻子来省庁：

"韩青天，为何把俺儿子杀?"

你们猜，青天大人如何说?

"今天是小盗，明天就是大盗!"

你说青天糊涂不糊涂!

围观的众人听了，义愤填膺。心软的，抹起眼泪来。贾汗青得意扬扬，范明枢的话又在耳边响起，遂暗自下定决心："我贾汗青应该向范校长学习，这样活着才有意思!"

贾汗青离开萃英中学，趾高气扬地奔育英中学去了。走到灵芝街，一个高大魁梧、气宇轩昂的年轻人追上来拦住他。贾汗青见其身着中山装，似曾相识，顿生好感，便笑着问道："小兄弟，啥事啊?"

那人道："老人家，我听了您的板书大为感动，能不能再说一遍啊? 我也好牢记心间。"贾汗青一脸欣喜，情不自禁地端起架子，装出一副为难的样子，说："这个……这个……"

那人道："老人家，劳驾您再说一遍吧。我是外地人，来爬泰山，您要不说，我这一辈子可能再也听不到了。我拿钱。"说话间，他掏出一张十元的票子递给贾汗青。

贾汗青迟疑着接了，揣进衣兜里，四下里瞅了瞅，见近前围了三五个人，精神一振，掏出鸳鸯板，手一抬，高高兴兴开了口：

当哩个当，当哩个当，
当哩个当哩个当哩个当！
闲言碎语咱不讲，
泰山板书开了腔。
不给权贵唱赞歌，
只为苍生鼓与呼。
韩复榘，爱审案，
人前称青天，
背后把嘴撇。
这日坐堂把那个土匪审，
……

贾汗青甫一说完，那人立刻掏出证件在他眼前晃了晃，冷冷一笑，说："我是警察向正强，跟我走！"贾汗青惊得目瞪口呆：好响亮的名字啊！他倏地醒悟过来，高声道："我犯了什么法？"

向正强道："抹黑韩主席。"贾汗青辩解道："我没有！"向正强劈手夺过鸳鸯板："没有？你刚才说的啥？大家伙可都听着呢！"贾汗青愤愤然："我是根据宣传栏上贴的说的。"

向正强掏出手枪，贾汗青立时发了慌，瞅了众人一眼，故作强硬道："难道那是假的？"向正强道："真的假的我不管，反正你是真的说了。跟我到警察局走一趟！"

贾汗青只得去了警察局。向正强带着他去了局长石擎柱的办公室，一进门便笑道："局长，托您的福，出门就逮着一个。"石擎柱一看是贾汗青，便猜了个大概，不禁哑然失笑。问了问，果不其然。

贾汗青这事，说大不大，说小不小。搁在往日，石擎柱就将他放了。现在却不行，碰到节骨眼上了。继续查，很可能就牵连到萃英中学，石擎柱接着便想到了学生，不由得心生愤懑。踌躇间，他打定主意，索性端给周县长，看他如何措置。

石擎柱刚一离开办公室，向正强便想起那十元钱来，伸手从贾汗青的衣兜里掏了出来。

石擎柱向周县长做了汇报。周百锽听了满面怒容，喝道："把他带过来！"

向正强把贾汗青押到周百锽的办公室。周百锽起身相迎，请其入座，并让秘书区博倒茶。贾汗青糊涂了，咬了咬牙，方才确信这是真的。他不禁想起范明枢的事迹来，范校长这如日中天的声望无疑是通过坐牢赢来的。旋即，贾汗青内心强大起来，挺直了腰板。

周百锽道："贾先生，你的皮影我看过，很好，是泰城一绝。板书我也听过，还不错！"贾汗青不卑不亢地说道："谢谢周县长夸奖。"

周百锽道："县里昨天刚布置下去，坚决不能抹黑韩主席，没想到贾先生撞到了枪口上。任我不想拿贾先生开刀，因为你是我们泰安的一张名片。我们今天就开诚布公地谈一谈。贾先生，您把您了解的韩主席，包括听到的，不妨统统说出来。然后，我再把我所知道的韩主席告诉您。"

贾汗青下意识地去摸鸳鸯板，但口袋里空空的，豁然醒悟。

贾汗青心道："只有把所有听到的韩复榘的不堪之事统统讲出来，方显得自己今天的板书并非造谣，但面对枪杆子也不能直来直去，曲径通幽才好。"他打定了主意，遂道："周县长心胸宽广，令我赞佩，俺就有啥说啥了。"

周百锽道："如此甚好！如此甚好！"

贾汗青不疾不徐地说道："周县长，韩主席的笑话满大街都是：行人都靠右走，那左边留给谁；我们中国人为什么不在自己的地盘上建一个大使馆；十几个人穿着裤衩抢一个球，不如一人发一个；没来的请举手；连中国的英语都不懂……诸如此类，不胜枚举。肯定有人往韩主席身上泼脏水啊！

"这几年流行着一副对子，说是写给韩主席的：欺蒋、叛冯、反阎、背商、通张、逐鹿，真是吕布再世；袭宋、击庞、拘李、留邓、骗唐、诓石，可谓庞涓复生。这就是恶意中伤吗？自古以来，兵家之间，合纵连横，岂是常人所知？

"上个月，我还听到一个笑话。说是在济南举行的中山先生逝世五周年纪念大会上，韩主席领着喊口号。本来拟好的口号是'中山先生精神不死，永远活在人们心中'，结果韩主席喊成了'中山先生没有死，永远活着'。秘书急了，在后面小声提醒：'精神，精神，主席漏了精神。'韩主席听了，立即改口喊：'中山先生没有死，还精神着呢！'这和我在萃英中学看到的异曲同工，乍一听是真的，但仔细一琢磨，纯属无稽之谈！周县长，我就是犯了这个毛病，三人成虎，听得多了，便也信了。"

周百锃心里窝火，却也无可奈何，心道："你这样说也好，我正好借腿搓麻线。"他哈哈一笑，说："贾先生，您说完了吗？"贾汗青道："说完了，请县长大人多多指教！"

周百锃道："贾先生，您说得很实在也很对。下面我从公私两个方面，讲一讲我所了解的韩主席。"

贾汗青急忙抬头挺胸，做出一副认真聆听的样子。

周百锃道："韩主席出身书香门第，先父是位博学的私塾先生。这种家庭，能说韩主席没文化？韩主席开始在县衙干贴写差使时，才十八岁。在冯将军麾下，也从事过文书差事。怎能说韩主席大字不识？韩主席国学根底深厚，能诗善文，尤以书法见长。贾先生，岱顶孔庙您去过吗？"

贾汗青恍然大悟："匾额是韩主席题的，那字不是一般的好啊！"

周百锃点了点头，说："韩主席打篮球，我亲眼所见。我在韩主席家还看到过他踢足球的照片。正如您所言，那些传言纯属诬陷。有人把'忽见天上一火链，好像玉皇要抽烟。如果玉皇不抽烟，为何又是一火链？'这样的诗安在韩主席身上，还有人信，其心智还不如一个三岁的娃娃。"

贾汗青若有所思，夸张地点了点头。

周百锽道："韩主席严禁家中仆役称呼主人'老爷''少爷'。韩主席的大儿子，人聪明，学习成绩优异，初中毕业后，想从齐鲁中学转到省立一中就读，韩主席不同意。说省立一中是国立学校，省主席的儿子去国立学校上学，难免让人说闲话。还有，青岛市市长安排韩主席的一个哥哥做了个小官，韩主席知道后，硬是逼着哥哥辞掉了。当然了，也有人说韩主席禁烟时包庇过族兄。要我说，即便是真的，也是人之常情啊！说来说去，这些事都是小节。有人说张三好，有人说李四孬，深究起来，便是一团乱麻。这个咱就不多说了。下面我给您讲讲韩主席在山东做了哪些大事。

"韩主席主政山东，立即改组了省政府，整顿吏治、剿匪、清乡、禁毒、普及教育。这些事，谁也不能否认吧？土匪不再横行乡里欺凌百姓，教育经费、学校、入学人数年年增长。这些都有目共睹，有凭有据，可查实、可考证！"

贾汗青情不自禁地点了点头，低声道："韩主席坐镇泰安指挥剿匪，我知道。"

周百锽激动地说道："在一次剿匪会议上，韩主席声泪俱下，说：'究竟我们还想干不想干？'众人为之动容。会后，韩主席把家人送回河北老家，自己搬出省政府，住进旅店，誓言：土匪不灭，通电下野。贾先生，一点也没听说？"

贾汗青低声道："有所耳闻。"周百锽呵呵一笑："为什么不说说这些？"贾汗青低下头去。

周百锽道："山东大学说是国立，中央并不拿钱。有人说韩主席这样做，究其实质，还是为自己。依我看，韩主席如果真是彻头彻尾地为自己，仅教育省下的钱，就能扩充好几个师，也能给几个师更换德式装备。韩主席没有这样做，不是为了百姓，那是为了谁？前几年，黄河决口，山东受灾。为了救灾，韩主席组织灾民拦截火车，告诉士兵，谁敢动灾民一下，就向谁开枪。到哪儿找这样的省主席？"

贾汗青羞愧地笑了，真诚地说道："周县长，您说这个人啊，真是奇怪，听您这么一说，我就觉得韩主席不但是一个好官，还是一个好人啊！那些造谣惑众的小人，真让人痛恨！"

周百锽高兴地笑了，说："你能这样想，我很高兴。贾先生，再告诉你几件事。"贾汗青道："周县长请讲，贾汗青洗耳恭听！"

周百锽道："韩主席扩建了山东省立图书馆藏书楼；多次拨款修葺孔庙等古建筑，下令搜集散落在民间的文物；发起成立省国术馆，自兼馆长，并通令有基础的县市设立分馆；成立了山东省立实验剧院，公演了《鸦片战争》《岳飞》等爱国剧目；通令各县修编县志；划出 19 个县，交由梁漱溟先生推行乡村建设计划。韩主席常说，中国紊乱至此，非从农村整治入手不可。乡村建设研究院接管了地方的军政大权，以至于人们称其为第二省政府。试问在这个年代，谁能有韩主席这样的胸襟？"

听到这儿，贾汗青震惊之余，想起一件事来，索性一不做二不休，抛给周百锽，看他如何接招。

贾汗青道："周县长，听了这些，我心里很难过，现在是真正认识到自己误会了韩主席。此时此刻，我想起去年六、七月间传言纷纷的一件事。话说日本人在领事馆宴请韩主席，韩主席料定是鸿门宴，便吩咐手下，把重炮拉出来对准领事馆，若他十二点不回来，就往领事馆里开炮，不要管他。事情果然闹得不欢而散，但韩主席安然归来了。这是多么大快人心的一件事啊！可有人说，韩主席早已通日，分明是演戏给人看。周县长，您说气人不气人！"

周百锽无可奈何地笑了，说："这事扯得没边了，中日必有一战，届时韩主席通不通日，一目了然。有人抹黑韩主席，可也有人说，韩主席是历来对山东最好的一位大官。讲全省的事，还轮不到我周百锽这个芝麻官，但泰安的事，我要说。古往今来，我不敢说韩主席是对泰安最好的一位，但肯定排在前列啊！"

贾汗青吃了一惊：这不是对一个官员的最高褒奖吗？

周百锽道："韩主席甫一主政山东，便拨款整修泰山、岱庙。"贾汗青一脸不解："前几年修泰山、岱庙的钱是省里拨的？"周百锽点头道："是啊，我们泰安哪里有钱啊？"贾汗青道："包公祠也是韩主席修的？"周百锽道："是，城墙也是。"

贾汗青喃喃道："看来……我真的……误会韩主席了……"周百锽道：

"韩主席痛恨有人在泰山上乱搭乱建，乱刻乱画。民国二十一年七月，电令泰安县，明确规定，'嗣言除奉令准刊外，无论何人不准题字、题诗，以免污损'。电报应该还能找得到，区秘书，你去找来请贾先生看一看。"

贾汗青慌忙劝阻道："不用啦！不用啦！我晓得有这一回事。我清楚地记得，当时山顶的无字碑上涂有'党权高于一切'六个字，后来清除了。"他挑起大拇指，"韩主席真了不起！"

周百锽慨叹道："韩主席以书法见长，主政山东七年了，没有在泰山上留下一个字，委实难得！"贾汗青心悦诚服，附和赞道："委实难得！委实难得！"

周百锽沉吟道："冯将军来泰安，与韩主席有关。冯将军的花费，包括手枪营的军费，大都是韩主席出的，有些还是韩主席自己的钱。"

贾汗青听了惴惴不安起来，心里暗自打定主意。

周百锽道："贾先生，话我就说这么多，你能听明白吗？"贾汗青道："明白。周县长，我贾汗青浑身上下就一张嘴，既然这次坏在这张嘴上，那我还是用这张嘴来更正错误吧。我向周县长保证，过了年，正月十五见分晓。"

周百锽欣慰地笑了。

贾汗青心急火燎地回到家里，看到贾笑荷正在做鞋，放下心来。今天的事女儿不知道最好，自然也就不用说了。

晚上，警察向正强找上门来，一进门，眼睛便往贾笑荷身上瞟。贾笑荷红着脸起身倒水。贾汗青忙让她出去买盒火柴。贾笑荷心领神会，低头去了。

向正强掏出一对鸳鸯板，贾汗青看了，心里欢喜不禁。向正强当地打了一下，将鸳鸯板往桌上一撂，霍地推向贾汗青。贾汗青看到，两块鸳鸯板的正中，各自有了一个圆孔，心中诧异。

向正强冷冷地说道："贾先生，这两块鸳鸯板，一块是给你的，一块是给笑荷的，收好啊！"贾汗青抓起鸳鸯板，看了一眼，断定是枪击所致，吓得毛骨悚然。

向正强吹了一声口哨，得意扬扬地去了。

贾汗青冲出家门，找回笑荷，令其关了大门，急匆匆去了范明枢家。

贾汗青将今天所历诸事如实说了。范明枢说，不必介怀，八成是向正强自己逞能，故意恶作剧。周百镗是个磊落之人，不会干这种事。如果有人再找麻烦，就来找他，他去找周百镗。

贾汗青深信不疑，说了几句感激的话，但心有不甘，又提起韩复榘来，请教范明枢。

范明枢说："周百镗所言基本属实，也不尽然；他反感韩复榘的跋扈行径，比如在大街上公开管教女学生；他最痛恨韩复榘打击青年学生，压制进步思想。"

贾汗青听了，心里踏实了，把自己正月十五的打算讲了，又急切地问道："范校长，您看我这样做可以吗？"范明枢道："应该的，既然错了，就要承认，才对得起'泰山板书'这四个字。"

贾汗青颇受鼓舞。

范明枢道："教育厅厅长何清源说，他当厅长这么多年了，韩主席一个人没向教育系统派，十分难得。"贾汗青深有感触地说道："真是少见！真是少见！"

范明枢若有所思，说："韩主席到临沂巡察，碰到一件血亲复仇的案子。民国十四年，唐姓一家被王姓一家杀死六口；民国十九年，唐家杀死王家七口。韩复榘问唐家，你们家还有多少人？唐家说，十一口。韩复榘立即下令将唐家十一口全部枪毙。县长说，王家也杀了人。韩复榘说，民国十四年，他还没来，王家杀人，他不管；民国十九年，山东他韩复榘说了算，唐家杀人，不能宽恕。县长听了吓得不敢说话了。有人求情，把唐家八十多岁的老人放了。韩主席说，留下也会哭死，还是杀了好。就这样，唐姓一家十一口全部枪毙，还包括一个十二岁的孩子。王家则安然无事。从此，临沂血亲仇杀的风气戛然而止，每年少死多少人啊！有人说韩复榘滥杀，有人却说韩主席英明。对与错，如何说啊！"

贾汗青道："这事我也听说过。"

范明枢嗟叹道："韩主席这个人，很复杂啊！"

离开范家时，夜漆黑，天寒地冻，街上空无一人，贾汗青心里胆怯，时不时地低声吟唱一句："只为苍生鼓与呼，不给权贵唱赞歌。"唱着唱着，胆子似乎壮了起来。

# 四

　　这天，贾汗青带着贾笑荷，登上了开往济南的火车。

　　贾笑荷看到贾汗青神情凝重，问道："爹，咱去济南干啥啊？"贾汗青道："去省府。"贾笑荷气呼呼地说道："爹，您有事瞒着我。"贾汗青道："没有啊！"

　　贾笑荷道："没上车的时候，您说带我去芙蓉街，上了车又说去省府。"贾汗青见女儿一脸担忧，忙四处张望，确定没有熟悉的面孔，方道："笑荷，不瞒你，爹是去省府看韩主席断案。"

　　贾笑荷一脸不解："看韩主席断案，谁惹上官司了？"旋即，她扑哧笑了，"'远看佛山黑乎乎，上边细来下边粗。有朝一日倒过来，下边细来上边粗。'看这大诗人断案？"贾汗青忙道："笑荷，这是有人故意抹黑韩主席。"

　　贾笑荷道："他是省主席，谁敢抹黑他？"贾汗青道："笑荷，说话少指名道姓，祸从口出啊！"贾笑荷抬起手来，夸张地捂住嘴。

　　贾汗青道："爹答应周县长了，明年正月十五夜，说段韩主席的板书。此去济南，爹就想亲眼看一看韩主席如何断案。"贾笑荷想起韩复榘的桩桩趣事来，即兴吟哦道："大旺湖，明湖大，大明湖里有荷花。荷花叶上趴蛤蟆，咕嘎咕嘎又咕嘎。趵突泉，泉突趵，三个泉眼一般粗。咕嘟咕嘟往外冒，咕嘟咕嘟又咕嘟。"

　　吟罢，贾笑荷忍俊不禁，抿嘴而笑。

　　贾汗青一脸诧异，问道："笑荷，你从哪儿听来的？"贾笑荷道："爹啊，您要听，就到正阳门前，每天都有人念叨。"

　　贾汗青正色道："笑荷，爹告诉你，这是有人故意往韩主席身上泼脏水。"他随即简明扼要地把韩复榘做的一些大好事告诉了女儿。贾笑荷听了半信半疑，问道："爹，这是真的吗？"贾汗青郑重其事地说道："真的。"

来到山东省政府门前，已是正午时分。省府警备森严，大门两侧各站着五名荷枪实弹的士兵。

贾汗青见此情形，心里怯了：自己想简单了，以为看韩主席问案就像去泰安县衙一样容易。怎么办？空手而归，心有不甘啊！

他领着女儿逛了芙蓉街，见天色已晚，便在附近的涌泉旅店住下。听人闲谈，方知住店的客人，大多是来省府告状的。他们最大的愿望是能遇见韩主席骑着脚踏车出来，拦住喊冤。

贾汗青颇觉蹊跷，小心打探，方知事情端的。原来韩主席这人干脆痛快，从不压案、积案。有的人告到法院，半年多了，一点动静没有，熬怕了，到韩主席这儿求个痛快。贾汗青故意说道："听说韩主席动不动就杀人啊！"他们却道："早就打听清楚了，韩主席杀的人，大都是土匪和烟贩子。"

贾汗青心中释然，想那韩主席升堂问案，断不至于离弦走板，遂更加渴望亲临其境，看一看他到底如何审案。

贾汗青料定旅店兼做包揽诉讼的生意，便找到老板谢瑞，说明来意，直言求其帮忙，进省府观看韩主席审案。谢瑞告诉他，后天下午可以安排他跟着送炭的车进去，把炭卸完，自会有人领他去大堂。

贾汗青心中大喜，问道："多少钱？"谢瑞道："二十。"贾汗青痛快地答应着，掏出两张十元的钞票，递给谢瑞。

第三天下午，贾汗青跟着送炭的牛车，从后门进了省府大院。卸了炭，有一名士兵走来，领着他向南走去。他们穿堂过院，来到前巡抚院署大堂。

士兵低声道："小心为妙。看完后，跟着人家往南走，出了大门快回去。在这儿千万不要乱走、乱动、乱说话。否则，丢了脑袋可怪不得别人啊！"贾汗青唯唯诺诺地答应着。

转眼间，士兵便不见了。

贾汗青小心翼翼地走进人群，只听一声低沉的断喝传来："打六十军棍。"一人高声喊道："主席这样判案，依照什么法律？"一个结结巴巴的声音传来："我……我……我的上嘴唇和下嘴唇一碰就是法律。"打棍声响起，一阵撕心裂肺的哀号声炸响。

贾汗青心急火燎地找到一个空隙挤进去，看到两个士兵正拖着受刑人向西走。

正北大堂前，摆有一个公案，一人坐在公案后面，因距离较远，看不清其容貌，应是大名鼎鼎的韩复榘。其左右两侧各站着数名军官。

公案左前方站着十余名执法士兵，有两个人手里拎着军棍，脚下堆了一团绳索；右前方蹲着五六十名犯人。

一名犯人被带到公案前站定。一个西装革履的中年男子，左手拎着一个手提箱，走到公案左前方立定。

一名军法处官员端起案卷高声读道："案犯毛国盛，在火车上盗窃日本人小林田二的手提箱，并将其护照烧毁。"韩复榘忽地高声道："拉出去！拉出去！拉出去！"

两名执法士兵冲上前，将毛国盛绑了，推搡着去了。

小林田二面向韩复榘，鞠了一躬，转身走了。

又一名犯人站到公案前。

军法处官员端起案卷高声读道："案犯刘大明，获释三天后，偷了一辆脚踏车……"韩复榘插话道："为什么放他？"那名官员道："上次偷盗，判了三个月的苦力，到期了，正常释放。"

韩复榘冷冷地说道："枪毙。"

执法士兵拥上前来，将刘大明绑了，推搡着去了。

韩复榘厉声道："告诉警察厅，今后小偷犯两次以上者，统统枪毙！"那名官员道："是！主席！"

又一名犯人站到公案前。

军法处官员端起案卷高声读道："案犯范文龙，任职莒县警察局局长期间，收受贿赂两千元，聚赌五次，嫖娼三次。"

韩复榘听罢，咬牙切齿道："打一百军棍！"

范文龙哀告道："主席恩典！主席恩典啊！"

执法士兵一拥而上，将范文龙按在地上打起来，范文龙哀号不已。打过五十军棍，其哀号声戛然而止。执法士兵收了棍子，静候指令。

"脓包。"韩复榘面无表情地摆了摆手，"拉出去吧。"

范文龙听了这话，挣扎着爬起来，可怜巴巴地望着韩复榘。

数名执法士兵一拥而上，将其双臂反剪，七手八脚地绑着。

一名军官手里捏着一封电报，走近韩复榘，附耳低语了几句。韩复榘皱眉蹙额道："这个……这个……就判他两年吧。"

执法士兵听了，给范文龙松了绑，押着去了。

又一名犯人站到公案前，是个中年妇女。

军法处官员正要开读案卷，却见那妇人哆哆嗦嗦地走向公案，大声道："人人都说韩主席是青天，俺也没见过，这回俺可得看看俺的那个大青天啊！"韩复榘瞪了那妇人一眼，冲军法处官员道："为何抓她？"

军法处官员道："吸大烟。"韩复榘道："放了她。"军法处官员忙冲妇人道："快走吧。"

那妇人转身跌跌撞撞地去了……

贾汗青心惊胆战地看完韩主席断案，跟着人群向外走去。这时，一个孩子的哭喊声突兀地响起来："放了俺娘……放了俺娘……放了俺娘……"

众人转身望去，只见一个五六岁光景的男孩抱住韩主席的双腿哭闹着。

韩复榘一脸窘迫，左右的官兵也手足无措。

韩复榘问道："孩子他娘呢？"一名军官道："判了枪毙，押上车了。"

韩复榘连声道："放了！放了！"孩子慢慢地松了手。韩复榘弯腰拍了孩子的肩膀一下，低声道："孩子，没事了，找你娘去吧。"

有惊无险，众人都松了一口气。

贾汗青忐忑不安地出了省府大院，急急忙忙回了涌泉旅店。

贾笑荷正站在旅店门前张望，看到爹爹回来，跑着迎上去，捂住胸口，气喘吁吁道："爹啊，你可回来了！我听住店的说，韩主席断案要看运气啊，杀剐存活，也就是他张张嘴的事。"

贾汗青望着女儿，嗟叹道："妮啊，小老百姓这一辈子，安分守己最好了。"贾笑荷苦笑了一下，伤感地说道："从小听爹说的唱的，不都是小老百姓受苦遭罪吗？小老百姓不安分守己，还想咋的？"

贾汗青抓起女儿的手，欣慰地说道："妮啊，你能这样说，爹很高兴。爹现在越来越佩服你四喜大爷，一辈子就认准了担山，一点旁门左道不想，一根扁担把儿子挑进清华大学，女儿也不赖。"

贾笑荷不高兴了，噘嘴道："爹，就我赖！"贾汗青道："不赖不赖！爹的女儿最好！"

回到旅店，吃罢饭，谢老板来了，贾汗青忙道了谢。

谢瑞问道："老兄，怎么样?"贾汗青嗟叹道："耳听为虚，眼见为实啊！"谢瑞收敛笑容，点头道："说的是，有道理。"

贾汗青道："谢老板，韩主席说'拉出去'，什么意思?"谢瑞道："拉出去就是枪毙。拉出去就押上车，只要押上车就是枪毙。也不全是，有一次韩主席审一个日本人和两个中国人，判了日本人二十军棍，两个中国人是拉出去，押到车上，但天黑后又放了。"

贾汗青道："韩主席还敢审日本人?"谢瑞道："怎么不敢！韩主席还杀日本人呢！"贾汗青道："真的?"

谢瑞煞有介事地点了点头："真的。日本人张狂得很，走私贩毒，屡禁不止。韩主席下令各县严查，只要是贩毒的，一经查获，人和货统统押解济南。日本领事馆来保释，韩主席不得不放。可韩主席咽不下这口气啊！有一次，他命令侦探队夜闯日本商行，绑了毒贩，拉上山活埋了。老百姓说起这事是真解气啊！敢杀日本人的省主席，也就咱山东的吧！"

贾汗青听了，心里十分快慰。

谢瑞道："今天枪毙了多少啊?"贾汗青想了想，说："五六个吧。"谢瑞道："不少了，一般三个左右，多的时候也有十来个的，三五十个的时候也有，一年没几回。枪毙最多的一次是六十七个，都是贩毒的。"

贾汗青恍然大悟："今天判处枪毙的，有三个是贩毒的。"谢瑞道："这就对了。大家都知道韩主席痛恨吸毒、贩毒。只要卖大烟一律枪毙，不论数量多少。贩毒的只要抓住，接着枪毙。有些日本人贩毒，也枪毙了。抽大烟的，第一次抓住打一顿，第二次还是打一顿，第三次就枪毙。这就是韩主席出了名的'事不过三'。"

贾汗青看谢老板说话做事痛快，不藏着掖着，便问道："谢老板，听您这一说，韩主席还真不错啊！可为什么老是有人往韩主席身上泼脏水啊?"

谢瑞一脸伤感，长叹一声道："韩主席的事，老百姓哪里知道啊，还不都是当官的传出来的?韩主席主政山东，不到一年的时间，县长撤了一半。当官的，从他做起，小老婆都一一登记，不能再娶。暗地里，这些当官的，谁说他好啊？公务员，从穿衣到吃饭，韩主席全都管。他亲自规定，夏天一律白衣、白帽、白手套，春、秋、冬一律黑衣、黑帽、黑袜子；不准留发，一律推光头；还时不时地点名出操。谁不烦啊！私下里都盼着他快垮台呢。”

贾汗青心里明白了。

谢瑞道："有人给韩主席编了个笑话，说韩主席审案，信口开河，胡扯八溜。有一天，他审一个偷鸡的和一个偷牛的。训斥偷鸡的说，你这小子胆大妄为，鸡一抓就咯咯叫，你竟敢偷！什么事不敢做啊？真可恶，枪毙！训斥偷牛的说，牛不声不响，你敢偷，不算什么罪，无罪释放！老兄，您刚听了韩主席断案，信吗？”

贾汗青摇头道："不信！"

两个人又聊了几句闲话，谢瑞起身告辞，贾汗青送至门外。谢瑞握住贾汗青的手，附耳低语："您要是在省府有案子，我能帮忙活动。"贾汗青心下一动，问道："能行？"

谢瑞道："没问题。"贾汗青道："如何运作？"谢瑞道："我只告诉犯人俩字，最多说三遍，案子准能过关。"贾汗青道："哪俩字？"

谢瑞道："天机不可泄露。"

贾汗青一脸不解。

谢瑞攥紧贾汗青的手，小声道："老兄尽管放心，钱先交保人，事不成，分文不取。"

回来的路上，贾汗青一直思索着谢老板说的"俩字"是啥。

下了火车，天黑下来了，贾汗青和女儿步行回家。走到大关街，向东望去，看到岳晏门上亮着灯，蓦地想起瓮城里的包公祠，贾汗青豁然醒悟：那俩字就是"青天"！

到了家，父女俩看到贺盛安站在大门前。贺盛安说正巧路过，寒暄了几句，匆匆去了。

# 五

泰安县县长周百锽，带领县政府要员，在接官亭迎接山东省政府主席韩复榘。车队停下后，韩主席将周百锽召上车，告知：今天系专程来泰安游玩。周百锽并不当真：多事之秋，身为一省主席，此时来泰安游玩，大抵是遇到了棘手之事。

周百锽道："主席，泰安在您治下，泰山您也倾注了心血，您来泰安游玩，这是泰安的荣耀啊！"韩复榘破颜一笑："百锽老弟，你文武双全、知识渊博，向方心里佩服。今日你我只说心里话，杜绝虚词诡言，更不要高谈阔论。"

周百锽道："好的，主席，百锽一定知无不言、言无不尽。"韩复榘道："大可不必，点到为止即可。"

周百锽心头一振，沉默了一瞬，支吾道："主席……去哪儿？"韩复榘道："大众桥。"

到了大众桥，警卫部队就近搜山警戒。

韩复榘伫立溪畔，抬头北望，问道："百锽，你看到了什么？"周百锽道："大众桥。"韩复榘道："我虽然来过一次，建桥的详细情况却不甚了解，你说来听听。"

周百锽道："武训学校的科学实验馆在西溪西边，学生去那儿上课必过西溪。春冬季节，溪水不大，可踩着石块过去。到了夏秋季节，特别是雨季，溪水暴涨，水流湍急，学生只能绕道上课，十分不便。冯将军忧心挂念，亲自来到河边，实地查看，选了一个地点——大约就是主席站的这个地方，下令修桥。手枪营用了五天的时间，在这儿搭了一座木质便桥。谁知，半个月后，下了一场暴雨，溪水暴涨，木桥垮塌。冯将军听说后，立即赶来查看，又指令重新建桥。新桥全部采用泰山石筑造。建成后，副官潘蕴玉请冯将军起个名字。冯将军欣然提笔，写下'大众桥'三个字，说：'我们建桥，不就是为了人民大众吗？就叫大众桥吧。'"

韩复榘道："冯将军爱护民众，到哪儿都修桥铺路，人民大众都知道冯将军爱护他们。我也修桥铺路，却没有人说我爱护民众。我年轻的时候，心里是爱护的，后来便淡漠了。中国的民众不需要爱护，需要鞭子。百镗，世事吊诡啊，我和冯将军分道扬镳，恰恰是因为民众。几十万大军进入陕甘两省，势必与民争食。那时，陕西、甘肃恰逢连年大旱，百年不遇，民不聊生，挤在一起大家都没活路。"

说到这儿，韩复榘抬头仰望泰山，满面哀戚。

周百镗站在韩复榘身旁，心中不免感慨系之。好在韩主席有言在先——点到为止；否则，真不知如何作答。

韩复榘缓步走近大众桥，苦笑了一下，说："百镗，你看到的是大众桥，猜一猜，我看到的是什么？"周百镗道："泰山。"韩复榘笑了笑，说："我没那么大的胸襟，我看到的是'向方亭'。'明轩亭''协和亭''右任亭'，向方忝列其中，真是羞愧难当啊！"

韩复榘没有走上大众桥，上车去了关帝庙。

到了关帝庙，下了车，韩复榘在士兵的护卫下，拾级登山，周百镗依随其后。

一路上，韩复榘一步不停、一言不发，登上南天门亦未停留，径直前行。

来到无字碑前，韩复榘收住脚步。片刻之后，周百镗快步来到近前，气喘吁吁道："主席身体真好，百镗无能，拼死才赶上。"韩复榘道："我是个当兵的，慢一步命就没了。"他忽地笑了起来，"百镗啊，这话不对，慢一步没命，有时候快一步同样没命。难就难在恰到好处！"

周百镗嗟叹道："主席说得对！中庸之道便是恰到好处。"

韩复榘盯着无字碑，恨恨地说道："无字碑变成了有字碑，无论什么时候都是党国的奇耻大辱！山东党部这群白痴，日本占了中国，你有啥权！"周百镗恭维道："主席下令清除，泰安民众无不拍手称颂！"

韩复榘道："百锽，你看这无字碑上写的什么？"周百锽晓得韩主席的意思，忙道："主席，我想过无数次了，参悟不透啊。"

韩复榘道："我告诉你，百锽，无字碑云：'朕即天下，天下即朕！'"周百锽听了，豁然醒悟，连声道："主席英明！主席英明！百锽听了，茅塞顿开。就是这个意思！就是这个意思！"

韩复榘道："百锽，你看这无字碑是何人所立？"周百锽道："有说秦始皇的，有说汉武帝的，我个人倾同于秦始皇。"韩复榘道："我对考古没有兴趣，但不反对他们做这些事，就怕过犹不及啊！"

周百锽道："主席说得对。去年新泰的几个文人，倩着梁父山之名，虚陈了许多故事，其中就有无字碑的。他们说这无字碑是汉武帝在梁父山所立，后来才移到泰山上。"韩复榘轻蔑地笑了笑，正色道："有他们什么事？站在这儿，不论秦始皇还是汉武帝，就是中山先生和蒋委员长，也还是那句话。百锽，只要泰山搬不到新泰去，那几个人就省省心吧！"

周百锽情不自禁地笑了，说："主席这话说得高屋建瓴、直捣黄龙啊！"

韩复榘呵呵一笑，说："弄明白这无字碑的内容，要比知道这碑是秦始皇立的还是汉武帝立的，重要千倍、万倍。我韩复榘早就看透了，心里清楚没我什么事。我只想着把山东经营好，怎么就成了通日？非得把日本人引到山东来，拼个鱼死网破？可我韩复榘即便想拼，也没这个本钱啊！"

周百锽听了这话，心中骇然：此公想要投日，泰安如何自处？

韩复榘盯着周百锽，问道："百锽啊，明天，日本第五师团师团长板垣征四郎、参谋花谷大佐飞济南，齐鲁大地，顾左右而言他，这条路走不下去了。如何措置？你说说。"周百锽诚惶诚恐地说道："比等军国大事，百锽哪敢多嘴！"

韩复榘沉思片刻，慨然道："挑泰山一说，缘起于泰山挑夫，如果挑泰山不包括选择，那么选择就比挑泰山重要。"说完这话，他转身下山去了。

韩复榘到底是投日还是抗日？送走韩复榘，周百锽一直在琢磨这个问题，及至深夜，方才悟透：韩主席大抵还是抗日。如果他已决定投日，肯定不会来爬泰山。犹豫不定才夹爬泰山啊！明天日本人来济南，定是逼他表明态度，绥靖妥协的路子走不通了。

周百锽的脑海里浮现出韩复榘那双细长的眯缝眼：一双小眼，隐着轻蔑、洞穿一切的深邃。

晚上，济南东鲁中学校长、韩复榘的日文翻译朱经古，应邀来到省政府与韩复榘一起吃饭，两个人边吃边聊。

韩复榘道："朱校长，你、我，还有花谷大佐都是老朋友，这中间的曲里拐弯你也清楚，你看明天这事还能蒙混过去吗？"朱经古摇头道："难啊！板垣征四郎说，已经容忍山东多年了，既然和日本做朋友，就要一心一意，不能利用日本挟制南京，首鼠两端，脚踏两条船。"

韩复榘冷冷一笑："我韩复榘首先要保住自己的弟兄，弟兄们没了，万事皆休；其次我得保住山东，我是省主席，我的人马吃穿用度都来自山东，不能忘本，不能舍弃。满足这两条，八条船我也可以踏！前提是，不要让我做汉奸！"朱经古低声道："那就不好说了。"

韩复榘道："在济南，他们那么多谍报人员，不知道我韩某人的底线吗？应该知道，还要来，有意思吗？"朱经古道："他们认为山东介于华北和南京之间，地位举足轻重。向北倒，华北五省自治才能实现；向南倒，对其非常不利。"

韩复榘一脸怅然："他们的如意算盘打错了。我不是南京的嫡系，甚或是其眼中钉、肉中刺，但也绝不是日本人的马前卒。"朱经古不无忧虑地说道："花谷大佐自诩与主席私交甚好，可能已经向田代司令官夸下海口，保证不虚此行。"

韩复榘不屑地说道："花谷太幼稚了。我和他交好，是因为我是山东省主席，希望山东安定。现在让我做卖国的勾当，还想着做朋友？"

第二天下午，日本第五师团师团长板垣征四郎、参谋花谷大佐如约而至，双方在西花厅举行会谈。朱经古担任翻译。

花谷大佐道："板垣征四郎师团长已经报请日本国政府批准，专门安排了一笔经费，资助韩主席的五位子女去国外读书、安居就业。世界上任何一个国家均可。不知韩主席意下如何？"韩复榘摆了摆手，说："这事就不要再提了，上一次是去贵国，我没有答应，这一次我还是下不了这个决心啊。我们中国人，心小，孩子不在身边，放不下。"

　　花谷大佐一脸尴尬，瞅了朱经古一眼，说："既然如此，我们也不好勉强。你我是老朋友了，接下来就言归正传吧。"韩复榘冷冷地说道："如此甚好，既然是老朋友，就不要客套了。"

　　花谷大佐道："板垣征四郎师团长和我此次来济南，主要是想请韩主席明确表态，答应山东独立，日本国定将大力支持。"韩复榘义正词严道："贵国的东京可以独立吗？大阪可以独立吗？"

　　板垣征四郎勃然变色。

　　花谷大佐沉默片刻，盯着韩复榘执拗地说道："韩三席，黄河是山东和南京之间的天堑，山东独立，一分通电而已。南京奈何不得。分邦立国，在中国是光宗耀祖的伟业。"韩复榘不假思索，针锋相对道："花谷兄，你还是不太了解中国，在中国还有一个词，那就是'祸国殃民'。我韩复榘严正以告：山东独立，在我韩复榘治下，绝无可能！"

　　花谷大佐面如土色，失望地说道："好吧。我们尊重韩主席的决定。韩主席，我们的另一个意向是：河北、山东、山西、察哈尔、绥远五省自治，由韩主席出任最高长官。"韩复榘冷冷一笑，说："贵国提议华北五省自治，由来已久。板垣征四郎先生多次登门拜访段祺瑞、吴佩孚、孙传芳，希望在北平成立亲日政权。三位老先生要么闭门不见，要么虚与委蛇，所以你们今天才找到我的门上。我韩复榘就能答应吗？"

　　花谷大佐十分惊诧："韩主席，您不是答应了吗？"韩复榘眯眼一笑，反问道："什么时候答应的？"

　　花谷大佐道："去年。"韩复榘道："我怎么说的？"花谷大佐道："您说华北五省自治可以考虑……"

　　韩复榘道："对！我是说过华北五省自治可以考虑，但没答应你什么。我现在考虑好了，正式通知你：花谷先生，华北五省自治我说了不算，你们应该去南京谈。"

　　花谷大佐一脸绝望，仍心有不甘，冷冷地说道："韩主席，作为老朋友，我还是想尽力帮助您。这样吧，山东中立，不抗战，不许中央军过境，不许中央军在山东作战，我军保证不打山东，不轰炸山东。"韩复榘正色道："谢谢花谷先生，说来说去，还是想让山东独立啊！恕难从命！"

板垣征四郎霍地挺直身躯，气呼呼地看着花谷大佐。

花谷大佐想起在田代司令官面前夸下的海口，顿觉无地自容，瞪大眼睛盯着韩复榘，缓缓地解着衣衫。

板垣征四郎冷眼瞅着。

韩复榘镇定自若地看着。

朱经古骇然色变。

花谷大佐扯开衣衫，露出滚圆的肚腹，低头看了一眼，倏地抽出腰刀。

朱经古早有准备，迅疾起身，双手攥住花谷大佐的右手腕，拼命劝道："使不得！使不得！使不得啊！"

韩复榘冷冷地说道："花谷先生，你我现在已不是朋友，大可不必。送客！"

说完这话，韩复榘拂袖而去。

# 六

正月十五晚上，吃罢元宵，贾汗青和女儿梳洗打扮一番，七点整，挑起一个箱子和一张条桌，出了家门。

贾汗青道："妮啊，你爹我这个担子有六七十斤吧，挑上肩就气喘吁吁。想想灵芝他爹，一上肩就是小二百斤，还要登山，一天一天又一天，怎么熬过来的啊！"贾笑荷道："咬着牙，一步一个台阶登上去呗。除此之外，还有什么办法？"

贾汗青道："妮说得对，爹也是担过山的。活人啊，也是一步一个台阶，咬着牙，一步一步地爬啊！"

走近泰安门，贾汗青不由自主地收住脚步，抬头仰望：两个硕大的红灯笼挑在城门东西两侧，东边的灯笼上书有"国泰"，西边的灯笼上书有"民安"。

贾汗青想到近来的时局，心里涌起一阵伤感，嗟叹道："'国泰民安'不容易啊！"贾笑荷诧异地问道："爹，咋啦？"

贾汗青不接言，摇了摇头，腰一挺，肩上的扁担一颤，稳步走进泰安门。

一眼望去，中山街灯火楼台，金光璀璨，大小店铺都悬了灯笼，喜气洋洋。

贾汗青道："妮啊，你从小就喜欢看灯，爹慢慢走，你仔仔细细地看。"贾笑荷盯着东边的石头香客店，欢声道："爹，俺就喜欢看香客店的灯笼。"

石头香客店门前挂着两盏灯笼，左边的灯笼上绘着石姝在镜溪峪弹筝，右边的灯笼上绘着大黄猫手拿竹竿和石敢当在枯松上打斗。

**贾汗青、贾笑荷父女俩边走边看。**

鞭子香客店门前，左边的灯笼上绘着石老虎下山，右边的灯笼上绘着石敢当勇攀扇子崖。

鹦鹉香客店门前，左边的灯笼上绘着武状元大泰山，右边的灯笼上绘着文状元小泰山。每有客人至，左边的鹦鹉就叫道："今年住状元香客店！"右边的鹦鹉则叫道："明年你家出个大状元！"

棒槌香客店门前，左边的灯笼上绘着凤凰飞翔，右边的灯笼上绘着麻雀啄食。箩筐香客店门前，左边的灯笼上绘着牡丹怒放，右边的灯笼上绘着梅花盛开。这四盏灯笼置身泰山故事的灯海中，甫一望去，貌似突兀，却给人耳目一新的亲近感。

中山路的尽头是双龙池，遥参亭坊上有两条龙灯悬空嬉戏，煞是好看。

到了升平街，便见岳阳街上灯火辉煌，人山人海，喜气洋洋。父女俩拐进东迎翠街，一股松柏的香气扑面而来。贾笑荷贪婪地吸了一口，低头看去：地上散落着一些细小的木屑和树枝。

贾笑荷弯腰探手去捡，贾汗青低声喝道："脏啊，妮！"贾笑荷收手挺身，说："爹，我怎么闻着木柴的味道越来越香啊？"

贾汗青道："笑荷啊，这是因为你长大了。今年十七，明年十八，不能再拖了。明年爹要把你嫁出去。"贾笑荷扯着贾汗青的棉袍，娇声道："爹——"

贾笑荷挽着贾汗青的胳膊走进仰圣街，深有感触地说道："爹，以前每年的这一天，您领着我绕岱庙，我心里都特烦，不知怎的，今年竟喜欢起来了，是发自内心的喜欢。"贾汗青道："你心里不烦，已经两年了。"

贾笑荷道："爹，这话从何说起啊？"贾汗青道："妮啊，你有两年不噘嘴啦！"贾笑荷扑哧笑了。

贾汗青道："妮啊，知道你为什么喜欢了吗？"贾笑荷模仿贾汗青道："妮啊，你长大了。"贾汗青道："妮啊，你说对了。人的每一步，踩下的都是岁月，踏在地上，印在心上啊！"

岱庙四周彩灯高悬，灯笼上绘有各种各样颇具泰山特色的图案：有泰山神黄飞虎启跸回銮，有泰山老奶奶踏云升天，有泰山石敢当大战九头狐，有吕洞宾教授泰山石敢当武艺，有钟碧霞赶羊上山运砖，有泰山石敢当打擂，有大黄猫耍枪，有白氏郎跃起挥剑斩云……

走过瞻岱门、福全街，贾汗青和女儿踏上岳阳街，眼前人山人海，好不热闹。

贾笑荷不无担忧地说道："爹，咱今天来得好像有点晚，那地方还给留着吗?"贾汗青自负地说道："不过八点就不晚。妮啊，那个地没了，爹就死心了。不给留地，说明大家不愿意看了，爹就封了箱，余生与这皮影绝缘。"

这时,有人喊道："贾师傅,几点开始?"贾汗青道："老时间,八点准时开锣!"

他们到了正阳门前，看到岱庙坊下稀稀落落站着几个人，与四周相比甚是冷清。

人们看到贾汗青赶来，纷纷躲闪。贾汗青来到岱庙坊下，撂下挑子。贾笑荷收了扁担，弯腰开箱。

贾汗青一身轻松，掏出鸳鸯板，手一抬，打起来：当哩个当，当哩个当，当哩个当哩个当哩个当!

贾汗青一面打着鸳鸯板，一面绕着场子开了腔：

> 当哩个当，当哩个当，
> 当哩个当哩个当哩个当!
> 各位父老兄弟，你们好!
> 今年正月十五夜，
> 贾汗青又来了，
> 带来一个大阵仗。
> 大阵仗，是个啥?
> 不要急，不要慌，
> 八点一到，
> 泰山板书把话讲。

话音落下，掌声四起。

贾汗青分别朝东南西北四个方向深深地鞠了一躬，然后走到岱庙坊下，和女儿一起拾掇起来。

条桌支在岱庙坊前。条桌前扯起一块长方形白色幕布，条桌两端各燃了一支粗蜡。

条桌上摆满了竹签，竹签前端缀有各式各样的皮影：有人物，有动物；有神仙，有鬼怪……五颜六色，栩栩如生。

贾笑荷在条桌西南侧支了一个木架，不慌不忙地在上面摆着锣、鼓、镲……

及至八点，有人喊道："贾老板，时辰到了！"

贾汗青霍地起身，将手中的鼓槌递给贾笑荷，掏出鸳鸯板走到条桌前，向四周瞭了一眼，没有看到县长周百锽，心里一沉，旋即又抖擞精神，面向正北，弯腰鞠了一躬，挺胸抬头打响鸳鸯板：当哩个当，当哩个当，当哩个当哩个当哩个当！

贾汗青成竹在胸嘴一张，高亢激昂开了腔：

> 当哩个当，当哩个当，
> 当哩个当哩个当哩个当！
> 闲言碎语咱不讲，
> 泰山板书开了腔。
> 不给权贵唱赞歌，
> 只为苍生鼓与呼。
> 刚才说的那个大阵仗，
> 便是山东韩主席。
> 众说纷纭韩复榘，
> 口口相传，没了那个真假，
> 且听我罗列个一二三。
>
> 当哩个当，当哩个当，
> 当哩个当哩个当哩个当！
> 韩主席，爱作诗，

这一日，题泰山：

远看泰山黑乎乎，

上边细来下边粗。

有朝一日倒过来，

下边细来上边粗。

你说可笑不可笑。


当哩个当，当哩个当，

当哩个当哩个当哩个当！

韩主席，爱听书，

山东快书当哩个当，

小心翼翼开了腔：

韩主席，今儿个听哪一段？

韩主席高声道：关公战秦琼！

山东快书惊了呆，

关公在汉，秦琼在隋，

几乎差了四百载。

主席，这仗如何打？

韩主席沉吟片刻开口道：

山东快书听好了，

今天关公与秦琼，

定要分出个高低来，

否则……呵呵呵……


当哩个当，当哩个当，

当哩个当哩个当哩个当！

山东快书惊了慌，害了怕，

战战兢兢开了腔：

关公打马出了阵，

赤面长须冷冰冰。

手举青龙偃月刀，

高声断喝：来者何人？

秦琼手舞双锏，

催动胯下黄膘马，

威风八面迎上前。

山东大汉性实在，

不言不语打起来。

叮叮叮，当当当，

噼里啪啦，

稀里哗啦。

好一场恶斗啊！

跋唐宋，涉元明，

跨清朝，越北洋，

直打到民国今天正月十五夜，

还未分出郏个胜和负！

当哩个当，当哩个当，

当哩个当哩个当哩个当！

韩主席，爱审案，

人前称青天，

背后把嘴撇。

这日坐堂把那个盗贼审，

一声大吼开了腔：

偷鸡的，说实话，

若有半句假言语，

本主席，不饶你。

我问你，伸手把鸡抓，

鸡如何？

偷鸡的，心里想，

三只鸡，六块钱。

如实说，又如何？

一身轻松把话讲，

鸡一抓咯咯叫。

韩主席，勃然大怒把案断：

鸡一抓咯咯叫，

你敢偷，胆真大，

还有什么不敢做啊？

可恶！可恶！真可恶！

枪毙！


当哩个当，当哩个当，

当哩个当哩个当哩个当！

韩主席坐堂把那个盗贼审，

一声大吼开了腔：

偷牛的，说实话，

若有半句假言语，

本主席，不饶你。

我问你，伸手牵牛，

牛如何？

偷牛的，心里想，

一头牛，一百六。

今儿个，罪难逃。

心情沉重把话讲，

伸手牵牛，牛不语，

摇头晃脑不肯走。

韩主席面露喜色把案断：

你牵牛，牛不语，

这真不是什么事。

偷牛的，你的胆，

像老鼠，针尖大，

不偷金，不抢银。

今日我且放了你，

记着回去牵牛还。

无罪开释！


当哩个当，当哩个当，

当哩个当哩个当哩个当！

众说纷纭韩主席，

说好的少，说孬的多，

到底是真还是假？

且听泰山板书稍后揭分晓！


贾汗青收了鸳鸯板。掌声雷动，叫好声此起彼伏。

他给观众深深地鞠了一躬，还是没有看到县长周百锃，心里不安起来，拱手朗声道："今年贾汗青献给父老兄弟的皮影大剧是《石敢当降服九头狐》。"众人听了，精神大振，翘首以待。

贾汗青坐到条桌后，贾笑荷坐到木架前。

贾汗青看了女儿一眼，欢声道："妮啊，敲起锣，打起鼓，贾家皮影开场啦！"贾笑荷娇声道："爹爹，遵命！"

贾笑荷左手夹起俩鼓槌，敲击单皮及大鼓；右手拉绳，敲小锣及小镲；大镲有绳系于地，以脚踏之。

一阵锣鼓声响过，贾汗青朗声道："两手托起千秋将，灯影照亮万古人！"贾笑荷高声道："各位朋友，下面为你们表演《石敢当降服九头狐》。"接着，抑扬顿挫的吟唱声响起，伴着铿锵有力的锣鼓声，回荡在正阳门前金光璀璨的月夜里。

幕布上，石敢当手持宝剑，威赫出场。

石敢当朗声道："田家庄赵员外家来了妖怪，放言：'石敢当若不来，田家庄死光光！'妖怪！石敢当怕你不成！"石敢当一个跳跃，落在赵家大院。

赵家小姐赵如玉立在庭院中央，款款地向石敢当道了个万福，嗲声道："小女子恭迎石将军大驾光临，千不该，万不该，害得石将军入不了洞房。"石敢当道："请问姑娘姓甚名谁？"赵如玉道："我是谁不重要，你想让我是谁我就是谁……"

石敢当手握宝剑，喝道："你是人还是妖？"赵如玉道："是人还是妖，重要吗？"石敢当道："当然重要啦！自古人妖不同道，正邪不两立！"

赵如玉道："我就是妖，我就是怪，我就是你要找的那个妖怪。"说完这话，她双肩忽地冒出八颗狐狸头，扑向石敢当面门。石敢当挥剑将其左肩的四颗狐狸头砍掉。狐狸头落地变成四个少女，扑通跪在石敢当面前，齐声道："主人，请受奴婢一拜！"

石敢当大吃一惊："你们是谁？"一个少女道："我们是石将军的仆人。"石敢当道："意欲何为？"一个少女道："请石将军与我家小姐拜堂成亲，共享荣华富贵。"

石敢当怒道："办不到！"四个少女就地一滚，各执彩带一条，跳跃着将石敢当的手脚绑了。石敢当手中宝剑坠地。

石敢当大吼一声，挣脱彩带，捡起宝剑将四个少女一一斩杀。四个少女倒地后寂然不见。

石敢当冲赵如玉喝道："恶魔，你还有什么妖术快快使出来！"赵如玉并不答话，右肩的四颗狐狸头忽地探出，扑向石敢当面门。石敢当挥剑将四颗狐狸头砍掉。

狐狸头落地又变成四个少女，各执一柄宝剑，围住石敢当砍杀起来。石敢当拼尽全力，挥剑将四个少女一一诛杀。四个少女倒地后亦寂然不见。

石敢当挺剑来到赵如玉近前，厉声道："妖怪，快快放了赵姑娘！"赵如玉道："石敢当，放了赵姑娘可以，你得答应我一个条件。"

石敢当道："什么条件？"赵如玉道："和我拜堂成亲。"石敢当道："你做梦！"赵如玉道："石敢当，想清楚，答应我，你就能享受无尽的荣华与富贵。"

石敢当道："头可断，血可流，降妖除魔不回头！"

赵如玉尖声道："石敢当，我再问你一次，答应不答应？"石敢当斩钉截铁地回道："头可断，血可流，降妖除魔不回头！"

赵如玉冷冷一笑，挥剑砍向石敢当。石敢当举剑相迎，宝剑断为两截。石敢当一面将半截宝剑掷向赵如玉，一面转身躲闪。赵如玉的宝剑刺中石敢当右肩。

石敢当摔倒在地，正欲跃起，却被宝剑抵住咽喉。

千钧一发之际，一个响亮的声音传来："石敢当，老奶奶我来救你！"

赵如玉一愣神。一块石头从天而降，把她压在下面。妖怪现了原形，是一只狐狸，九颗头。

石敢当急忙起身，从地上捡起半截宝剑，站在九头狐近前。

九头狐抬头哀求道："石敢当，放了我吧。赵如玉在闺房，安然无恙。"石敢当道："放你，不是不可以，你要保证，从此不再作恶！"九头狐道："我保证，从此不再作恶！否则，天打雷劈！"

这时，泰山老奶奶的声音响起："石敢当，除恶务尽，不要心慈手软！"石敢当朗声道："老奶奶，石敢当遵命！"

"妖怪，拿命来！"石敢当大吼一声，挥剑将九头狐斩杀。

表演结束，掌声雷动，众人齐声叫好。

贾汗青起身掏出鸳鸯板，走到条桌前站定，还是没有看到周县长，心里颇为失望。

他咬咬牙，鼓鼓劲，挺胸抬头打响鸳鸯板：当哩个当，当哩个当，当哩个当哩个当哩个当！

贾汗青郑重其事开了腔：

> 当哩个当，当哩个当，
> 当哩个当哩个当哩个当！
> 闲言碎语咱不讲，
> 泰山板书开了腔。
> 书接前回继续讲。

众说纷纭韩主席，

你说好，他说孬，

人云亦云不足信，

有凭有据见真章。

韩复榘，字向方，

幼读诗书根基厚，

能作诗，通乐律，书最佳。

你要不相信，

泰山顶上看一看，

孔子庙的堂匾是他题，

好与孬，立马见分晓。

从军投奔冯玉祥，

滦州起义他有份。

北伐打进北京城，

人送外号飞将军。

入主山东做主席，

整顿吏制不手软。

共有县长一百多，

半年撤了五十五。

剿匪亲临第一线，

匪患不除誓不还。

刘黑七，最恶毒，

把他撵出泰安地，

便是主席韩复榘。

办教育，不疼钱，

山东大学是他建。

长放眼，不恋权，

救济农村见真章。

土匪烟犯他最恨，

一个字：杀！
救灾民，动真心，
截火车，抗中央，
令下军兵，为灾民别怕开枪！
这样的主席谁见来？

当哩个当，当哩个当，
当哩个当哩个当哩个当！
众说纷纭韩主席，
我说他好，你说他孬，
都要静心细思量。
说他好，说他孬，
有凭有据才妥当。
真假虚实过脑筋，
自己的羽毛要疼惜。
有人说，待山东他最好，
这句话，泰山板书不敢讲。

当哩个当，当哩个当，
当哩个当哩个当哩个当！
诸君随我向前看，
岱庙毁损他来修。
描壁画，加护栏，
只能看，不能摸。
大家扭头四下望，
泰安门、仰圣门，
迎暄门、岳晏门，
四门复原，城墙加固，
还是他的功劳大。

抬头北望，泰山巍巍，

修盘道，清污染，

还是他把令来下。

无字碑，放了言，

韩主席下令抹去了。

未经许可，泰山之上不许刻刻画画，

明令电报还能查，

日期现在告诉你，

民国二十一年七月。


当哩个当，当哩个当，

当哩个当哩个当哩个当！

泰山板书开了腔，

林林总总说一通，

不唯名，不唯权，

求真务实立山前，

立山前！


话音未落，掌声四起，夸赞叫好声不绝于耳。

依循惯例，贾笑荷端着托盘四下里走动，众人纷纷打赏，有一角的，有两角的，有五角的……不一会儿，托盘里存了一堆票子。贾汗青跟在女儿身旁，打躬作揖，赔着笑脸，说着好话。

一张五十元的钞票落在托盘里。贾汗青一怔，挺身抬头：县长周百锽就站在面前，身后跟着区秘书。

贾汗青悬着的一颗心落了地，忐忑不安地问道："周县长，您满意吗？"周百锽笑道："满意！咱们泰安人就应该这样！"贾汗青道："谢谢县长，泰山板书有一说一。"

周百锽嗟叹道："好！泰山板书只要做到有一说一，今后，泰安人记不住我周百锽，也记得住你贾汗青！"贾汗青尴尬地笑了，支吾道："哪能……

哪能……谁不记得县长啊!"

周百锽走后,众人散开,看灯去了。

池灵芝赶来,掏出十元钱放在托盘里。贾笑荷叫了一声灵芝姐,俩人便靠在了一起。

贾汗青道:"你爹怎么没来?"池灵芝支吾道:"俺……爹……在家里……擦扁担呢。"贾汗青道:"看来你爹是真热那个位子,图个啥?"池灵芝小声嘟囔道:"谁说不是呢。"

池灵芝走后,父女俩收拾停当,贾汗青挑担上肩,高声道:"妮啊,咱走,穿岱庙,看灯会,然后把家还。"贾笑荷道:"好咧,爹,不用说俺也知道,年年如此。"

贾汗青道:"你也越来越喜欢了。"贾笑荷道:"是啊,以前老是想着吃,现在不了,只想多看看,弄明白什么意思。爹接下来要说:'妮,你长大了。'"

贾汗青笑了,说:"妮,你弄错了,爹刚想给你说,我老了。"他说完这话,一阵酸楚涌上心头。

贾笑荷浑身一颤,眼前陡然一暗,蓦地抬头:一片薄云恰好遮住了红彤彤的圆月。

贾笑荷慌慌张张追上贾汗青,父女俩说着话,到了正阳门前。

一个小伙子快步赶来,拦住贾汗青,拱手作揖道:"贾老板,我是张大山香客店的伙计王一岩,有位上海客商点了您的皮影,快随我去吧!"

贾汗青迟疑道:"小伙子,有点晚了。"王一岩道:"贾老板,钱多,五十块啊!"贾汗青动了心,探询地望着女儿。

贾笑荷心里飞快地合计起来:今晚一共挣了九十七,还有周县长的五十,这五十块钱来得可真容易啊!想到这儿,她嫣然一笑:"爹,咱去吧。"贾汗青就盼着女儿这句话,听了甚是高兴,抬头看了正阳门一眼,对王一岩道:"小伙子,我们走。"

贾汗青快步走进正阳门,王一岩追着喊道:"贾老板,穿庙慢,咱走仰圣街。"贾汗青道:"你从仰圣街回吧,我们每年这个时候都要走一趟岱庙,也不差这一会儿。"

王一岩收住脚步，笑道："贾老板，我在店里等您。"贾汗青道："好，不见不散。"

进了岱庙，端的熟悉，火树银花不夜天，年年相同，岁岁如此。说书的，杂耍的，斗鸡的，蹴鞠的……各霸一方，热火朝天。

贾汗青和贾笑荷到底惦着那五十元钱，心境与往年竟大不相同，走马观花亦不能了，遂不约而同地快步出了岱庙，向东走到仰圣街，过仰圣门，匆匆忙忙去了张大山香客店。

进了店门，父女俩没有看到伙计王一岩。贾汗青刚放下扁担，向正强便迎面走来，笑道："笑荷，那块鸳鸯板你收到了吗？"贾笑荷怔怔地看着向正强，不明就里。

贾汗青听了这话心惊肉跳，忙拉住女儿的棉袄袖子，急促地说道："笑荷，他认错人啦！"向正强拱手道："贾老板，人没认错。笑荷这么漂亮，怎能认错？话说错啦！抱歉！抱歉！"

向正强呵呵一笑，出了香客店。

一种不祥的预感袭上心头，贾汗青决定立即带笑荷回家，刚抓起扁担，王一岩走出来道："贾老板，这么快，没想到，没想到。我给客人说还得等一会儿呢。有请！有请！快快有请！"

贾汗青忽地丢下扁担，抱腹蹲身，哀号起来。贾笑荷吓得跪在爹爹面前，惊心地问道："爹，你怎么啦？怎么啦？"王一岩也焦急地问道："贾老板，您哪儿不舒服？店里有大夫，我去请来？"

贾汗青皱着眉头，慢慢站起身来，有气无力地说道："小兄弟，我肚子疼，这活接不了了……操心给上海那位老板说……谢谢了。"王一岩无可奈何地说道："只好如此了。"

贾汗青弯腰抓起扁担，贾笑荷伸手便抢。贾汗青低声道："妮……爹还行！"扁担上肩，贾汗青咬牙起身，踉踉跄跄出了店门。王一岩殷勤地送出店外，叮嘱道："贾老板慢着点啊！"

贾汗青步履蹒跚，哀声道："谢谢了。"

到了西青龙街，贾汗青一改颓唐，挺直了腰板。贾笑荷慢慢醒悟，回过神来，忧心忡忡地问道："爹，遇到祸事啦？"贾汗青道："妮，你大了，爹也不瞒你。"随即，他三言两语，轻描淡写地说与贾笑荷。

贾笑荷紧张地抓住爹爹的棉袄袖子。贾汗青安慰她道："笑荷莫怕。范校长答应帮我们，明儿一早我就去找他。"

到了家，进了大门，贾笑荷正欲关门，贾汗青忙悄声阻止。

他搁了挑子，走到大门前，将门慢慢关了，却留下一条缝隙，示意女儿向外瞧。贾笑荷将脸贴在门上，便见贺盛安悄然走来，收住脚步，扭头向大门看了一眼，又快步去了。

贾笑荷心中一热，慢慢地掩上门，转身回了堂屋。

她拿出下午做好的两盏面灯，倒上豆油，点着，一手一个端着，走到爹爹近前，给爹爹照了耳朵眼。

贾汗青道："妮啊，人这一辈子，无论是谁，能遇到一个真心对自己好的人，不容易。多少人，一辈子也遇不到一个。"贾笑荷噘嘴道："爹，你这是说啥啊？"

贾汗青忧心忡忡地说道："妮啊，你不懂。爹担心，等你懂了，啥都晚啦！"贾笑荷跌足道："爹——"

贾汗青便不再言语了，心里许久以来隐约萌生的担忧瞬间冒了出来，不由得暗自嗟叹："妮啊，爹没本事，只能求老奶奶保佑你，有个好运气罢了。"

贾笑荷端着面灯照过卧房，照过米缸、面瓮，照过灶台，照过水缸，然后开了大门，将两盏面灯搁在南北门石上，又看了一眼，慢慢地将大门关上，落了闩。

她走到堂屋门前，情不自禁地收住脚步，转身抬头，仰望当空的圆月，喃喃道："娘，你在哪儿？爹说他老了……"她蓦地泪流满面，"娘……你看得见我们吗？娘……今天咱家的元宵是黑芝麻馅的，爹给你盛了一碗，说你喜欢。娘……你吃到了吗？"

# 七

正月十六，天尚未黑下来，位于宫后门街的灵应宫便热闹起来。茂盛街、东更道和西更道都挤满了人，人们蜂拥着进入灵应宫。与往日不同的是，有不少人荷了扁担，是挑夫，却未担东西，绳索团在扁担的一端，神情轻松，委实少见。

每年的正月十六日夜，泰山挑山帮会都在灵应宫举行大会，泰山挑夫咸来与会。贾汗青因与挑山帮会交好，照例送一场皮影，这是吸引挑夫之外的人们前来灵应宫的主要原因。

今年春节前后，便传着挑山帮会会长牛峰要在正月十六的大会上退下来，泰山挑山帮会将产生新会长。新会长是谁？没有悬念，肯定是池四喜，众望所归啊。

池四喜是泰安技术最好的挑夫，扎大架子一绝。提起扎大架子，泰安人都知道池四喜是第一高手。凡大物件上山，必扎大架子，即使请不到池四喜，扎好后也要请他现场验看。池四喜点了头，挑夫才敢放心上肩。

与往年不同，今天来灵应宫的人们，大都还惦念着看一看那块堂匾。按规矩，挑山帮会的堂匾将由牛峰交给新任会长。传言泰山挑山帮会的堂匾系米芾所书，有说是真的，有说是假的。二十年前，在灵应宫大殿的露台上，牛峰从上一任会长手中接过堂匾，从此秘不示人，更为这块堂匾增添了神秘色彩。

灵应宫大殿的露台正中摆了一张供案，上面立了泰山老奶奶的牌位，牌位前横着一根扁担，堂匾倚靠在扁担正中，上覆红绸布。

露台东西两侧各摆了十把椅子。

露台前端偏右立了一张条桌，条桌两边各绑了一根竹竿。贾笑荷抖开幕布，挂在竹竿上。

在露台下面西南角处，挑夫们将贾汗青、贺盛安和池灵芝团团围住。一条崭新的柏木扁担搁在一张桌子上，这条扁担比挑夫们常用的扁担宽一倍。

挑夫们一一将钱递给贺盛安。认识的，贺盛安直接喊出名字和金额；不认识的，贺盛安笑笑，挑夫便自己报上名字和金额。贾汗青将挑夫的姓名和金额用毛笔写在扁担上，池灵芝则将金额分别记在两个本子上。

扁担写了五分之四，周围便没了人。三个人一身轻松，正欲封账，贺盛安却看到露台下面西北角那儿站着一个人，荷着扁担，是个挑夫。谁？他仔细一看：是叶国豪，心里顿时明白了。

贺盛安高声喊道："国豪哥，快来啊，就差你了。"叶国豪扛着扁担，吃力地走到近前。他一脸病态，伸手掏钱的当儿，弯腰咳嗽了一通。

叶国豪手里捏着一角钱，颤抖着递向贺盛安。贺盛安双手握住他的右手，顺势将那一角钱摁进其手心，高声道："叶国豪，两块。"

叶国豪听了这话，浑身一颤，眼里噙着泪，支吾着说不出话来。

贺盛安忙道："国豪哥，到前边找个凳子坐下，等着看皮影吧。"

叶国豪荷起扁担，步履蹒跚地去了。

池灵芝道："盛安哥，这钱算我的。"贺盛安道："哪能啊，算我的。"池灵芝又小声道："你家困难，一人一块，谁也别争啦！"贺盛安低声道："好吧。"

贾汗青听了，心里暗自赞佩。

这时，贾笑荷走过来，左手捏着一张纸，右手攥了一把钱。她将钱递给贺盛安，举起那张纸读道："周县长一百，范校长二十……"突然，她一跺脚，咯咯地笑起来，"灵芝姐，俺想冒充个识字的……还不行呢……"

池灵芝道："现在学也晚不了。"贾笑荷道："一个个和曲里船似的，看看就眼晕。"

贾汗青接了那张纸一一誊下：

周县长一百元，范校长二十元，泰安铁路工会会长姚济十元，泰安人力车夫工会会长江劲松十元，岱庙住持慧光道长二十元，碧霞祠住持裕阳道长二十元，蒿里山神祠住持了远道长二十元，普照寺住持法华方丈二十元，灵应宫住持紫浩道长二十元，徂徕￼香会香头石明义十元……共计二十一人，五百七十元。

钱账核对一致，贾汗青将其写在扁担上。

池灵芝、贾笑荷目送贾汗青、贺盛安回到露台上。池灵芝悻悻地说道："凭什么不让咱上台啊？"贾笑荷笑道："他们男人有劲，热爱担山，就让他们担去吧。"

到了露台上，贾汗青看到范校长和周县长的座位挨着，两个人正凑头说着什么，心里欢喜，忧虑顿消。

贺盛安双手捧了扁担，恭恭敬敬地呈给牛峰。牛峰双手接过，转身缓步走近供案，庄重地搁在堂匾前。

八点整，灵应宫的大钟鸣响……十二下，钟声止。

泰山挑山帮会会长牛峰跪在供案前，给泰山老奶奶行叩拜大礼。

礼毕起身，牛峰分别面向东西两边的嘉宾弯腰鞠躬，然后走到露台前，面向台下弯腰鞠躬，抱拳朗声道："各位老少兄弟爷们，承蒙抬爱，二十年前，我牛峰在这儿从杨会长的手中接过'挑泰山'这决堂匾。在大家的帮扶下，这二十年还算平顺，入会的挑夫从一百二十三人，到今年已达三百四十六人。在这二十年中，帮会所有的帮扶无一差错，没有出现一次拖欠、赖账。我牛峰现在可以自豪地说，二十年来，我们每一位挑夫都对得起堂匾上'挑泰山'这仨字。老少兄弟爷们，我今年五十了，挑不动了，所以我决定将帮会的堂匾传给下一任会长，今后将由他带领帮会的兄弟爷们担山。

"老少兄弟爷们，根据我们泰山挑山帮会'挑泰山，有担当'的宗旨，我给你们选了一位年轻的会长，"他伸手向西一指，"挑夫贺盛安！"

贺盛安坐在西边末位，池四喜坐在东边末位。两个人都惊得目瞪口呆。贺盛安下意识地扭头向池灵芝和贾笑荷看去，见贾笑荷冲自己甜甜地笑着，池灵芝则一脸焦灼地盯着池四喜。

池灵芝看到爹爹宽大的身躯陡然间缩了一圈，心疼起来，便想跑上露台将爹爹搀回家去。但她眼里噙着泪，咬住嘴唇忍住了。

露台下静默了一瞬，接着爆发出一阵雷鸣般的掌声。

牛峰冲贺盛安招手道："盛安，把新扁担拿过来！"贺盛安起身，懵懵懂懂地走向供案，双手捧了扁担来到牛峰近前。

牛峰接过扁担竖着擎起，朗声道："老少兄弟爷们，去年收入七百零五元，支出七百一十四元，再加上利息五十一元，共结余四十二元。支出、结余详情，都记在扁担上了。借款本金还是一千元。今年挑山帮会继续本着'入会自愿，多少随意'的原则运作，共有会员三百四十六人，收到入会费八百三十九元、捐赠款五百七十元，收入合计一千四百零九元。今年是收入最多的一年，我们每个挑夫都应该感激这些捐款的大善人！"

牛峰将扁担交给贺盛安，拉住他的手，一起向台下鞠了一躬，高声道："老少兄弟爷们，你们的掌声告诉我，新会长贺盛安能够担当起'挑泰山'的重任！下面我们请周县长和范校长将泰山挑山帮会的堂匾授予贺盛安！"

周百锽和范明枢听了这话，起身走向供案。他们一左一右站在供案前，相视一笑，共同伸手将盖在堂匾上的红绸布徐徐揭起。

"挑泰山"三个鎏金大字，赫然在目，落款是米芾。

周百锽看了血脉偾张。在他眼里，大气磅礴的"挑泰山"三个字，与"第一山"三个大字重合了——端的是真迹！

露台上的人们立即围拢过来，争相一睹。

范明枢突然大声说道："假的，确实是假的！"

众人听了这话面面相觑。周百锽却疑惑不解地看着范明枢。

牛峰将堂匾抱起，朗声道："就是假的！杨会长当时将这块堂匾传给我时说，这块堂匾虽然假托米芾之名，但'挑泰山'这三个字是真的，只要我们始终牢记'挑泰山'的使命，这块堂匾就是真的。泰山挑夫如果忘记了'挑泰山'的使命，这块堂匾即便是真的，也是假的。"

牛峰说完这话，满脸期待地看着贺盛安。贺盛安扑通跪地。

牛峰正色道："贺会长，现在牛峰把泰山挑山帮会的堂匾交给你，希望你和各位挑夫，牢记挑山帮会'挑泰山'的使命，互相帮扶，和衷共济，勇攀泰山！"

牛峰将堂匾庄重地递向贺盛安，贺盛安虔诚地接了。牛峰将其拉起，向南一推。

贺盛安会意，快步走到露台前，双手将堂匾高高擎起，朗声道："我们泰山挑夫，一定牢记'挑泰山'的使命，互相帮扶，和衷共济，勇攀泰山！"

众挑夫默默地仰望着堂匾，有的激动万分，有的泪流满面，有的淡然视之……大家都缄默不语。

牛峰送客，与蒿里山神祠住持了远道长一同去了。

池四喜一个人悄悄地离开灵应宫，走上孝感桥，池灵芝追来："爹……"

池四喜收住脚步，转身看到女儿跑来，蓦地泪流满面。

池灵芝抬手用棉袄袖子给池四喜拭去眼泪，劝道："爹，那块堂匾是假的，值得这样吗？"池四喜哽咽道："妮……你不懂……那个东西……金贵着呢……"

露台前方的灯笼熄了，条桌两端各燃了一支粗蜡。

贾汗青看了女儿一眼，欢声道："妮啊，敲起锣，打起鼓，贾家皮影开场啦！"贾笑荷高声道："爹爹，遵命！"

贾笑荷左手抓起俩鼓槌，敲击单皮及大鼓；右手拉绳，敲小锣及小镲；大镲有绳系于地，以脚踏之。

一阵锣鼓声响过，贾汗青高声道："两手托起千秋将，灯影照亮万古人！"贾笑荷娇声道："挑泰山的朋友们，下面为你们表演《石敢当大战魑魅魍魉》。"接着，抑扬顿挫的吟唱声响起，伴着铿锵有力的锣鼓声，回荡在灵应宫。

幕布上，魖山魔出场。头像黑熊；双眼放光；身躯如虎；毛色血红，鲜艳如火；生有四腿，后腿粗壮有力如石墩，前腿短小灵活；足似虎爪，尖锐无比。

魖山魔吼道："俺是魖山魔，称帝皇家界，文武百官、三宫六院全都有。听说石敢当降妖除魔要来皇家界，哈哈哈……朕定要让他有来无回！"

石敢当手持镇天剑，威赫现身，站在魖山魔面前，喝道："魖山魔！降妖除魔，泰山石敢当到了。拿命来！"

魖山魔道："石敢当，这皇家界定让你死无葬身之地！"

魖山魔挥动狼牙棒砸向石敢当。石敢当举剑上挑，将狼牙棒铁杆斩为两截，顺势挥剑砍向魖山魔前胸。魖山魔丢弃铁杆，抽出金铜刺向石敢当咽喉。石敢当转身躲避，撞进魖山魔怀中，他俩同时倒地。石敢当就势一滚，迅疾跃起，双手挺剑冲魑山魔刺去。镇天剑刺进魑山魔后背。石敢当将剑向上一挑，又迅疾回砍，魑山魔断为两截。

魅水魔出场。龙头，鳄鱼身躯，尾长丈余。

魅水魔吼道："俺是魅水魔，称帝中海神宫，文武百官、三宫六院全都有。听说石敢当降妖除魔要来中海神宫，哈哈哈……朕定要让他有来无回！"

石敢当手持镇天剑，威赫现身，站在魅水魔面前，喝道："魅水魔！降妖除魔，泰山石敢当到了。拿命来！"

魅水魔道："石敢当，这中海神宫定让你有来无回！"

魅水魔腾空跃起，嘴一张，炙热的火焰喷涌而出。石敢当将镇天剑往下一戳，忽地一跃，便到了魅水魔上方，又迅疾落下，挥掌拍在魅水魔头上。魅水魔的头颅呼啦碎裂，鲜血迸溅。

魑土魔出场。头像尖锥，身披鳞甲，周身漆黑，四肢粗壮，指爪尖利如刃。

魑土魔吼道："俺是魑土魔，称帝龙洞，文武百官、三宫六院全都有。听说石敢当降妖除魔要来龙洞，哈哈哈……朕定要把石敢当封在熔岩中，让他永世不得见天日！"

石敢当手持镇天剑，威赫现身，站在魑土魔面前，喝道："魑土魔！降妖除魔，泰山石敢当到了。拿命来！"

魑土魔道："石敢当，这龙洞下面就是你的归宿，朕一定成全你！"

魑土魔举起权力魔杖，奔石敢当劈头砸来。石敢当举剑上挑，虚晃一招，径直砍去。只听一声脆响，权力魔杖却丝毫无损。石敢当大吃一惊。魑土魔哈哈大笑，高声吼道："朕乃真龙天子！"

魑土魔又挥动权力魔杖劈头砸来。石敢当丢弃镇天剑，左手抓住权力魔杖，右手捏住魑土魔的咽喉，身躯翻转，顺势将权力魔杖夺下，手腕发力，搠进魑土魔胸膛。

魑风魔出场。通体火红，像一团火；体形硕大；头尾、四肢若隐若现；周身长满芭蕉叶一般大小的耳朵，张狂地摇着。

魑风魔吼道："俺是魑风魔，称帝风雪荡，文武百官、三宫六院全都有。听说石敢当降妖除魔要来风雪荡，哈哈哈……真是异想天开！石敢当，你不来则已；到了风雪荡，朕定让你死无葬身之地！"

石敢当手持轩辕弓，威赫现身，抽出两支箭，搭在弓弦上，迅疾射出。魖风魔发现轩辕箭呼啸而至，正欲隐身躲避，却见两支箭一前一后，偏离甚远，即便伸手也抓不到。

魖风魔放下心来，哈哈大笑。不料第二支箭陡然发力，箭镞击中第一支箭的箭尾，第一支箭倏然改变方向，射进魖风魔的脖颈。

表演结束，掌声雷动，众人齐声叫好。

有人高声问道："贾老板，昨天晚上，石敢当那把剑被妖精的剑砍断了。怎么着，才一天的工夫，他的剑咋这么厉害起来？"贾汗青哈哈大笑："这位兄弟，昨天石敢当用的那把剑是一件普通兵器。今天这把剑是镇天剑，泰山老奶奶赐给他的。"

贾汗青挑着担子出了灵应宫，对贾笑荷说："天晚了，要不该到你四喜大爷家坐坐去。"贾笑荷道："爹，四喜大爷干吗把那块堂匾看得那么重？"

贾汗青长叹一声道："还是心结啊！那块堂匾不能变钱，在我眼里一文不值。你四喜大爷为何当个宝，心心念念放不下？今天晚上我才明白，因为他是一个挑夫。在泰安，一个挑夫当上挑山帮会的会长，那可是几辈子的荣耀啊！现在想想，牛会长的选择非常正确，你四喜大爷什么都好，就是胆小怕事，没有担当。没有担当，这会长如何坐得？"

贾笑荷若有所思，问道："爹，盛安哥就有担当？"贾汗青肯定地说道："有！"贾笑荷又急切地问道："爹，我有吗？"

贾汗青道："你没有。"贾笑荷噘着嘴，支吾道："那……灵芝姐呢？"贾汗青道："灵芝是个有担当的孩子。"

贾笑荷不言语了。

贾汗青晓得女儿的心思，说："妮啊，爹并不希望你有担当。"贾笑荷惊问道："为何？"

贾汗青道："妮啊，小人物有担当很麻烦，一辈子操不完的心，受不完的累，大多还有遭不完的罪。活人，图个啥？你心地善良，人不坏，也不傻，爹就谢天谢地了。"

贾笑荷似乎明白了。

进了家门，贾汗青低声道："笑荷，关门吧。"

贾笑荷慢慢关着门，又突然收手，拉开门冲了出去，站在街上向南望去。

贾汗青放下挑子，默默地走到贾笑荷近前，悄声道："妮……家去吧。那人今晚不会来了。"贾笑荷低声道："以后呢？"

贾汗青道："妮啊，以后的事，谁知道啊！"


送走嘉宾，贺盛安悄悄地跟紫浩道长说，今晚不走了。紫浩道长一脸诧异。贺盛安慌忙解释，自己身上带的钱太多，到哪儿也不踏实，明天一早存到银号里才放心。紫浩道长焉能不答应，他心里也赞成贺盛安这样做。

贺盛安走到露台下，找到一个灵山庄的后生，托他给自己家里带个信。

灵应宫闭了前后宫门，紫浩道长给贺盛安安排住处，贺盛安支吾着说想在大殿里过夜。

紫浩道长心里虽不乐意，但这人现在是挑山帮会的会长，也不好多说什么，遂道："也好，大殿里有老奶奶保佑，一定平安无事。"贺盛安笑逐颜开道："道长，我就是这样想的啊！"

紫浩道长看着眼前这个淳朴厚道的小伙子笑了，接着安排两个小道在大殿里给贺盛安支张床。贺盛安慌忙阻止道："使不得！使不得！老奶奶的福地使不得！"

紫浩道长左右为难。贺盛安道："天不冷了，我在大殿里坐一会儿就挨到天亮了。"紫浩道长便试探着说："你明天还上山……"贺盛安道："明天不上山了，下午去桥沟扎大架子。"

紫浩道长道："贺会长明天不上山，贫道也就不勉强了。"他随即将贺盛安送至大殿。

紫浩道长甫一离开，贺盛安便将大殿的门关了，落了闩，又去后门落了闩。

贺盛安把堂匾和两条扁担恭恭敬敬地搁在老奶奶神龛前的供案上，跪下磕了九个头，低声祷告："老奶奶，泰山挑夫贺盛安求您保佑挑山帮会平安无事；求老奶奶保佑每一个挑夫平平安安，无病无灾；求老奶奶保佑挑夫的家人平平安安，无病无灾。"

贺盛安起身拿了帮会去年的那根扁担，凑到烛光前，将支出那面从头至尾仔细看了一遍，最后目光停在第九行：叶国豪——大病救助十元。

贺盛安的眼前浮现出叶国豪那步履蹒跚的身影。

他在大殿的西南角找到供香客留言用的笔墨，提笔蘸了墨，来到供案前，拿起今年的扁担，在另一面顶端写下：叶国豪——困难补助五元。

写罢，他握了笔端详着，心道："国豪哥，帮会只能出这么多了，明儿一早我就给您送家去。"

第二天一早，灵应宫开了门，贺盛安谢绝留饭，告辞离去。

紫浩道长送出宫，看着贺盛安迈着矫健的步伐，迎着朝阳向东走去，心中暗道："这孩子不错，定能担当起'挑泰山'的重任。"

贺盛安左肩荷着帮会的两条扁担；右肩荷着自己的扁担，扁担后端挑着青布包裹的堂匾，前端拴着装钱的布袋。

他穿过岳晏门，进了城，到了二衙街，来回走了一趟才找到天泰银号。

贺盛安长出了一口气，荷着扁担站在门前，静候于门。一位官太太模样的中年妇人懒懒地走过，瞭了他一眼，好心地说道："开门还早着哩。"贺盛安感激地说道："不急，俺等着。"

大约半个时辰后，天泰银号开门营业。贺盛安掏出牛会长交给他的折子递进柜台……

从天泰银号出来，走到大槐树下，贺盛安望了一眼高高的太阳，小心翼翼地打开折子又看了看：一千四百四十六。

这下真放心了！他暗自祷告：一定不能出错！一分一毫也不能差！

# 八

贺盛安从叶国豪家出来，匆匆忙忙赶往五马庄。到了池灵芝家，他看到大门关着，抬手一推：里面落了闩。贺盛安心里一惊，砰砰砰，使劲拍起门来。

"盛安哥，你咋来了？"池灵芝的声音传来。贺盛安听了，心里甜丝丝的。

池灵芝开了门，看到贺盛安肩上荷着三根扁担，一脸诧异："咋还没放下？"贺盛安并不答言，探头瞅了堂屋一眼，问道："大爷呢？"池灵芝小声道："还没起呢。"

贺盛安关了大门，拉着池灵芝走到庭院中央，停下脚步，凑到她耳畔悄声低语。池灵芝认真听着，频频地点着头。

贺盛安说完，池灵芝抬手从他右肩上拿了那根挂着堂匾的扁担去了东屋。贺盛安目送她进了东屋才快步走向堂屋。到了堂屋门前，他向东看了一眼，将肩上的两根扁担拿下靠在墙上，又向东看了一眼，故意咳了一声，方进了堂屋。

贺盛安喊了一声"大爷"，走进西里间屋。

池四喜看到贺盛安不好意思起来，说："盛安啊，我接着起，你外间屋里坐。"贺盛安答应着退了出去。

池四喜出来后没看到池灵芝，问道："灵芝呢？"贺盛安道："我进门，是她开的门，这会儿干吗去了？我找找去。"池四喜不置可否。贺盛安刚起身，池灵芝就走了进来。

她看到爹爹起来了，心里欢喜，说："爹，我赶紧热饭去！盛安哥，你陪俺爹说说话，让俺爹高兴高兴。"池四喜咧嘴笑了，说："灵芝，你这孩子，爹咋不高兴呢……"

贺盛安笑了笑，说："灵芝，我也饿。"池灵芝一脸诧异："还没吃饭？"贺盛安点头道："嗯。"

"你啊，不早说！"池灵芝埋怨了一句，快步去了饭屋。

池四喜道："这么晚了，还没吃。"贺盛安道："一早存上钱，接着去了叶国豪大哥家……给他支了五块钱的困难补助。"

池四喜赞许地点了点头，心道："牛会长没有看错人，盛安这孩子担得起'挑泰山'这仨字。唉！我不如他啊！"想到这儿，他心里松宽下来。

吃罢饭，池灵芝冲贺盛安丢了个眼色，他便起身告辞。

池四喜道："中午在这儿吃吧，下午一块去。"贺盛安道："不了，回家搁下堂匾，下午准时赶到火神庙。"

池四喜不再言语，破例起身送到堂屋门前，脚抬了抬，踌躇再三，终究没有迈过门槛。

贺盛安左肩荷着帮会的两条扁担，右肩荷着自己的扁担，扁担后面挑着青布包裹，大步流星地走出了池灵芝家。

池灵芝将贺盛安送出大门，转身回来，看到爹还站在堂屋门前，心里一酸：看得出来，爹放不下那块堂匾啊！

下午一点半，十二名泰山挑夫在火神庙门前集合，抬着杠子、挑着绳索，奔桥沟村去了。

晚上十点多，池四喜刚睡着，猛烈的砸门声将其惊醒。他霍地坐起，便听贺盛安喊道："大爷，牛会长来啦！快起来吧，咱得赶紧去桥沟啊！"

池四喜高声道："听到啦！"他心里懊悔不迭，急急忙忙穿着衣裳，长叹一声，"唉！到底不行啊！"

池四喜拉开堂屋门冲进天井里。池灵芝也起来了，出了东屋，看到爹慌慌张张的样子，忙道："爹，慢着点！"

池四喜开了大门：门外站着四个挑夫，牛峰同贺盛安居前。池四喜支吾道："叔……不……行吗？"贺盛安低声道："大爷，不怪您，是我不懂事才弄成这个样子。"

牛峰道："四喜、盛安，现在不是怪谁不怪谁的问题，我们必须立即改正！池四喜跺脚道："叔，您说咋办就咋办！"

牛峰道："还能咋办？只有你受累了，今天晚上重新扎大架子，明天石将军准时起驾。"池四喜咬牙道："叔说得对！"

池四喜扭头叮嘱女儿："把门关好，爹去了。"池灵芝道："放心，爹。"她又忙不迭地喊道，"牛爷爷，你们都小心点。"牛峰轻声道："孩子，放心！"

贺盛安故意落下，低声叮嘱池灵芝："顶上根棍子。"池灵芝搡了他一下，悄声道："长着眼点。"

到了火神庙，已有五个挑夫在庙前候着。看到牛会长、贺会长一行心急火燎地赶来，他们急忙起身，彼此皆不言语，一齐向南奔去。

到了桥沟村，挑夫们径直去了徂徕山香会香头石明义家。

石明义家大门开着，院子里站满了人。牛峰一行进了大门，蓦地收住脚步。

牛峰扭头低声道："四喜、盛安，我们去。"说完这话，他迈步向前走去，众人下意识地让开。到了庭院正中，牛峰朗声道："石香头，泰山挑山帮会会长贺盛安偕挑夫牛峰、池四喜前来拜见！"

"好啊！"石明义大喊一声冲出门来。

两个人撞到一起，各自后退一步，省却所有礼仪，相视而笑。

牛峰道："石敢当大将军是顶天立地的大英雄，我们快去拜见石将军！"石明义道："我们都盼着呢！"他看了众人一眼，"还有精神的去东边帮忙，撑不住劲的回家睡觉，明天都精神着点！"

众人提着六盏灯笼，带了六支火把，高高兴兴地来到村东头的山坡上，看到石敢当大将军雕像趴在大架子上，周身绑满了绳索。

牛峰快步上前解起绳索来。众人呼啦一下围住石将军雕像，七手八脚将绳索解了，又齐心协力抬起雕像，把底下垫平，前后左右用石块倚靠稳当。

借着皎洁的月光，牛峰瞻仰石将军雕像：高约丈余，少年形象，头戴扁巾，左肩袒露，左手攥拳，右手握一根木棍，头微微右倾，目视前方。

石明义走近牛峰，说："这是石将军的少年形象。我们村去年决定给石将军立一座雕像，经过反复商议，大家一致决定：为少年石敢当立像。"牛峰道："少年好啊！范校长常说：'少年强，则国家强；少年兴，则国家兴！'"

一名挑夫道："石香头，该让石将军手里抓一根扁担。"石明义笑了，问道："为何？"那名挑夫道："扁担比棍子用处大啊！"

众人听了，都开心地笑起来。

石明义道："这位兄弟，那不是棍子，是根竹竿，天亮了就能看清楚。"牛峰道："这雕像取自石敢当醉心石学艺？"石明义点头道："对，俺们村，大人孩子都喜欢这个故事。"

最终，大家议定：石将军的腰以上不能绑缚绳索，腰以下须用红绸缎裹了才能上绳子。

池四喜绕着石将军雕像转了一圈，然后走到石明义近前，不无担忧地说道："现有的这些杠子、绳索不够，再加一倍。"石明义痛快地说道："没问题，村里所有的杠子、绳索全都弄来。杠子不够，接着杀树；绳子不够，井绳凑。"

池四喜欢声道："太好啦！"

石明义令人回村，快快搜寻杠子和绳索。

天明时分，大架子扎完了，共计用了木杠一百零八根，其中横杠七十二根、竖杠三十六根。

大架子扎得工整气派，石将军威风凛凛，像是矗立在一辆战车上。

一阵锣鼓声从村里传来，牛峰问道："石香头，今天汗青去吧？"石明义道："我跟汗青说晚了，但他答应一定到场。"牛峰点头道："这就好，没他不热闹。"

吃罢早饭，石明义留下牛峰和贺盛安，欲将其他挑夫就近分派到邻家歇息。牛峰慌忙阻止："石香头，不必劳烦大家，我们已有准备，今天不上肩，熬得住。"

石明义晓得挑夫的脾性——最怕给人家添麻烦，只得作罢，心里却是不忍，忙让人找来六把官帽椅，请他们坐上歇息一会儿。

说话间，有的已靠在椅背上睡着了。石明义悄悄地走出堂屋，轻轻地掩上门。

石明义同牛峰、贺盛安、池四喜等近百名挑夫，穿过千余名香客，来到石将军雕像前，看到石将军披上了红色袍衣，英姿飒爽，心里不胜欢喜。

九点整，七十二位挑夫抬着大架子奔泰安去了。

大架子一进泰安门，立即轰动全城。石将军吸引人，泰山挑夫亦是震撼人心：整齐的步伐，坚毅的面孔，矢志不渝的眼神，宽厚的肩膀，一一印在人们的脑海里。

到了石敢当庙，逐渐减少木杠，最后由八名挑夫将石将军抬进庙里。

石将军雕像立于庭院正中，面朝庙门。

在众人焦急的等待中，贾汗青火急火燎地冲进庙来。他跑到石将军近前，掏出鸳鸯板，手一抬，鸳鸯板响起来：当哩个当，当哩个当，当哩个当哩个当哩个当！

贾汗青挺胸昂首，高亢激昂开了腔：

当哩个当，当哩个当，

当哩个当哩个当哩个当！

紧跑慢跑快快跑，

终于来到了，

来到了。

闲言碎语咱不讲，

泰山板书开了腔。

抬眼望，石敢当，少年郎。

今天咱就讲一讲，

少年英雄石敢当。

石敢当，泰安人，

家住徂徕山下桥沟村，

只因家里有眼泉，

传为伏羲女娲泪流成，

便遭奸人羡慕嫉妒恨，

阴谋设计暗争夺。

天寒地冻腊月天，
奸人把石敢当投进冰河里，
石敢当抱石破冰走上来。
这一年，石敢当，才五岁，
英雄气概露峥嵘。

当哩个当，当哩个当，
当哩个当哩个当哩个当！
一计不成又一计，
奸人制作魇胜把石敢当旳爷爷害。
恶人造谣言，墓中藏珍宝，
石敢当夜遇盗墓贼，
一声断喝：哪里走！
二贼闻听拼命逃，
石敢当抱石击杀贼一个。
一贼拔刀要杀石敢当，
石敢当倒地抱贼落山崖。
盗墓贼摔了个稀巴烂，
一命呜呼，去了蒿里山。
石敢当，神明佑，
小伤微恙无大碍。
这一年，石敢当，刚六岁，
县令夸他是个小英雄，
嘉奖白银二十两。

当哩个当，当哩个当，
当哩个当哩个当哩个当！
为避祸，石敢当举家迁泰城。
石敢当，进书院，把书读，

被人欺凌摁地打。
同窗厚生把他救，
从此结下深情与厚谊。
天上月亮只一个，
一半是马厚生，
一半是石敢当。
马厚生，为父治病盗学银，
眼看就要马脚露。
石敢当，铤而走险去攀扇子崖。
扇子崖下遇狼群，
杀死两只退群狼。
爬到半截又斩蛇。
登顶后，采得一株赤灵芝。
赤灵芝，卖到药店永生堂，
换了银子二两整，
悄悄把那学银还，
这才保全了厚生好名节。

当哩个当，当哩个当，
当哩个当哩个当哩个当！
石敢当，美名扬，
惊动了黄彪武状元。
黄彪摆擂东岳庙，
不可一世放恶言：
拳打石敢当，
脚踢敢当石。
石敢当，不畏难，不怕死，
誓言如期登台把擂打。
天虎奉命传艺石敢当，

醉心石，画戟金枪轮番上，
跌打损伤等闲视。
松柏林，闪转腾挪苦修炼，
上下翻飞绝技成。
石敢当签了生死状，
登台去把擂来打。
黄彪看了轻蔑笑：
你这个娃娃石敢当，
从我胯下钻过去，
我便放你去逃生。
黄彪笑罢便把双腿岔，
石敢当忽地抬腿踢向其左膝，
黄彪双腿回收侧身躲。
哪知此乃虚假式，
石敢当瞬间移步到左侧，
挥拳击打其左肋。
黄彪闪身忙躲过，
挥拳打向石敢当。
石敢当一拳打空正懵懂，
黄彪左拳砸中他的左上臂。
石敢当疼痛钻心向后退，
立足未稳飞脚至。
石敢当不敢用手搏，
急忙闪身避飞脚。
黄彪手脚一起用，
如同疯狗发了狂，
石敢当闪转腾挪都化解。
转瞬间，两个人，似陀螺，
兜兜转转百余圈。

黄彪打不着石敢当，
石敢当亦是无从展绝技。
黄彪心中甚惊骇：
这个娃娃身形步伐真奇异，
精妙绝伦从未见。
黄彪焦急万分想办法，
陡然之间变步伐，
忽儿快，忽儿慢，
间隔忽长又忽短，
石敢当左支右绌险象生。
黄彪骤然停下来，
石敢当无所适从愣了神。
黄彪连环飞脚突然至，
石敢当心窝中脚向那擂台前飞去。
石敢当右手拼命扳住那立柱，
摇摇晃晃踩在擂台边。
石敢当双手把那立柱抱，
一口鲜血喷出来。
黄彪心中暗思量：
一脚将其踢下最省心，
胜之不武留话柄。
将其逼回擂台上，
堂皇杀之传后世。
黄彪哈哈笑：
石敢当，跳下去，
把命活，是正道。
石敢当暗把决心下：
我是泰山石敢当，
死，也要死在擂台上！

黄彪高声叫：
跳下去啊！跳下去能活命！
台下众人齐声喊：
石敢当，跳下来！
跳下来！跳下来！
石敢当扭头向那台下看，
浑身颤抖摇摇又晃晃，
双手死死抱紧那立柱，
可怜巴巴露怯意。
黄彪轻蔑哈哈笑，
心中忙把毒计想。
石敢当倏然跃起飞左脚，
踢向黄彪那面门。
黄彪急忙歪头躲，
石敢当脚踩黄彪左肩上，
翻身跳到他身后，
侧身飞脚踢向他腿弯。
黄彪扑通跪下去，
石敢当双拳击其太阳穴。
黄彪头晕目眩迷瞪瞪，
石敢当弯腰把他举起来，
拼尽全力抛下擂台去。

当哩个当，当哩个当，
当哩个当哩个当哩个当！
石敢当打罢这一擂，
英雄美名传神州。
朝廷册封平魔大将军，
才有那：

大汶口降服九头狐，

灭魑魅，杀魍魉，诛肥遗，

斩妖除魔保平安！

这天晚上，牛峰在家宴请石明义、池四喜、贾汗青和贺盛安，池灵芝和贾笑荷也来了，帮忙做菜。

众人坐定，牛峰端起酒盅看了大家一眼，正要叙言心事，却见池四喜不安地看着他，张了张嘴，欲言又止，便道："四喜，我知道你这一天都有话想说，不用了，都是担山的，没人不相信你。"

池四喜被说中了心事，哆嗦着放下酒盅，支吾道："我是因为……盛安才接了会长……当众……"没等池四喜说完，贺盛安忙道："是我不懂事。"

石明义道："事情总算过去了，皆大欢喜，大家啥也别说了。"

池四喜依旧闷闷不乐。

牛峰安慰他道："四喜啊，这事就不要放在心上了，盛安要是换成别人，你还真说不清楚。谁不知道你疼爱盛安啊，还有二心？"

这句话说到池四喜心里去了，他胸中的郁闷瞬间消散。

牛峰见大家高兴起来，深恐扫兴，便将自己的事压下。吃罢饭，喝过一盏茶，牛峰才把自己全家明天就要离开泰安一事和盘托出：他们全家要去香港，投奔同胞兄长。

第二天晚上，牛峰一家十五口来到火车站，乘车南下。

池四喜、贾汗青、贺盛安、池灵芝和贾笑荷前来送站。

池四喜和贺盛安各自担了一副挑子，到了车站，收了扁担，四个行囊由牛峰的三个儿子和大孙子背着。

众人惜别。

牛峰左手抓着贺盛安的右手，右手抓着池四喜的左手，郑重其事地说道："挑山帮会，今后就看你们俩的了。我牛峰走到哪儿也忘不了自己是一个泰山挑夫！"

池四喜道："叔，您放心吧！"贺盛安道："牛爷爷，您放心吧，我一定不给您丢脸！"

牛峰慨然道："我担山三十二年，就悟出来一个理：不能偷懒，不能耍滑，不走歪道。这才是一个挑夫的本分啊！"池四喜道："叔说得对，少上一个台阶，也登不了顶啊！"

这时，石明义和儿子匆匆赶来。

彼此寒暄了几句，石明义让儿子从背篓里取出一块石头。

这块石头如同西瓜一般大小，形状酷似泰山，正面刻字"石敢当"，背面刻字"顶天立地"。

牛峰看到"顶天立地"四个字，欢喜地将石头抱在胸前。


贾汗青和女儿回到家，正欲开门，当当当，身后传来鸳鸯板的击打声。

父女俩不由自主地转身回望：向正强从路对面的阴影里走出来，一手一块鸳鸯板敲打着。

向正强笑嘻嘻地说道："笑荷，我来给你送鸳鸯板了。"贾笑荷正色道："我不认识你。"向正强道："我是警察局的向正强。"

向正强将鸳鸯板递向贾笑荷，嬉皮笑脸道："现在不就认识了吗？"

贾汗青拦在女儿身前，劈手抓过鸳鸯板，一握，心里明白了，遂不冷不热地说道："向警官，收到了，操心给周县长捎个好。"

"一定！一定！"向正强冲贾汗青作了一揖，转身去了。

贾笑荷关门，迟疑着留了一条缝隙，向外望着。

贾汗青走到庭院中央，转过身来，伤感地说道："妮，关了吧。"

吱呀一声响过，大门关闭。

贾笑荷轻轻地落了闩。

# 九

四月十九，老奶奶华诞过后第一天，山顶沉寂下来。

池灵芝陪着三姑池三香爬上泰山，在碧霞祠跪拜了泰山老奶奶。

二人下山。走到天街上，池三香从外衣兜里摸出一枚系着红线绳，刚才在御碑上磨过的制钱，踮着脚尖，右手捏着制钱，左手扯着池灵芝的衣裳领子，挂到她脖子上。

池灵芝无可奈何，竭力抿嘴笑着。

终于停当，池灵芝如获大赦，池三香却道："灵芝啊，你娘死得早，你爹是个闷葫芦，你又是个女娃子。有些话，我不说你，谁还说你。"

三姑的话，池灵芝听得一头雾水，心里烦躁，但想起昨晚爹叮嘱过自己，一定要让三姑高兴，便道："就是啊，三姑，你不说我，谁说我啊！"

听了这话，池三香心里熨帖，拍着池灵芝的手道："灵芝是个好孩子，比你娘性子好，听人劝。"池灵芝心里不乐意了，耐着性子，架起三姑的胳膊向前走去。

到了十八盘，见盘道上有了三三两两的人影，池灵芝心里倍感亲切。

池三香道："心里喜欢热闹的时候来，这个年纪了，怕挤；太冷清了，又觉得没意思。"池灵芝道："谁说不是啊！"

池灵芝挽着三姑下到十八盘中段，发现一个人斜着趴在台阶上，头抵在盘道西侧石壁上。她心里一紧：这人看上去咋这么眼熟啊？她给三姑说了声"慢慢下"，忙快步赶到那人近前。

池灵芝绕着那人转了半圈：不认识。

看着眼前这个年轻人，池灵芝手足无措，不知道他是死是活。这人年龄与自己的哥哥相仿，二十一二岁的样子。想到哥哥，池灵芝便不敢看了，惊恐地转身，疾速上登，迎着三姑。

池三香赶忙问道："灵芝，是个人……对吧？"池灵芝点头道："是。"池三香道："摔坏了吗？"池灵芝下意识地摇摇头，又点了点头。

池三香道："多大了？"池灵芝道："和俺哥差不多吧。"池三香摇头叹息道："唉！娃的爹娘如何受得了。"

池灵芝抬头看到一对中年模样的夫妻走上来，心里盼着他们停下看一看，但旋即失望了。她眼见着那对夫妻瞥了那人一眼，便贴着盘道东侧快速登山，唯恐避之不及。

池灵芝和池三香到了那人近前。池三香收住脚步，蹲在小伙子右肩膀前，低头看了看，旋即扶着石壁站起来，眼里噙着泪，摆手道："没个好了。灵芝，帮不上忙，咱走吧。"

池灵芝向上仰望，看到一位青年道士走下来，心生满是期盼。那人到了近前，她才看清，他只是穿了一件黑色长衫，并不是道士，看情形也不像本地人。池灵芝试探着问道："这位大哥，您能不能看一看，他还有救吗？"

那人点了点头，靠近蹲身低头观看，迟疑着探手在其脸前拂了一下，随即起身摇头道："生还的希望极其渺茫！"

听口音是本地人，池灵芝倍感亲切，忙道："大哥，咱泰安人不能见死不救啊！"那人嗟叹道："这人没福啊！这当儿没有挑夫。挑夫在，把他弄下去，尚有一线生机。唉！"

说完这话，他转身便走，池灵芝拉住他的衣袖道："大哥，咱俩救救他吧！"那人道："如何救？"池灵芝道："咱俩把他抬下去啊！"

那人苦笑了一下，说："小姑娘，这人是个壮汉，我们俩抬不动他。看你心地善良，我索性就把话说透吧。抬下去，给他治病，花钱不说，还得有人伺候。救活了还好说；救不活，他的家人找来，说不定还会反咬一口，无穷无尽的麻烦啊！我是个教书先生，上有老，下有小，度日艰难，实在是无能为力啊！小姑娘，我劝你也别给你爹娘惹麻烦。你我快快躲开，就让老奶奶保佑他吧！"

说完这话，他匆匆去了。

池三香听了个清楚明白，忙拉着池灵芝的手道："灵芝，快走，别赖上咱喽！"池灵芝跌足道："姑，您看看天，这人还没死，要是没人把他弄下去，夜里肯定冻死啊！咱说啥也不能见死不救吧！我把他背下去！"

池三香瞪大眼睛盯着池灵芝："灵芝，刚才那人说得够明白啦！你想干啥？你一个大闺女家，背一个男人下山，让人说你啥！再说，你背得动吗？"池灵芝道："三姑，不救心里不踏实啊！"

池三香怒道："有啥不踏实？他和你非亲非故。你这个闺女，咋这么犟啊！"

池灵芝犹豫不定，低下头去，脖子上的红线绳突兀地触了一下胸膛。她想起小时候和哥哥玩猜制钱的游戏，随即打定主意。

池灵芝摘下红线绳，捏着制钱一瞅，上面是条龙，翻过来是"光绪元宝"四个字。她看着三姑说道："三姑，只要这人还有口气，我们不救便不对！但刚才那人说的也是实情。这样吧，我把这枚制钱抛起来，有字的这面若朝上，我就背他下山。这一路，还能遇不到一个担山的？若朝下，我们就……一切交给老天爷吧！"

池三香气得连连摇头。

池灵芝转身仰望南天门，心道："这位小哥，救不救你，一切交给老……老……老天爷吧！"

她正欲举手抛出制钱，忽听池三香大喊一声："等等！"话音未落，她已站在池灵芝身前。

池灵芝迷茫地看了三姑一眼，将制钱高高抛起，伸左手接了，握在手中，心里慌张起来。池三香伸手攥住她的手腕，两眼直直地盯着她的拳头，心提到嗓子眼。

池灵芝摊开手掌：制钱朝上的那面是条龙。

池三香开心地笑了。池灵芝看了那人一眼，还是觉得他十分眼熟：在哪儿见过呢？她狠狠心不去想了，搀着三姑下山去了。

两个人下到升仙坊，彼此没说一句话。

蓦地，池灵芝收住脚步：那人穿的那件蓝色中山装，和哥哥去年寄回来的照片上的一模一样。

"不行……得救他。"说完这话，池灵芝转身冲上十八盘。

池三香气得靠在牌坊的石柱上，喃喃道："四喜啊！你咋养了这样一个闺女啊！还不如她娘哩！"

池灵芝跑到那人近前，弯腰将他抱起，靠在石壁上，又转身把他背起来，趔趄了一下，小心翼翼地踩着台阶向下走去。

下了百十余级台阶，池灵芝便觉身上压了一座山，愈来愈重。她咬咬牙，心里只有一个念头：救人要紧！

又下了十余级台阶，池灵芝真的撑不住了，慢慢地倚靠在盘道的石壁上，喘了几口粗气。她向下瞧瞧，朝上望望，盼着能够看到挑夫，哪怕一个也好啊！

一个也没有！

池灵芝只得背了那人起身。突然，上面传来一阵欢笑声。她心中一热，旋即又浑身一凛，便不抱什么希望了，咬牙低头下山。

那群人从她身旁走过，停止了说笑。池灵芝想象着他们看自己的神情，渴望其出手相助，却不敢扭头。稍有分心，一脚踏空，就要滚下盘道，性命堪忧，丝毫大意不得！

到了升仙坊，池灵芝将那人倚在石柱上，擦了两把汗，大口大口地喘着粗气，左右张望，看到三姑坐在后边的一块石头上，气呼呼地盯着自己。

池灵芝笑了笑，有气无力地说道："姑，这人还没死，我赶紧往下背，您慢慢走吧……"说完这话，她背起那人艰难起步。

池三香从后面看去，便见那人把灵芝全遮住了。池灵芝反手扣住那人的两条腿向上使劲，他的两只脚还拖在盘道上。

池三香心疼得掉下泪来。她奋力起身，步履蹒跚地追上他们，伸手抓住那人的裤腰向上托着。

池灵芝高兴地说道："三姑，俺就知道您心疼灵芝。"池三香怒道："闭嘴！要是你老子在跟前，看我不打死你这个臭妮子！"

到了中天门，池灵芝四下里探看，盼着挑夫从天而降。忽见一间货店前停了一顶山轿，池灵芝喜出望外，将那人靠在一块山岩上，朝那间货店冲去。

货店的门开着，池灵芝趴在门框上，气喘吁吁地问道："谁是挑夫？"一个懒洋洋的声音传来："今天不干……"

池灵芝渐渐看清了：一个黑瘦的中年男人抱着一个孩子，愁眉苦脸地坐在屋里。她焦急地说道："叔，救人要紧，把人送下山去！"

挑夫抬头看了池灵芝一眼，说："大人孩子都有病，我下不了山了。"池灵芝哀求道："叔，这是一条人命啊！"挑夫道："我一个人也抬不了啊！"

池灵芝道："叔，我和您抬！"挑夫想了一瞬，摇了摇头，说："姑娘，你再想想别的办法吧。挑夫有个规矩，上了肩，就要一挑到底，所以能挑八十，绝不挑八十一。你这个活，我接不了。"

池灵芝听了这话，扭头见太阳已落山，天说黑就黑下来，忙思谋着如何说服这位大叔。她心里清楚，此时用山轿把那人抬下去是最好的办法。

池三香见势不妙，跑过来，不管三七二十一，急火火地告求道："这位兄弟，您就行行好，走一趟吧！俺这个侄女心眼好，非要救这个外乡人，这是咱泰安人的本分啊！"挑夫漠然置之。

池灵芝道："叔，您认识池四喜吗？是俺爹。"挑夫沉默了一瞬，低声道："你是池四喜的女儿……俺就实话实说吧……俺在心里给自己立过几个规矩，有一个便是：宁肯背死人，也不能单独弄半死不活的人。一个挑夫，除了力气啥也不趁，惹祸上身，一辈子的麻烦……"

池三香惊恐地看着池灵芝，低声道："灵芝，怎么说来着？咱回家吧，别管啦！"

池灵芝盯着挑夫，一字一句地说道："叔，俺是贺盛安的媳妇！"

池三香听了这话，惊得目瞪口呆。

挑夫抬起头来，看了池灵芝一眼，接着把孩子放下，叮嘱道："军啊，爹去了，立马把门插上，除了你娘回来，谁叫门也别开！"孩子有气无力地答应着。

挑夫起身，摇晃着立定，快步走出屋来，关了门。

池灵芝欢喜不禁，一步跨到山轿前，抓起襻，腰一弯，上了肩。挑夫亦上肩起身。池灵芝回头冲挑夫一笑，甜甜地叫道："叔。"

挑夫并不吱声，拥着山轿向前走去。到了那人近前，二人把他抬上山轿，匆匆下山去了。

挑夫体力不支，池三香委实年迈，他们一行歇了五次才下了山。

到了关帝庙，天黑了下来。

挑夫问道："会长媳妇，您带钱了吗？"池灵芝心跳加速，支吾道："没……有……"

挑夫说了声"落轿"，两个人轻轻放下山轿。挑夫摸了一下那人的额头，说："那就先抬回家再请大夫吧。"

池灵芝不及细想，答应着上了肩，两个人抬着山轿向南走去。

池三香一听要将那人抬回家去，霎时火冒三丈，正要开口阻止，突然有了主意，心道："臭丫头，绝不能让你得逞！"

他们穿城而过，出了泰安门，池三香拦住池灵芝道："灵芝啊，你听我说，事情已经这样了，也没办法了。可不给你爹说一声，就把一个半死不活的大男人抬回家，不是个事啊！"池灵芝支吾道："姑……"

池三香道："灵芝啊，你们慢一点，我回家先跟你爹说一声，你爹还能咋的？人不能不救啊！"池灵芝听了十分高兴，欢声道："三姑，您真好！"

池三香呵呵一笑："不好，咋做你三姑？"

池三香转身向南走去，池灵芝和挑夫抬着那人，放慢脚步跟在后面。

黑夜里，池灵芝盯着池三香步履蹒跚的身影，一阵酸楚涌上心头。

终于到家了，池三香摆了摆手。池灵芝和挑夫会意，落了轿。

池灵芝对挑夫说道："叔，今晚别走了，就住俺家。"挑夫道："不了，这儿还有病人，我到东边关帝庙里住一晚……"

池三香紧走几步进了家，咣当一声关上门，接着落闩的哗啦声响起。

池灵芝晓得中了三姑的计了，绝望地蹲在地上。挑夫靠墙坐下。

池灵芝咬了咬牙，站起来高声喊道："三姑，给个痛快话，人命关天啊！"

片刻之后，池四喜走到庭院正中，高声道："灵芝，我们池家虽然是小门小户，却也光明磊落。你要个痛快话，爹给你，让四邻八舍也听听。门不能开，这个人不能进咱的家门，因为这关乎你的清白。咱不能走在大街上让人家戳脊梁骨！"

池灵芝听了，觉得爹爹说的也有道理，瞅了瞅山轿里那人，真的不知如何措置了。

挑夫道："会长媳妇，俺表哥在前边的关帝庙里主事，要不先到那里落落脚？你爹说得对，依我看，这事还得找会长想办法。"

池灵芝没办法，依了挑夫，两个人抬着那人去了东边的关帝庙。

挑夫的表哥颇为爽快，热情收留了那人。池灵芝道了谢，讨了口水喝下，告辞离去。

她出了庙门，挑夫追出来，叫着"会长媳妇"，递给她两个玉米饼子。挑夫转身回庙，池灵芝喊道："叔，敢问您尊姓大名？"挑夫道："叶国强，叶国豪没出五服的兄弟。"

"俺记住啦！"池灵芝说完这话，转身消失在夜幕里。

池三香和池四喜隐在路南的两棵大柳树后，将这一切看得清清楚楚。

池三香嘟囔道："四喜啊，你听听，'会长媳妇'都叫上啦！羞不羞？"池四喜气呼呼地低声道："三姐，少说两句，怕人不知道？"

两个人悄声商量了一通后，池四喜道："你到青龙桥东边等我吧。"他轻咳一声，大踏步走进关帝庙。

池三香急急忙忙向东走去。

池四喜扛着那人走出关帝庙，叶国强追出来，喊道："四喜哥，咱哥俩抬着他多好啊！"池四喜朗声道："好兄弟，你累得够呛了，早点歇着吧。我从迎暄门进城，近便。"

叶国强道："你慢一点啊，四喜哥。"池四喜道："放心吧。好兄弟，过几天请你喝酒！"叶国强道："好啊，就去中天门我那儿喝。"

池四喜背着那人过了青龙桥，池三香迎上来。池四喜道："三姐，那个地抬腿就到，我给你说的都记住了吗？"池三香道："记住了，就说安临来说了，孤贫院就是给人治病，给饭吃，给衣穿……人命关天，我能不往心里记？"

池四喜低声道："姐，咱放尊重点，可别提名道姓的，这个美国人可是个好人啊！"池三香低声道："晓得，在泰安，谁不知道他两口子是大好人啊！"

穿过南北两座贞节坊，走到迎暄街，向东过了范希贤坊，便到了泰山孤贫院。

看到孤贫院的大门关了，池四喜悬着的一颗心落了地。他咬牙发力，疾步走到大门前，将那人轻轻放下，倚靠在东门框上。池四喜扭头瞅了三姐一眼，终究觉得理亏，逃也似的向东跑去。

池四喜躲到封解元尚章坊后，听到砰砰的砸门声，在寂静的夜里炸响。三姐的拳头像是砸在自己的心上，池四喜心惊肉跳，转身向东跑上环水桥，靠在桥栏杆上，手捂着胸口屏息静听。

大门开启，一位六十岁左右的看门人端着一盏罩子灯走出来。

池三香心急火燎地说道："快救救这个人吧，你看你看，像是得了大病啦！"看门人走到路中央，左右看看，摇头叹息一声，转身对池三香道："老嫂子，剩下的事，您就别管了。"

池三香如获大赦，跌跌撞撞地向西走去。看门人关切地叮嘱道："老嫂子，黑灯瞎火的，慢着点。"池三香张了张嘴，如鲠在喉，支吾着说不出话来。

她慌慌张张地过了范希贤坊，听到池四喜快步走来，收住脚步，倚靠着石柱子瘫坐在地上。

池四喜弯腰抱住三姐的左臂，急切地问道："姐，你怎么啦？"池三香道："兄弟啊，姐不行了，背我走。"

池四喜背起池三香，姐弟俩一路无话。到了迎暄门前，池三香挣脱着下来，姐弟相携进城去了。

# 十

池四喜和池三香回到家里，料定池灵芝很快就要带着贺盛安到家来，便商量这事如何解释。池三香大包大揽地说道："你别管了，这事由我顶着，这个坏人我来做，不能让灵芝这孩子无法无天！"

这事做得不光彩，池四喜在孩子面前无论如何也开不了口，就依了三姐。

贺盛安和池灵芝赶到关帝庙，听说池四喜已将那人送医救治，喜出望外。池灵芝问送往何处去了，叶国强说不知道。

贺盛安和池灵芝告辞离开，叶国强和表哥送出门来。叶国强突然高声道："会长，您找了个好媳妇！"贺盛安"啊"的一声张了张嘴，高兴地晕头转向，不知该说什么。

池灵芝扯着贺盛安的衣袖，快步离开。

到了家，池灵芝抬手一推大门，大门开了，她颇为欣喜。走进天井，忽听父亲鼾声炸响，她忙忐忑不安地来到堂屋门前，推了推门，发现落了闩，便急忙到了东屋，见三姑也已进入梦乡。池灵芝摇了摇头，心道："三姑一定累了，如何忍心把她老人家叫醒？"

出了东屋，池灵芝告诉贺盛安三姑也睡了。贺盛安说他明天一早再来，随即转身慢慢向大门走去。池灵芝亦步亦趋跟在他身后。

出了大门，池灵芝柔声道："盛安哥……慢点。""噢……"贺盛安应了一声，抖擞精神，快步去了。

池灵芝心里有事，第二天早早醒来，看到三姑依然沉睡不醒，赶忙起床，去了堂屋。

堂屋门开着一条缝。

"爹……"池灵芝推门而入，径直进了里间屋，见爹不在。她慌忙去了大门后，发现挂在墙上的扁担不见了。显然，爹担山去了。这么早啊！池灵芝颇觉意外。

池灵芝刚做好饭，贺盛安便到了。她问他吃了吗，贺盛安说吃了。贺盛安没有看到池四喜，正欲发问，池灵芝说他担山去了。

池灵芝去了东屋，小心翼翼地把三姑叫起来。

池三香洗罢脸，四平八稳地坐在饭桌前。池灵芝忐忑不安地问道："三姑，昨晚俺爹把那人送哪里去了？"池三香霍地拉下脸来，将筷子往桌子上一戳，斥道："灵芝，那人就让你这么沉不住气？！不能等我吃完了饭再说？"

贺盛安冲池灵芝使了个眼色，池灵芝忙赔着笑脸道："能等，俺能等。"

吃罢饭，池三香端坐在官帽椅上，池灵芝规规矩矩地站在近前。

池三香气呼呼地说道："灵芝啊，你娘死得早，你爹又不管你，我这个姑得给你立立规矩。"池灵芝一脸懵懂，呆呆地看着池三香。

池三香道："灵芝啊，你心里别不服气。不听老人言，吃亏在眼前。一个姑娘家，没有规矩，嫁到婆家，站不住脚啊！"池灵芝心里焦急，苦笑着撒娇道："姑……"

池三香正色道："别嬉皮笑脸，先把饭桌子收拾起来再说其他的。"

池灵芝心头火起，但敢怒不敢言，耐着性子把饭桌收拾停当，同贺盛安一起恭恭敬敬地走到池三香近前站好。

池三香左手按着左腿，右手搁在八仙桌上，开口道："灵芝，你爹病了，能摊上你这样吗？"池灵芝恼了，眼里噙着泪，小声道："俺爹不生病。"

池三香一拍桌子，吼道："我是说万一有病！"池灵芝哽咽道："俺孝顺……"池三香嗤之以鼻："我和你爹能摊上那人的一半，就谢天谢地啦！"

池灵芝忍无可忍，抹了把眼泪，气呼呼地说道："三姑，您可别这样说。我和那人一不沾亲，二不带故，他就那样趴在盘道上，人还没死，咱看到了，能不救吗？咱把他弄下来，给他看看，能治就治，不能治拉倒！姑，您说的都对。我最后回去救他，只是因为他穿的那件中山装和俺哥去年寄回来的相片上的一样。俺想好了，以后的事，俺都听盛安的。"

池三香抬头瞅了贺盛安一眼。贺盛安忙道："三姑。"池三香怒道："你凭啥叫我三姑啊?"贺盛安憨憨地笑了。池灵芝气得扭过头去。

贺盛安耐着性子说道:"老人家,俺是这样想的:灵芝既然把人抬下山来了,这事有始有终才好。能救咱就救,救不活也没办法。死了咱就报告官府;官府不管咱就找上几块板子,钉个棺材,找个地埋了。反正见死不救不行!"

池三香听了,心道:"这话说得还在板。"

贺盛安又支吾道:"老人家……咱是穷人家,日子过得紧巴……做个本分人,别发坏,哪有对人家比对自己的爹娘兄弟还好的道理?"

池三香听了这话,心里畅快起来。

池灵芝道:"姑,这下您该说了吧?"池三香道:"说啥?"池灵芝一脸惊诧:"哎哟,三姑啊,俺爹把一个半死不活的人送到人家那里,就不管不顾了吗?"

池三香慌张起来,支吾道:"你爹说是那个啥……啥……啥来?"忽地,她一拍大腿,"想起来啦!怀德堂!"

池三香为何说怀德堂?大前年来泰安,她去那儿瞧过病。

贺盛安和池灵芝同池三香敷衍了几句,径直奔怀德堂去了。

怀德堂位于升平街与卧虎街的交叉路口。到了那里,贺盛安和池灵芝便说要看池四喜送来的那个病人。店里的伙计一脸迷蒙,问什么时候送来的。贺盛安说昨天晚上。伙计说,你们一定弄错了,店里虽有行医大夫,但夜间从不收治病人。

贺盛安和池灵芝回了家,问池三香怎么回事。池三香煞有介事地说道:"难道我记错了……让我再想想……你爹……说的啥来?"她又一拍大腿,"想起来啦!永春堂!"

池三香为何说永春堂?因为永春堂是老字号,她从小就熟悉。

永春堂位于二衙街,贺盛安和池灵芝匆忙赶去。到了永春堂门前,池灵芝抓住贺盛安的衣袖,收住脚步道:"盛安哥,咱又上了三姑的当了,这儿晚上从不开门,不可能收治病人。"

贺盛安着急地说道:"那怎么办?"池灵芝拉着他走到大槐树下,说:"盛安哥,只有等俺爹回来再说了。放心,俺家里没坏人,俺爹不会把那人怎么样。"

两个人约定晚上再见面，各自回家去了。

池灵芝回到家中，池三香问："找到了吗？"池灵芝冷冷一笑："找到找不到，您老人家自己心里没数？"池三香道："灵芝啊，我知道你心里不服气。我再告诉你一句话，不论什么时候，老人都没错！"

池灵芝扑哧笑了，说："那天下的错，都是做子女的了？"池三香道："你以为呢？"池灵芝道："三姑，皇帝没了，辫子剪了，脚也放了，这是谁的错？"

池三香盯着池灵芝的一双大脚，气得浑身哆嗦起来。

傍晚时分，池四喜回来了，池灵芝满脸期待地迎上去。

池四喜没看到贺盛安，问道："盛安什么时候来？"池灵芝道："他吃了饭就过来。"

池四喜一副心事重重的样子，去西屋拎出山轿，搁在门前，拿了一块汗巾抽打起来。

池灵芝摆上饭，请三姑和爹吃饭。端起碗来，池灵芝到底没忍住，开口道："爹……我是因为那人穿的中山装和俺哥相片上的一样，才救了他。"池四喜慈爱地看了池灵芝一眼，温和地说道："吃饭，等盛安来了再说。"

池三香颇觉诧异，一脸不解地盯着池四喜。

他们饭还没吃完，贺盛安就到了。池灵芝问他吃了吗，他说吃了。

池四喜道："盛安，可别作假！"贺盛安道："大爷，没作假，真的吃了。"

吃罢饭，池四喜问贺盛安打算怎么救治那人。贺盛安把上午给池三香说的那番话又讲了一遍。

池四喜问道："灵芝，那人在盘道上是躺着还是趴着？"池灵芝道："趴着。"池四喜道："头朝上还是朝下？"池灵芝想了想，说："斜着朝上，头顶在石墙上。"池四喜点头道："这就对了。那人是为救人受的伤。"

池三香、贺盛安和池灵芝都大吃一惊。

池四喜道："今天上山，听一山民说，昨天他在十八盘上看见一个小伙子救了俩小孩……昏在盘道上。孩子的爹娘不管不顾，一人一个，抱起孩子就跑了。"

池灵芝看了三姑一眼，说："我亏了把那人救下，老奶奶一定会保佑他平安无事。爹——"

池四喜道："盛安，像这种情况，帮会可以拿点钱吗？"贺盛安道："可以，最多拿十二块。"池四喜道："再多点不行吗？"贺盛安摇头道："多一分也不行，这是多少年传下来的规矩，不可更改！"

池四喜起身去了里间屋，接着一阵翻箱倒柜的声响传来。片刻后，他走出来，手里捏了一沓子钞票。

池三香瞪大眼睛盯着……

池四喜将钞票递给贺盛安。贺盛安接了，一脸欣喜。

池四喜惭愧地说道："昨晚我把那人送孤贫院了。今天担山回来，我打听了打听，那儿治不了这病。你们若想救他，赶紧把他送到博济、泰安、圣母、济仁这些医院。我不管了，你们看着办吧。"

池四喜说完这话，犹如卸下千斤重担，长叹一声，颓唐地闭上了眼睛。池三香气得浑身打战，扭过头去。

贺盛安看着池灵芝，池灵芝点了点头。

贺盛安道："大爷，他是个好人，我们一定要救他！"池四喜睁开眼睛，催促道："那就快去吧！"

贺盛安和池灵芝出了堂屋，快步走到山轿前，抬起山轿向大门走去。

"等等！"池三香大喊一声，颤颤巍巍地追了过来。

她一脸尴尬，支吾道："灵芝，昨晚……我和你爹……偷偷把那人……送去的，就说我……别说你爹……"

池灵芝笑了，说："三姑，您别往心里去，那不是害他，您和俺爹都没错！"

池三香舒心地笑了。

贺盛安和池灵芝到了泰安孤贫院，顺利地找到了那人。那人正发着高烧，依然昏迷不醒。贺盛安谎称他是自己的亲戚，孤贫院建议速去博济、泰安那些西医院治疗，否则随时会有生命危险。

池灵芝一脸不解，试探着问为何不把这人送去治疗。人家说，要是给这人治病，下个月，孤贫院一百多人就没饭吃了。

池灵芝同贺盛安将那人抬上山轿，飞奔博济医院去了。

从迎暄门进城，穿过升平街，出了岳晏门，过护城河，向北走进登云街，行之不远，便到了博济医院。

贺盛安将那人背到大夫面前。戴眼镜的大夫仔细看罢，告诉贺盛安，这人必须立即住院。贺盛安说，我们来就是住院的。

大夫看了他一眼，说："住院要交押金。"贺盛安忙道："我们带钱来了。"大夫提起笔来，说："先交二百吧。"

贺盛安惊得目瞪口呆，大夫则面无表情地说道："这人必须立即注射青霉素，一天就得五十，最少打三天。如果七天不见效，就没有治疗价值了。"

池灵芝一听交二百块钱，顿时头晕目眩，大夫后面说了什么，哪里听得进去？

这般情形大夫见得多了，心里跟明镜似的，问道："这位兄弟，住不住啊？"

贺盛安道："灵芝，得花多少钱啊？"池灵芝惊醒过来，可怜巴巴地望着大夫。大夫面无表情地说道："三天治好的话，得花二百多；七天的话，得五百多。"

贺盛安绝望地看了看四周雪白的墙壁，低声道："大夫……俺没……钱，回了……"大夫善解人意地点了点头。

贺盛安背起那人，池灵芝在一旁搭手帮扶着。到了外面，两个人把他搁进山轿里。贺盛安苦笑了一下，喃喃道："灵芝……咋办……"池灵芝低声道："听你的……"

贺盛安道："他救过人，我们不能不救他。我们给他治，三天不见好就没办法了。"池灵芝心里默诈，问道："那……为什么还走？"

贺盛安道："我们去泰安医院看看，哪里省钱在哪里治。"

两个人抬着那人去了泰安医院。情形大同小异，这里让交二百五十元押金。博济医院离家近，押金丞少，于是他们又抬着他回了博济医院。

贺盛安只带了三十元钱，好说歹说，大夫坚决不收。无奈，池灵芝只得实言相告。大夫颇为感动，破例收下，却也严正以告：没钱不给打青霉素；青霉素一旦用上，中间不能停，否则前功尽弃。

做过皮试，护士开始给那人注射青霉素。贺盛安抬头盯着铁架子上倒置的药瓶子，看着气泡接二连三地冒着，耳畔传来哗啦哗啦的声响：是谁在数钱啊？贺盛安心里慌张起来。

医院允准不陪护，贺盛安和池灵芝谢过大夫，回家去了。

他俩抬着山轿出了博济医院，不约而同地回头望了一眼。他们的心思大抵一样：明天一早必须带钱来。

池灵芝回到家里，见爹爹还没睡，便把情况告诉了他。池四喜点头道："这个人值得盛安这样做！"

第二天一早，池四喜把池灵芝叫进里间屋，递给她一个折子："灵芝啊，这个折子上整整一百块，是我留给你哥的，你只能提五十，这是我想了半宿才下的决心。"池灵芝喜出望外："爹……好，咱家就再拿上这五十吧。"

池四喜道："这是民生银行的折子，提钱在县财政局，八点开门……别让你姑知道了，她心疼。"池灵芝低声答应着，胆怯地向屋外望去。

吃罢饭，她去了二衙街，找着县财政局，提了五十元钱，飞快地去了博济医院。

到了医院，池灵芝看那人面色似有好转。护士说，治疗有效果，再打一天针，兴许高烧能退下来。池灵芝听了十分欢喜，交上钱，见贺盛安还没到，便到大门外去等他。

登云街上人流如织。两个挑夫抬了一顶山轿，轿上坐着一个肥头大耳的富人，从池灵芝眼前一闪而过。池灵芝鼻子一酸，眼泪哗啦流下来。她开始心疼起自家的七十块钱来，那钱是爹一步一个台阶踩出来的，一颗汗珠子一颗汗珠子摔出来的，一口饭一口酒省下来的……

池灵芝问自己：为了一个陌生人，这样做值得吗？

九点多，贺盛安满头大汗跑到池灵芝近前，掏出一把钱递给她，气喘吁吁道："四十，快交上吧！"池灵芝盯着攥在手里的钱，苦涩地笑了。

这天晚上，池灵芝一个人来到贾笑荷家，甫一坐下，贾汗青便道："灵芝，你一个人来的？"贾笑荷笑了，说："爹，你没看到吗？"

贾汗青道："灵芝，你心里有事就说吧。"池灵芝道："什么也瞒不了叔。"贾汗青道："人人都说我贾汗青浑身上下就长了一张嘴，其实我还有一双乖眼，毒着哩。眼不行，嘴能厉害到哪里去？早晚惹祸。"

池灵芝涨红了脸，低下头去，小声道："俺就想……问一问……俺和盛安哥到底是怎么一回事？"贾汗青一脸不解，问道："咋不问你爹？"池灵芝道："怕俺爹藏着掖着，不肯说出实情。"

贾汗青沉吟道："灵芝，叔问你，你喜欢盛安吗？"池灵芝摇头道："俺……不知道。"贾汗青又道："你烦他吗？"池灵芝道："也不知道。"

贾汗青叹息一声，说："灵芝啊，我想帮你，所以这样问你。你自己还没有做决定，叔也只能实话实说了。"池灵芝急切地说道："叔，俺就想听实话。"

贾汗青道："盛安他爹救过你爹，他们因此结下了深情厚谊。你和盛安小的时候，我们常拿你俩开玩笑。后来，话里话外，大家就都把你们当成了娃娃亲。眼看着你们都大了，前些日子我问你爹到底咋办。你爹说，他和盛安他爹谁也没说出口。"

池灵芝听明白了，问道："那就是真的了？"贾汗青点头道："至少在你爹那儿是真的。"

池灵芝紧张地问道："叔，我该怎么办啊？"贾汗青道："就看你自己心里怎么想的了。"

池灵芝顾左右而言他，心不在焉地和贾笑荷说了几句话，忧心忡忡地告辞去了。

送走池灵芝,贾汗青道:"笑荷啊,你大爷家里有事,明天咱得去一趟。"

池灵芝向北走出大车档街，刚拐进小西关街，隐约瞅见一个熟悉的身影。那人荷着一根扁担，从西边的火神庙拐进了大车档街，像是贺盛安。池灵芝回身再看，果不其然，忙不由自主地喊住他。

池灵芝接着就后悔了，双脚犹如钉在地上，迈不开步。

贺盛安听到池灵芝喊他，高兴地冲到近前，问道："灵芝，你去笑荷家了？"池灵芝答非所问，冷冷地讥讽道："黑更半夜的，扛着根扁担，是去看家护院，还是去打狼啊？"贺盛安拍了拍扁担道："路上碰到活就挑一趟，不是缺钱吗？"

池灵芝不好意思起来，低声道："干啥去啊？"贺盛安道："去找汗青叔借点钱。"池灵芝道："盛安哥，你去吧，我走了。"

贺盛安道："天黑，我送你。"池灵芝道："也好，我正有话想问你呢。"贺盛安道："好，咱边走边说。"

两个人沿着小西关街向东走去。过了汶阳桥，池灵芝突然快步登上速报司阁，凭栏西眺。贺盛安满腹狐疑地跟上来，站在她身旁。

池灵芝道："盛安哥，说实话，你看到了什么？"贺盛安瞪大眼睛，使劲看了看，说："看到的叫不上名字，熟悉的看不到。"池灵芝道："你没有看到贾笑荷吗？"

贺盛安心里一惊，低声道："灵芝，你啥意思？"池灵芝道："盛安哥，我是认真的。如果贾笑荷长在了你心上，我就替你问问，省得你偷偷摸摸地跟着人家。"

贺盛安笑了，说："灵芝，你多心了。"池灵芝道："不让我多心也行，给我个理由。"

贺盛安道："有一次看笑荷演皮影，我听两个警察说要对她怎么样……所以我……"池灵芝心里的一块石头落了地，啪嗒啪嗒掉起眼泪来。

贺盛安抓住池灵芝的手，支吾道："俺娘前天还说，今年盖上一间南屋……要给咱俩成亲。"池灵芝道："盛安哥，今后我池灵芝听你的。俺今天还想问你一件事。"

贺盛安道："啥事？说吧。"池灵芝道："担山……俺想担山。"贺盛安颇感诧异，旋即又明了，羞愧地说道："灵芝，我明白你的心思。我一个人担山就够了，你再担山，俺不忍心啊！"

池灵芝道："有啥不忍心的？不趁着年轻挣钱还账，这一辈子也别想翻身了。俺至少要把俺哥的钱还上。贺盛安，你给个痛快话，行还是不行？"贺盛安迟疑地说道："俺……没见过女的担山啊！"

池灵芝道："俺不偷不抢，下力求财，你还怕人家说不成？"贺盛安为难地说道："大爷常说，他这一辈子豁上老命担山，一个人挣三个人的钱，不让下一辈子再担山。灵芝，你去担山，俺在大爷面前抬不起头来啊！"

池灵芝道："贺盛安，你听好了，我池灵芝虽然没裹脚，但这一辈子干啥都听你的。只要你答应我担山，俺爹那儿我去说。"贺盛安咬咬牙，狠下心来，说：“你愿意担就担吧！咱俩这辈子拼死拼活担……孩子就不用担啦！”

回到家，池灵芝把担山的决定告诉池四喜。池三香听了大吃一惊，瞪大眼睛盯着池四喜。

池四喜皱眉蹙额，寻思了好长时间，方才痛下决心，说：“既然盛安同意了，你就担吧！不担山，这个坎，过不去啊！你和盛安多受点苦，下一辈就不用担了。灵芝，担山这个活计啊，挣钱多，自在，却真是不容易。什么时候不愿意担了，就放下，爹能养活你，盛安那人也差不到哪里去。”

池灵芝认真地说道：“爹，您放心，俺不给爹丢人。”

池三香恨恨地剜了池四喜一眼，扭头看着侄女，心里疼惜，劝道：“灵芝，听姑一声劝，担山是大男人的事，你一个姑娘家，缺钱姑给你。姑家里趁五十，明天我就回去给你拿。”池灵芝心里十分感动，说：“姑，您一大家子人，我怎好用您的钱！”

池四喜道：“三姐啊，谁都盼孩子好。县衙大门，咱老百姓进不去；进去的，不是击鼓鸣冤的，就是挨板子的。二衙街，咱老百姓去办事容易吗？谁正眼瞧过咱们？还是那句话，唉！不说了……”

女儿担山，池四喜的心里焉能好受？他煎熬了大半夜，天快明方才睡去，起来后不见女儿，料定她去了博济医院。他瞅了一眼饭桌，见摆了饭，碗筷未动，晓得三姐还没吃，忙去喊三姐来吃饭。

池四喜进了东屋，不见三姐。靠墙的桌子上，搁着儿子庆军小时候玩的一柄桃木剑，是三姐买的，剑柄上挂了一条红绳，红绳下端拴着一枚制钱。他走近细看：红绳系了十字形死扣，端的出自三姐之手。

池四喜心里一惊，张皇四顾：三姐的包裹不见了。他头嗡的一声，叫了声“三姐”，冲出家去。

池四喜一路向西，跑到吕祖阁，蓦地想起三姐说过，走时要给爹娘上上坟，忙收住脚步，转身往回跑。到了南关大街火神庙，他冲进去，出了后门，又向东跑了里把地，进了池家林。

池四喜听到三姐的哭啼声，放慢脚步，走向爹娘的坟冢。

“爹啊……娘啊……从小就惯着小四。怎样啊？他又惯着自己的闺女……闺女任性没规矩……脚说不裹就不裹……现在想担山就担山……"

池四喜听了这话，眼泪唰地流下来。

他走到近前，看到三姐跪在爹娘的墓碑前，一张一张地烧着纸钱。池四喜的目光落在立碑人一栏：池大喜、池二喜、池三喜、池四喜、池大香、池二香、池三香、池四香、池五香。

兄弟姐妹九人，活着的就剩下眼前他们姐弟俩了。

池四喜抽抽搭搭地哭起来。

池三香止住悲声，厉声喝道："四喜，跪下！"

池四喜跪在三姐左侧。池三香递给他一摞纸钱，他接了，一张一张地烧着。

池三香道："四喜啊，你从来不是个大方人啊！现在你就给爹娘说说，为什么豁上血本，去救一个八百竿子拨拉不着的外乡人？"

池四喜紧张得喘不上气来，不假思索地说道："爹、娘，俺救那人，是因为他是为救人而受伤。当时我是这样想的：如果不是盛安他爹救了俺，俺在十七岁那年就没了。往外拿钱，谁不心疼？俺也是黑白地劝自己，就算给孩子们积点德吧！"

# 十一

这天中午时分，那人高烧退去，体温恢复正常，只是依然昏迷不醒。尽管应交的钱还没有着落，医院却也答应不停针，明天上午如期用药，以便完成一个疗程。医院相信，贺盛安身为挑山帮会会长，不会赖账。

贺盛安如释重负，总算能够喘口气了。

他和池灵芝商定，明天下午那人就得出院，这是没办法的事。出了院，也不放弃，接回家，看中医，吃中药，继续治疗一段时间，尽最大努力救他一命。

下午，池灵芝离开博济医院，去了财源街"利泰号"杂货铺，买了一条柳木扁担和一根绳索。她将绳索往扁担上一挂，荷在肩上，去了顺河街。

过了汶阳桥，向北就是顺河街，街上多是铁匠铺子。池灵芝沿街北上，一面走一面频频扭头向右探看，寻找"蔡家镰""赵家刀"。"赵家刀"的牌匾映入眼帘，池灵芝快步走去，进了店铺，一位满脸灰黑的中年妇人瞅了池灵芝手中的扁担一眼，问道："包铁?"池灵芝猜得出"包铁"的意思，点了点头。

片刻之后，扁担的两头各包了一个铁尖，一个短，一个长，短的那个微微上翘。

一位老年人走过来，慈祥地问道："孩子，刻啥字?"他将一个脏污的本子递向池灵芝，"可以从这上面选，也可以说句你自己喜欢的话。"

池灵芝没接那本子，随口说道："山高水长。"老人笑着问道："孩子，你识字?"池灵芝道："俺哥教的，还让我背了很多唐诗宋词。"

老人点头道："好，女娃也要识点字才好。"

池灵芝蓦地想起哥哥来。哥好久没有音信了，也不知道现在怎样。

回到家，关上大门，池灵芝看到墙上挂了一条崭新的扁担。她心里欢喜，探手抓了，将两条扁担靠在一起，却见那条比自己的短了两拳头，肯定是爹买的。

她翻转扁担，看到上面刻了一行字："灵芝，还有一步，就登顶了。"

这行字与"山高水长"一样，用红漆描过，醒目耀眼。

进了堂屋，池灵芝见三姑坐在矮桌子前打糕，穿了一身素净的衣裳，发髻挽起，梳得溜光。

爹坐在椅子上，冲池灵芝使了个眼色。池灵芝会意，点了点头。看情形，三姑似乎刚和爹爹吵过嘴。不知怎的，三姑这次来泰安看啥也不顺眼，整天横挑鼻子竖挑眼。爹总是温顺地听着，池灵芝则拼命地忍着。

她伤心的时候，不止一次地想道："如果娘活着，也是这样吗？"

从林地回来，姐弟俩一句话也没说。池三香梳洗打扮一番，和上面，挎起篮子出了家门。盯着三姐的背影，池四喜想起娘来。娘在的时候不就是这样吗？从早到晚，从大年初一到大年三十，娘都在默默无言地做活。爹娘，从记事起，他就没见他们清闲过一天。还有大哥、二哥、三哥、大姐、二姐、四姐、五妹，他们命有长短，谁清闲过一天？一辈子不都是在担山吗？

及至三姐买回纸和香来，池四喜才恍然大悟：三姐这是上上供，敬敬天地，要回家啊。池四喜心道："姐啊，您在这儿待着不痛快，回就回吧。过几个月，我和灵芝再去看您。"

晚上，贾汗青父女同贺盛安前后脚来到池四喜家。

甫一落座，贾汗青便道："四喜哥，这么大的事咋不给我说？"池四喜道："你都知道了？"贾汗青道："知道了。昨晚灵芝一走，我就给笑荷说，你大爷家有事，明天我们得去看看。今天一早盛安找我借钱，我才晓得。"

贾汗青笑嘻嘻地看着贺盛安，问道："盛安，不借给你钱，生叔的气吗？"贺盛安道："不生气。"贾汗青道："不生气就对啦！要是你自己的事，不借，叔也得拿！"

贺盛安憨憨地笑了。

池三香听了这话，心道："汗青才是个明白人啊！"

贾汗青又道："盛安，这事好办。明天晚上，我到岱庙坊下，鸳鸯板一打，泰安人给救人英雄捐个三百五百的，没问题！肯定行！"

听了这话，池灵芝一脸欣喜，池四喜则探询地看着贺盛安。

贺盛安摇了摇头，说："这个法子，我想到过，但这事见证人太少，即便请那个山民来做证，获救者不出面，不会有多少人相信。事情成与不成，对帮会都是伤害，难下决断啊！"池四喜心里赞许。

贾汗青一脸不解地问道："盛安，今年帮会收了那么多钱，就不能用一点？"贺盛安皱眉蹙额道："根据规定，只能支用十二块，我已经使了。"

贾汗青道："多一点也不行？"贺盛安点头道："不行，帮会的规矩在那儿摆着。我算了一下，今年的困难救助是每人不超六块，大病补助是每人不超十二块。"

贾汗青道："听你这意思，借点也不行啊？"贺盛安道："不行。钱只能借给帮会会员，只能用于解决生活困难。帮会规定，可以救助爬山遇险之人，最高不能超过会员的大病补助。就是符合规定，这笔支出，明年的帮会大会，我也要公开说明……还有，如果这人死在泰安，还可以享受会员待遇，补助五块钱的丧葬费，我也得在大会上做说明。"

贾汗青道："你是会长，就不能变通一下？"贺盛安道："牛会长叮嘱过，这是帮会一代一代传下来的规矩，万万不可更改；一动百摇，帮会散架，也就是一两年的事。"

贾汗青嗟叹道："怪不得帮会的人心这么齐啊！"池四喜则慨叹道："是啊，人心换人心嘛！"

贾汗青又道："盛安，明天出院还缺多少钱？"贺盛安道："九十。"贾汗青拍着胸脯道："四喜哥，为了盛安，你拿多少，我拿多少！"

池四喜嘿嘿地笑起来。贾汗青急了，说："哥，您不相信？"池灵芝道："叔，俺爹拿了七十。"

贾汗青和贾笑荷脸色骤变。

贾汗青道："四喜哥，你不是个大方人啊！"池四喜道："汗青啊，你说得对。这钱拿了，真是疼得我睡不着觉，黑白地劝自己。为什么拿这个钱啊？这人为了救人才伤成那样，我们应该救他。想想我池四喜，要不是盛安他爹救了我，哪里还有我这个人啊！"

贾汗青一脸尴尬，说："我也拿点，虽然拿不了那么多，尽力而为，尽力而为。"池四喜劝道："看盛安的面子，象征性地拿点就行，别勉强。"

贾汗青点头道："好的，好的。"

贾笑荷好看的小嘴噘了起来。

贾汗青、贾笑荷和贺盛安走后，池三香端坐在椅子上，郑重其事地把池灵芝叫到近前，一脸温和地说道："东西我都准备好了，明儿一早，咱俩上山去求老奶奶，保佑那人快快醒来。"

池灵芝幡然醒悟，旋即喜笑颜开，继而抬头望着爹爹。池四喜道："你去吧。明天我不上山了，帮着盛安张罗那人出院。盛安家里不宽敞，就先来咱家吧。"

池灵芝感激地看了爹爹一眼，抱住三姑的胳膊，摇着说道："三姑真好。"

随后，池三香和池灵芝忙碌起来。池三香手把手地教池灵芝准备明天的供品：纸钱、香烛……一边教一边嘱咐了又嘱咐。

眼前这一幕，池四喜看在眼里，喜在心上：这时的三姐，在灵芝面前多像一位慈母啊！

池灵芝想起大门后那两条崭新的扁担，笑道："姑，明天我挑上去！"池三香怔怔地看着池灵芝。池灵芝又道："三姑，我有两条扁担啊！"

池三香盯着池灵芝嫩鲜鲜的脸蛋，两颗泪珠滚了下来。她垂下眼帘，低声道："姑还能背得动。"

池灵芝豁然醒悟：三姑是真不喜欢自己担山。一阵酸楚涌上她的心头：唉！三姑啊，您要是去盛安家里看一眼就明白了。

池四喜默默地看着，心中亦是倍受熬煎。

东西准备妥当，池三香和池灵芝回东屋歇息，池四喜关门睡觉。躺在炕上，池四喜想起一件事来：每年除夕夜，娘包的饺子都是白菜豆腐馅的，说吃素的，一年素素净净。到了下一辈，大哥、三哥、三姐家，还有自己家，都随了娘，除夕夜饺子吃素的；而二哥、大姐、二姐、四姐、五妹家，除夕夜饺子要吃一个肉丸的，说吃一个肉丸的，一年红红火火、团团圆圆。年景不好的时候，他们几家每个人只能吃上一个饺子，但馅一定是肉丸的。

想到这儿，池四喜笑了起来：这可都是一家人哦。

贺盛安将贾汗青和贾笑荷送到大车档街，折身向南，匆匆回家去了。

到了家，贾笑荷心事重重地关了大门。

掌上灯，贾汗青问道："笑荷，借钱，爹已经答应了。借多少就由你来做决定吧。"贾笑荷皱眉道："借钱心疼，不借钱心里难受，借多借少，好不为难啊！常听门前这条街上的买卖人说，'银子钱，命相连'。可见，钱真是关乎人的性命啊！"

贾汗青道："人心都是相通的，你别难为情，从心里往外借。"贾笑荷笑了，说："爹，您可从不这样啊！就不能把话说明白？"

贾汗青道："多大的人情，多大的账。你心里掂量掂量，贺盛安的好，在你的心里值多少钱，你就借多少钱。"贾笑荷想了想，面无表情地说道："那就二十吧。"

贾汗青喃喃道："这钱，木匠、瓦匠要干半年，担山要三十趟……笑荷也是个有情有义的人啊！"贾笑荷低下头去。

贾汗青沉思良久，又道："妮啊，这事因你灵芝姐而起，你大爷现在是豁上老本救人，咱泰山板书也不能瓢了。这样吧，把你灵芝姐搁在心里合计合计，看看再拿多少？"贾笑荷脱口而出："再加十块。"

贾汗青心里很满意。女儿是个理智的人，进退有据。这就好，人活得明白，心中不惑。这样才好啊！

次日，从碧霞祠出来，池三香和池灵芝一脸轻松，说说笑笑，下山去了。

到了关帝庙，天已黑下来。池灵芝料定那人出院了，便和三姑径直回家去了。出了泰安门，池灵芝想想家里这时一定忙乱不堪，心里忽然沉重起来。

进了家门，家里安静如常，池灵芝颇感诧异。她搀着三姑走到天井中央，池四喜冲出堂屋，欢声道："三姐、灵芝，那人醒啦！"

池灵芝喜不自胜，一时之间手足无措。池三香倏然转身，扑通跪地磕起头来，一面磕一面念叨："谢谢老奶奶开恩！谢谢老奶奶开恩！……"

第二天上午，池灵芝高高兴兴地去了博济医院，贺盛安亦在。那人在病床上坐着，看到池灵芝走进来，激动地望着她。

贺盛安笑着告诉那人："她就是池灵芝。"那人挣扎着要下床，贺盛安忙按住他。那人端坐了，拱手作揖，连声道："谢谢恩人！谢谢恩人！"

池灵芝看见他眼里噙着泪，不由得想到这些天自己遭的罪，眼泪扑簌扑簌落下来。

护士进来告诉贺盛安，大夫请他去医生办公室。贺盛安一面答应着，一面往外走。池灵芝拭去眼泪，冲那人点了点头，跟着去了。

进了医生办公室，大夫起身关了门，请贺盛安和池灵芝坐下，严肃地说道："贺会长，昨天上午病人苏醒后，医院非常重视，给他做了全面检查。刚才经过会诊，得出了结论。院长让我向贺会长如实汇报。"

池灵芝听得一头雾水，贺盛安感激地望着大夫。

大夫道："我们确诊此人患了失忆症。病人现在不知道自己是谁，忘记了与自己有关的许多重要的东西，譬如姓名、家人、工作，主要原因是头颅受到撞击，导致大脑损伤。"

贺盛安急切地问道："还能治好吗？"大夫道："目前没有什么好办法。贺会长，下面才是我这次谈话的重点……"贺盛安吃了一惊，忙道："大夫，您请讲。"

大夫道："通过对这个人的全面检查，我们断定他系行伍出身。"

贺盛安一脸不解。池灵芝紧张地问道："大夫，啥是行伍出身？"

大夫道："他是个当兵的，所以，可能是国民党，也可能是共产党，虽然概率很小，但也不能排除他是个日本间谍。他的右手有长期使用枪械留下的生理印痕，腹部还动过手术。这个人醒来后非常警觉，说明原先的环境在他身上留下了很深的印记。当然了，也许他没有失忆，一切都是装的。"

贺盛安和池灵芝惊恐地低下头去。

大夫道："贺会长，医院决定如实相告，是因为敬重您和池姑娘，不希望你们受到任何伤害。"

贺盛安和池灵芝抬起头来，感激地看着大夫。

根据大夫的建议，他们商定后天让那人出院。贺盛安说让那人住他家，池灵芝晓得他的心思，便依了他。

出了医院，池灵芝忧心忡忡，贺盛安安慰她道："灵芝，放心吧，一个救人的人能坏到哪里去？"听了这话，池灵芝心里松宽下来："是啊，一个救人的人，能坏到哪里去！"

"一个救人的人，能坏到哪里去？"贺盛安心里也真是这样想的，但终究放心不下，是日担山归来，径直去了博济医院。刚进医院，一位护士便拉住他，告诉了他那人今天的反常行为。

吃过午饭，那人说要出去走走。护士报告了大夫，大夫同意了，暗中让人悄悄地跟着他。

那人步履蹒跚地出了大门，打听什么学校离这儿最近。有人告诉他，往北一走就是萃英中学。那人摇摇晃晃地去了，在萃英中学的宣传栏前站了一个多小时，看了又看。回到医院，他又借来报纸，趴在床上埋头看起来。

贺盛安听了，觉得这人真是不简单。他踌躇了一瞬，离开医院奔灵芝家去了。走到包公祠，他收住脚步，转身出了瓮城，去了贾笑荷家。

见到贾汗青，贺盛安将大夫说的实言相告，请教如何措置。贾汗青道："不要担心，你说得对，一个救人的人，能坏到哪里去？今后，能处则处，若发觉他有不轨之图谋，立即报告县长周百锽，或者向范明枢校长求助。"

贺盛安听了，心里踏实下来。

贾汗青又问道："明天出院，那人住哪儿？"贺盛安道："原先打算住灵芝家，怕他万一再是个坏人，就住俺家吧，挤挤。"

贾汗青摇头道："万万不可，请神容易送神难啊！宁肯拿钱给他在外租个房子，也不能往家里领。"

贺盛安迟疑不决。

贾笑荷道："还是租吧，给他交上一个月的房租。是那个样，继续帮他；否则，来干脆的，一刀两断！"

贺盛安点了点头，打算同池灵芝商量商量再说，忽又想到她说过什么都听他的，便道："租吧，明天上午就出院了……有点急……"

贾汗青说，这条街南头，前几天有户人家出租一间东屋。接着，他同贺盛安一道去看了看。房子尚未租出，面积不大，八平方米左右，摆了一张单人床。他们当下与房东说定，承租下来，房租每月一元两角。

关门闭户后，贾汗青告诉贾笑荷，那个院子永远不要去。贾笑荷道："不用爹嘱咐，灵芝姐和盛安哥叫我……我也不去，惹那个麻烦干吗？"

贾汗青道："妮，有你这句话，爹就放心了。"贾笑荷冷冷地说道："爹，他们说咱是戏子，你看他们哪一个不是演家？"贾汗青道："盛安和灵芝呢？"

贾笑荷笑着摇了摇头："你别说，还真看不出来。大约也是早晚的事吧。"贾汗青道："何以见得？"贾笑荷道："就这一身账吧，压他俩一辈子，想不低头，难啊！"

第二天，吃了早饭，贺盛安从院子里的绳条上拽下被单，抬手一摸，还未干透，忙又搭上。随后，他到堂屋里抓了一块薄得透亮的毛巾，来到水缸前，舀了一瓢水，倒在泥巴脸盆里，将毛巾一浸，轻轻一攥去了西屋。

西屋不大，塞满了杂物，靠西墙砌了一个土炕。土炕上铺了一张破旧的席子，床头摆了一个长条枕头。

贺盛安把毛巾展开，对折了，按在席子上，手一拖，"啊"了一声。他抬起手掌，见掌心扎了一根秫秸篾，伸手拔掉，一颗鲜红的血珠颤抖着胀大。他将手向下一垂，血珠坠落。

贺盛安探手抓起毛巾，看到毛巾中间开了一个洞，像极了眼睛，瞪着他。

他揭起席子，卷了枕头，走出西屋用绳子捆了，挂在扁担上，又举手扯下被单，往扁担上一搭，喊了声"娘，我走了"，旋即大踏步出了家门。

贺习氏走到西屋门前，看到床上裸露着一片麦秸，其他的啥也没了，便有气无力地靠在门框上，啪嗒啪嗒掉起眼泪来。

贺盛安到财源街百货公司买了一条毛巾、一个泥巴盆子、一副碗筷、一只瓢，又买了一个水桶装了，左手提着，匆匆去了大车档街。

# 十二

晚上，池四喜问池灵芝，明天那人出院他还用去吗，池灵芝说不用，她和盛安两个人就行。池四喜说，那他就担山去。

池三香道："四喜啊，明天别担山去了，我有事。"池四喜道："好啊，三姐。"

池四喜心里嘀咕："三姐这事小不了，什么事呢？"

次日，吃罢早饭，等池灵芝去了博济医院，池三香开口道："四喜啊，女大不中留，赶紧嫁了吧。"池四喜点了点头，嗟叹道："三姐说得对！儿大不由爷，女大不中留啊！"

池三香道："四喜啊，咱俩今天去盛安家，同盛安他娘坐坐，把孩子的婚期定了，赶紧嫁过去吧。"池四喜迟疑道："三姐……太急了吧？"

池三香道："四喜啊，你该沉得住气的时候没有端起架子，现在这话就别说了。孩子没娘了，我这次离开，还不知道有命来没命来。把灵芝嫁了，我走得也能心安。"池四喜道："好吧，三姐，就依你。"

池三香和池四喜买了二斤鸡蛋、一斤红糖，去了灵山庄。

走到奈河桥上，池四喜抬头看见蒿里山的文峰塔，想着贺家那破败的宅院，这些年大约也没什么变化吧，三姐看了心里如何好受？

走过灵应宫，池四喜道："这几年，两边都是孩子跑……有三四年没去盛安家了。"池三香并不接言，她心里正想着一个问题：贺盛安为什么同意灵芝去担山？灵芝这辈子嫁给这样一个人，如何放心？

进了灵山庄，池四喜轻车熟路，找到了贺盛安家。

破败不堪的木栅栏大门歪在一边。

池三香快步走进大门，抬头一看是三间破旧的草屋，屋顶凹凸不平，院子东边是鸡园子、猪圈，西边是一间小矮屋，似乎没有门窗。

池四喜高声道："弟妹，我是四喜啊，俺三姐来看您啦！"

贺习氏听了喜出望外，欢声答应着冲出来，热情地将他们往堂屋里让着。

池四喜心里一惊：几年不见，弟妹已是满头白发。

池三香和池四喜未及坐下，贺习氏已招呼三儿子贺盛富去烧水。四儿子贺盛贵从西里间屋里探头露了一脸，接着缩了回去。池四喜问，老二干啥去了？贺习氏说，拾粪去了。

池三香开门见山，说明来意。贺习氏顿觉喜从天降，焉有不允之理？两家商定五月二十八日为喜日子。

池三香推说有事，饭也不吃，就和池四喜离开了贺家。池四喜如何不晓得三姐的心思：可怜盛安家穷啊！

回到家里，池三香道："四喜啊，到了贺家，我才原谅了盛安，心眼挺好的一个孩子，干啥让灵芝担山啊？"她坠下两滴泪来，"灵芝愿意担山就担吧。别说一身账了，就是拉巴这个家，也得担山啊！我看盛安那三个兄弟最好也去担山。"

听了三姐这话，池四喜哭笑不得："三姐啊，要是都能担山，这个家就起来了。不过，书读得好，生意做发了，不强过担山吗？"池三香点了点头，问道："咱家几个担山的？"

池四喜道："算上灵芝，四个。"

那人出院时，大夫问他能不能留个名字，医院好存档。他问贺盛安："兄弟，你能说一下你的名字吗？"池灵芝笑道："贺盛安，贺喜的'贺'，茂盛街的'盛'，平安的'安'。"

那人抱住贺盛安的手，真诚地说道："我就叫贺盛平吧，大夫说我至少二十五六了，长你七八岁，你就做我的亲弟弟吧。"贺盛安高兴地说道："好，我就认了你这个哥哥！"

贺盛平从衣兜里掏出五十元钱递向贺盛安，满面羞愧地支吾道："兄弟……我还留了七块，这五十，连欠费也不够，你先拿着吧。"贺盛安下意识地将贺盛平的手推开："你自己一个人，干啥都得用钱，你留着吧。这里我已经打了欠条，很快就能还上。"

贺盛平迟疑了一瞬，将钱收了。

离开病房时，贺盛平转过身来，恭恭敬敬地向医生和护士鞠了一躬，满怀感激地说道："谢谢，谢谢啦！"

晚上，池灵芝把贺盛平的事一一说了，池四喜听了十分欣慰，点头道："灵芝，这人你救对了，他是个好人。"池灵芝道："爹，你说这人是国民党还是共产党？"

池四喜道："灵芝啊，国民党也好，共产党也罢，咱是担山的，有咱什么事啊？咱只盼着他是个好人，别发坏就谢天谢地啦！"池灵芝道："爹，他要是个日本间谍呢？"

池四喜皱眉蹙额，恨恨地说道："万一他要是个日本人，这事你和盛安就别管了，我一个人担着。是个好人就报告县衙；是个坏人，我池四喜一扁担砸死他这个小日本！"

贺盛平在大车档街住了下来。第二天晚上，池四喜和贾汗青让池灵芝领着前去探看。贺盛平言谈举止颇为得体，池四喜心里还算满意。出来后，他悄悄地问贾汗青这个人怎么样，贾汗青说孬不了。池四喜方才心安。

贺盛安和池灵芝每天都来送些吃食，见贺盛平总是埋在一堆报纸里，便知道他还没有找回自己。尽管忧心，他们亦是爱莫能助。

贺盛平要去贺盛安家看看，贺盛安婉拒了。隔了一天，他又要去，贺盛安亦是不允，他只得作罢。他想去池灵芝家，却不好意思提。

就这样，十余天过去了。

这天晚上，十点多了，贺盛平刚睡下，一阵敲门声骤然响起，接着传来池灵芝焦急的喊声："盛平哥，盛安在你这儿吗？"贺盛平猛地坐起，高声道："没有，怎么啦？"

他迅速穿上衣服，拉开门冲了出去。

开了大门，他看到池四喜、贾汗青、贺盛全、池灵芝等十余人堵在门前，有几个人手握扁担挂地，是挑夫。

贺盛平急忙问道："盛安怎么了？"贺盛全哭哭啼啼道："俺哥早晨出门……挑了一大团绳子……一个背篓……到现在还没回家……"

贺盛平紧张地问道："没上山？"一位挑夫道："没有。"贺盛平道："你能肯定？"挑夫道："肯定。就一条盘道，贺会长上山，俺们能不知道？"

贺盛平冲池四喜道："叔，这个时候一定不能乱，如何办，您说吧！"池四喜抓住贾汗青的右胳膊道："汗青，我们都听你的！"

贾汗青沉吟道："既然没上山，城里也找遍了，那就再去灵应宫、火神庙、蒿里山神祠打听打听，最后都到盛安家集合。找到最好，万一找不到再想办法。四喜哥，你去灵应宫，我去蒿里山神祠。哪位和火神庙熟啊？"

一位挑夫说他熟，这样便由他带人去了火神庙。

贾汗青带着贺盛平、贺盛全和池灵芝去了蒿里山神祠。

了远道长听罢十分重视，立即差了数名道士分头问询。有去无极庙运水的道士说，今天上午，在无极庙前看见贺会长担着一个背篓，往扇子崖方向去了。

众人大喜，贾汗青也不客气，向了远道长讨了两盏灯笼，匆忙离去。

出了蒿里山神祠，贾汗青让贺盛全回家报信，自己同贺盛平和池灵芝打着灯笼奔无极庙去了。

走在路上，贾汗青便揣度贺盛安去了扇子崖，心里颇为伤感。

到了黑龙潭，贺盛平把灯笼递给贾汗青，走近路边的一棵小松树，挥手一砍，手腕粗细的松树咔嚓一声断了。

贾汗青和池灵芝惊得目瞪口呆。

贺盛平将松树齐根折断，举在眼前晃了晃："遇到坏人不可怕，就怕遇到狼虫虎豹。"贾汗青道："小伙子，厉害啊，你练过武术？"贺盛平道："不知道啊！"

池灵芝道："盛平哥，刚才我心里还害怕呢，你这么厉害，怕啥？咱们快走吧！"

三个人大步流星，过了无极庙，奔扇子崖而去。

到了元始天尊庙，贺盛安的喊声突然传来："灵芝，是你吗？"池灵芝喜极而泣，尖声叫道："盛安，是我，你在哪儿？"

贺盛安道："我在扇子崖上，绳子掉下去了，下不去啦！"

贺盛平高声道："盛安，我来了，你就放心吧。"

贺盛安道："盛平哥，我听见啦！"

三个人兴冲冲地向上跑去，片刻间就到了扇子崖。果不其然，一团绳索堆在崖下。

贾汗青故意说道："唉！这都是钱逼的，盛安这孩子真可怜啊！"

贺盛平听闻此言，吃了一惊。

池灵芝怕贺盛平追问缘由，忙道："叔，您误会啦！"贾汗青故作会意，迭声道："对对对！灵芝说得对！叔误会了，叔误会了。"

贺盛平抬头望了一眼高峻陡峭的扇子崖，又低头看了看近前这堆绳索，随即仰头喊道："盛安，别着急，我一会儿就上去。"

贺盛安喊道："盛平哥，不急，天亮了再说。"

贺盛平不再言语，弯腰找到绳头，飞快地团起来。池灵芝想帮他，却插不上手。

陆续有人打着灯笼、举着火把，心急火燎地赶来。

贺盛平团完绳索，引出两端捆扎结实，然后拴在自己腰上。他转身回望，眼睛盯着一条扁担，问道："这位大哥，可否将扁担借我一用？"

那位挑夫将扁担向前一递，贺盛平左手握住，右手将扁担的长包铁拔下。众人看了吃惊不已。池灵芝心里欢喜不禁，这些时日的委屈与窘迫霎时烟消云散。

池四喜晓得贺盛平的意图，劝道："盛平，天亮了再上吧，盛安现在不没事吗？"贺盛平道："我上去陪盛安，我不能让兄弟一个人在上面过夜。叔，您去下边庙里讨些水和吃食，我上去后放下绳索，你们拴上。"

贺盛平开始攀爬扇子崖。他右手握着包铁寻找岩石缝隙插入，左手抓住藤蔓或扳着山岩，快速上登。

众人惊得目瞪口呆。

贾汗青将贺盛平在黑龙潭手砍松树一事低声讲了，众人听罢，都认为这贺盛平是位身怀绝技的大侠。

看到贺盛平爬上来，贺盛安激动地哽咽道："盛平哥……"贺盛平喊了声"好兄弟"，抛下包铁，抱住贺盛安。

贺盛平将绳索拴在一块山岩上，然后快速垂下。

他攥住贺盛安的手，焦急地问道："怎么回事？"贺盛安道："我上了崖顶，刚解开绳索，突然看见一株六叶的赤灵芝，一高兴，松了手……没想到，我看错了……"

贺盛平关切地问道："兄弟，你害怕吗？"贺盛安道："不害怕。"贺盛平道："这都不怕，那你这一辈子还有什么可怕的？"

贺盛安心头一震，伤感地说道："有。"贺盛平道："什么？说给我听听。"

贺盛安道："两年前，在十八盘上，现在想想，那时真是命悬一线啊！"贺盛平颇为诧异："十八盘？有什么危险啊？"

贺盛安道："我清楚地记得，那天是六月初四，我担着瓷器，是一位大同商人献给碧霞祠的。我登上十八盘不久，下起了大雨，盘道上接着就发了水。躲不能躲，避不能避，我只能继续向上，登上平台，靠着右边的石墙等雨停了再上。

"雨越下越大，水越流越急，很快就没过了膝盖。我右手扳着石墙，左手握紧扁担，挺胸抬头，咬着牙，一步一个台阶向上登。

"还差最后一步就迈上平台了，在这个节骨眼上，我却一丝力气也没有了。当时只有两个选择：抬脚向上登一个台阶活命；扔掉肩上的扁担活命。除此之外没有任何活路。歪歪头，低低头，都不行。因为扁担是直的，水流汹涌，低头、歪头，浪头打到货包就全完啦！人倒下，筋断骨折，性命不保，跑不了。扔了担子，我得担山三年，不吃不喝才能赔上。

"怎么办？我贺盛安只能咬牙登上这级台阶。一级台阶，就差一步，说起来容易，但那时真是比登天还难。一刹那，我的眼前浮现出爹爹弯腰上肩的情景，耳畔响起爹爹伤心的哭泣声。三个可怜的弟弟，仿佛就站在我眼前。当时我就想啊，要是登不上这级台阶，谁管他们？他们走在大街上也会被人欺负。可那时就是一点劲也使不上，腿发抖，手指头都快断啦。

"怎么办？保命要紧啊！白担三年山，就白担三年吧，反正我还年轻。左肩一低，左手向外一带，就完事了。决心下了，肩膀和手却不听使唤，还是咬着牙，左腿使劲蹬，右腿拼命抬。然而，一点用处也没有，整个人眼见着就要仰面倒下被水卷走。

"没想到，就在那时，我突然想起灵芝来，精神一振，来了一股劲，迈出一步，登上了那级台阶！"

贺盛安泪流满面。

贺盛平拊掌赞道："太伟大啦！太感人啦！盛安，是爱情给了你力量！"贺盛安拭了把眼泪，摇头笑了，轻声道："不是。"贺盛平十分诧异，问道："那是什么？"

贺盛安道："小时候我去灵芝家玩，看到她家刚蒸了一锅玉米饼子，我吃了一个。想起二弟盛全看到这金灿灿的饼子不得流口水吗，我就忍不住偷了一个，悄悄溜了。灵芝看到了，喊着追出来。她撵不上我，就说，盛安哥，你再拿一个。我信了，停下来，转身看到她向我招手。我兴冲冲地跑到她近前。她揪住我的衣领，从我衣兜里掏出那个玉米饼子，还让我把吃的那一个吐出来。我说吐不出来。灵芝抬手挖了我的脸，还吐了我一口唾沫。我哭着走了。她跳着脚喊我是个贼，让我还她家那个玉米饼子。哥，我迈上那一步，就是因为想起'还账'这俩字。"

贺盛平晃了晃贺盛安的手，说："好兄弟，没有白吃的苦！你一定有好报！"

贺盛安低下头，伤感地说道："俺家穷，亲戚们真的帮了不少忙。有时候他们登门要账，话说得很难听，俺爹俺娘被逼得偷偷地哭……担山……还账……俺就是为这活着啊！"

贺盛平听了，一脸迷茫。

这时，下面传来池四喜的喊声："盛平，拴好了，拽上去吧！"

贺盛平将绳子拽上来。绳子上系了一只竹篮，里面塞着衣服，衣服下面是一摞煎饼和四玻璃瓶子水。

贺盛平忙道："盛安，你肯定饿了，快吃吧。"贺盛安不答话，拿起煎饼狼吞虎咽地吃起来。

贺盛平将竹篮送下去，高声喊道："池叔叔、灵芝妹子，你们都回去吧，天亮了我再和盛安兄弟下去。"池四喜高声道："也好，这么多人都在这儿，不是个事啊，那我们回去哇！盛平，你多操心啊！"

贺盛安咽下一口饭，说："盛平哥，咱现在下去。"贺盛平道："有危险，天亮了再说吧。"

贺盛平冲下面喊道："大家都放心回去吧，明天一早，我保证把盛安兄弟安安全全送到家。"池灵芝高声道："盛平哥，麻烦你啦！"贺盛平朗声道："灵芝妹子，放心吧，刚才盛安还提到你咧。"池灵芝欢声道："真的吗？"贺盛平道："真的。"

贺盛安嘿嘿地笑了。

崖下众人打着灯笼、举着火把，匆匆去了。

贺盛平打开一瓶水，递给贺盛安，催促道："快喝口水吧！"贺盛安接过来喝了几口，说："我倒不渴，这上面有水，饿是真饿了。"说完这话，他又大口大口地吃起煎饼来。

等贺盛安吃饱喝足，贺盛平问道："盛安，为什么爬这扇子崖？"贺盛安支吾道："有个……亲戚，需要几味药。俗话说：'打开泰山扇子崖，金银财宝往外抬。'我想可能扇子崖上有，所以……就来了。"

贺盛平想起贾汗青的那番话来，心里明了，沉默了一瞬，说道："好兄弟，现在这个季节，不是采药的时候啊！"贺盛安道："知道……至少还有点用处吧。"贺盛平理解这句话的意思：多少还能卖点钱。

贺盛平忐忑不安地说道："好兄弟，你和灵芝是我的救命恩人，虽然我现在连自己是谁也不知道，但我是真心认你做兄弟。你若心里认下我这个哥，就实话实说，是不是因为钱啊？"贺盛安料到事情无法隐瞒，支吾道："这个月二十八，我要娶灵芝了……还没个住的地方……想盖间南屋……"

贺盛平焦急地问道："需要多少钱？"贺盛安低声道："二十。"贺盛平道："明天我就给你送去。"贺盛安道："你自己怎么办？"

贺盛平道："再过几天，找不回自己，我也得做活挣钱啊！"

贺盛安点了点头。

贺盛平道："盛安，为什么一定要担山？"贺盛安道："你看不起我们？"贺盛平道："不是。谁看到担山的，不是油然而生一种敬意啊？只是……我觉得太苦了。前天在仰圣门，看到灵芝妹子肩挑担子，我的眼泪接着就下来了。我就想啊，我得快快找回自己，回家把钱寄来……"

贺盛安忙道:"盛平哥,既然我们是好兄弟,以后这事就都别提啦!"贺盛平点头道:"好,有困难,我们共同克服!"

贺盛平道:"你不喜欢读书吗?"贺盛安道:"喜欢。"贺盛平道:"为什么不上学?"贺盛安苦笑了一下,说:"明天你要去俺家……俺不拦你,去了你就晓得……"

说完这话,贺盛安倏地流下两行泪来。

贺盛平心里懊悔:已经确定的事情,为何还要苦苦追问,惹得兄弟伤心落泪。

贺盛安拭了一把眼泪,说:"有次担山回来,路过武训学校,觉得孩子们的读书声真好听,俺没管住自己,悄悄地去教室后面听了半个下午。回家晚了,爹问我干什么去了,我如实说了。爹啥也没说,让我趴在炕沿上。他脱下鞋来,抽了我十二鞋底。打完了,爹也不说一句话。从此,我心里一直记恨着爹。直到爹死了,我才不恨了,恨不起来了。俺明白了爹的心思——我不担山,下边三个兄弟,如何活人?"

贺盛平小心翼翼地问道:"兄弟,就没有其他活计?"贺盛安道:"有,但留给穷人的活路不多啊!灵芝他爹说得好,县衙大门,老百姓进不去;进去的,不是击鼓鸣冤的,就是挨板子的。二衙街,老百姓去办事谁正眼瞧过?灵芝担山,俺能不心疼?不担山,这个坎,过不去啊!俺俩多受点苦,下一辈就不用担了。"

天亮了,直到站在崖顶能看清下面,贺盛平才让贺盛安把绳索系在腰间,将他送下去。然后,他拽上绳索,拴了竹篮和背篓放下去。

贺盛平把绳索拴在一块山岩上,正欲抓住溜下,眼前突然浮现出刚才贺盛安下崖时的神情,旋即解了绳索,拎着向西走了十余米,悄悄丢下。

贺盛安看到了,急吼道:"盛平哥,上山容易下山难!你咋还心疼这根绳子啊?"贺盛平朗声道:"哥不需要!艺高人胆大嘛!"

贺盛平右手握了包铁寻找岩石缝隙插入,左手抓住藤蔓或扳着山岩,小心翼翼下了扇子崖。

贺盛安不错眼珠地盯着,直到贺盛平落了地才松了一口气,靠在山岩上咧嘴笑了。

兄弟俩将竹篓送到庙里，谢过方丈，匆匆下山。

走到长寿桥，池灵芝和贺盛全迎面赶来。

池灵芝看到扁担上摇来晃去的背篓，笑着问道："盛安哥，弄到啥宝贝了？"贺盛安满面羞愧。

贺盛平冲池灵芝摇了摇头，池灵芝便不再言语了，探手接过扁担荷上肩。

贺盛全抓住背篓一看，高声道："啥也没有啊！"池灵芝侧身抓住贺盛全的胳膊攥了一下。贺盛全一脸不解地望望这个、看看那个，见他们全都面色凝重、行色匆匆，便也不敢说话了，小跑着跟上。

贺盛安家门前挤满了人，大多是挑夫，都拄着扁担站着。看到贺盛安归来，安然无恙，尽皆欢喜。贺盛安十分感动，连忙拱手作揖致谢。近前的挑夫憨厚地笑笑；远的，转身去了。

进了堂屋坐下，贺盛平的心里沉重如铅。没来之前，他无论如何也想象不到贺盛安的家境如此困顿。如果不是发生在自己身上，他怎能相信穷困潦倒的贺盛安会借钱救人？

贺盛平身怀绝技的消息不胫而走，越传越神。

# 十三

这天，池三香去了二哥家。吃罢晚饭，池灵芝忐忑不安地说道："爹，俺想和您商量个事，行吗？"池四喜道："说吧。"

池灵芝道："昨天一早，贺盛平给盛安送去三十块钱，是让盖南屋的。那可能是他的全部积蓄。"池四喜点头道："这人我们救对了，有情有义啊！"

池灵芝道："昨天，我和盛安去了泰城的所有大药店，拜访了六位最有名气的老中医，把盛平哥这病说了，都说没法治了，能不能恢复记忆，全靠运气。"池四喜笑了，说："还好，那几个老中医没有给你们派药，八成是看着盛安的面子。"

池灵芝道："有人给我说，该到瘟神庙里拜求瘟神大老爷赐服灵药。"池四喜警觉地问道："谁告诉你的？"池灵芝道："玉春堂煎药的一位老大爷，人挺好的。"

池四喜沉吟道："瘟神庙……是给人治病，也治好过不少，也有治不好的……你去问过？"池灵芝道："问过。"

池四喜道："道士如何说的？"池灵芝道："一位道士听了，把我引见给了睦良道长。睦良道长说，这病能治，但需要做一场大法事……"池四喜皱眉道："多少钱？"

池灵芝低声道："要五十。我给睦良道长讲了贺盛平救人一事，睦良道长很感动，答应只收三十。"池四喜道："你给盛安说了吗？"池灵芝道："没有。他正拿着盛平哥给的三十块钱，张罗着盖屋。若将这事告诉他，俺怕他左右为难……想事后告诉他。"

池四喜沉默良久，长叹一声，去了里间屋。一阵窸窣声响过，他走出来，将那个折子递给池灵芝。

池灵芝接过来捧在手中，喃喃道："爹……"池四喜故作轻松，笑道："灵芝啊，啥也别说了。你和盛安做得对，这人我们救对啦！你这一辈子跟了盛安，爹我也放心啦！有人啥都会有。这个折子上还有五十块钱，你都拿去吧。余下的，让你三姑帮着置办点嫁妆。"

池灵芝开心地笑了，说："爹，您真好！"池四喜笑着摇了摇头："好啥？还不是我把人家背到孤贫院。爹就是一个挑夫，这辈子自己活人就很难，自然不可能大张旗鼓地去做好事，是你和盛安感化了我。瘟神庙这事，我心里是不赞成的，但你愿意去做，爹也不反对。灵芝啊，咱是挑夫，差一步不到顶，不死心啊！去吧！"

听了这话，池灵芝犹疑不定起来，心里涌起些许内疚，低声道："爹，我知道，这钱是俺哥的，俺有了还。"池四喜道："灵芝啊，这钱的确是给庆军攒的，等你有了儿女就知道了，儿和闺女不一样啊。看你和盛安对一个外乡人都这么好，爹就放心了。我还能再担十年山，攒了都是庆军的。"

这天晚上，池灵芝辗转反侧、思前想后，还是决定去瘟神庙试一试。她仔细一想，这心思真就是爹说的那句话——咱是挑夫，差一步不到顶，不死心啊！她心道："唉！咬咬牙，就再迈上这一步吧！"

第二天，吃过早饭，池灵芝去了县财政局，提了三十元钱，径直去了瘟神庙。出了岳晏门，过了宋翰林寿坊，便到了。

池灵芝找到睦良道长。睦良道长矜持地接了钱，庄重地说道："池姑娘，明日九点，庙里安排这场法事，届时可前来取药。"池灵芝十分高兴，谢过睦良道长，担山去了。

第二天，池灵芝早早地赶到瘟神庙，看到一班道士在睦良道长的指令下认真地准备着。

她心中快慰，期盼那剂良药快快到来。

九点一到，法事开始，道乐齐鸣，庄严肃穆。手持法器的道士，时而吟唱道曲，时而庄肃起舞……

法事结束，睦良道长朗声道："有请池姑娘。"

池灵芝兴冲冲地走进大殿。

睦良道长站在供案左前侧，满脸肃穆，看了池灵芝一眼，抬左手冲供案前一指。池灵芝会意，扑通跪下，虔诚地磕了三个头，心中祷告："瘟神大老爷，求您保佑贺盛平恢复记忆，找回自己。贺盛安和池灵芝一定不会忘记瘟神大老爷的恩德，年年给瘟神大老爷磕头上香。"

磕完头，池灵芝起身，睦良道长把一个用金线扎了口的红绸布小包递到她眼前。她伸手接了，激动不已，迭声道："谢谢道长！谢谢道长！"

睦良道长起手道："多谢池施主信任，请回吧！"池灵芝支吾道："道长……这药……"睦良道长笑道："池姑娘的心思，贫道已经知晓，若有缘，药到病除。"

池灵芝大惊失色："道长……不是……要是……"睦良道长正色道："池姑娘，恕贫道直言，到庙里求神拜佛，不该扛着根扁担进来啊！"

池灵芝立时如木雕泥塑一般，绝望地盯着睦良道长。睦良道长一脸慈祥，和蔼地说道："池姑娘不要多心，贫道也是为病人着急，快快回去让病人服下吧。还是那句话，心诚则灵啊！不要想得太多！"

池灵芝出了大殿，抓了扁担荷在肩上，逃也似的去了。

出了瘟神庙，池灵芝急急忙忙去了大车档街。没有找到贺盛平，她忙折身回转，无暇多想，直奔萃英中学去了。

过了汶阳桥，走出速报司阁，瘟神庙就在眼前。池灵芝不由自主地收住脚步，一阵恐慌掠过心头，遂折身沿奈河东岸向北，走圣泉街、北新街，赶到萃英中学。在学校的宣传栏前没有看见贺盛平，她便沿登云街南下，去了育英中学。

育英中学位于元宝石街和灵芝街交叉处。池灵芝拐进元宝石街，一眼望去：贺盛平就站在育英中学的宣传栏前。

池灵芝笑了——育英中学与瘟神庙只隔着一座金星庙。

她喊着贺盛平的名字冲到近前，掏出那药塞到他手中，气喘吁吁道："盛平哥，快吃了，求来的。"贺盛平看了池灵芝一眼，问也不问，解了金线，举手昂头，将绸布包里的东西悉数倒进嘴里，皱着眉头咽下，旋即接过她递到眼前的玻璃瓶子，喝了几口水，笑道："灵芝，啥药啊，一股子烟火味。"池灵芝忐忑不安地说道："人家说是灵丹妙药，能帮你找回自己。"

贺盛平喜不自胜："是吗？"池灵芝说了声"一定会的"，转身去了。

看着池灵芝荷着扁担快步拐进灵芝街，贺盛平的眼睛湿润了。

第二天晚上，贺盛安和池灵芝急不可待地来到大车档街，见到贺盛平一问：大失所望，那药没有丝毫疗效。

他们失魂落魄地来到贾笑荷家。池灵芝把这事如实说了。贾汗青听了心里叫苦不迭，却道："灵芝，这事就别放在心上了。你尽了心，那人和瘟神庙没有缘分，怪得了谁？"

池灵芝听了，点头答应着，心里也拿这句话劝自己。然而，三十块钱就这么不明不白地打了水漂，她心痛不已。

贺盛安和池灵芝走后，贾汗青问贾笑荷："妮啊，这事你咋看啊？"贾笑荷道："灵芝姐这样做是不是有点过分啊？"贾汗青道："贺盛平那天晚上大显身手，帮了盛安，你灵芝姐这样做是不想留遗憾罢了。你大爷肯拿这钱，是他认为值。"

贾笑荷笑道："爹，看你这话说的，难道大爷还拿这当生意做？"贾汗青正色道："妮，大人的事你不懂，也不怪你，一岁年纪一岁心啊。"

贾笑荷垂下眼窄，若有所思。

贾汗青又道："盛安和灵芝没再叫你去那边吧？"贾笑荷道："没有。我只推了一次，他俩谁也没再叫我。我还担心他们把那人带家来呢，这不也没有。都是聪明人，一点就透。"

贾汗青道："妮啊，这一点你就看错了，盛安和灵芝这样做，是因为他们心里装着别人。"贾笑荷一怔，点了点头："爹说得也对。"

贾汗青突然自言自语道："这事没完！"贾笑荷一惊，问道："爹，啥事？"贾汗青道："瘟神庙欺人太甚！"贾笑荷道："灵芝姐上当啦？"

贾汗青道："岂有此理！骗个十块八块的也就算啦！三十块钱，盛安得担五十趟山。问题是你想担山，那活计也不是天天有啊！"贾笑荷心里也难受起来："有办法吗？有办法就帮着灵芝姐讨回来。"

贾汗青道："妮啊，'不给权贵唱赞歌，只为苍生鼓与呼'。这话爹可不是白咋呼啊！这一次，泰山板书要让那睦良老道，怎么吃的怎么给我吐出来！"贾笑荷瞪大眼睛："爹，您有时豪情万丈，气吞万里如虎；有时却谨小慎微，畏缩不前。好像是两个人。"

贾汗青呵呵一笑："妮啊，你算说对了，爹就是个两面人。只要事关笑荷，爹总是小心翼翼、殚精竭虑，说话做事不能有一丝一毫对你不利。除此之外，只要事关公义，你爹我哪一次不是勇往直前啊！爹虽然做不到范校长那样，但一直努力向范校长学习啊！"

贾笑荷听了这话，倏地掉下两滴泪来，怕爹看到伤心，扭头端着一只茶盏去了卧室。贾汗青看见了，想到女儿从小就没了娘，心中凄然。

临睡前，贾汗青又叮嘱女儿，还是避免同那人接触。

贾笑荷道："不是都夸他吗？说他是个大侠啊！"贾汗青道："妮啊，咱是唱戏的，你咋不知道啊？人越厉害，带给人的伤害越大啊！"贾笑荷认真地说道："爹，放心吧！"

第二天傍晚，瘟神庙将要闭门之时，池四喜、贾汗青、贺盛平和池灵芝走了进来。

池四喜和池灵芝各自荷了一条扁担，贺盛平挑了一担干柴。走到大殿门前，贾汗青、贺盛平和池灵芝收住脚步，池四喜则快步去了大殿东侧。

贾汗青掏出鸳鸯板，手一抬，鸳鸯板响起来：些哩个当，当哩个当，当哩个当哩个当哩个当！

道士钊公和钊义正在大殿当值，听到后急忙出来。

钊公起手道："三位施主，欢迎！欢迎！"贾汗青收了鸳鸯板，朗声道："前日，池姑娘从宝刹求得良药一服。"他左手拍了拍贺盛平的肩膀，"这位义士服下，药到病除。今日特地上山砍柴一担，献与宝刹，以表敬仰之情。"

钊公盯着那担干柴迟疑不决，钊义道："师兄，我去禀明道长定夺？"钊公点头道："师弟快去。"钊义转身向东走去，池灵芝猛地抓住他的胳膊。钊义收住脚步，起手道："这位施主，有何赐教？"池灵芝欢喜道："谢谢师傅啊！"

钊义一脸诧异。池灵芝道："师傅，您忘了，那天是您引我见了道长啊！"钊义摇头道："不记得了。"池灵芝放手，高声道："师傅真是好人啊！帮人大忙也不往心里记。"

钊义高兴地说道："出家人，应该的。"说完这话，他转身去了。

过了一会儿，钊义回来告之："道长说瘟神大老爷赐药，病人康复，此乃皆大欢喜。施主亲自上山砍柴赠送我庙，心地至诚，谢了。施主给瘟神大老爷磕个头，回去吧。"

接着，他领着贺盛平去了斋堂灶屋。

贺盛平将柴放下，荷了扁担回来。池灵芝接过扁担，和自己的扁担一起靠在远离大殿的一棵柏树上。

钏公引着贺盛平进了大殿，跪拜瘟神。

拜完瘟神，贺盛平走出大殿，池灵芝快步将扁担抱来递给他。两个人荷了扁担，跟在贾汗青身后，离开瘟神庙。

太阳落山了，道士依循旧例，四下里探看一番，将前后庙门关闭。

夜深人静，钏公和钏平来到大殿后门，开了锁，进入大殿，将门轻轻掩了，绕过神龛，走到供案前。钏平将供案两旁的四支蜡烛燃了，钏公将肩上的包裹拿下，搁在供案正中。

睦良道长的一声轻咳传来。

钏平忙从大殿东南角搬了一把椅子，搁在大殿门前，正对着供案。

大殿后门吱呀一声开了，钏公和钏平恭恭敬敬地站在椅子两侧。

睦良道长关上殿门，落了闩，绕过神龛。钏公和钏平齐声道："师父。"

睦良道长端坐在椅子上，面无表情地说道："给瘟神大老爷磕个头，开始吧。"钏公和钏平答应着，先后给瘟神磕了头。

钏平揭开神龛的帷幔，掏出一块红绸布，铺在供案上。钏公解开包裹，一堆五颜六色的绸布小包露出来，里面隐着七八个小玻璃瓶。他飞快地挑了二十个红色的绸布小包搁在供案上。钏平弯腰从供案底下掏出一个白瓷盆，里面有三把小木勺。

钏公捏了一个小瓶凑到蜡烛前仔细看觑，自言自语道："这是治感冒发烧的。"他拧开瓶盖，翻转，将瓶中的白色粉末悉数倒进瓷盆里。钏平抓了一把香灰丢进瓷盆，拿木勺搅拌均匀。

两个人各自用木勺将瓷盆里的香灰一一装进红色的绸布小包，再用金线绑了，收起。

钏公和钏平又将治腹泻的药倒进瓷盆里，拌了香灰。两个人正要将其装进黄色的绸布小包，一声怒吼在神龛上方炸响："呔！还有完没完！"

钊公和钊平吓得瘫倒在地，睦良道长则腾地站了起来。

池四喜跳到供案前，转身挥动扁担，哗啦一下，供案坍塌于地，蜡烛灭了两根。

睦良道长和钊公吓得迅疾跑到大殿西侧，钊平跑到大殿东侧，俱是惊魂丧魄。

池四喜手拄扁担，怒视着躲在大殿西北角的睦良道长。借着摇曳的烛光，睦良道长看清此人是一介挑夫，胆子陡然壮起来，厉声喝道："你是谁？"

池四喜朗声道："我是泰山一挑夫。"睦良道长道："你想干啥？"池四喜咬牙切齿道："我要拆了你的庙，把你带到岱庙，让你跪在泰山神面前磕头认罪！"

睦良道长听了这话，豁然顿悟：这儿是我的地盘啊！庙门紧闭，殿门关着，岂能让你一介挑夫逞强？他转身抽出挂在墙上的宝剑，厉声喝道："钊公、钊平，抄家伙，把这人拿了报官！"

当哩个当，当哩个当，当哩个当哩个当哩个当！

鸳鸯板突兀地响起来。

睦良道长立即偃旗息鼓，哀求道："这位大哥，你要多少钱？说个数。"池四喜道："俺只拿回自己的钱，多一分也不要。"

睦良道长大喜，正要开口问多少，忽听贾汗青的声音传来："睦良道长，贾汗青来访，快快开门。"

池四喜恍然大悟，大喊一声："去后门。"他跑到神龛后面，拉开门闩开了门。贾汗青、贺盛平和池灵芝冲了进来。贺盛平和池灵芝手里各握了一根扁担。

原来，他们离开后，一直守候在瘟神庙外。依着约定，听到池四喜一声大吼之后，贺盛平翻墙而入，打开庙门……

进了大殿，贺盛平警觉地朝四周扫了一眼，转身将门关闭，落了闩。

睦良道长忐忑不安地迎上前来，起手道："贾老板，大水冲了龙王庙，一家人不识一家人啊！"

贾汗青不答话，径直走到神龛前，手一抬，打响鸳鸯板，气呼呼地开了腔：

当哩个当，当哩个当，
当哩个当哩个当哩个当！
闲言碎语咱不讲，
泰山板书开了腔。
不给权贵唱赞歌，
只为苍生鼓与呼。

当哩个当，当哩个当，
当哩个当哩个当哩个当！
泰安有个瘟神庙，
瘟神庙里没瘟神，
住着一帮大瘟人。
不念经，不拜神，
一门心思造假药。
把药掺到香灰里，
……

睦良道长扑通跪在贾汗青身前，抬手抱住鸳鸯板，哀声道："贾老板，我的亲哥啊，给兄弟留条活路吧！"贾汗青低头看着睦良道长，呵呵一笑，将其搀起，说："道长啊，这事不对啊！"

睦良道长迭声道："不对！不对！真不对！"他扭头瞅了池灵芝一眼，"钊公，今天收了多少钱？"钊公道："一百二十六块一毛。"睦良道长道："快快快！都给池施主。"

钊公赶忙从身上掏出一个小布袋，解开，抓出一把钱塞给池灵芝。池灵芝接了，使劲攥住。池四喜的一只大手慢慢地伸到她眼前，池灵芝噘着嘴，把钱撂在爹爹手里。

池四喜从中抽了三张面额十元的钞票揣进衣兜，将余钱递向睦良道长。睦良道长摇手拒绝："老大哥，收起来！收起来！"池四喜见其不收，弯腰将那钱放在坍塌的供案上，喃喃道："不是俺的，俺眼皮也不翻一下！这是俺池家祖祖辈辈传下来的家训！"

贾汗青劝道："四喜哥，木柴钱还是应该收一点的。"睦良道长也忙道："对对对！木柴钱应该收！老大哥，这些您就收下吧！权当我们赔罪！"

池四喜正色道："我们说话算数，这木柴是捐给庙里的，是灵芝一根一根从山上砍来的。"陡然间，他心如刀绞，双手捂住脸慢慢蹲下，抽抽噎噎地哭起来，"您不知道，俺这……孩子多难啊……咋还骗她的钱……"

池灵芝听了这话，浑身一颤，泪眼双流，弯腰架起爹爹，绕过神龛，向后门走去。

贺盛平荷了三根扁担，和贾汗青一起出了大殿。

睦良道长带着钊公和钊平，战战兢兢地将贾汗青、池四喜、贺盛平和池灵芝送出瘟神庙。

出了瘟神庙，贾汗青道："盛平，你这病，大夫治不了，神仙治不了，我给你治。"众人听了，俱是惊喜。池灵芝问道："叔，有何法子？"

贾汗青道："天机不可泄露。盛平啊，明天你在家里等我，一早我带你治病去。"贺盛平忙道："不劳叔叔大驾，明儿一早我去您家拜访。"贾汗青道："小女有病在身，不方便，你在家等我便可。"贺盛平连声道："好，好，好！"

池四喜收住脚步，问道："笑荷怎么了？"贾汗青随口道："头疼。"池四喜长叹一声，皱眉蹙额道："和她娘一个症候……"

贾汗青听了这话，心里一惊，欲言又止。

到了大关街，贾汗青同贺盛平向西，池四喜父女向东，各自回家去了。

# 十四

第二天，贾汗青吃罢早饭，叮嘱了女儿几句，出门去了。

贺盛平站在家门口，看到贾汗青匆匆赶来，忙快步迎上前，深深地鞠了一躬："有劳贾叔了。"贾汗青满意地点了点头。贺盛平看到他背了褡裢，忙探手取了背上。

贾汗青快步向南走去，贺盛平紧紧依随。

贾汗青道："盛平啊，这两天，叔要带你足踏三界，穿越生死。如果你还找不回自己，那就死了这条心吧。过去的权当没有，你这一生就从醒来的那一刻开始吧。"贺盛平恍然大悟："叔要带我爬泰山、游蒿里山神祠？"

贾汗青点头道："正是。盛平，你这话一出口，便知你十分了解泰安，以前来过？"贺盛平道："不知道啊。有些东西是我这段时间查资料掌握的。我还爬过一次泰山，可惜没有遇见盛安和池叔叔，我很想看看他们担山的样子。"

贾汗青忙道："你去过蒿里山神祠吗？"贺盛平道："没有，我正想去呢。"贾汗青道："谢天谢地，没去过就好。你若去了，叔这剂药的效力便减了大半。"贺盛平道："听叔这一说，倒把我的兴致勾起来了。"贾汗青道："那就再忍一忍吧。今天爬泰山，明天去蒿里山神祠。"

沿财源街东去，过了孝感桥，便到了元宝石街。贾汗青买了纸钱、香烛……贺盛平争着付钱。贾汗青劝阻道："治好病一块算账。"贺盛平笑了，知道贾汗青体谅他囊中羞涩，心中不由得暗自嗟叹："泰安人咋都这么好啊！"

走到街东首，贾汗青指着立在街上的一块石头元宝问道："盛平，这是什么？"贺盛平道："元宝啊。"贾汗青一脸不解地望着他："盛平，这可不是查资料得来的吧？"

贺盛平无奈地说道："叔啊，我也很苦恼，吃穿用度都记得，就是不知道自己是谁。这就是病，这个病就这样！我请教过大夫，大夫说，我虽然还记得过去的很多东西，但无法记起最重要的东西，如姓名、家人等。大夫说，我这一辈子可能就这样了……我必须接受这样一个现实……"

贾汗青看着谜一样的贺盛平，下意识地摇了摇头。

两个人快步赶路，向南穿过关帝阁，沿洼子街向东，走到南关街，折身向北。过了泰安门，蹿上中山街，他们径直去了岱庙。

庙内人流如织，摩肩接踵。唱戏的，占据了好地方，齐州梆子、莱芜梆子、拉魂腔，竞相高亢；大鼓、快书、落子、挑皮影、玩大箱，你方唱罢我登场，各展绝技；算卦、赌博、卖药，一副褡裢，四处游走，人前人后，不计人嫌，三寸不烂之舌、莲花之口，不怕你耳朵不软；蒸包、煎包、油炸糕、绿豆丸子、豆腐脑、凉粉、米粉、江米粽子，件件诱人，让你垂涎三尺，先尝后买知道好歹，尝了不买下次再来……

贾汗青又领着贺盛平去了天贶殿。

出了天贶殿，他们穿过熙熙攘攘的人群，进了炳灵宫。在炳灵宫东南角，口技王钱千钰正在炫耀绝技：喜鹊、黄莺、画眉、松鸦、寒鸦、斑鸠、朱鹂、石鸡、鹌鹑、鸡、朱雀、原鸽、彩鹬、云雀、百灵、黑鹎、黄雀、仙鹤、八哥、白鹭、天鹅、鹦鹉、丹顶鹤、孔雀……时而独自鸣叫，时而交错吟唱。人走近了，仿佛置身于茂密的丛林中，鸟鸣盈耳，心旷神怡，物我两忘。

及至掌声雷动，贺盛平才回过神来，情不自禁地鼓起了掌。

贾汗青站在一旁察言观色，突然发问："盛平，你听得清多少鸟叫？"贺盛平眨眨眼，一面回想着刚才的鸟鸣声，一面说道："有喜鹊、黄莺、画眉、朱鹂、鹌鹑、鸡、云雀、百灵、八哥、白鹭、天鹅、鹦鹉、孔雀……就记住了这些。"

贾汗青听了颇为吃惊：这人不但聪慧，而且家境不是一般的好，非富即贵。穷人家的孩子，即便能进学堂读书，哪里有钱游历大江南北？

贾汗青挤到口技王的台子前，掏出一元钱，轻咳了一声。钱千钰听得耳熟，循声观瞧，见贾汗青探手将钱搁在盘子里。

钱千钰一怔，忙道："贾老板，这是为何？您看，我收的赏钱，大都是一分的、二分的，五分的都少见……"贾汗青拱手道："钱老板，我是有所求啊！"

钱千钰拱手道："贾老板快快请讲，若有差遣，在下一定尽力而为！"

贾汗青抬手拍了拍贺盛平的肩膀，说："钱老板，请您学一学婴儿的第一声啼哭，只给他一个人听。"钱千钰笑了，朗声道："这算什么？好说！好说！"

贾汗青凝望着贺盛平道："盛平，闭上眼睛，用心听。"贺盛平会意，合了双眼，支棱起耳朵，屏息静听。

钱千钰朗声道："这位先生听好啦！"

话音既落，一声清脆的婴儿的啼哭声响起。贾汗青听了，心里先是一惊，接着一阵欣喜凉过全身，眼前浮现出贾笑荷刚下生来时的情形：咧嘴哭着，声音洪亮，脸上皱巴巴的，像个小老头。

婴儿的啼哭声此起彼伏，或高亢，或低沉，或激昂，或柔弱……

听到掌声雷动，贺盛平慢慢地睁开眼睛，正与贾汗青的目光相对，贺盛平苦笑着摇了摇头。

离开炳灵宫，贾汗青道："盛平啊，这两天，我给你准备了三剂药。泰山主生，谁说了算？东岳大帝泰山神啊！在这儿，该做的我们都做了……不能让你找回自己，说明这剂药没有疗效。"贺盛平心里感动，忙道："多谢叔叔操心。"

出了瞻岱门，二人快步前行，径直登山去了。

拾级登山，贺盛平最想遇到贺盛安和池四喜，希望亲眼看到他们肩挑重担攀登泰山的顽强和坚韧，最好在十八盘上；最不想遇到池灵芝，那一次，只看见她挑着担子的一个背影，他心里便受不了，转身走开了。

一天门、望仙楼、壶天阁、步天桥、中天门、迎天坊、小天门、升仙坊，贾汗青同贺盛平一路说说笑笑，到了十八盘。

贾汗青走在前面，踏上十八盘的第一级台阶，便收住脚步，转身回望，看到贺盛平一脸凝重地向上仰望，心中窃喜，遂快步攀登。贺盛平依随其后，轻松上登，始终与贾汗青保持着两个身位的距离。

到了中十八，又登了二十余级台阶，贾汗青同贺盛平不约而同地收住脚步，望向西边的石壁。

贾汗青道："盛平，灵芝她爹听说你救了两个孩子后，推测当时的情景，大概是这样：两个孩子从上边滚落下来，你救了一个，不得不拼尽全力再救第二个。孩子得救了，你却撞在石壁上。那天晚上，看到你赤手爬上扇子崖，回来的路上，我和灵芝她爹又说起这事，心里对此更加确信。"

贺盛平一脸肃穆，盯着石壁看了片刻，伤感地说道："叔，我自己来过了，在这儿待了一夜，还是找不回来。"贾汗青气愤地说道："那两个孩子的爹娘真是无耻之极，你救了他们的孩子，他们却弃你于不顾，如此行径，与禽兽无异！"

贺盛平凄凉一笑："叔，这个我试过，既恨不起来，也没找回自己。叔……这事……就让它过去吧。塞翁失马，焉知非福。我贺盛平因此结识了你们这些好人，是我一生的财富啊！"

贾汗青赞许地点了点头，失望地说道："盛平啊，叔的这剂药又没有疗效。接下来，我们痛痛快快地上山吧。"贺盛平笑道："好的，叔。"

两个人继续登山。甫一爬上南天门，贺盛平转身回望，没有看到贺盛安和池四喜，心中怅然若失，却也暗自庆幸：还好，没有遇见池灵芝。

两个人悠闲地走在天街上，众多店主招呼贾汗青进去坐坐，喝碗水，歇息片刻再走，贾汗青一一婉拒。

到了笊篱香客店，店主杨庆高声喊道："贾老板，喝碗水再走。"贾汗青犹豫了一瞬，拉住贺盛平："盛平，跟我进去看样东西。"说完这话，贾汗青折身进了笊篱香客店。

贺盛平走到店门前，抬头看了看挂在店门两侧的笊篱，仿佛看到刚刚捞出锅来的热气腾腾的饺子，使劲嗅了嗅，拼命追溯，依然徒劳。

贺盛平心情沉重地走进笊篱香客店，看到贾汗青站在一个黑乎乎的大缸前。大缸靠在北墙，几乎与贾汗青一般高。这缸如此巨大，见所未见。他到了近前，忽见缸壁闪着密密麻麻的光点，颇为诧异。

贾汗青道："盛平，这是镉子。"贺盛平一面盯着大缸，一面摇头笑道：

"叔，什么是锔子啊？"贾汗青道："锔子就是用铜或铁打的扁平两脚钉。衣服破了拿线缝住，盆盆罐罐裂了，就拿锔子锔住。盛平想想，有印象吗？"贺盛平摇头道："没有。"

贺盛平弯腰摸着锔子，绕着大缸转着，心道："这么多钉子，千儿八百不止吧？"他又蓦地想道：大缸里装着什么？他起身踮脚探看，见大缸里盛着水，恍然大悟：山上缺水啊！

杨庆端来两碗水，贾汗青道："杨老板，我们不渴，水自己带着呢。劳烦您给小伙子讲一讲这个大缸的来历吧。"

杨庆高兴地答应着，放下碗，来到贺盛平近前，手摸着大缸，深情地说道："山顶历来缺水，几乎每天都要到半山腰背水，十分辛苦。说是三百多年前，这所房子的人家，有六个小伙子长大成人。爹娘盘算来盘算去，觉得长痛不如短痛，便到山下城里买了这个大缸。六个孩子历时三十六天，才把它抬上山顶。后来，难免磕磕碰碰，缸裂了，就到山下请匠人上山来锔锔补补。几百年下来，缸就成了眼前这个样子。"

杨庆指着贾汗青手按的地方，说："一个月前，那儿刚锔了五个钉子。"贾汗青抬起手来，贺盛平凑到近前观看，果然有五个钉子是新的。

贾汗青同贺盛平离开笊篱香客店，向东去了碧霞祠。

两个人出了大殿，迎面碰到裕阳道长。彼此寒暄了几句，裕阳道长留客，贾汗青欣然应允。

裕阳道长将二人请至斋堂，片刻之后，道童端上饭菜来。

席间，贾汗青将贺盛平的事说了，问裕阳道长有没有什么法子帮着他找回自己。裕阳道长沉吟片刻，摇头道："中医看不好，西医看不好，贾老板这个法子就是最好的。你若治不好这病，谁还行？"

贾汗青自负地笑了。

裕阳道长盯着贺盛平问道："我看这位小兄弟谈吐不凡，举手投足间透着贵气，你应该受过良好的教育，说不定就在北平读过书。试着想一想，有没有这方面的印象？"贺盛平绞尽脑汁想了一会儿，苦笑着摇头道："想不起来……"

裕阳道长掏出一本巴掌大小的册子，凝视着贺盛平，慢慢地递过去。贺盛平接了一看，书名赫然入目：《共产党宣言》。贺盛平皱眉蹙额，信手一翻，又递给裕阳道长。

裕阳道长接了，不动声色地问道："熟悉吗？"贺盛平面无表情地说道："不熟悉。"

裕阳道长又将《共产党宣言》递向贺盛平："这是一位北京大学的学生送给我的。我一个出家人，留着没用。看到你，我就想起那位学生来，你们就像是一个人，朝气蓬勃。国家、民族的未来，全赖于你们年轻人啊！拿去吧。"贺盛平抬手一推，冷冷地拒绝道："对不起，道长，这书我不能要！"

裕阳道长一脸诧异："为什么？"贺盛平笑了笑，说："我醒来的这些天，已对时局有所了解，国共虽然声明不搞对抗，要合作，有那么简单吗？这本小册子是共产党的，我如果是国民党，兜里揣上它，算什么事？我如果是共产党，带上它，不是自投罗网吗？"

裕阳道长急忙问道："你认为自己是共产党，还是国民党？"贺盛平无奈地说道："不知道啊！"裕阳道长关切地说道："小兄弟，注意安全啊！"

贺盛平坦诚相告："道长放心，我现在最安全了。自打我从扇子崖上下来，便有人想方设法弄明白我的身份来历，包括共产党。他们都认为我是一个负有特殊使命的人，我也这样认为。此次泰山之行，究竟为何？大家都想帮我弄清楚，我欢迎啊！"

裕阳道长见其颇有见地，故意问道："小兄弟学识渊博，谈吐不凡，贫道想听一听您对当下时局的看法，还望不吝赐教。"贺盛平忧心忡忡地说道："国共两党，一个在朝，一个在野。在野的想把在朝的拉下来，在朝的想把在野的灭了。日本鬼子打来了，在野的说要共同抗日，在朝的不搭理。张学良、杨虎城极力撮合，才半推半就走到一起。但愿国共两党不要同床异梦，如此，中国才有希望！"

裕阳道长听了，心里颇为赞佩。

饭后，贾汗青和贺盛平辞别裕阳道长，下山去了。

走出南天门，站在台阶前，贺盛平情不自禁地抬头仰望：阳光炽烈、天高云淡。他心里豁然开通，冲动地想跳起来，摸一摸天上的云彩。

贾汗青催促道："盛平，走啊！"话音未落，他快步下山去了。

贺盛平甫一低头，便见不远处，贺盛安肩挑重担，埋头登山。

"盛安，我来啦！"贺盛平大喊一声，冲了下去。贾汗青盯着贺盛平矫健的身影，欣慰地笑了。

贺盛安听到这声熟悉的叫喊，心里欢喜，抬头仰望，便见贺盛平已旋风般扑到近前。

"兄弟，让我来！"贺盛平伸手冲扁担抓去。贺盛安摆手劝阻："哥，不用。"他扁担一摆，上了一级台阶；腿一抬，又上了一级台阶。

贺盛安越过贺盛平，一面拾级登山，一面高声道："盛平哥，下山去吧，晚上见。"

贺盛平转过身来，抬头仰望：贺盛安肩挑重担，一步一步地登高上攀。

贺盛安是位矮个头的小伙子，身上只穿了一件肥大的短裤，赤着背，褂子拴在扁担的一端。他的背黑里透红、结实鲜亮，炽烈的阳光照在上面，映得汗珠子光亮四射。他那不长的两条腿粗壮有力，像两根柱子立在盘道上，支撑着他一步一步地向上攀登。

贺盛平仿佛看到，贺盛安不是一个人，而是一块山岩、一棵松柏、一级台阶、一片白云，融在泰山的怀抱里。

贺盛平一动不动地仰望着贺盛安渐登渐高，及至他被一群人遮住，霍地拔腿追去。

贺盛安和贺盛平专注地登山，与贾汗青擦肩而过，竟不曾看见。贾汗青收住脚步，扭头望了望他俩，笑了笑，下山去了。

贺盛安抬脚登上十八盘的最后一级台阶，心里照旧是一阵轻松愉悦。忽地，肩上的担子没了，他猛地挺直身子，扭头一看：贺盛平右手举着扁担，正笑望着他。

贺盛安笑了。

贺盛平道："兄弟，让我来！"贺盛安道："好，你来担！"

扁担落了肩，贺盛平转身前行，问道："盛安，去哪儿？"贺盛安道："玉皇庙。"贺盛平道："太好啦！我就想担到顶呢。"

贺盛平瞅了瞅拴在扁担上的布袋，问道："什么东西？"贺盛安道："两布袋子面，一布袋子小米，一布袋子棒子面。"贺盛平道："多少斤？"贺盛安道："一百六。"贺盛平道："你能担多少？"贺盛安道："也就这个数吧。"贺盛平道："叔能担多少？"贺盛安道："二百。那是年轻时候的事了，现在也就一百六吧。"

贺盛平道："谁担得最多？"贺盛安道："牛爷爷，二百二十斤。我指的是从山下担到山顶，路短的不算。"

贺盛平听了这话，豪气陡生，抬手将扁担举起，哈哈大笑一声，问道："盛安，看你哥我能担多少？"贺盛安慌忙说道："哥，使不得，快放下！"贺盛平催促道："给个数。"贺盛安道："不好说。"贺盛平道："为什么？"贺盛安道："你个子高，并不适合担山。"贺盛平道："叔不比我矮多少啊！"贺盛安道："大爷的技术好，那是天生的。"

到了笊篱香客店，贺盛平支撑不住了，扁担落了肩。

贺盛安欣慰地笑了，深有感触地说道："担山啊，安全第一，看上去挑着一担子货物，其实……哪个挑夫的肩上不是担着一家子啊！不是一趟、一天、一个月、一年不能有闪失，而是一辈子！"听了"一辈子"这仨字，贺盛平心头一震，想起那天夜里贺盛安在扇子崖上说过的那些话来。

过了西公署，看到前面的台阶颇为陡峭，贺盛平兴奋起来，大笑一声，抬手将扁担举了起来。

贺盛安笑着劝阻道："盛平哥，担山不能这样啊！"贺盛平道："为何？怕我上不去？"贺盛安快步走到左前方，焦急地说道："不是的。你这样直来直去地上，担不了多久，膝盖就会坏掉，这是挑夫们一代一代传下来的教训。"

贺盛平自负地说道："是吗，你不相信我？"眼见着贺盛平走到台阶近前，贺盛安真急了，气呼呼地说道："盛平哥，你这样担山，能担个全程吗？能担一辈子吗？"

又是"一辈子"！贺盛平听了，赶忙收住脚步，摇头道："不能……"旋即，他扁担落肩，依着贺盛安说的，缓步上登，不由自主地将扁担横了过来。

贺盛安高兴地说道："这就对了，走'之'字步。"贺盛平虽然不得不走"之"字步，脚下却本能地抗拒着，仿佛在走绊马索。听了贺盛安这话，他心中释然，走开"之"字步，两条腿接着便顺溜了。

贺盛安看着贺盛平迈开"之"字步，又道："身体放松，胳膊摆开，跟上挑子的节奏，分量就会轻很多。"

贺盛平依言而行，头稍稍低下，背微微躬起，右手握了扁担，左手摆开，又登了十余级台阶，肩膀上的担子果真轻快了。贺盛平觉得自己的身躯变成了一个个欢快的音符，融在徐徐吹来的山风里。

出了玉皇庙，贺盛平荷了扁担，笑道："盛安，从今天开始，我也是一名挑夫了。"贺盛安道："你是个办大事的人，可别有这想法！"他伸手去抓扁担，贺盛平不给。两个人说说笑笑下山去了。

到了中十八，看见池四喜正挑着担子登山，贺盛平将扁担递给贺盛安，高兴地冲到近前，大声道："叔，让我来吧！"说完这话，他探手去池四喜肩上抓那扁担。池四喜摆手拒绝，说了声"不用"，抹了一把脸上的汗水，登上一级台阶，绕到贺盛平身后。

贺盛平尴尬地看着贺盛安，贺盛安摇了摇头，低声道："不用。"

贺盛平转身仰望，映入眼帘的是池四喜的双腿，小腿肚子上面长满了大小不一的肉疙瘩，密密麻麻。

贺盛平惊得目瞪口呆，喃喃道："盛安，叔的腿上长了什么？"贺盛安低声道："泰山赏给的。担山久了，都长这个。"贺盛平关切地问道："疼吗？"贺盛安道："你说呢？"贺盛平道："你还没长？"贺盛安苦笑了一下，说："快了。"

贺盛平凝望池四喜。叔比盛安高半头，身躯宽阔，只穿了一件肥大的短裤，赤着背，褂子拴在扁担的一端。背呈暗黑色，左右肩膀凑在一起，中间似是一条沟壑。右肩明显上翘凸起，腰间肌肉松弛下垂。只有搭在扁担上的右胳膊，还能让人看到一点力量。一背的汗水，迎了炽烈的阳光，放出一片亮光，才让人微微看到些许生机。

贺盛平的眼睛模糊了。在他的眼里，池四喜变得愈来愈小，像是一头蜗牛，在这陡峭的十八盘上，慢慢地向上爬着。

贺盛安扯了贺盛平一下，转身下山去了。

贺盛安道："盛平哥，你知道，挑夫什么时候最快乐？"贺盛平道："放下挑子的一刹那。"贺盛安一脸惊喜:"你咋知道?"贺盛平道:"你忘了,我已经是个挑夫了,刚放下挑子。"贺盛安道:"所以啊,挑夫之间,从不主动替别人挑担子,除非人家求你。"贺盛平笑道:"会长兄弟,晓得了。"

两个人下到升仙坊,见贾汗青坐在一块山岩上,低头皱眉想着什么,便喊他一起下山去了。

回到家里,贾笑荷递给贾汗青一张信笺:"爹,以后这事小心一点为好。"贾汗青故意问道:"啥事啊?"

贾笑荷咯咯一笑,说:"爹啊,你是真不知道啊,还是装不知道?裕阳道长信上说得明白:天知地知,你知我知,切记!切记!"贾汗青心满意足地笑了,说:"爹是故意让你知道的。笑荷啊,你通透若此,爹的目的达到了。爹……还有什么不放心的?"

贾笑荷明白了爹的良苦用心,一肚子的话涌到嘴边,就是张不开嘴,眼里噙着泪,去了卧室。

这天夜里,贾汗青虽然疲乏,却久久未眠。

那封信是裕阳道长差一位道士专程送来的,就几句话:希贾老板带贺盛平来碧霞祠一趟。天知地知,你知我知。切记!切记!

父母之爱子,为之计深远。贾汗青故意将信搁在桌子上,就是让女儿看的。看看笑荷如何处置,再加以引导。女儿的表现非常老成,贾汗青如何不高兴?

至于裕阳道长究竟意欲何为,贺盛平究竟是何许人,便不重要了。


自从认定贺盛平是个好人,贾汗青便不再考虑他是何许人了。是个好人就够了,这也是他铁下心帮贺盛平治病的关键原因。

明天将会怎样?第三服药是否有效?想到这儿,贾汗青恍若置身蒿里山神祠……一阵惶恐涌上心头,他不由得暗自嗟叹:"望之者,入则肃然,近则威然,出则怖然。"这话真是说到家了。

想那贺盛平明天到了蒿里山神祠,一一走过,能不心惊……人都是爹娘生养的,爹娘的恩比天高、似海深……人,立于天地间一天,当思爹娘养育之不易……何况他贺盛平?希望明天能借此帮助他找回自己。

……

第二天黎明时分，贾汗青领着贺盛平走过金桥、银桥、奈河桥，径直去了蒿里山神祠。

了远道长亲自把他们迎进祠内，关闭山门。众人依计行事，一切顺利。

最后，了远道长、贾汗青陪着贺盛平进入酆都庙。酆都庙正殿北、南墙壁绘有二十四孝图，了远道长指点着贺盛平一一看过。

经过森罗殿、穿过七十二司壁画，看过十王殿，再置身这二十四孝图之间，贺盛平恍若阴阳相隔。

了远道长站在贺盛平身前，一脸庄肃，起手道："贺施主，令尊、令堂一向可好？"

贺盛平蓦地一惊，先是皱眉蹙额，旋即闭上眼睛，冥思苦想：爹娘是何模样？没有丝毫印痕可寻。最终，他还是放弃了，使劲摇了摇头，睁开眼睛，苦笑了一下，说："道长、叔……我还是找不回自己啊！"

了远道长慌忙起手道："贺施主，贫道诈你，令尊、令堂一切安好！万勿怪罪，万勿怪罪！"贾汗青道："盛平，这都是我的主意。"

贺盛平忙道："道长、叔，这不是为了给我治病嘛，感激还来不及呢，岂敢怪罪？"贾汗青长叹一声："唉！盛平啊，找不回来，就做个泰安人吧！"

贺盛平朗声道："今生能够做个泰安人，遇到这么多好人，是我贺盛平三生有幸啊！"

# 十五

傍晚时分，贺盛平站在庭院里，彷徨惆怅，无所事事。大门前，一个女孩的身影闪过，贺盛平怦然心动，急忙冲出大门。

那女孩亭亭款款，白褂蓝裤，扎了两条长辫子。贺盛平一眼望去，蓦地想到：她是谁？我是谁？难道我与她有什么联系？他不由自主地迈开脚步，依随她向北赶去。

身后突然响起一阵急促的脚步声，贺盛平浑身一颤，急忙站住，脚步声也戛然而止。一阵欢喜涌上他的心头：前面的女孩，后面的脚步声，还有这条街上行色匆匆的男男女女，一切都是那么熟悉！

贺盛平当机立断，打定主意：诱敌深入，逼其现身。

他刚一迈开步子，后面的脚步声又响起来。他听得出来，那人有所克制。贺盛平眼睛盯着前面那个女孩，耳朵听着后面的脚步声，疾步前行。

女孩走到贾汗青家门前，向东一拐不见了。贺盛平收住脚步，后面的脚步声也旋即消失，一阵关门声从前边传来。

他迈步前行，经过贾汗青家门前，扭头瞅了一眼，见大门关了，心道："那人应是贾叔叔的女儿，她不可能和我有交集啊？"后面的脚步声变得刺耳起来，贺盛平心头火起，决意要拿这人消消气。

他跨过小西关街，过了关帝庙，又走了一会儿，便到了接官亭。他放慢步伐，听到脚步声愈来愈近。

贺盛平料定这是个"二百五"。他抬头看了一眼前面的感恩坊，轻蔑地笑了笑，踱着步子走去。越过感恩坊，他折身向北。

那人快步追来，警觉地靠在感恩坊的立柱上，踌躇着要不要探身之际，贺盛平突然出现在他身后，抬手捏住其脖颈。那人右手急忙向腰间探去，但已经晚了。贺盛平伸手从其腰间掏出一支手枪，抵住他的后背。

此时，夜幕降临，四周人影稀落，那人恐慌不已，将手举起，抱了柱子颤声道："英雄饶命啊！"贺盛平低声道："为什么跟踪我？"

那人道："想和您交个朋友啊。"贺盛平道："你和我交朋友，可知我是谁？"那人道："大家都想知道你是谁。听说你自己也不知道你是谁？"贺盛平道："你是谁？"

那人道："警察向正强。"

贺盛平听了并不意外。泰安城里，带枪的，不是县大队的，就是警察局的，带着手枪，大小也是个头目。

贺盛平低声道："向警官，得罪啦！民不和官斗，小人有眼不识泰山，对不起！"说完这话，他将手枪投进向正强的衣兜，转身去了。

向正强跑着追上，拦住贺盛平，拱手作揖道："英雄留步！英雄留步！我是真心想和你交朋友。"贺盛平爽快地说道："好，难得遇到您这样一位好警察，在下高攀啦！"

贺盛平正要拱手作揖，向正强却抓住他的双手，热情地说道："走，到桃园春喝酒去！"他不由分说，拉着贺盛平向东走去。

到了财源街西首，向正强指着小桥子路北的一处院子道："兄弟，别因为这个地方不起眼小瞧了它，桃园春可是泰安城里四大饭店之一。"贺盛平笑道："哪敢啊！我现在有口饭吃就知足了。"

向正强一怔，拍着胸脯道："这事好说，盛平兄弟，一切都包在我身上！"

贺盛平看了向正强一眼，不知怎的，脑海里浮现出贺盛安家那座破破烂烂的庭院，心中隐隐作痛。

向正强要了一个房间，正中贺盛平下怀，这样说话方便，也好向这位警察请教一些时局问题。

向正强点了四个菜：天花炖鸡、干炸赤鳞鱼、芫荽炒豆腐皮、韭菜炒鸡蛋。

伙计端上酒壶，正要摆酒盅，向正强挥手阻止，让伙计换上大碗，一副豪情万丈的样子，欢声道："兄弟，你我今日一醉方休！"贺盛平畏惧地看着眼前的大碗。向正强道:"兄弟,你能喝多少?"贺盛平摇头道:"不知道。"

一碗酒下肚,两个人都打开了话匣子。

向正强道:"贺盛平,只要你不是日本人,你这个朋友,我就交定啦!"贺盛平道:"听你这一说,我也害怕自己是个日本人了。如果我真是个日本人呢?"

向正强摇头道:"唉,盛平啊,如果你真是个日本人,当你找回自己时,就一走了之吧。我问过大夫,你是个日本人的可能性不能排除。"贺盛平皱眉道:"是个好人,也不行?"向正强嘿嘿一笑,说:"好人能写在脸上?到那时,有人若拿你这个日本人开刀,未必真的恨你这个人,那是一种态度!"

贺盛平盯着向正强问道:"向警官,请教一下时局,能否赐教?"向正强道:"叫向警官不告诉你。我今年三十二了,叫哥我就告诉你。"贺盛平痛快地说道:"正强哥,请多多指教!"

向正强道:"盛平兄弟,你是想听全国的、山东的,还是我们泰安的?"贺盛平道:"都想听。"向正强道:"与找回你自己有关吗?"贺盛平道:"有关。"

向正强道:"那我就告诉你。国难临头,举国上下,人心惶惶。能跑的,要么跑了,要么准备跑。"贺盛平一脸诧异:"往哪儿跑?"向正强道:"一等人去欧美,二等人去南洋,三等人去香港,四等人去租界,剩下的都窝在家里熬煎吧。"

贺盛平道:"韩三席做何打算?"向正强道:"人家是大人物,到哪儿都有人保护。就这,一有个风吹草动,大人孩子都送走了。这也无可厚非,人之常情嘛。"贺盛平道:"我指的是山东,不是韩主席个人。"

向正强叹息道:"好日子结束了。这些年,多亏了韩主席和日本人眉来眼去,山东才得以安宁。但有人放着好日子不过,说韩主席暗中勾结日本人。这下好了,韩主席和日本摊牌了,日本人觉得上了韩主席的当,放言要报复。三月,蒋委员长召韩主席去杭州,沿途来回受到最高规格保护,形势不言而喻。"贺盛平关切地问道:"正强兄,小弟愚钝,能说明白些吗?"

向正强道:"山东与日本已是水火不相容,下一步,只能刀枪相见啊!"贺盛平听明白了,问道:"泰安呢?"向正强道:"泰安就是济南的一只翅膀,济南倒下了，你就一翅子，能好哪里去？"

贺盛平点了点头，又问："周县长呢？"向正强道："周县长不是本地人，家人没跟着来。俺那局长，一儿一女虽然不大，也都去了美国……唉！这叫什么事啊！"向正强虽然曲解了贺盛平的意思，贺盛平却也听得入心，问道："正强兄，您呢？"

向正强一脸伤感，皱眉嗟叹道："想走，上哪儿去？老百姓，没钱没权，还能想啥？多给老奶奶磕个头，其他的，听天由命吧！"

酒酣耳热之际，向正强掏出两张钞票，放在贺盛平的酒碗左侧。贺盛平一脸诧异，问道："正强兄，这是为何？"向正强道："送你的，就冲你脱口而出'正强兄'这仨字。"

贺盛平十分感动，迟疑了一瞬，将钱递回去。向正强不接，贺盛平便搁在他的酒碗左侧。

向正强坦诚地说道："盛平，一分钱难倒英雄好汉，收起来吧。你要是难以接受，就当借我的，有了再还。我知道你现在缺钱。吃饭穿衣得用钱；贺会长帮你治病，拉了一身的账，现在又要娶媳妇，又要盖房子，你不拿两个钱还他，忍心吗？"

向正强的这番话，委实戳到了贺盛平的痛处。近来，他正为此事忧心。

贺盛平的眼前忽然浮现出雄壮陡峭的十八盘：在高耸入云的十八盘上，只有两个人，一个是贺盛安，一个是池四喜。贺盛安在上，池四喜在下，都肩挑重担，艰难攀登。渐渐地，池四喜追上贺盛安，宽阔的身影将贺盛安遮住了。十八盘上只剩下池四喜一个人，他的身影越来越小，像一只蜗牛，缓缓地向上爬着。

向正强又将钱递过来："好兄弟，拿这钱还贺盛安。欠我的，总比欠他的心里好受点吧。我这是借你的，有了还我。兄弟发达了，加倍还，我也接着。"贺盛平听了这话，心中释然，伸手将钱接了，掖进衣兜里，低声道："多谢了。"

向正强开心地笑了，朗声道："这才是我的好兄弟啊！"

两个人相携出了桃园春饭店。一阵凉风吹过，贺盛平打了个冷战，身上的热乎劲儿倏然消退：我和盛安亲如兄弟，我和向正强现在是称兄道弟。显然此兄弟绝对不是彼兄弟！我夹吃这顿饭，是为了借助这人了解一下时局，甚至想让这个警察帮我找回自己。他给我这一百块钱，为了什么？

第二天，吃罢早饭，贺盛平去了贺盛安家，一进门便见一间土坯草屋立了起来，尽管寒酸，却比那间西屋强多了，至少有窗子。

贺盛平从衣兜里掏出钱来，心道："这一百块钱，盛安肯定不会用来操办婚礼，一定先去还账。无账一身轻，兄弟一定会因此高兴起来。"

贺盛安担山去了，贺盛平便把钱交给婶子，坐了一会儿就告辞了。

晚上，贺盛安和池灵芝赶来，神情忐忑，局促不安。尚未落座，池灵芝便忙不迭地问道："盛平哥，这钱哪儿来的？"贺盛平既不想说出实情，又不想欺骗他俩，遂搪塞道："你们放心用吧。别说还账了，结婚、盖房子，哪样不用钱啊？"

贺盛安道："盛平哥，你一个人在泰安，举目无亲，现在吃饭都是个问题，这钱让我们如何用得安心？"贺盛平真诚地说道："你们对我有救命之恩，账是因为我欠下的。这一百块钱，连治病的钱都不够，更别说报恩了。拿去用吧！这样我心里也好受一点。"

贺盛安道："盛平哥，我们是亲兄弟嘛，你有钱，给多少我和灵芝也接着。你让我用，至少得告诉我钱的来路吧？"贺盛平着急地说道："盛安，你不相信我？"池灵芝忙摇手道："盛平哥，别误会，不是不相信你。盛安是这样想的：如果这钱咱能用，就留下五十还账，再退给你五十。你现在还没找到个差使，干啥也得用钱，不是吗？"

贺盛安瞪大眼睛盯着贺盛平。

贺盛平知道不说实话，这一关过不去了，遂道："借的。"贺盛安道："借谁的啊？"贺盛平道："一个警察的。"贺盛安紧张起来，不安地问道："他叫什么名字？"

贺盛平道："向正强。"贺盛安一听"向正强"这仨字，腾地站起身来，厉声道："你怎么和他认识？"贺盛平吃惊地看着贺盛安。

池灵芝忙把贺盛安按下："急啥？有话好好说。"

贺盛平道："昨天傍晚，在这条街上，他喊住我，要和我交朋友，请我去桃园春吃饭，主动给我一百块钱。我不要，他说借给我，什么时候有了，什么时候还。我一想，你们俩既盖屋，又结婚，还背着一身账……"

贺盛安听了，掏出钱来慢慢起身，贺盛平慌忙站起来。贺盛安将钱塞进贺盛平手中，使劲一攥，说："盛平哥啊，向正强不是个好人！萍水相逢，他给你一百块钱，能没想法吗？你还给他吧。"贺盛平点头道："好，兄弟，哥听你的。"

池灵芝开心地笑了。

两个人并排坐在炕沿上，贺盛安的右手攥住贺盛平的左手，掏心掏肺地说道："盛平哥，听兄弟一句话。"贺盛平道："兄弟你说。"

贺盛安道："以后千万别再说什么救人啊，恩人啊这些话了。我们老百姓有了病，能治就治，不好治的病、治不起的病，都是躺在炕上眼睁睁地看着……自古以来，都是没办法啊！你这事……灵芝背你下山……能见死不救吗？后来大家齐心协力救你，是因为你是个救人的英雄。池大爷拿钱时说，如果没人救他，他哪里有今天啊！谁救的大爷？是俺爹……你活过来，我常想起俺爹说的一句话来：'人都是一辈子一辈子传的，帮过人家，别往心里记，千万别挂在嘴上，和要账似的。'盛平哥，我的意思你明白吗？"贺盛平眼里噙着泪，说道："好兄弟，我明白了，今后……"

贺盛安道："你这样也不是个常法，有合适的活计就干。大家都认为你是个有身份的人，也不要难为自己，没有合适的便罢。"贺盛平道："我这几天一直在找……"

池灵芝道："哥，俺都盼着你找个体面的活，没有合适的就别干！"贺盛安支吾道："前天……华安镖行找到俺，说想请你入伙。灵芝说，不给别人看家护院。想想也是，昨天俺就回绝了，也没给你说。"

贺盛平笑了，心里充满了苦涩，欲言又止。

贺盛安见贺盛平似有难言之隐，忐忑不安地说道："盛平哥，也没什么。你要愿意干，咱俩明天就去华安镖行。"贺盛平朗声道："灵芝说得对，咱不给他们看家护院！"池灵芝听了这话，开心地笑了。

第二天，吃罢早饭，贺盛平去了警察局，没有找到向正强。晚上，向正强兴冲冲地找来，告诉贺盛平，他工作的事搞定了。

贺盛平听了一脸欣喜："哪儿？干什么？"向正强道："警察局，跟着我干！"他攥拳一举，"咱兄弟俩在一起，一定能干出一番大事业！"贺盛平慢慢地收敛了笑容，说："对不起，向警官，我不能去！"

向正强勃然变色，又旋即忍住，冷冷地说道："兄弟，我为你这事跑了两天，在泰安没办成，又跑到济南托人给石局长打了电话，才争来这个位子。你不乐意去，没什么，怪我没提前征求你的意见。可你张嘴一喊'向警官'，我就听得刺耳啦！就算我向正强高攀，可你也不能才两天就不认我这个哥了啊？敷衍一下，也是给我面子啊！"

贺盛平听了，亦觉不妥，忙拱手作揖道："对不起，正强哥，都怪小弟礼数不周。"向正强点了点头，皮笑肉不笑地说道："这还差不多。"他皱起眉头，"为何不去？一个月十二块钱的薪水，吃喝不愁，上哪儿找去？"

贺盛平道："谢谢哥，我真的不能去。"向正强恍然大悟："你担心自己是个共产党？嗨！这不叫事啊！周县长原来就是共产党，现在不是国民政府的县长吗？"

贺盛平决定实言相告，听听向正强怎么说，便道："这话不假，但我不知道身上肩负着什么使命，万一站错了队，不知道会给组织带来什么危害，或者伤害到什么人。"向正强道："兄弟，听哥一句劝，共产党我见的多了，你这事大不了。到了那一步，你在国民党这边发达了，还管共产党什么事？共产党找上门来，你不还是个'失忆人'吗？一推六二五，共产党能拿你怎么办？"

贺盛平下意识地摇摇头，嗟叹道："使命和责任，大概已经长在我这个人的骨子里了。不论我是国民党还是共产党，我再坚持几年看看。能够找回自己，把任务交了差更好；实在办不到，也没办法啊！"

向正强听了这话，心中赞佩，点头道："兄弟，这样做也对！哥依你！"

贺盛平不由得心生感动，忐忑不安地掏出那钱递给向正强。向正强不接，大惑不解地瞅着贺盛平。

贺盛平低声道："哥，这钱我不借了。"向正强问道："你有钱了？"贺盛平摇头道："没有。"向正强道："兄弟，那你吃啥喝啥？"

贺盛平道："明天准备准备，后天担山去。"

向正强豁然顿悟：担山去！担山去！说来说去，就是图个进退自由，一切都是为了那个不明不白的过去。有道理！有道理！警察局你不来；有钱人请你入伙，你不去；老板高价聘你，你不去。原来如此。贺盛平，我还真是小看了你！

向正强阴着脸，伸手将钱接了，掖进衣兜里，心中五味杂陈，阴阳怪气地说道："盛平兄弟，贺盛安一定认为我这钱来路不正，可我收钱是因为替他们排忧解难啊。自古以来，千里做官，只为吃穿。衙门里的人……这点薪水还不够给当官的送礼。"他冷冷一笑，"盛平，我不是贬低贺盛安这些挑夫。挑山为啥？还不是为了过上好日子？他们整天挑山，咋就不知道呢？挑山登顶，并非只有一条道啊！"

贺盛平忙道："正强哥说得对！挑山登顶，也不是只有一条道。这话兄弟记心上了。"

向正强起身告辞，贺盛平将其送至财源街。分手之际，向正强突然问道："贺盛平，你从心里说句话，还认我这个哥吗？千万别勉强！"贺盛平痛快地说道："认！前天晚上不就认了嘛。"

向正强郑重其事地说道："好，既然你还认我这个哥，我就把你这个兄弟放心上。你在泰安打听打听，我向正强虽然只是警察局的一个小头目，可谁不知道我讲义气，说话算数啊！"

与向正强分手后，贺盛平转身往回走，过家门而不入，径直北去。到了贾汗青家门前，他忍不住收住脚步，扭头东望：大门照例紧闭。贺盛平心里慌张起来，急忙迈步前行，片刻间就到了小西关街。去哪儿？迟疑间，那个熟悉的脚步声又沙沙响起……

向正强悄然走来，抬手正要拍向贺盛平肩头，贺盛平忽地转身，一面迅疾后退，一面探手握住向正强的手，笑道："正强哥，干啥去？"向正强道："好久没到你小嫂子那儿去了。"说完这话，他并不停留，绕过贺盛平，沿着小西关街快步向东走去，朗声道："兄弟，情到深处人孤独啊！哈哈哈……"

向正强这个人不简单啊！贺盛平心里暗自惊恐。

第二天，贺盛平去了财源街，打听着买了一条柳木扁担和一根绳索。他把绳索往扁担上一挂，荷在肩上，有模有样地去了顺河街，在"蔡家镰"的铺子里给扁担包了铁，刻上"泰山巍巍"四个字，是他自己从本子上选的。

下午，贺盛平在张大山香客店接了一单送往玉皇庙的活计，约定第二天一早担货上山。

上肩前，过了秤，四坛子豆油共计一百五十五斤，还不到一百六，他心有不甘。上了肩，颇觉轻松，贺盛平心里微微有些遗憾，依着自己的心思，第一担要挑一百八十斤。

过了红门宫，右肩膀微觉酸胀，贺盛平并未往心里去，把扁担换到左肩，继续向上攀登。沿途鸟鸣阵阵，青溪欢歌，贺盛平猛地吸了一口新鲜空气，心中颇为惬意。

如果说还有什么遗憾的话、便是没将担子加到二百斤。二百二十斤的念头一冒就否了，不是胆怯，是心里清楚，所有的行业纪录，均是难以打破。

到了柏洞，不适感突然袭来：肩膀胀疼，双腿打战。

贺盛平心里慌张起来：不应该啊！不可能啊！

他荷着担子，平稳地走出柏洞，心道："无论如何，我也要一口气担上玉皇顶，这是一个挑夫的基本功。"

过了回马岭，疲惫困顿劈头砸来：呼吸急促，身躯摇摆。

贺盛平害怕起来，抬头望了一眼陡峻的盘道，不敢停留，抹了一把汗水，一面想着贺盛安顽强攀登十八盘的样子，一面奋力登高。

终于登上了中天门，贺盛平长出一口气，向前走了几步，往右一靠，放下担子，转身倚在山岩上，低下头大口大口地喘起粗气来。

"盛平哥，累了就歇着，我先上了。"贺盛安荷着担子，丢下这句话，飘然而过。

贺盛平抬头望去：贺盛安肩挑重担，悠然北去。

贺盛平歇了两歇才赶到升仙坊。他休息片刻，抓起扁担，正欲上肩，贺盛安旋风般冲下来。

贺盛平笑了。贺盛安到了近前，将扁担往下一戳，贺盛平左手接了。贺盛安抓过贺盛平右手里的扁担，转身上肩，拾级登山。贺盛平心悦诚服地依随在贺盛安身旁。

一路无话，到了玉皇庙，交卸了货物，两个人下山而去。

出了南天门，贺盛安突然收住脚步："盛平哥，我给你说个事，你看我做得对不对？"贺盛平笑道："说吧。"

贺盛安道："那个人又来了。"贺盛平警觉地问道："谁？"贺盛安道："我也没问他是谁，他说他是共产党。今年正月十七晚上，他在蒿里山神祠南边的贞节坊拦住俺，让俺加入共产党。他一提共产党俺就想起夏张的崔子明，那人就是共产党，因为闹农运被抓了，现在还关在济南的监狱里。俺要是被抓了，我们这个家还能有活路？所以我一口回绝了。昨天晚上，他又在贞节坊那儿拦住我，不但让俺加入共产党，还要在挑山帮会成立党支部，说成立了党支部，我就是书记。俺说当了书记能干啥？他说，当了书记领导挑夫闹革命啊，今后挑夫就是这个国家的主人……俺还是拒绝了。"

贺盛平道："为什么拒绝？"贺盛安道："我想啊，清朝的时候俺爹就担山，民国了他还在担山，俺是他的儿子，不也担山吗？为什么担山，为了养家糊口啊！"

贺盛平点头道："盛安，你做得对。"贺盛安听了这话，咧嘴一笑，说："你说对，俺就安心了。那人临走时说，希望我再考虑考虑，要是不放心，可以去请教请教范校长。"

贺盛平道："你去吗？"贺盛安摇头道："不去！"贺盛平道："为什么？"贺盛安道："我怕范校长让我加入，俺不好意思驳他老人家的面子。"

贺盛平道："如果日本人来了呢？"贺盛安答非所问："反正，我不给日本人挑东西！"

# 十六

这日清晨，贺盛平荷着扁担，急匆匆走进岳晏门。到了恩褒坊，向正强骑着脚踏车从后面追来，一边打着铃，一边喊住他。

向正强道："盛平，今天担山？"贺盛平道："是啊。"向正强问道："去哪儿？"贺盛平道："碧霞祠。"

向正强皱眉蹙额，沉吟道："我们是兄弟，告诉你也无妨。你今天运气好，去了也许能赶上一场好戏看。不过，盛平啊，别仗着武艺高，操闲心……枪子可不长眼啊！"

向正强说得云遮雾罩，贺盛平听得一头雾水，自嘲道："正强哥，放心，我一个担山的，到了那儿，放下东西就走，不多言不多语就是了。"向正强道："如此甚好，哥我就放心了。我也去，说不定还能碰见你。"

贺盛平故意装出一副漫不经心的样子问道："你去干啥？"向正强诡谲一笑："抓裕阳道长。"贺盛平心里一惊，忙道："为何抓他？"向正强道："共匪，千万别走漏了风声。噢，对了，盛平，咱俩今天见不上面。我们兵分两路，石局长带人从前面上山，我带人从后山堵截，防着他跑了。"

向正强说完这话，拍了贺盛平的肩膀一下，踩着脚踏车，飞驰而去。

裕阳道长是共产党？贺盛平眼前浮现出那本《共产党宣言》来。

那日在碧霞祠，贺盛平心里便清楚裕阳道长的用意——试探他，看他是不是共产党。他随即想到：裕阳道长是共产党，我若是共产党，上山就是去碧霞祠。之后，贺盛平屡屡冥思苦想，然而始终没有结果。不过，自己可能是共产党这个念头，却深深地扎在他心里。他想：如果我真是共产党，那么此行一定肩负着重大使命，或者带着重大秘密。现在虽然国共合作了，但共产党在国民党的眼里，还是"共匪"啊！因此，不得不多加小心。世事吊诡奇谲，说不定我还是国民党呢。在身份明确之前，保持中立，不偏不倚，最为妥当！

如何措置？救裕阳道长？为什么救他？贺盛平下意识地认为裕阳道长是个好人，好人不应该落难啊！现在国共合作，共同抗日，国民政府再行抓捕共产党人之事，既不符合道义，也没诚信啊！

贺盛平走到进士坊便打定主意，折身往北，过了二衙街，沿福全街向北疾行。

向正强躲在县衙大门的廊柱后偷窥，贺盛平的一举一动，尽收眼底。

贺盛平拎着扁担，疾速登山，径直去了碧霞祠。

他找到裕阳道长，裕阳道长不胜欢喜，紧紧地握住他的手，热情地说道："小兄弟，担山了，好样的。"贺盛平拉着裕阳道长，寻了一个僻静处，低声道："道长，警察马上来这儿抓你，快跑吧！"裕阳道长心里一惊，故作坦然道："为何抓我？贫道一向奉公守法。"

贺盛平道："道长，听不听在你，我听了这个消息，就接着跑来告诉你。警察兵分两路，石局长带人从前面上山，向正强带人从后山堵截，防你跑掉。"裕阳道长脸色骤变，焦灼地问道："你是怎么知道的？"

贺盛平不耐烦地说道："向正强告诉我的。"裕阳道长信了，想起听闻贺盛平攀爬扇子崖一事，眼睛盯着他问道："你找回自己了吗？"贺盛平道："没有。"

裕阳道长道："你能送我下山吗？"贺盛平道："如何送？"裕阳道长道："挑一件贵重物品。"贺盛平点头道："我是个挑夫，分内之事，没问题。"

"好兄弟，跟我来！"说完这话，裕阳道长领着贺盛平去了自己的住室，将门关了，把床掀了，从东墙上抠下一块石板，露出一个黑洞。裕阳道长探手从里面抱出一个纸箱子。

他扯起一床薄被将箱子裹了，递给贺盛平，殷切地说道："小兄弟，这个东西比我的命还金贵，一定要设法保全它。如果实在没办法，可以毁掉。我若遇难，请务必收好。箱子内还有一本《共产党宣言》，如果有人来找你，只要他说出'奇数页'三个字，你就将这东西交给他。"

贺盛平吃惊地望着裕阳道长："你这么相信我？"裕阳道长道："直觉告

诉我，你是我们的人。"贺盛平道："如果不是呢？"

裕阳道长道："你至少还是个中国人吧。国难当头，这就够啦！"贺盛平听了这话，颇为感动。

贺盛平开了门，拿进扁担，用绳子将包裹拴在一端。见裕阳道长还手忙脚乱地拾掇着，他忙催促道："道长，事不宜迟啊！"裕阳道长凄惨一笑："留下这些更麻烦！"

裕阳道长翻箱倒柜，收拾了一堆纸张、书籍，让贺盛平帮着用一件道袍包了，往怀中一抱，冲出住室。贺盛平紧随其后。

裕阳道长冲进大殿，跪在老奶奶神龛前磕了三个响头，转身跨过门槛向南跑去。

看到裕阳道长这般情形，道士、香客无不侧目。裕阳道长无暇顾及，冲出大门，跑到南神门外金藏库，推开众人，将那包东西投入火池，急忙逃离。

裕阳道长领着贺盛平翻过岱顶，沿着一条石阶小道匆匆下山。

山道蜿蜒曲折，山岭巍峨瑰丽，时而流水潺潺，时而古木参天。

贺盛平步履轻盈地跟在裕阳道长身后，偶尔流连一下四周的美景，便觉与红门那条登山盘道相比，这儿竟是一种别样的风情。那厢雄奇壮丽，这边婉约旖旎。

行了多时，后没追兵，前无堵截，只是偶尔遇到几个行人。裕阳道长放慢脚步，长出一口气，笑道："兄弟，多谢了。"贺盛平警觉地说道："道长不可大意，防着他们追来。"

裕阳道长道："言之有理。"说话间，他们加快步伐，进入一片树林。

树木多松柏，奇形怪状，苍劲古朴，或立或卧于逼仄的山道两侧，或挂在石崖上，或耸立在绝峰之巅，或嵌在石壁罅隙中，争奇斗怪，千姿百态，美不胜收。

啪——啪——啪——一阵缓慢有力的掌声突然响起。

裕阳道长和贺盛平慌忙收住脚步。向正强赫然现身，其左右两侧各站了一名警察，端着步枪对准他俩。裕阳道长和贺盛平大吃一惊。

向正强大笑一声，喝道："裕阳道长，把你的枪放在地上。"裕阳道长迟疑着掏出一只手枪，弯腰放在山道上。

向正强道："你们两个都给我后退五米，不许回头，不许歪头，否则立即开枪打死。"裕阳道长和贺盛平依言而行，缓缓地向后退了五米左右。

向正强举枪指着他俩，走到裕阳道长的手枪近前，弯腰捡了，起身向后退了三五步，一挥手，两名警察会意，端着枪走到向正强近前，一左一右对准裕阳道长和贺盛平。

向正强把自己的枪收了，瞅了瞅裕阳道长的手枪，呵呵一笑："盛平，为何给这个老道通风报信？"贺盛平道："国共既然合作抗日，干吗还要难为一个共产党？"

向正强道："你这个问题太宏大，我一个小警察回答不了。我是在执行上峰的命令。盛平，我最后再问你一句话，你要信得过我这个当哥的，就实话实说。"贺盛平高声道："正强哥，请讲！"

向正强道："盛平，你找回自己了吗？"贺盛平道："没有。"

向正强朗声道："好！那我便原谅你。"他掏出一枚制钱，"盛平，你这样做让我十分为难啊！放了这个老道，我如何交差？不放，我如何对得起你这位兄弟。也罢，一切交由上天决定吧！"

裕阳道长和贺盛平瞪大眼睛盯着向正强。

向正强道："裕阳道长，就让这枚制钱决定你的去留吧。你选哪一面？有字的为正面。"裕阳道长朗声道："我是个堂堂正正的人，选正面。"

向正强道："好，痛快！正面朝上，我便放你走；正面朝下，你就跟我回警察局。"

向正强说完这话，后退到两名警察身后，左手将制钱抛起，右手忽地举枪射击。两声枪响过后，两名警察后脑中弹，鲜血涌流，仆倒在地。

向正强枪交左手，用右手掏出自己的手枪，快步走到裕阳道长近前，抬手冲其右臂打了一枪，低声道："还不快走。"

裕阳道长捂住伤口，扭头看了贺盛平一眼，迈开大步跑了。

向正强收起自己的枪，走到那俩警察近前，弯腰探手扯着将其迅疾翻转，抬起左手在他俩的前胸各补了一枪。

贺盛平荷着扁担，静静地站着，呆呆地看着眼前发生的一切。

向正强来到近前。四目相对，贺盛平心中一凛，慢慢地闭上了眼睛。他努力追寻，便觉松柏遮蔽下的山道像个黑洞，自己却不知身在何处？我是谁？我在哪儿？所有的追问，都无济于事。

枪声引来数名山民，向正强雇了四位，令其将两个警察送至警察局，每人工钱两元。

他看过贺盛平扁担上的包裹，喜不自胜，往肩上一背，带着痴痴呆呆的贺盛平下山去了。

下了山，向正强和贺盛平骑上存在山下悦来客栈的脚踏车，回城去了县衙大院警察局。向正强领着贺盛平找到警察局局长石擎柱，哭哭啼啼地讲了事情的经过：接到线人密报，碧霞祠住持裕阳道长是共产党，携带电台潜逃。他立即带人从天烛峰一路登山堵截，不料裕阳道长竟然有枪，打死了俩弟兄。多亏挑夫贺盛平仗义相助，帮他打跑裕阳道长，抢下无线电台。

石擎柱听罢，猛地一拍桌子，吼道："这个裕阳，太不像话啦！我反复告诫他，千万不能让共产党打入碧霞祠，没想到，他就是个共产党。碧霞祠是何等圣地，陷于党派之争，真是太不像话啦！"他瞪了向正强一眼，"干吗放他跑啦？"

向正强心中大喜，却极力装出一副哀戚的样子，悲声道："共匪太狡猾啦！"石擎柱摆手道："不要'共匪共匪'的，现在国共合作了，不能再这样说了。"

向正强忙不迭地说道："是啊！是啊！再提'共匪'不妥当了。但是国共合作，也不能由着共产党在学校和寺庙里乱搞一气啊！"

石擎柱听了这话，气更是不打一处来，心道："裕阳道长竟然是共产党，还是碧霞祠的住持！真是岂有此理！"他目光凛凛地盯着向正强。

向正强心头一颤，哭嗵道："裕阳突然掏枪打来……石局长啊！要不是这位挑夫……我也随着那两位弟兄去了蒿里山啦！我拼死还击……还是让他跑了。我可能打中了他一枪……追不上他……但看到了血迹……"

石擎柱看了贺盛平一眼，诚恳地说道："谢谢你。"贺盛平不知所措，木然地瞅着向正强。

贺盛平荷了扁担，心事重重地离开警察局。那个包裹被扣留了。

吃过晚饭，贺盛平思前想后，决定把这事同贾汗青说说，摸一摸向正强的底细。

他来到贾汗青家门前，忐忑不安地叩响门扉。

晚上有人敲门，照例是贾汗青出来应答。贾汗青一听是贺盛平，忙开了大门。贺盛平说，想请贾汗青到他那儿坐坐，有件事请教请教。贾汗青出乎意料地将其请至家中。

到了堂屋，贾笑荷起身相迎。贺盛平眼前一亮，心中暗自惊诧："端的这么熟悉？在哪儿见过？"贾汗青介绍他们认识后，贾笑荷冲上茶，回卧房去了。

贾汗青望着贺盛平，笑而不语。

贺盛平道："叔，今天上山，警察向正强给我说……"贾汗青一听"向正强"三个字，浑身一颤，惊问道："向正强？你怎么认识的？"

贺盛平把向正强请他吃饭，借给他钱一事说了。贾汗青听了，让他接着往下说。

贺盛平道："警察局要上山去抓裕阳道长，我听到后，觉得裕阳道长是个好人，就上山报了信。裕阳道长让我送他下山，走的天烛峰那边。在一片松树林里，向正强带着两个警察拦住我们，裕阳道长打死两个警察逃了。向正强把我带回警察局，禀报石局长，说多亏我仗义相助，帮他打跑裕阳道长。叔，我给您说这些，就是想请教请教您，下一步我该怎么办？这个向正强是个好人，还是个坏人？"

贾汗青沉思良久，方道："盛平啊，你这一说，我想起那天在碧霞祠吃饭时的情景，裕阳道长对你的态度颇不寻常。他问你是共产党还是国民党，你说不知道。将来，不管你是清醒还是糊涂，'不知道'这三个字最好了。"

贺盛平皱眉道："叔，我是真不知道啊！"贾汗青木然道："也许这样最好。"贺盛平问道："叔，向正强这人咋样啊？"贾汗青道："听说这人在警察局负责抓捕共产党，是个什么队长，都夸他能力强。最近警察局准备提拔一名副局长，他的呼声很高。这些我也是最近才听说的。"

两个人又闲聊了一会儿，贾汗青心不在焉，顾左右而言他。贺盛平识趣，告辞去了。

贺盛平走后，贾笑荷问道："爹，为何放他进来？"贾汗青呵呵一笑，说："我以为他担山了，是个挑夫。然而……事情远比我们想象的复杂。妮啊，我们小门小户的，离着他们远一点，差不了事啊！"贾笑荷点头道："爹，我知道。"

这天夜里，贾汗青想了又想，断定贺盛平所言与事实出入甚大，决定明早上山走一趟，探听详情。

第二天，贾汗青只身一人径直上了泰山，沿途与几个熟识的摊贩闲聊，问及昨日是否有警察上山，均说没有看到。进了碧霞祠，跪拜过泰山老奶奶，他故意寻找裕阳道长，问了几个道士，都闪烁其词。道士尚砼与其交好，悄悄地把贾汗青拉到一旁，将昨日裕阳道长仓皇逃跑的情形说了。

贾汗青听了，心里惊诧不已。

出了碧霞祠，贾汗青心道："得把这事告诉贺盛平，他上了向正强的当啦！"到了快活三里，他便打消了这个念头：以贺盛平的修为，焉能不察？想到这儿，他心中怅然若失。

下到小龙峪，飞泉出石峡，叮咚悦耳，气爽景幽，贾汗青身心渐渐愉悦起来。

走至坦途，贾汗青看到池四喜恰好登上来，将右肩的扁担悠然换至左肩。贾汗青快步迎上前。池四喜抹了一把脸上的汗水，抬眼看见了贾汗青。老哥俩相视一笑。池四喜摆了摆扁担，贾汗青挥了挥手，二人擦肩而过。兄弟俩一个向上，一个向下，许久，都没有走出彼此的目光。

傍晚时分，向正强将贺盛平请至心中乐饭店，两个人相携进了雅间。一位身着藕白色旗袍的艳丽女子起身相迎。

向正强道："亭亭，这就是咱贺盛平兄弟。"那女子拱手道："小女子祝亭亭，见过贺兄弟。"贺盛平探寻地看着向正强。向正强笑道："她就是那天晚上给你说的小嫂子啊！"

祝亭亭剜了向正强一眼，冲贺盛平妩媚一笑：'兄弟，快快请坐。"

三个人坐定，向正强道："亭亭，饭前放松一下，我和兄弟赌一局。"祝亭亭答应着起身，从挂在衣架上的坤包里拿出一沓新钱和一颗骰子，将骰子搁在桌子中央，把钱对半分了，分别放在向正强和贺盛平面前。

向正强掏出一枚制钱，按在桌子上，盯着贺盛平推至骰子近前，说："还是用它吧，兄弟是个正派人，也许对骰子不熟悉。"贺盛平笑了笑，说："的确不熟。"

祝亭亭将骰子收了，拿起一只茶碗扣住那枚制钱，迅疾抬手，制钱进了茶碗。她举手摇晃了一阵子，霍地扣在桌子正中，嗦声道："两位先生请！"

向正强道："盛平兄弟，这钱赢了算你的，输了算我的。每注十块，我要反面。"贺盛平道："我要正面。"

祝亭亭正欲起碗，贺盛平忙道："让我来吧！"祝亭亭看着向正强。向正强点了点头，祝亭亭收手。

贺盛平按住茶碗，在桌子上倏地一滑，旋即抬手端正，搁在桌子正中，制钱在茶碗里叮当作响。祝亭亭由衷地赞道："兄弟有一手啊！"贺盛平道："祝小姐过奖了，我决定不了反正，只能勉强做个搅局者。"

向正强的脸色沉下来。贺盛平道："正强兄，谢谢您的厚爱，我贺盛平如果连口饭也挣不上，还有资格做您的兄弟吗？今后我缺钱，直接开口和哥要。"向正强高兴地笑了，连声道："好！好！好！"

贺盛平正色道："哥，还给我那东西。"向正强心生怯意，说："兄弟，我做不了主，你要那东西干啥？"贺盛平道："我答应裕阳道长了，替他保存好。"

向正强道："盛平，我理解你的心情。这样吧，裕阳道长找你要时，你说一声，我给你弄出来。兄弟啊，许多事情都是变化的，请你理解……但有一点是肯定的，我现在替你洗刷了共产党的嫌疑，这一点对你来说非常重要。其他的我就不多说了，大家都是明白人。"贺盛平低声道："谢谢您……"

向正强道："兄弟，我就等你这句话了，是真心的吗？"贺盛平道："是，真心的。"向正强道："好，盛平，我相信你。那我就问你一句话吧，希望你给哥说实话。"贺盛平望着向正强："哥，您请讲。"

向正强道："昨天一整天，还有晚上，你都在跟踪我，为什么？"贺盛平心里一惊，喃喃道："正强哥……那俩警察可以不死……"

向正强一脸戚然，哀声道："是啊，那俩弟兄可以不死，我也不应该骗你。盛平，你想过没有？我一个小警察，如果没有上峰的指令，我敢这么做？万一失手，我上面有局长，有县长，死无葬身之地啊！何况裕阳道长还是碧霞祠的住持，在泰安也算一个有头有脸的人物。"贺盛平听了这话，心里吃了一惊，不由得暗自嗟叹："还真有内情，怪不得向正强这么大胆！"

向正强夸张地咧了咧嘴，说："这事理应上不告父母，下不传妻儿，我不说出来，兄弟永远解不开这个疙瘩。我接到省党部的指令，那俩警察和裕阳道长都是死亡名单上的人。盛平，把你扯进去，虽然有点牵强，但也算是执行命令，因为你是我们重点争取的对象。我花在你身上的钱，都是上面拿的。我放了裕阳道长，说来说去还真是为了你。如果你是共产党，裕阳道长一死，你就说不清了。当然了，我也不是没想法，将来若共产党成了事，也好多条退路。"他盯着贺盛平，"盛平，我说的这些，你信吗？"

贺盛平听了这番话，心里明了，点头道："信。谢谢您，正强哥。"向正强道："盛平，你是个痛快人，我也向来不拖泥带水。你心里还有什么不明白的提出来，我们既然是兄弟，就不能藏着掖着。"

贺盛平痛快地说道："正强哥，听您这一说，我全明白了。小弟有什么不对的地方，您别怪罪！"向正强正色道："盛平，我不怪你。还是那句话，既然是兄弟，就不能藏着掖着。接近你，帮助你，我也有自己的小九九。兄弟武艺高强，将来前程不可限量，他日发达了，可别忘了我啊！"

贺盛平笑了，说："正强哥，惭愧啊惭愧，您分明是抬举我嘛。"

第二天，贺盛平在资褔寺遇到贺盛安，恰好四周无人，便低声问道："盛安，你对向正强有看法，能说说吗？"贺盛安气呼呼地说道："别提他，俺想起来就腌臜！"

贺盛平只得作罢，从此却也不再怀疑向正强，心里真就拿他做了兄长。

# 十七

五月二十四，吃罢晚饭，池灵芝收拾桌子，池三香、池四喜姐弟俩坐在椅子上说着灵芝的婚事。

收拾妥当，池灵芝拎了个马扎子，沿墙靠着三姑坐下。

池三香道："四喜、灵芝，后天别担山去了。"池四喜和池灵芝登时一怔，满脸不解地望着池三香。

池三香道："我后天回去。"池灵芝心里一紧，忙道："三姑。您……"池四喜语气坚定地说道："三姐，没那么多规矩，你走了，这一摊子谁管啊！"

池三香道："老话说得好，'姑不送，姨不娶'，再说这都是为了灵芝好，我哪敢破这个规矩啊！"池灵芝眼里噙着泪道："姑，俺不信这个，您就留下吧！"

池三香道："傻孩子，哪能不信啊！后天下午四点的火车，票我上午买了。后天晌午，把他们都叫来吃顿饭吧……挑山的，把扁担带来。我做个供，敬敬天地，都磕个头，我走了心里也踏实。"

这个三姑自打进门那一刻起，对池灵芝是横挑鼻子竖挑眼。在这个家里，她啥都管着，晚上睡觉说梦话都喊着池灵芝喂鸡去。池灵芝对这个三姑，黑夜白天都烦，天天盼着三姑快快离开，回她的杭州。现在三姑突然要走，她的好一股脑儿冒了出来。

池灵芝哭啼道："爹，俺不让三姑走！"

池四喜心里亦不好受。三姐年龄大了，这趟回来，就是打着最后一趟的谱。每天时时处处像娘在时那样，打理这个家。三姐的脾性他了解，这是为孩子好，她怎肯妥协？想到这儿，他说："灵芝，你有这份孝心很好，三姑这是为你好，你就听话吧。"

池灵芝抹了把眼泪出了堂室。池三香盯着池灵芝的背影欣慰地笑了，说："灵芝这孩子懂事了。"池四喜道："还不是她姑你调教得好。"池三香一脸自负："四喜啊，不是我说你，孩子就得管啊！你看灵芝，这才几天啊，人就变了个样。"

池灵芝从东屋里挖了两筅子棒子，泡在饭屋的缸里。她心里盘算着，泡上一天，明晚推了，后天一早摊，来得及。三姑爱吃酸煎饼，明天晚上早点推磨，酸头应该正合三姑的口味。

第二天一早，池灵芝去了庄子里三位大娘家，把三姑后天回家一事说了。吃罢早饭，她去了大车档街，没见着贺盛平，接着去了贾笑荷家，说了三姑要走，后天中午请他们去吃饭。贾汗青听了，并不觉得意外。池灵芝还告诉贾汗青，贺盛平不在家，等他回来，说给他一起去。贾汗青答应了，池灵芝告辞而去。

天不早了，这会儿，贺盛安八成担山去了，池灵芝决定晚上再去灵山庄。她去了财源街，买了一斤女儿茶，又顺路去洼子街永春堂分号，买了四大名药何首乌、四叶参、紫草、黄精，各二两。

池灵芝回到家，见大门锁了，晓得爹和三姑上坟去了，还没回来。哥哥去北平上学后，每年的清明、十一，爹都带着她去给爷爷、奶奶和娘上坟。每次她都想找个理由跑掉，但一看篮子里的那些吃食，心里就挂念起娘来。一年才给娘送两次，怎能不去？去时一路上惴惴不安，想起那片长满松柏的坟地，明晃晃的太阳也变得暗淡无光。及至到了近前，总是吓得躲在爹爹身后，低着头，亦步亦趋。跪下磕头的时候，膝盖一着地，头便磕完了，迅疾起身，浑身瑟瑟，仿佛下面就是一副黑漆漆的没有盖子的棺材，慢一点便要坠下去。今天吃早饭时，听三姑和爹念叨着上坟去，她眼前忽现那片林地，竟然明亮起来，爷爷、奶奶的面孔也渐渐地清晰起来。

晚上，池灵芝去了灵山庄，告诉贺盛安三姑要回家。两个人商定，明天贺盛安来五马庄时，顺路去兰方斋糕点铺买一斤桃酥、一斤三刀子给三姑带上。

回到家，见三姑和爹正在推磨，池灵芝忙跑到三姑近前，接过磨棍，劝三姑和爹都歇着。池四喜抽了磨棍道："三姐，咱歇着去吧，让灵芝自己来。"池灵芝也催促道:"三姑睡去吧,明天还得坐火车。"

池三香迟疑不决。池四喜道:"三姐,不愿意睡就再坐一会儿。这些年,推磨、摊煎饼,都是灵芝一个人忙活。"池三香大声道:"灵芝这孩子干活倒挺麻利,就是不细发啊!明天早晨起来,我和她摊煎饼。"

池灵芝听了这话,哭笑不得,竟不觉得刺耳了。

推完磨,收拾妥当,回到东屋,池灵芝看见三姑正坐在床上掰着手指头数着,嘴里还小声嘟囔着……见池灵芝进来,池三香站起身来,走到床头的箱子前,看着池灵芝慈祥地笑了,招手道:"灵芝,过来,我嘱咐嘱咐你。"

池灵芝笑嘻嘻地走到近前:"三姑,您说,灵芝好好听。"池三香掀开箱子,把一件红褂子和一件红裤子拎出来,递给池灵芝。池灵芝抱了。池三香又从箱子里拿出一件红棉袄,搭在自己左胳膊上。

池灵芝看见箱子里铺了一层红枣、栗子和花生,一对芝麻秸对着靠在箱子一角。

池三香郑重其事地说道:"灵芝啊,听好了,记住啊!红枣、栗子、花生,过了门,三天之内要分给大人孩子吃掉。这对芝麻秸一定要等男娃出世后,才能从箱子里取出来,一边一个,靠在孩子的肩膀上。记住了吗?"池灵芝认真地说道:"记住啦,三姑。"

池三香道:"知道什么意思吗?"池灵芝道:"知道。"池三香道:"什么意思?"

池灵芝的脸蓦地红了,小声道:"早生……贵子……"池三香道:"芝麻秸呢?"池灵芝摇头道:"不知道。"池三香道:"生个男娃做大官啊!

池灵芝听了这话,接着想到戏台上的七品县令,头戴乌纱帽摇头晃脑的样子。

池三香把红棉袄放回箱子,又从池灵芝怀中拿了新衣服放进去,将箱子盖了。

池三香拉着池灵芝的手坐在炕沿上,眉开眼笑道:"灵芝啊,姑做的那件棉袄是催生袄。今年冬天一定得穿上,这样才能早早地生个胖小子。"池灵芝听了这话,心里慌张起来,低下头去。

池三香道:"灵芝啊,你娘没得早,你上边也没个姐,后天出嫁,姑又不能在跟前，你大了，有些话，我这个当姑的得嘱咐你几句。好心待人是应该的，可也得防着小人算计。明天我给你拾掇好箱子就锁上，你把钥匙拿好了，到了婆家再打开，千万别让你那两个大娘看。凡是姑经手的东西，都不要让别人再动了。"池灵芝点头答应着。

晚上，熄了灯，躺在炕上，池三香又叮嘱池灵芝过门后如何做媳妇，越说越觉得灵芝将来的日子不好过，悄悄地抹起眼泪来。

池三香道："灵芝啊，你和盛安都是好人，下边那仨孩子有福啊！'老嫂比母'，这话不错，可哪个'娘'是好当的？将来累了就歇歇，自己给自己松宽松宽，恼了就回娘家躲几天。过几年，日子能喘上口气来，山就别担啦……灵芝，听到了吗？"

"记住啦，姑……"池灵芝答应一声，眼泪忽地涌出来，怕哭出声来姑听见伤心，忙翻身趴下，张嘴咬住枕头……

天还没亮，池灵芝悄悄起身，刚穿上衣服，三姑就醒了。池灵芝道："三姑，您接着睡吧。"池三香道："我给你烧火。"

煎饼鏊子支在饭屋后边，池三香烧火，池灵芝摊。一勺子糊子倒在鏊子上，伴随着吱吱的响声，一股香气弥漫开来。池三香深吸一口，陶醉了，立时便有了一显身手的冲动，但抬头看到池灵芝两只肉嘟嘟的小手上下翻飞，两条浑圆白皙的胳膊左右挥动，心里蓦地怯了，暗自嗟叹："老了就是老啦，年轻时，俺池三香输过谁？"

十余个煎饼揭下来，池三香突然嘟囔道："灵芝啊，你摊五六个煎饼油搭子就加一次油，姑十多个才加一次。这样太费啦！过日子你得会盘算啊！这样大手大脚如何是好！"池灵芝听了哭笑不得，心想："三姑啊，天大的冤枉，俺自己摊煎饼比您还省，都是揭不起来了才加油，这不是给您摊的吗？"

池灵芝抬起左手，用手背蹭了一下鼻尖上的汗珠，笑道："三姑说得对，灵芝记住啦！"

煎饼很快摊完了，三个人草草吃罢早饭，各自忙碌起来：池灵芝砸芝麻，叠煎饼；池四喜杀鸡；池三香做供。

池灵芝叠完煎饼，用包袱包了，告诉池三香："三姑，煎饼包好了，一半撒了芝麻盐，一半没撒。"池三香道："这样最好，你那哥啊姐的，有愿意吃的，有不愿意吃的。"

池四喜道："灵芝，割肉去吧。"池三香道："别忘了割块方子肉。"池灵芝好奇地问道："啥是方子肉？"池三香道："上供用的，卖肉的都知道。"

池灵芝转身去了。

池三香抬头看了一眼池四喜，见鸡杀完了，忙扭头喊住池灵芝："灵芝，回来。"池灵芝转身从大门后走回来。

池三香蹲在脸盆前，抓了鸡，招呼池灵芝："灵芝，过来，学学盘鸡。"池灵芝答应着走近三姑，蹲在脸盆前。

池三香拿刀在鸡的两条腿上各轻轻割了一下，说："看好了。"她放下刀，攥了鸡的一条腿，慢慢弯转，插进鸡的胸腔里，然后将鸡往池灵芝面前一递。池灵芝会意，捏住鸡的另一条腿，战战兢兢地弯转，皱着眉头插进鸡的胸腔里。

池三香还算满意，又将鸡抓了，左手捏住鸡脖子，右手抓起右鸡翅向外一扯，轻轻扭转，将翅尖戳进鸡脖子的刀口，向上一推，翅尖便从鸡嘴里露出来。然后，她用右手捏了翅尖，轻轻往外一拽，鸡翅便像镰刀似的挂在鸡的嘴角。

池三香把鸡递给池灵芝。池灵芝依样做罢，池三香又教她捞起脸盆里的鸡胗、心、肝装进鸡的胸腔。

池灵芝看着手中漂亮的盘鸡，感觉小有成就，开心地笑了。

贾汗青和贾笑荷早早赶来，告诉池灵芝贺盛平担山去了，提前定好的，推脱不掉。

临近日午，池三香的二嫂、三嫂和侄子、侄女都来了，共十余人。担山的侄子池庆成和池庆胜带来了扁担。

贺盛安最后赶来，提了两包点心，风尘仆仆。

池灵芝去了大门底下，没有看到贺盛安的扁担，回到堂屋问道："盛安哥，你的扁担呢？"贺盛安恍然大悟："嗨，上午抬了两趟山轿，忘了。"

池三香的脸奉拉下来，池灵芝心里一沉，忙努力地笑了。

供桌摆在堂屋门前左侧。五根扁担都拴了红绳，搁在上面。

池三香烧了纸，燃了香，浇奠过，领着众人跪地磕起头来。

池三香小声嘟囔道："天爷爷、地奶奶，保佑我们家家平安，保佑担山的平平安安。"

磕罢头，众人去了堂屋，围桌坐下，欢欢喜喜地开始吃饭。

二大娘明知故问："灵芝啊，坐什么轿?"池灵芝爽快地说道："盛安来接俺，俺俩两根扁担，挑起来就走。"二大娘笑道："哎，你看我这记性，属老鼠的，抬爪就忘，还以为是八仙花轿呢。"

池三香冷冷地说道："二嫂，这事是我替四喜定的，盛安家也是我去说的。穷人家，省下钱还得过日子，显摆不好。有人笑话就冲我来。"二嫂道："三妹妹，别多心，咱自家的事，管别人怎么说干啥!"

池三香冷冷地说道："二嫂知道就好!"

吃了饭，池灵芝赶忙沏茶，众人郑重其事地陪着池三香喝了一碗，池三香便动身去坐火车，贺盛安和池灵芝送站。

出了堂屋门，贺盛安走向供桌，探身去抓池灵芝的那根扁担。池三香冷冷地瞅着，池灵芝恍然大悟，忙道："盛安哥，就两个包袱，咱俩一人一个背着就行。"贺盛安将握在手里的扁担放下，从池灵芝手中抓过两个包袱，一个人背了。

出了大门，众人止步，池灵芝凑在三姑的耳畔低语了几句，三姑高兴地笑了。

池三香进站，与池灵芝洒泪而别。

离开火车站，贺盛安问道："灵芝，你给三姑说的什么，从来没见三姑这么高兴过。"池灵芝伤感地说道："我给三姑说，等她老人家再来泰安时，你和我肯定都不担山了。"

贺盛安笑了笑，问道："灵芝，我怎么觉得三姑对你比对庆成哥和庆胜哥他们好呢?"池灵芝小声道："应该是吧。三姑和俺爹，还有四姑、五姑是一个娘的，俺爷爷死时留下话，和俺亲奶奶埋一块……"

五月二十七这天一早，贺盛平扛了顶崭新的山轿来到贺盛安家，一进大门就高声喊起来："盛安，快来，哥送礼来啦!"贺盛安全家都跑出了堂屋。

贺盛平放下山轿，看着兴冲冲来到近前的贺盛安道："盛安，这是我送你和灵芝的礼物。今晚咱俩就用这顶山轿去接灵芝。"贺盛安两手攥住轿杠，心里欢喜，又蓦地一惊，慌忙问道："哥，多少钱？"

贺盛平道："你放心，这轿是你哥我担山挣来的，还欠着店里五块钱，不用一个月就能还上。"贺盛安开心地笑了，痛快地说道："好，盛平哥，这顶山轿我和灵芝收下啦！"

贺盛平拍着山轿道："盛安，咱再弄几根竹竿扎扎，蒙上红绸缎，不就是花轿吗？"贺盛安道："对对对！"贺盛平道："还有饭吗？我吃了接着干。"

贺盛安一家老小，把贺盛平拥进堂屋吃饭去了。

天黑下来，家里陆陆续续来了许多挑夫，贺盛安没有料到，手足无措。

"马伯涛两角。"

"许富强五角。"

"张国安两角。"

……

贺盛安拘谨地同来人打着招呼，每听到一声唱喝，心都会抽搐一下。

"叶国强五角。"

"叶超，叶国豪之子，两角。"

听到叶国豪这个名字，贺盛安的心像被刀戳了一下：叶国豪死了一个多月了。

烟和糖准备少了，很快就散尽了，主事的忙差人去买。

人越来越多，贺盛安怕照顾不周，便到大门外一一致谢。挑夫们大都冲贺盛安憨憨一笑，转身隐在黑漆漆的夜里，快步去了。

晚上九点，贺盛平和贺盛安抬起花轿出了家门，轿上坐了一个压轿童子，怀里抱着一只竹篮，竹篮里卧了一只大红公鸡。贺盛富和贺盛贵在轿前打着灯笼，轿后跟了两名夹毡客。

不走回头路，根据议定路线，花轿出门向南，走到胡同头向东，过灵应宫，沿东更道向北，走茂盛街、元宝石街，到五哥庙南下，过金桥向东，经吕祖阁，走洼子街，穿过南关大街，行之不远，便到了池灵芝家。

池灵芝刚刚梳妆打扮完毕，蒙上红盖头，贾笑荷便跑着来到东屋，告诉她花轿到了。池灵芝喜极而泣：哪个女孩子出嫁不想坐花轿啊！

池家变更程式，免不了一番忙乱。片刻之后，池庆成和池庆胜兄弟俩抬着坐在官帽椅上的池灵芝出了东屋，走出大门，停在轿前。夹毡客铺下红毡垫，贾笑荷扶着池灵芝下了椅子，踩着红毡垫上了花桥。

贾汗青撒了一张"福"字，高喊一声"起轿"，贺盛平和贺盛安抬起花轿，徐徐向东行进。

花轿过青龙桥向北，穿过迎暄街，沿永福街向北，过东、西青龙街，沿登云街南下，走过大关街、小西关街，沿大车档街南下，穿财源街，从蒿里山神祠向南，缓缓地下了台阶。

花轿走近贞节坊，一阵欢快悦耳的笛声倏然响起。笛声悠扬，穿透夜幕，叩击着每个人的心扉。众人听了身心愉悦。

贾汗青识得此曲，乃是《花好月圆》。他撒了一个"福"字。过了贞节坊，借着灯笼的光亮，贾汗青看到两个穿着红短褂的汉子，一左一右，忘情地吹着横笛，稳步前行。

贺盛安看到吹笛子的是挑夫方诚、方信兄弟俩，心里颇为感动。

新郎、新娘拜过天地，进入洞房。

《花好月圆》的笛声渐渐隐去，庭院里喧闹起来。

贺盛安迫不及待地揭开池灵芝的红盖头，池灵芝看见床上的栗子、红枣和花生，想起三姑的叮嘱来，找到箱子，掏出钥匙开了锁。贺盛安笑着问道："什么好东西？"池灵芝道："压箱子的，也是栗子、枣和花生，三姑说了，三天内必须吃掉。"

箱子打开，一个红包袱压在红棉袄上，池灵芝心里诧异，小声道："原先没有啊，三姑这是放上啥了？"她探手解开，女儿茶、何首乌、四叶参、紫草和黄精赫然入目，还有两张一元面额的钞票。

池灵芝喊了声"三姑"，泪眼双流。

# 十八

喜宴结束，送亲的人走了。

贺盛平陪着贺习氏送走帮忙的本家，天也快亮了。他正欲告辞，贺习氏提着一个红布包冲他晃了晃，支吾道："盛平，你看，这……"

红布包里装着喜账。贺盛平晓得婶子是不放心这钱，忙道："婶子，您老放心去睡吧，我再待一会儿，天亮了走。"贺习氏如何肯睡？她陪着贺盛平在堂屋里坐着，无精打采地说着闲话。天光放亮，贺盛平方才离开。

贺盛平回到家里，倒头便睡，直到被一阵敲门声惊醒，睁眼向窗外看去：天已晌午。

贺盛安和池灵芝来了。贺盛平拉开门，一阵扑鼻的香气袭来。他看到池灵芝手里拎着一只竹篮，便明白了，笑道："还不饿呢。"池灵芝道："不饿也得吃，要不晚上饭也吃不得劲。"

说话间，池灵芝将菜摆在桌子上：一碗炒鸡、一碗炸鱼、一碗炸肉、一碗豆腐。她又拎出一瓶酒，摆了两个酒盅，催促道："盛平哥，您兄弟俩痛快地喝一杯吧，盛安一年到头也没个闲空儿。"

贺盛安憨憨地笑着。贺盛平高兴地说道："喝！您俩来了，咋能不喝！"

吃罢饭，贺盛安道："盛平哥，昨儿收了一百多块，我和灵芝商量了商量，咱今天去把博济医院的账结了。"他掏出二十元钱递给贺盛平，"哥，这二十块钱你拿着，把山轿的账清了吧。"

自从知道喜礼收了一百多，贺盛平就断定贺盛安一定会尽快还账，但这么快，还是出乎预料。

贺盛平接了，拿了五元，将余钱递还贺盛安。贺盛安不接，贺盛平道："盛安，你认我这个哥，就把钱拿回去。喜礼收得再多，也是账，迟早是要还的。"听了这话，贺盛安迟疑着接了，望着池灵芝道："那就再还上你家的吧。"池灵芝点头道："还吧，那是爹给哥攒的。"

贺盛平欣慰地笑了，望着贺盛安和池灵芝恳切地说道："盛安，答应我一件事好吗？"贺盛安道："哥，啥事，您快说！"贺盛平道："没账了，就别让灵芝担山去了。"贺盛安忙不迭地点头道："我也是这个意思，还没和灵芝说呢。"他抓住池灵芝的手，"灵芝，快答应盛平哥！"

池灵芝点了点头，眼圈红了。

他们到了博济医院财务科，拿出钱来结账，却被告知此账已清。贺盛平、贺盛安和池灵芝大吃一惊，面面相觑。

贺盛平问贺盛安："盛安，当时打欠条了吗？"贺盛安道："打了。"

贺盛平问会计谁结的，会计说不认识，让去问主治医生。贺盛平又问还有欠条吗，会计说已交结账之人。

三个人找到主治医生，寒暄了几句，然后直奔主题。主治医生面露为难之色，说来人一再叮嘱，不让透露其身份。

三个人疑惑不解地离开了博济医院。

第二天晚上，贺盛平去了灵山庄告诉贺盛安，博济医院的账是周百锃的秘书区博结的。贺盛安颇为吃惊，一时不知如何措置。贺盛平说，至少咱俩应该登门拜谢啊！贺盛安欣然同意，两个人商定第二天一早去县衙拜见周县长。

贺盛平辞归，贺盛安送他。到了贞节坊，贺盛安收住脚步问道："盛平哥，是向正强帮你查的？"贺盛平低声道："……是。"

贺盛安道："盛平哥，我不是不相信你，而是怕你上了他的当，向正强绝对不是个好人！"贺盛平道："能说得具体一点吗？"贺盛安道："我不想说，心里腌臜！"贺盛平拍着贺盛安的肩膀道："兄弟，哥记心里啦！"

第二天一早，贺盛平和贺盛安来到县衙门前。贺盛安看到县衙大门东侧挂着国民政府的牌子，不觉哑然失笑，心道："怎么就是转不过弯来？总觉得县长的头上戴了个乌纱帽。"

贺盛安提出要拜见周县长，守门的士兵听说他是挑山帮会的贺会长，忙告知，周县长昨天去了济南，今天上午回来，下午上班。

贺盛平和贺盛安离开县衙，合计了一下，决定回家抬出山轿，在城里接点活，等着下午拜见周县长。

下午两点整，贺盛平和贺盛安来到县衙大门。贺盛安跟守门的士兵说了拜见周县长，士兵进去通报。片刻后，士兵回来告诉贺盛安，周县长正在开会，不能见面，说过几天抽时间登门拜访。

贺盛安谢过士兵，转身欲走，却见车秀轩和范杭搀着范明枢颤巍巍地走来。贺盛安忙迎上前去，看到范明枢怒容满面，心生怯意，闪在一旁。

范明枢没有看见贺盛安，到了大门前，高声道："麻烦通报一下，我要见周县长。"士兵认得范明枢，转身跑着去了。不一会儿，周百锽和区博急急忙忙赶来。

周百锽与范明枢寒暄了几句，同区博搀着范明枢进了县衙大院。

贺盛平盯着范明枢的背影，若有所思。贺盛安道："这就是范校长。"贺盛平问道："多大年纪了？"贺盛安道："听说今年七十一了。"

贺盛平心生赞佩。

贺盛安道："哥，范校长对帮会有恩，看着他这样来来回回的，我不忍心，咱俩把他老人家送回去吧。"贺盛平道："好。"

范明枢甫一走进周百锽的办公室，便气呼呼地说道："百锽，卢沟桥出事啦！你知道吗？"周百锽扶着范明枢坐下，悲愤地说道："知道。日本人到底还是出手啦！"

范明枢道："百锽，我们泰安怎么办？"周百锽道："等省政府的指令。"范明枢道："糊涂，国难当头，怎么还有等的想法？"周百锽一脸愕然，支吾道："范老……您……"范明枢慷慨激昂道："中华民族已到了危亡时刻，我们要唤起民众，进行抗战，悉力赴难！"

周百锽听了这话，心中悲愤交加，朗声道："范校长说得对，我们中国人要奋起，要抗争，绝不当亡国奴！范老您有何高见，请明示！"

范明枢急切地说道："泰安应立即成立'各界抗敌后援会'和'泰安民众总动员会'，动员一切可以动员的力量，团结一切可以团结的人，誓死抗日。我们可在篦子店村成立社会教育实验区，组织一个抗日救国团，探索一种切实可行的全民抗日模式。"周百锽拊掌赞道："好，就依范老所言，泰安县国民政府大力支持！"

周百锽和区博搀扶着范明枢出了县衙大门，看到贺盛安站在一旁正望着他，忙高声道："贺会长，还没回啊？快快有请！"贺盛安憨憨地笑了，说："不了，我在等范校长。"

范明枢看着贺盛安，吃力地问道："贺会长，等我吗？"贺盛安快步走到范明枢近前道："范校长，俺把您送回去吧！"范明枢点头道："也好，我正想去学校，我雇你。"

周百锽插话道："贺会长，找百锽何事？"贺盛安望着区博道："听说区秘书把博济医院的账结了，我们前来致谢……这钱俺能还上……"

贺盛平拱手作揖道："多谢周县长、区秘书大力相助。"周百锽看着英姿勃发的贺盛平，笑道："不要客气，你是个救人的英雄，贺会长和灵芝姑娘仗义相助，多么感人啊！帮助你们，是应该的。"

贺盛安局促不安起来。周百锽心里一团乱麻，不愿多说，便催他与贺盛平抬着范明枢去学校。

范明枢刚坐上山轿，一阵"打倒日本帝国主义"的怒吼声传来。

周百锽料定是学生上街了，送别范明枢，便让区博通知警察局石局长，马上带人上街维持秩序。

贺盛安和贺盛平抬着范明枢刚到恩褒坊，学生游行的队伍便潮水一般涌进岳晏门。他们赶忙转身，从二衙街向北去了。

石擎柱下令警察全部出动，随后只身去了萃英中学。到了萃英中学，他瞅见老同学程金泉急匆匆走出大门，向北一拐，站在了宣传栏前。

石擎柱心头火起，快步走到程金泉身后，猛地拍了一下他的肩膀。程金泉霍地转身，一脸诧异地望着石擎柱："老同学，干啥？"石擎柱道："干啥？我正想问你呢，学生上街是你发动的？"

程金泉一脸不悦："擎柱，别这么神经好不好！"石擎柱道："金泉，你看看这些孩子，才十五六岁，知道个啥啊？忽悠他们上街，于心何忍啊！"

程金泉无奈地说道："擎柱，天大的冤枉。我是受人之托来学校给马老师送钱的。"石擎柱半信半疑："金泉，我看你越来越像共产党了。"程金泉笑道："国共合作世人皆知，小日本开枪了，即便我是共产党，恐怕你这个警察局局长也不好下手了。"他抬手冲宣传栏一指，"擎柱，你看看，人家共产党说的还真不错！"

石擎柱呵呵一笑："大话谁不会说？关键是脚踏实地、埋头苦干，打日本，共产党有啥？金泉，这个你也信！"程金泉哭笑不得："老同学教育得是，中午我请客，赔罪！"石擎柱摇头道："你回吧，国难当头，这酒如何喝得下！我也不留你了。"程金泉告辞而去。

傍晚时分，贺盛安与贺盛平将范明枢送进家门。范明枢喊着车秀轩来付轿钱，贺盛安连声说着"不要不要"，转身便走。范明枢道："多好的小伙子啊，不要钱就得吃了饭再走。"贺盛安忙道："家中有事，不必劳烦。"

范明枢急忙从衣兜里掏出一沓子纸来，费力地捻了十余张，塞到贺盛平手中，慨叹道："吾已老朽，未来属于你们年轻人啊！盛平、盛安，国难当头，多出点力吧！"

贺盛平激动地说道："放心，范校长，我们一定听话！"

贺盛安憨憨地笑着，不知道说什么好。

贺盛平和贺盛安告辞而去，范明枢在车秀轩的搀扶下，将其送至门外，看着他俩抬着山轿去了，方才转身回家。

贺盛平回到住处，看到一个警察守在房门前，正自诧异，那警察挺直身躯，恭谨地问道："您是贺先生吗？"贺盛平道："我是贺盛平，您是哪位？"

警察道："贺先生，向局长请您去心中乐赴宴。"贺盛平迟疑了一瞬，跟着他去了。

到了心中乐大酒店，贺盛平推开房门，发现里面坐满了人。向正强和祝亭亭站起身来，余者冷眼瞅了贺盛平一眼，视若无睹。

向正强欢声道："这就是我的好兄弟贺盛平！也是你们的好兄弟！"那些人霍地起身，将贺盛平围拢起来，亲切地笑着。贺盛平揭起自己的汗衫忽闪了一下，自嘲道："不好意思啊，各位老总，贺盛平乃一介挑夫，不敢当！不敢当啊！"

祝亭亭咯咯咯笑起来。向正强把他们逐一介绍给贺盛平，均是向正强的属下：许成鹏、江舜、石敬昊、甄鑫、郑伟东。介绍完毕，众人落座，宴席开始，大家纷纷祝贺向正强今日荣升警察局副局长。

向正强一脸庄肃，说："各位兄弟，今日这话就别提了，要不是怕拂了弟兄们的好意，这酒真是万万喝不得。我知道这一天早晚要来，但……枪声响起……心里还真是难受！中国人的生命力坚韧、顽强，亿万中国人，从生下来直到咽气、闭眼的那一刻，所有的目的便是活着。我是个粗人，一直不认为清朝是咱汉人的；要不，中山先生登高一呼'驱除鞑虏，恢复中华'，应者云集吗？辫子是满人给咱盘上的，留头不留发，留发不留头。可我就是不明白一点，清朝灭亡了，剪掉辫子是顺理成章之事，为何有人死活不肯。更可笑的是，某些人还准备一条假辫子，有个风吹草动就接上。唉！弟兄们，知道我说这些是什么意思吗？"

郑伟东道："局长哥啊，大家的心思是一样的，亡国奴不是那么好当的。"向正强凄惨一笑："兄弟，你想简单了，亡国奴不是你想当就能当的。"

说完这话，向正强掏出一枚制钱，皱着眉头搁在桌子上，呵呵一笑："我们这些人，没得选择，要么正面，要么反面。"他看着祝亭亭，"把那东西每人发一张。"

祝亭亭起身从向正强的公文包里拿出一沓宣传单，每人发了一张。

贺盛平瞅了一眼，想起衣兜里的东西，掏出来一看，一模一样：《中国共产党中央委员会为日军进攻卢沟桥通电》。

向正强正色道："同样的事，你看共产党反应多快啊，说得多好啊！不知道南京政府现在忙啥呢！"

回到住处，贺盛平掌上灯，立即掏出那东西看起来。

## 中国共产党中央委员会为日军进攻卢沟桥通电

全国各报馆，各团体，各军队，中国国民党，国民政府，军事委员会，暨全国同胞们！

本月七日夜十时，日本在卢沟桥，向中国驻军冯治安部队进攻，要求冯部退至长辛店，因冯部不允，发生冲突，现双方尚在对战中。

不管日寇在卢沟桥这一挑战行动的结局，即将扩大成为大规模的侵略战争，或者造成外交压迫的条件，以期导入于将来的侵略战争，平津与华北被日寇武装侵略的危险，是极端严重了。这一危险形势告诉我们：过去日本帝国主义对华"新认识""新政策"的空谈，不过是准备对于中国新进攻的烟幕。中国共产党早已向全国同胞指明了这一点，现在烟幕揭开了。日本帝国主义武力侵占平津与华北的危险，已经放在每一个中国人的面前。

全中国的同胞们！平津危急！华北危急！中华民族危急！只有全民族实行抗战，才是我们的出路！我们要求立刻给进攻的日军以坚决的反攻，并立刻准备应付新的大事变。全国上下应该立刻放弃任何与日寇和平苟安的希望与估计。

全中国同胞们！我们应该赞扬与拥护冯治安部的英勇抗战！我们应该赞扬与拥护华北当局与国土共存亡的宣言！我们要求宋哲元将军立刻动员全部二十九军，开赴前线应战！我们要求南京中央政府立刻切实援助二十九军，并立即开放全国民众爱国运动，发扬抗战的民气，立即动员全国海陆空军，准备应战，立即肃清潜藏在中国境内的汉奸卖国贼分子及一切日寇侦探，巩固后方。我们要求全国人民，用全力援助神圣的抗日自卫战争！我们的口号是：

武装保卫平津，保卫华北！

不让日本帝国主义占领中国寸土！

为保卫国土流最后一滴血！

全中国同胞，政府，与军队，团结起来，筑成民族统一战线的坚固长城，抵抗日寇的侵掠！

国共两党亲密合作抵抗日寇的新进攻！

驱逐日寇出中国！

中国共产党中央委员会

一九三七年七月八日

贺盛平读罢，闭上眼睛，绞尽脑汁，希望从中找出些许熟悉的东西，然而又是一场空。

第二天，贺盛平荷了扁担出门担山，在财源街买了一瓶糨糊，将十余张《中国共产党中央委员会为日军进攻卢沟桥通电》分别张贴在了沿途要冲显眼处，心中悲愤不已。

# 十九

秘书长张绍堂一脚迈进韩复榘的办公室，便听到韩复榘嗟叹道："假作真时真亦假，真作假时假亦真啊！"

张绍堂蓦地收住脚步，进退两难。

韩复榘看见了他，招手道："绍堂，来来来。"张绍堂走到韩复榘办公桌前。韩复榘将一张信笺向他面前一推。张绍堂双手捧起，瞪大眼睛，只见上面写有七律一首："含情不忍诉琵琶，几度垂头掠鬓鸦。多谢山东韩主席，肯持重金赏残花。"诗后附有小注："彩云老矣，谁复见怜！昨蒙韩主席赏洋百元，不胜铭感。仅呈七律一章，用申谢忱。"落款："赛金花"。

张绍堂看罢，竖起大拇指赞道："韩主席，当时这事一见报，举国上下无不称颂啊！"韩复榘道："刚才我从书架上找东西，发现了这封信。那时资助赛金花，是因为时常听闻她的义举。前些时日，听说有人对此提出质疑。我乍一看到它，不由得想起《红楼梦》里的那句话：'假作真时真亦假，真作假时假亦真。'众说纷纭《红楼梦》，其实里边最关键处，就是这句话。那些书呆子，钻进去，出不来，症结就是没有理解这句话。"

张绍堂道："主席讲得精辟，那些酸醋也就这么一回事吧。"韩复榘听闻此言，眯着眼睛看向张绍堂。张绍堂心里一惊，忙道："共产党代表张经武来济南了，想要拜见主席。"韩复榘呵呵一笑："回绝了吧，有事让他们去南京。"

张绍堂道："主席，张经武带来了毛泽东的亲笔信。"韩复榘沉吟道："哲元兄也收到过他的一封信，对其大加赞赏。那就见一面吧。"张绍堂道："什么时间让他来？"韩复榘道："你看着安排吧。"

第二天下午，张经武应约而至，与韩复榘寒暄了几句，从公文包里取出一封信递给韩复榘："韩主席，这是我们毛主席写给韩主席的亲笔信。"

韩复榘接了，一面拆信，一面问道："贵党有何意旨？"张经武道："国难当头，日军压境，山东局势日趋紧张，希望贵军与我党领导的山东抗日武装携手合作，共同抵抗日寇。"

韩复榘看完信，搁在几案上，正色道："守土抗战乃军人之天职，国共两党联合抗日，已见诸公报，国人皆知，我韩复榘坚决拥护！"张经武道："韩主席这话大快人心啊！事变之后，韩主席立即限令日本驻济领事馆人员及日本侨民三天内撤离济南，且不许带走任何财物。18日，日本驻济武官石野来省政府同韩主席谈判至深夜一点，软磨硬泡，请求韩主席保持中立，韩主席严词拒绝了。韩主席的决断令人赞佩啊！"

韩复榘不冷不热地说道："这是一个大是大非的问题，没有什么好说的。两国既已开战，一切身不由己啊！"张经武道："韩主席同意联合抗日，我们非常欣慰。贵军目前关押着一批'政治犯'，是我党的抗日骨干，希望韩主席早日释放，让他们投身到抗日洪流中，为中华民族的解放事业贡献力量。"

韩复榘连连摇头，迭声道："不好办！不好办！南京政府曾多次派人来济干预我断的案子。贵党要求释放政治犯，韩某人甚是为难啊！"

张经武道："蒋委员长17日公开声明，'战端一开，那就是地无分南北，年无分老幼，无论何人，皆有守土抗战之责，皆应抱定牺牲一切之决心'。态度还不够明确吗？"韩复榘冷冷地说道："既然如此，那就去南京替我韩复榘讨一张手谕吧。"

张经武委婉地说道："韩主席，去年在西安，两党达成若干协议，其中一条，就是释放一切'政治犯'。"韩复榘呵呵一笑："张先生，张学良至今还被扣在南京，贵党不是不想解救吧？请体谅韩某人的难处，我没见到委员长的手谕，万万不敢贸然放人。"

事已至此，张经武也不好再说什么，决定见好就收，遂道："韩主席同意联合抗日，我们非常欢迎，其他诸事，请韩主席从大局出发，尽快做出正确的选择！"韩复榘敷衍道："一定！一定！"

张经武告辞，韩复榘留客，张经武婉拒。韩复榘和张绍堂将其送至楼下，握手作别。

韩复榘正欲转身上楼，珍珠泉那边传来一阵孩子们的欢笑声。他听了心里欢悦，缓步走向珍珠泉。张绍堂亦步亦趋，依随其后。

孩子们发现韩复榘来了，都悄无声息地跑了。韩复榘望着孩子们的身影，蓦地想起堂哥韩复达的女儿韩豁——她与平津的流亡学生一起参加了共产党，听说还是骨干……

韩复榘心里五味杂陈。

他凭栏观望，看到百余条大鱼在涌泉中飞来蹿去，甚是惬意，情不自禁地慨叹道："来生就做条鱼吧，该有多好啊！"说完这话，心中怅然若失。

士兵端来一盘小馒头，张绍堂接了，恭谨地递到韩复榘面前。韩复榘探手抓了一把，扬手抛入池中，便见浪花四溅，哗啦哗啦声接连响起，数条大鱼跃出水面争抢，撞在一起，随即又坠入水中。

韩复榘感慨系之："绍堂啊，如果池中只有两条鱼，每条鱼都想独占池子，如何？"张绍堂道："把对方灭了。"

韩复榘道："这时来了一条恶鱼，抢这池子，怎么办？"张绍堂道："两条鱼合伙把它灭了。"韩复榘绷紧脸，瞅着张绍堂道："绍堂啊，这就是国共合作啊！然后呢？"

张绍堂支吾道："国家大事……绍堂不敢多嘴，一切唯主席马首是瞻。"韩复榘道："两条鱼一定还有一争，攸关生死，不是你死就是我亡。委员长不糊涂，攘外必先安内，不过是把这场生死决战提前了。"

说完这话，韩复榘转身去了。

张经武住在涌泉旅店，密切关注着时局变化。

7月29日、30日，日军侵占北平、天津，局势急剧恶化。31日，南京国民政府释放了沈钧儒、邹韬奋、李公朴、章乃器、王造时、史良和沙千里。

中共山东省委送来情报：7月28日、29日，韩复榘两次致电蒋介石，请求下令各路国民党军，沿津浦线同时攻击南下日寇。蒋介石回电称，其自有主张，自有办法云云。韩复榘大为恼火。

张经武喜不自胜，心道："天时地利人和，你韩复榘也不是个笨人，此时不与共产党合作，更待何时？"

第二天，张经武去了省政府，韩复榘在西花厅接见他。

甫一落座，张经武便掏出一份名单递给韩复榘，开门见山道："韩主席，这是关押在监狱里的'政治犯'名单，请予释放。"韩复榘瞅了一眼，搁在几案上，朗声道："张先生，这事我已经明确答复贵党，若无委员长手谕，请务必再宽限些时日！"

张经武正色道："韩主席，此事万万不可拖延，兵临城下，时间金贵啊！这些人回归乡里，立即就能发动民众，准备抗日。谁受益？山东人民受益！难道山东不在韩主席治下？"韩复榘皱眉蹙额道："张先生走后，我也在想办法，怎奈左右为难啊！"

张经武道："韩主席，我们也体谅您的难处，通过'铺保'可以吗？"韩复榘面露为难之色，沉吟道："唉……为了山东的抗日大局，也只能这样了。"他探手抓起名单，一眼看见"崔子明"三个字，心里一惊，高声道："张先生，你们到处宣扬我韩复榘大肆杀戮共产党人，我也懒得辩解。让军法处查证一下，名单上的人，只要承认是共产党的便放；不承认的，贵党就不要操心了。这个崔子明，是我亲自提审的，他死活不承认自己是共产党。"

张经武心里惊恐，接着又镇定下来，不卑不亢道："韩主席，联合抗日，我们要言出必行。只有彼此真诚，才能勠力抗倭。中华民族到了最危险的时刻，此诚存亡之秋也。每个中国人都应以民族利益为重，不能计较个人得失。不知主席意下如何？"

韩复榘无奈地点了点头。

在山东省第一监狱，崔子明和程照轩在狱警的呵斥下，来到狱警办公室。涌泉旅店的老板谢瑞阴着脸坐在里面。

狱警指着崔子明和程照轩道："你看看是他俩吗？"谢瑞不耐烦地说道："还能差了？"狱警道："那就办手续吧。"谢瑞掏出两份保单递给狱警，狱警将保单摊在桌子上，把印台往外一推，高声道："签字画押。"

崔子明和程照轩对望了一眼，随即会意，向前挪了几步，探头观看。刚瞅了一眼，谢瑞已摁上手印，将近前的那份收了起来。狱警一面收保单，一面冲崔子明和程照轩道："没待够？还不快走！"

谢瑞也气呼呼地说道："两位冤家，还不快跟我走！"说完这话，他瞪了崔子明和程照轩一眼，转身去了。

谢瑞领着崔子明和程照轩来到监狱大门口，向狱警出示了保单，狱警放行。

三个人出了监狱，谢瑞将保单往程照轩手里一递，恶声恶气地说道："两位好好看看！"

程照轩接了保单，与崔子明凑在一起仔细观看。

### 铺保证明

今保程照轩，年二十九岁，泰安县徂徕镇山阳庄人；崔子明，年三十四岁，泰安县夏张镇夏张庄人。二人自出狱之日起，若有反抗政府、煽动民众闹事及其他违法乱纪情由，承保负完全责任，此据。

立铺保：涌泉旅店　担保人：谢瑞

民国二十六年八月四日

保单上盖了涌泉旅店的印章。

崔子明和程照轩一脸惊喜，异口同声道："咱是老乡！"

崔子明道："你是……"

程照轩道："你是……"

谢瑞气呼呼地抓了保单，吼道："都是共产党！"他转身走了几步，又回身拱手作揖，高声道："两位小老弟，今后一定要奉公守法，做个良民，可别让俺把这点家当搭进去啊！"

崔子明恍然大悟，一面拱手作揖，一面朗声道："多谢老哥啦！"程照轩亦拱手作揖道："多谢啦！"

崔子明和程照轩相视而笑，四只大手紧紧地握在一起。崔子明道："我1903年的。"程照轩道："我1908年的。你是哥，我是弟！"

崔子明哈哈大笑："你我是患难兄弟！我在一监室。"程照轩道："我在十二监室。"崔子明道："怪不得我们不认识呢！兄弟，走，咱们回家！"

程照轩道："我想去找省委，请求分配工作。"崔子明的眼圈红了，低声道："兄弟，我得先回家看看俺娘，弟弟来看我时说，俺娘偷偷来过几次济南，都没见到我。"

程照轩道："子明同志，你快快回家看娘去吧。找到组织后，我去告诉你。"崔子明大喜："好兄弟，拜托啦!"

两个人分手，各奔东西。

谢瑞回到涌泉旅店，径直去了108房间，一位着中山装的年轻人起身相迎。

谢瑞掏出保单递与那人："办好了，人也领出来了。"那人掏出一百元钱递给谢瑞："这是一百块钱，请收下，谢谢谢老板。"

谢瑞接了，心花怒放，忙不迭地问道："还能效劳吗?"那人摇头道："不能了，你这铺子，只能担保俩人。"

崔子明跑到家门前，收住脚步，抬头瞅着自家庭院：离开三年零八个月了，这个家愈加破旧不堪……

他浑身战栗，高声喊着"娘! 娘! 娘!"冲进家去。

到了天井中央，看见母亲摇摇晃晃地走出堂屋，崔子明扑通跪地，哽咽道："娘，儿回来啦……"

# 二十

　　这日，范明枢早晨起来便叮嘱车秀轩："秀轩啊，晚上多做几个菜，宝琪要来。"车秀轩笑道："爹，您昨晚就安排了。"范明枢笑容满面："是了，说过的，说过的。"

　　吃罢早饭，范明枢拿起《要求入党报告书》看了三遍，默诵了一遍，心里才满意了。他喊过范杭，将报告书递给他，叮嘱道："我背一遍，你认真看好，一个字也不能错，晚上你哥哥来，爷爷让他指教指教。"

　　范杭吃惊地瞪大眼睛："爷爷，我表哥指教您？"范明枢笑了，说："有何不可？你宝琪哥现在是中共泰安县委书记，爷爷要求加入共产党，向他请教不对吗？"范杭道："爷爷，我也要加入共产党！"

　　范明枢点头道："好孩子，有志气，那就先参加革命吧！"范杭正要问爷爷如何参加革命，范明枢认认真真地背起《要求入党报告书》来：

## 要求入党报告书

　　余个性素懦弱，以受家训，有自知之明而力矫之，故对于认识上所不可者，决不游移，又富于同情心，加以前几年的党派互相倾陷，而心非之。及得到共产党的读物，内注重自我批评与反省，与素心相符，故要求入党，虽未得允许，然未遭拒绝。及读毛主席的一切理论，而倾向愈切。虽自愧老迈，不能有所贡献，故终愿达到此目的。自卢沟桥事变起，耳闻目睹了国共两党之言行，深感共产党是真抗日。共产党是为穷人谋利益，为国家、民族谋利益的，要抗日必须依靠共产党，要救国必须依靠共产党。故乞求入党之心更坚，请审察我之素行，如有入党资格，我愿贡献一切，成为一名中国共产党员。

范明枢亲笔

一九三七年八月二十五日

范明枢背罢，瞪大眼睛，急切地盯着范杭。范杭绷紧脸道："爷爷，真可惜，错了俩字。"范明枢忙问："哪俩字？"范杭道："骗你的，一个字也没错，一万个正确！"

说完这话，祖孙二人忘情地笑起来。

下午，范明枢一进家门就高声喊道："宝琪来了吗？"车秀轩迎出堂屋："爹，还没呢。宝琪托人捎信来，说县里要开个紧急会议，来不早，让咱别等他，先吃饭。"

范明枢欣慰地笑了，说："好孩子。秀轩，咱等他来了再吃。"车秀轩道："知道了，爹。"

晚上八点半，鲁宝琪急匆匆赶来。车秀轩张罗着开饭，范明枢迟疑了一下，点头道："好，先吃饭。"

吃罢饭，车秀轩赶忙起身，从八仙桌上摸起那份《要求入党报告书》递给鲁宝琪："这是你姥爷写的。"范明枢看着鲁宝琪，欲言又止。

鲁宝琪认真地看了，称颂道："姥爷，写得非常好，一颗赤诚之心跃然纸上！"范明枢高兴地笑了，虔诚地问道："宝琪，你现在是县委书记，公事公办，以最严格的标准审查我，看我范明枢的条件够不够加入中国共产党。"

鲁宝琪为难地说道："姥爷，您的事，我听说过，您要是不够入党条件，谁够？但您是社会开明人士，身份特殊。莫说在泰安，就是在全省，也是声望颇高啊！"范明枢脸色骤变："宝琪，听你这意思，还是不行啊？"

鲁宝琪道："姥爷，您这事泰安县委做不了主，只能报到省委，恐怕省委也……也难啊！上次没有批准，是因为省委觉得您还是留在党外，对党的贡献更大一些。就目前局势来看，我认为姥爷还是不宜加入共产党。"

范明枢明白了，认认真真地说道："宝琪，你的意思我晓得，《要求入党报告书》我交给泰安县委了，请泰安县委向上汇报。我范明枢要求入党的决心从未改变，今后也不会改变！"鲁宝琪见姥爷如此开通，颇为欣喜，忙道："姥爷能这样想，我十分高兴，我代表中共泰安县委，谢谢您！"

车秀轩看到范明枢情绪平和，心中一块石头落了地，暗道："泰安人都说俺公爹是个疯子，你们懂个啥？"

范明枢的面色陡然严峻起来。鲁宝琪关切地凝望着姥爷，正欲开口探问，范明枢不安地问道："韩三席是真抗战还是假抗战？"

鲁宝琪道："真抗战。不抗战，他何以立足？"范明枢道："这样就好，这样就好啊！"

鲁宝琪道："姥爷，贺盛安这个人您熟吗？"范明枢道："算熟吧。"鲁宝琪道："都说这个人不错，就是思想不积极，动员他入党他不同意。我们想在挑山帮会建个党支部，他直接拒绝了。"

范明枢皱眉道："贺盛安是个好小伙，人各有志，不同意就算了。那个贺盛平你听说了吗？"鲁宝琪道："我们已认真考虑了他的情况，争取早日让他接受共产党。"

范明枢道："一定尽力争取，他可是一个不可多得的人才啊！"鲁宝琪点头道："姥爷说得对，我们也都这么认为。"

一天晚上，贺盛平来到灵山庄，告诉贺盛安，第一武训学校想雇他俩抬山轿，每天一元，包月三十。他问贺盛安去不去。

贺盛安一脸欣喜："价钱这么高啊！怎么不去？"贺盛平道："盛安，据我所知，可能主要为中共泰安县委服务……现在国共合作，共产党可以合法活动了。"

贺盛安收敛笑容，低下头想了一会儿，又抬头看着贺盛平道："盛平哥，你想去，对吧？"贺盛平点头道："对，我想去，不过你别勉强。"贺盛安憨憨地笑了，说："你去，我咋能不去？我不愿意加入共产党，他们还绑了我不成！"贺盛平深情地说道："放心，盛安，有哥在，没人敢逼你！"

两天后，贺盛平同贺盛安抬着山轿去了第一武训学校，认识了鲁宝琪，一个年仅二十四岁的县委书记，其公开身份是武训学校的教师。有人告诉他们，这个人是范校长的外甥。山轿主要是鲁宝琪坐。三天过去了，鲁宝琪从未开口动员贺盛安加入共产党，这让他松了一口气。

这天晚上，贺盛平和贺盛安将鲁宝琪送至家门前。鲁宝琪下了山轿，正欲开口说话，一棵大树后忽然闪出两个人，快步逼近他。贺盛平下意识地向前迈了一步，挡在鲁宝琪面前。

鲁宝琪温和地说道："盛平，自己人。"贺盛平随即闪开。

鲁宝琪与那俩人躲到一边，说了几句话，他们便匆匆去了。

鲁宝琪来到贺盛平和贺盛安近前，问道："盛平、盛安，明天两位能否辛苦一下，送我姥爷去东良庄，路远了点。"贺盛安爽快地说道："鲁老师，没问题，抬范校长，我们高兴啊！"

鲁宝琪道："那就辛苦二位了，多谢多谢！"贺盛平和贺盛安齐声道："应该的。"

第二天一早，他俩抬着范明枢去了东良庄。

路上，范明枢问道："盛平、盛安，你们知道东良庄吗？"贺盛安道："不知道。"

范明枢道："东良庄有个人叫张殿忠，是我留学日本时的同学，当时我俩同时参加了中山先生组织的同盟会。殿忠回国后，对官场腐败深恶痛绝，拒绝入仕。他回到家乡，倡导放足、剪发，创办了东良庄初级小学，亲自任教，悉心教育学生。我这次去东良庄，是希望殿忠和我一起发动群众，团结起来抗击日寇。东良庄发动起来，徂徕山这一片就没问题了。"

贺盛平看那范明枢，一头白发，说到高兴处，还情不自禁地举起拳头挥挥，心里十分感动，一个念头倏地冒出来：我若是国民党，如何措置？他旋即又哑然失笑，心道："有此想法，真乃可笑，国民党不也在抗日吗？7 月 28 日，日军进攻北平南苑，29 军副军长佟麟阁、132 师师长赵登禹先后殉国；淞沪会战不也正打着吗？每天都有壮士殉国啊！这些都是从学校宣传栏上看到的，应是真的。"

东良庄小学教师赵润川，瞅见一顶山轿进了校门，忙快步迎上去。到了近前，山轿里下来一位精神矍铄的老人。他正要热情问候，老人道："我姓范，名炳辰，由泰城而来。"赵润川大吃一惊——范炳辰，大名鼎鼎：在济南领导学生围堵省政府，被捕入狱；后经冯玉祥将军营救出狱，被聘为老师。

赵润川捧住范明枢的右手，激动地说道："范老，我是这儿的小学老师赵润川，见到您真是太高兴啦！"范明枢看到赵润川年富力强、精神焕发，满意地点了点头。

赵润川挽着范明枢，招呼着贺盛平和贺盛安去了备课室。

来到备课室，赵润川忙着冲茶，范明枢道："我来贵村，是联络有志之士，组织'抗敌后援会'，日寇打来时，好支援抗日军队。"赵润川喜出望外："范校长，您来得太及时啦，我们最近也常常探讨如何对付小日本。"

范明枢欢喜道："真是太好啦！是啊，殿忠在的地方，能差了吗？"赵润川一愣，问道："您是说张殿忠老师吗？"范明枢道："是啊！"赵润川道："我就是张老师的学生，这所学校就是张老师建的，我们村能有今天，多亏了张老师啊！"

赵润川端上茶，范明枢怒气冲冲道："日寇业已侵占华北大部，现对齐鲁大地虎视眈眈。南京政府望风而溃，咱们就等着当亡国奴吗？"赵润川高声道："蒋介石不打鬼子，我们打，绝不当亡国奴！范校长，我们村已准备好了大刀、土枪和红缨枪，只要鬼子敢来，我们就敢打！我们保家卫国不怕死！我们村一百多位小伙子都发了誓，绝不允许鬼子踏进东良庄半步！"

范明枢颇为欣喜，忙道："快快把他们请来谈一谈吧！"赵润川道："太好啦！我这就让学生去叫他们。"说完这话，赵润川转身出了备课室。

范明枢看着贺盛平和贺盛安，问道："盛平、盛安，你们俩加入'抗敌后援会'了吗？"贺盛安低下头去，贺盛平抓住贺盛安的手，说："没有，我正准备加入。"

范明枢一脸不悦："这有什么好准备的？"他盯着贺盛安，"盛安，你呢？"贺盛安道："范校长，俺回去考虑考虑再说……"

范明枢语重心长地说道："盛安啊，不但你要加入'抗敌后援会'，就是整个挑山帮会，也要全部加入。不如此，怎对得起'挑泰山'那块堂匾啊？"贺盛安讷讷道："是……俺知道……"

赵润川回来了，范明枢掏出一张表格递给他："润川，这是泰安的'抗敌后援会'登记表，你比着画一个东良庄的，过一会儿，有愿意参加的，接着登记，立即行动起来，越快越好！"赵润川接过表格，坐在办公桌前埋头干起来。

一个小男孩跑进来，怯怯地说道："赵老师，来了，我领来六个。"赵润川头也不抬地说道："告诉他们，安安静静地等着，别吵着范校长。""噢！"小男孩欢快地答应着，看到范明枢冲其招手，做了个鬼脸，转身跑了。

赵润川将登记册制作完毕，看到校园里站满了人，足有一百多。孙仲三、李任卿、褚冠三等热血青年都到了。

赵润川引领着范明枢同大家见了面。一阵热烈的掌声过后，范明枢的笑脸骤然消失，一脸庄肃，鼓足气力道："各位青年后生，日本鬼子侵略中国，目前已占领了北平、天津，日寇的铁蹄即将践踏齐鲁大地，这是明摆着的事啊！我就想问一问，你们愿不愿意做亡国奴啊？"

众人齐声高吼："不愿意！小日本滚出中国去！"范明枢高声道："不愿意就对啦！日本鬼子在占领区杀人放火，奸淫掳掠，滔天罪行，罄竹难书！日本鬼子还把孕妇的肚子剖开，用刺刀挑着孩子……谁见过这么坏的？"

众人怒火中烧，义愤填膺。

范明枢哀声道："亡了国，家没了，钱财没了。这且不说，你们的父母兄弟、妻子儿女，从此如何过活？我不说，大家也能想得到。怎么办？靠自己！我此次前来贵村，就是联络爱国人士，组织成立'抗敌后援会'，支援军队抗日，抵抗日本侵略军。志愿参加者，现在便可报名。随后召开成立大会，制定章程，分配任务。"他振臂高呼，"团结起来，誓死抗日，不当亡国奴！"

众人振臂怒吼："团结起来，誓死抗日，不当亡国奴！"

赵润川道："自愿参加，不强求。愿意参加的，跟我去登记。"

说完这话，赵润川转身去了备课室，众人大都跟着去了。备课室里挤满了人，进不去的，拥在门前，翘首以待。

看到眼前这一幕，范明枢欣慰地笑了，转身望着贺盛安道："我相信中国不会亡，老百姓都愿意抗日！"贺盛安的脸抽搐了一下，憨憨地笑了。

一阵酸楚涌上贺盛平的心头。他清楚，此刻，这张笑脸下藏着多少苦和累啊！他的耳畔响起扇子崖上贺盛安的那番话语。

众人辞别范明枢，恋恋不舍地去了。

　　赵润川见时近日午，便让校友张朝震备饭。范明枢慌忙劝阻道："润川，我带了饭，仅借个锅灶便可。"赵润川愕然，不解地望着范明枢。范明枢道："我自己带来了挂面，煮了吃饱就好。不论到哪里，我都不能浪费地方上一文钱。润川，一定不要让我为难！"

　　赵润川答应了，踌躇之际，看到贺盛安从山轿上取来两封挂面，没有任何菜蔬，心中不忍，忙暗地里让张朝震出去买了几个鸡蛋，偷偷煮在挂面里。

　　三碗挂面端上桌来，范明枢的碗里卧了仨鸡蛋，贺盛平和贺盛安的碗里各一个。范明枢看了，说了声"谢谢"，拿起筷子夹了鸡蛋，往贺盛平和贺盛安碗中各放了一个，和蔼地说道："我老了，吃不了这么多，你们还年轻，吃了比我有用啊！"

　　听了这话，贺盛安羞愧难当。

　　饭还没吃完，张殿忠到了，人未进屋，便大声喊道："炳辰，炳辰，你在哪儿？啥意思？来东良庄不去我家！"范明枢撂下饭碗刚站起来，张殿忠便冲进屋内。两个人各自愣了一瞬，四只手紧紧地攥在一起。

　　赵润川闻声赶来，才知道两位老人是同学。

　　张殿忠瞅了一眼饭桌，满脸不快。范明枢忙道："润川要去买酒和菜，我拦住了。地方上的钱，我一文也不能用，润川背着我往锅里放了几个鸡蛋，到现在我心里还不安宁。"

　　张殿忠埋怨道："干吗不去我那儿？"范明枢道："这就去。计划好的，下午去。见不到你，我走了也不放心啊！东良庄的'抗敌后援会'搞得好不好，下一步就看老同学你了。"

　　张殿忠笑了。

　　这日，在第一武训学校吃过晚饭，贺盛平和贺盛安抬着鲁宝琪去了城东风伯雨师庙。到了庙门前，鲁宝琪下了山轿，便有人迎上来。鲁宝琪让贺盛平和贺盛安随他一同进了庙。

　　庙门关闭，众人去了东南角一处低矮的房舍。房间不大，正中摆了一张条桌，条桌四周坐了五个人。看到鲁宝琪进来，他们恭谨地站起，迎上前握手寒暄。

鲁宝琪招呼大家落座，贺盛平大大方方地坐下，贺盛安站在门口犹豫不定，鲁宝琪忙招呼他坐在自己身边。

贺盛安坐下，方才发觉对面墙上挂了一面红色的长方形旗子，旗子的左上角绣了一把锤头和一把镰刀，虽然不知道那是啥，却油然而生一种敬意。他一低头，发现坐在桌子东南角那人好生面熟，一时之间却想不起他是谁。

鲁宝琪宣布开会，请县委组织部部长林启辰宣布纳新党员名单。当林启辰读出"朱相坤"三个字时，那人站了起来……

贺盛安想起来了，就是他。直到那五个人站在旗子下，贺盛安才回过神来。

林启辰站在西边，带领五个人举起右手共同宣誓："我志愿加入中国共产党，坚持执行党的纪律，不怕困难，不怕牺牲，为共产主义事业奋斗到底。"

贺盛平和贺盛安把鲁宝琪送回家。回来的路上，贺盛安问道："盛平哥，'牺牲'是什么意思？"贺盛平道："舍弃……献出钱、财、物……甚至生命。"

贺盛安听了这话豁然醒悟，瞬间做了决定，心里畅快通透，一身轻松。然而，转瞬间，他心里陡然不安起来。

到了贺盛平的住处，放下山轿，贺盛安正欲回家，贺盛平道："盛安，你心里有事，坐一会儿再走吧。"贺盛安道："盛平哥，我的确有话想给你说。"

进屋坐下，贺盛平道："你是不是不想干了？"贺盛安道："如果你需要，我就继续干。"贺盛平道："今天，有幸参加了共产党员的入党仪式，我还是没能找回自己。既然你不愿意干，就辞了吧。"贺盛安点头道："好，明天我们就提出来。"

贺盛平道："这些日子委屈你了，我知道你是因为我才接了这个活计。"贺盛安点了点头，问道："你认识坐在桌子东南角的那个朱相坤吗？"贺盛平道："不认识，今天是第一次见面。"

贺盛安道："这个人是个挑夫，前年抬山轿时，偷了客人的钱包，被人家抓了个现行，扭送到警察局，是牛会长出面保的他，条件是退出挑山帮会。这个人喊着'不怕困难，不怕牺牲'加入共产党，我才不信呢！"贺盛平道："很正常，再好的组织，也会有坏人混进去。共产党的纪律性这么强，不也有叛徒吗？"

贺盛安道："盛平哥，你知道我为什么不加入共产党吗？"贺盛平道："人各有志，岂能勉强？"

贺盛安道："盛平哥，我就是不勉强自己才不答应啊。我不怕困难，但是怕牺牲。我死了，娘和三个兄弟谁管啊？灵芝怎么办啊！"贺盛平安慰他道："兄弟，你做得对，一个心里没有爹娘兄弟的人，怎能成为一个真正的共产党人？"

贺盛安高兴地抓住贺盛平的手道："盛平哥，你能理解俺，俺真是太高兴啦！我有时候就想啊，俺爹清朝就担山，民国了，还是担山。日本鬼子来了，我贺盛安担我的山，不偷不抢，挣个血汗钱，你日本鬼子再坏，总不能不让俺担山吧！"

贺盛平心中一颤，望着贺盛安，不知说啥才好。

贺盛安恨恨地说道："我也恨小日本！俺担山，决不挣小日本的钱！死也不给日本人挑东西！"

送走贺盛安，贺盛平想起向正强说的那句话：亡国奴不是你想当就能当的。这能给盛安说明白吗？能！盛安兄弟不笨，不会不明白。还是别说了，盛安兄弟已经做了选择，本身没有什么不对，明白了岂不更痛苦？

第二天，贺盛安将自己的决定告诉了鲁宝琪。鲁宝琪答应了，并未挽留。

未几，贺盛安荷着扁担，刚走出永福街，便见方诚、方信兄弟俩高兴地抬着一顶山轿进了迎暄门。

山轿上坐着鲁宝琪。

# 二十一

这天晚上，范明枢家热闹异常，范明枢的孙女范琳、范筠及鲁宝琪的妹妹鲁宝秀、鲁宝琴正在排练《放下你的鞭子》，车秀轩和范杭搀着范明枢回来了。

范琳、范筠、鲁宝秀和鲁宝琴不约而同地停下来，范琳小声道："爷爷现在当大官了，咱别打扰他，抽空再练吧。"她们各自喊着"爷爷""姥爷"正要散去，范明枢勃然变色，厉声道："都给我站住！"范琳、范筠、鲁宝秀和鲁宝琴大吃一惊，立在原地，惊恐地望着范明枢。

范明枢气呼呼走到范琳近前，喝道："你这个琳琳啊！爷爷教的每个学生，我都要告诉他，一个人要立志做大事，不要做大官，更不要做贪官。你们青年人要奋发有为，要勇于进取。外国人称我们是'东亚病夫'，奇耻大辱啊！你们这些年轻人，一定要洗雪！眼里只有乌纱帽和钱是不行的！"

范琳的眼泪啪嗒啪嗒坠下来，范筠、鲁宝秀和鲁宝琴低着头，惶恐不安。车秀轩来到范琳身后，推了她一下。范琳会意，哽咽道："爷爷，我错啦……"

范明枢的脸色和缓下来，语重心长地说道："爷爷这个'泰安各界抗敌后援会'主任，如果是个官，也是个抗日的官。好了，别哭鼻子了，你们接着排练，我看看咋样。"

听了爷爷这话，范琳破涕为笑，家里的气氛霎时活跃起来。范琳、范筠、鲁宝秀和鲁宝琴认认真真地把《放下你的鞭子》演了一遍，然后小心翼翼地站在范明枢近前。

范明枢道："大体意思有了。筠筠扮演'父亲'这个角色……也不能怪你……琳琳，你们能不能请贾汗青出演啊？父女这对角色，若由贾汗青和他女儿扮演，一定能轰动泰城！"范琳大喜："爷爷，您能给他说说吗？"

范明枢道："琳琳，现在是动员一切力量，全民抗战，你们应该自己去争取。我相信贾汗青是有这个担当的，配得上'泰山板书'四个字。"

范琳一脸羞愧，接着与范筠、鲁宝秀和鲁宝琴约定，明天就去拜访贾汗青。

范明枢问道："琳琳，东西取来了吗？"范琳道："拿来了。"

她急忙去西屋抱出两卷白布，走到范明枢近前，范筠、鲁宝秀和鲁宝琴围上来一同展开：一幅上面画着两个日本鬼子举枪刺向一个赤裸着上身的中国汉子；一幅上面画着一个日本鬼子举枪仰天大笑，枪尖上挑着一个中国儿童。

范明枢皱眉蹙额道："琳琳，爷爷不是要有孕妇的吗？"范琳垂下眼帘，低声道："俺几个……都不忍心看……"范明枢恨恨地说道："日寇之坏，亘古未见！"

第二天，吃罢早饭，范琳、范筠、鲁宝秀、鲁宝琴和范杭一起来到贾汗青家。贾汗青认得范琳和范杭，等到他们自我介绍后，才晓得都是范校长的后人，忙高兴地请进堂屋，喊着笑荷招呼客人。

范琳看过贾笑荷演的皮影，但都是在夜晚，如今她站在眼前，真就跟画上的人儿一般。女孩子见面自来熟，大家一认识便把头凑在一起。范杭只好孤零零地站在一旁。

范琳说明来意，贾汗青问贾笑荷："妮，演不演啊？"贾笑荷道："演，人人都为抗战出力，咱不能落在后头。"

范琳听了十分高兴，拿出剧本递给贾汗青。贾汗青粗略地看了一遍，递给贾笑荷："妮啊，这对父女就由咱爷俩来演吧。"贾笑荷接了，看也不看，笑道："爹教我就是了。"

这天晚上，贾汗青带着女儿来到贺盛平的住处。贺盛平颇感意外，请父女俩坐下便要倒水。贾汗青劝住，将剧本递给贺盛平："盛平，你看看吧。"

贺盛平晓得贾汗青必有深意，仔细看着，若有所思。

他甫一看罢，贾汗青便急切地问道："想起点什么来了吗？"贺盛平摇头苦笑："没有。"

贾汗青把范琳央请他们父女俩出演《放下你的鞭子》一事讲了，然后说："盛平啊，我觉得里边这个青工的角色比较适合你，你不妨一试。身临其境，柳暗花明也说不定啊！"贺盛平点头道："谢谢叔，我正有此意。"

第二天，贺盛平去了贾汗青家，大家一起排练《放下你的鞭子》。

这日众人演罢，一阵掌声响起。大家循声望去：大门左边的墙上站着向正强和石敬昊。

众人愕然。贺盛平正欲开口问询，向正强挑起大拇指道："好，真感人！我们是闻声而来，尽一个警察的本分，看到家里平安无事就放心了。请贾老板外面说话。"

向正强说完这话跳下墙去，石敬昊跟着跳了下去。

贾汗青看了贺盛平一眼，快步向大门走去，贺盛平跟着他去了。贾汗青开了大门，抬手拦住贺盛平，贺盛平迟疑着收住脚步。

贾汗青出了大门，向正强一把拉住他的右手，向南走了几步，附耳低语。贾汗青听了，面色陡然严峻起来，随即频频点头。向正强说完，他忙连声说着"谢谢，谢谢"。

向正强告辞，贾汗青邀其家中喝茶。向正强说公务在身，同石敬昊匆忙去了。

这天晚上，范明枢告诉范琳，大后天将在岱庙天贶殿前举行"泰安民众抗敌总动员委员会"成立大会，周县长出席，已同周县长说了，会前上演《放下你的鞭子》，调动调动人民大众的积极性。

贾汗青听范琳说了此事，十分欢喜："太好啦！我们一定尽力演好，为抗日出点力！"大家一起商定，后天下午去天贶殿露台实地彩排，确保万无一失。

众人又高高兴兴地投入排练中。

贾汗青刚举起鞭子，旋即又垂下，跌足道："坏事了，啥都想到了，就是没有想到'万一'。"众人围拢过来，纷纷问道："什么'万一'？"

贾汗青道："大后天，万一某个人病了怎么办？"众人一脸茫然。贾汗青道："大后天太重要了，绝对不能有万一，我们不能在范校长面前丢人啊！"

范琳一脸焦灼："那怎么办啊？"贾汗青想了想，说："你和笑荷换换，盛平和我换换，范杭再和他这两个姐姐换换，咱多倒换着排练几次，就不怕万一了。"

众人欣然同意，依着贾汗青说的重新排练起来。

怕什么来什么。次日，范琳他们吃过早饭来到贾汗青家。不料，贾笑荷夜里感冒了，嗓子沙哑。范琳忙陪着贾笑荷去了博济医院，拿药回来服下。下午到了天贶殿，贾笑荷的嗓子丝毫不见好转，香妹一角只得由范琳顶上。

翌日，贾笑荷的病情更加严重，早饭、午饭都没吃，岱庙去不成了。她流着泪把他们送出大门。

岱庙内人流如织，却没有昔日的喧闹，人人庄严，个个肃穆。

天贶殿露台前站满了人，整齐划一，庄严伫立。

露台前拉了一条横幅，上书："泰安民众抗敌总动员委员会成立大会。"

下午两点，泰安各界的代表人物大都到了。周百锽、范明枢、鲁宝琪、赵笃生、江海涛、马馥塘、姚济、江劲松、慧光道长、了远道长、石明义等，站在露台下面第一排。

本来，泰山挑山帮会会长贺盛安也应该站在他们中间。前天晚上，他收到范明枢派人送到家的邀请函。昨天晚上，他去了范明枢家，告知自己不能参加。范明枢问其缘由，贺盛安实言相告，主要是没时间：三五天不担山，家里日子就紧巴；十天半月不担山，便揭不开锅了。

范明枢虽然不高兴，却七佩服贺盛安的坦诚。贺盛安告辞，范明枢将其送至大门外。

贺盛安支吾道："范校长，我也恨小日本，我贺盛安不挣日本人的钱……死也不给日本人挑东西！"范明枢道："相信贺会长有这个骨气，对得起'挑泰山'那块堂匾！"

咚咚咚，锵锵锵，嚓嚓嚓，咣咣咣，哐哐哐！一阵锣鼓声响过，范琳走到露台前，深深鞠了一躬，高声道："各位朋友，下面由泰安县抗日救亡剧团为大家演出广场剧《放下你的鞭子》。该剧讲的是，'九一八'之后，从东北沦陷区逃出来的一对父女，流离失所、卖唱为生的故事。请大家欣赏！"

哐哐哐！一阵锣声响起，贾汗青扮演一位老人，头戴毡帽，手拎铜锣，敲打着走到露台正中；范琳扮演一位姑娘，病病歪歪地跟在身后。

一群学生把贾汗青和范琳围拢起来。

贾汗青又敲了一通锣，大声道："老少兄弟爷们！有钱的帮个钱场，没钱的帮个人场。"他双手抱拳，团团作揖，"在家靠父母，出门靠朋友，五湖四海皆兄弟啊！"他又手指范琳，"这个姑娘叫香妹，人长得漂亮，歌唱得好听。来，香妹，给老爷、小姐们唱一曲！"

贾汗青放下铜锣，拉起胡琴，音律幽咽，如泣如诉，缕缕悲伤弥漫开来。

范琳唱道："高粱叶子青又青，九月十八来了日本兵。先占火药库，后占北大营。杀人放火真是凶，杀人放火真是凶！中国军队，好几十万，恭恭敬敬让出沈阳城，让出沈阳城！可恨那……"

范琳突然弯腰咳嗽起来，气喘吁吁，唱不下去了。

贾汗青愣了一瞬，摇头叹息一声，撂下胡琴，弯腰从行囊里掏出一个旧铁碗，双手捧着，哀声道："老爷、小姐赏几个吧……这孩子是饿的……"

鲁宝秀和范杭各自摸了一个铜板，丢进碗里……

贾汗青又道："老爷、小姐行行好，再赏几个，让这孩子吃口饭吧！"

众人一脸厌恶，开始散去，范芍小声道："莫不是骗子吧？"

贾汗青听了这话，猛地挺直身躯，撂下饭碗，掏出鞭子，慢慢转身，霍地抽向范琳。

贾汗青一面挥着鞭子，一面厉声喝道："死妮子，快快起来唱，不唱还想吃饭，你以为这里是天堂啊！"

范琳抬头哀求："别……打……啦……"

"放下你的鞭子！"一声怒吼在露台下炸响。贺盛平一个筋斗翻上台去，接着一个空翻，站在贾汗青近前，劈手夺过鞭子，抬手抽起来。

贾汗青抱头哀号。

范琳倏地跳起，伸手抓住贺盛平的右手腕。

贾汗青吓得蹲坐于地，浑身瑟瑟发抖。

贺盛平道："姑娘为何拦我？我非给你出出这口气不可！"

范琳低头小声道："他……他……他是我的……爹爹。"

贺盛平道："真的？"

范琳道："真的。"

贺盛平一脸诧异："亲爹?"

范琳气力不支，坐在地上："亲……爹。"

众人纷纷指责贾汗青：

"亲爹也不能打女儿！"

"亲爹打孩子，更是错上加错！"

"有这样当爹的吗?！"

范琳道："这不是他的错。"

贺盛平道："此话怎讲？用鞭子打你，如此狠毒，还不是他的错?"

范琳哀声道："俺爹……他……也是没有法子啊！肚子逼着他这样干……两整天没吃顿饱饭……"

贺盛平道："为填饱肚子，就鞭打自己的女儿，还是人吗?"

范琳凄惨一笑："先生啊！没有挨过饿的人，怎能懂得挨饿是咋回事?有谁知道，饿得头晕眼花的那会儿，是什么心情啊！"

贺盛平道："什么心情?"

范琳道："我小时候，从来不知道挨饿是什么滋味。我养的一只小白兔死了，心疼得哭了一整天，人家都说我心眼好！

范杭道："一看你这小姑娘就知道心眼好！可见错不了。"

范琳道："可……现在……不论在哪儿，看到小狗小猫，也不管大小，我恨不得立即生吞活剥地吃下去！"

鲁宝琴道："这样可不好，你的好心肠呢?"

范琳道："小哥哥，没饭吃，还要好心肠？没有挨过饿，如何懂得……先生，这种日子，我们过了六年啦！"

贺盛平道："原来饥饿这么可怕！谁把你们弄到这般田地?"

范琳道："谁? 谁把我们弄到这……这般田地?"

贺盛平道："是啊！谁把你们弄到这般田地?"

范琳道："东洋鬼子啊！可恨的东洋鬼子，夺我们家乡，抢我们活命的田地。最可恨的是，俺娘被他们杀死啦！"

范琳悲痛欲绝，掩面哭啼起来。

贺盛平道："你们是何方人士？"

范琳道："家住沈阳。先生，您不记得'九一八'了吗？唉！六年了，日本兵进攻沈阳，十几万中国军队说什么接到不抵抗命令，哗啦退了，留下成千上万的百姓在那儿受苦。"

贺盛平气愤地吼道："万恶！"他又一脸关切地问道，"后来你们怎么样啊？"

范琳道："我们每家捐了三块钱，说送点钱给东洋人，他们就不来糟蹋我们了。后来才明白，这全是鬼话！就算把全部家产送给他们，你一个亡国奴，还不是照样被欺凌？亡国奴的一切，都由侵略者说了算，予取予夺。日子实在过不下去了，爹带着我逃到乡下。日本人在的地方，乡下也是地狱。乡下人能逃的逃，不愿意逃的，大家合起伙干了义勇军。我们也想投奔义勇军，和小鬼子拼了，可我们爷俩老的老、小的小，如何顶用？"

贺盛平道："你们就这样一路逃，一路靠卖唱为生？"

范琳道："是啊，我们父女俩就这样到处流浪卖艺，拼着命也仅能饿不死而已。一年到头吃不上一顿饱饭，凄凄惨惨漂泊了六年。可怜俺爹，因为饿肚子，时常暴跳如雷。从前，俺爹待我可不是这样啊！好东西都是留给我吃。先生，我不怨恨俺爹，因为我感觉得到，鞭子打在我身上，疼在爹心上。"

贺盛平道："听你说了这些苦和悲，我也很伤心。"他转身面对贾汗青，拱手作揖，"老人家，我打错人了，对不起！"

贾汗青发疯似的打着自己的头，吼道："你没错，你打得对。我不该打自己的女儿！今天要不提起来，我几乎忘了我还是她亲爹。我也疼爱过她，把她视如珍宝。我真的疯啦，怎能下毒手鞭打自己的女儿？我不是人，先生，你打得好！我现在后悔莫及，死的心都有啊！"

贾汗青说完这话，双手掩面哭泣。

范琳道："爹。"

贾汗青道："妮啊，我的好孩子！"

范琳道："别伤心，爹！"

贾汗青道："妮，能原谅我吗？"

　　范琳道："我原谅你，爹是没有办法啊！不吃饭，活不下去啊！"

　　贾汗青哀声道："是啊，为了吃饭！咱饿了两天啦！妮，爹对不起你，没能力照顾你、抚养你！可怜的妮啊！"

　　范琳道："爹也很可怜啊！"

　　贾汗青道："我曾想积攒一点钱，把日子过得好一点，也想着让我的女儿像小姐们一样去念书，可是……这万恶的东洋兵弄得我们家破人亡，性命都快保不住啦！"

　　范琳道："爹的苦我知道。"

　　贾汗青痛苦地说道："最可怜的是你娘啊！死得那么惨……"

　　范琳哭啼道："爹……"

　　贾汗青双手捂住脸，哽咽道："妮啊！你爹我打你骂你，想从你身上榨出饭来！天啊，我还是人吗?!"

　　范琳切齿道："这是因为我们没有家啦！没有饭吃啊！饿肚子，不但摧残了咱的身体，连我们的心也染黑了。"

　　贾汗青道："妮，你说得对。没有家乡，没有饭吃，才让我疯的，咱都是可怜人啊！咱们要做人，就得有个人样子，可是谁给我们饭吃啊？有家不能回，有田不能耕，无工可做，整天像条野狗似的东游西逛，让我们如何做人？"

　　贺盛平道："那你们怨恨谁?"

　　贾汗青道："唉，认命吧！是我的命不好！可我盼着妮的命好起来！先生，有什么办法吗?"

　　贺盛平道："有！"

　　贾汗青猛地攥住贺盛平的手："先生，快快告诉俺，如何才能让俺妮时来运转，过上好日子?"

　　贺盛平正色道："这可不是命啊！你怨恨天，天是空的，有什么用啊? 看问题要找根源。你刚才不是说过嘛，是东洋鬼子把你们从家乡赶了出来，弄得你们家破人亡、性命不保！"

　　范杭道："对！这位哥哥说得对，万恶之源就是日本鬼子!"

　　贺盛平道："我要告诉你们，使你们挨饿受冻、无家可归的是日本帝国主义，是不抵抗的汉奸、卖国贼！

贾汗青道："先生说得对，可我们怎么办啊？"

贺盛平道："怎么办？是啊，穷人一碰到意外，就不知道怎么办了。咱们不打不相识。现在就合起伙、抱成团，找压迫我们、剥削我们的人算账去！这样，我们才有活路啊！我今天总算弄明白啦！"

贾汗青凝望着范琳道："孩子，记住，只有打倒那些吃人的坏家伙，咱们老百姓才有活路！"

范琳道："爹，对啊，只有打倒那些吃人的坏家伙，咱才能活出个人样子！

贾汗青和范琳又齐声道："先生，我们赤手空拳，拿什么打倒他们？"

贺盛平拾起鞭子，塞到贾汗青手中："要打倒他们，就用你自己的武器。我们的武器，就是两只手，拳头也是武器啊！

贾汗青道："这也有用？人家是飞机大炮啊！"

贺盛平高声吼道："只要大家齐心协力，团结起来，这力量比什么都大！"

围观的众人也齐声吼道："对啊！大家联合起来，打倒我们的仇人！"

众人一起转身面向台下，振臂高呼："泰安的父老乡亲，大家联合起来，打倒日本鬼子！"

台下众人振臂高呼："联合起来，打倒日本鬼子！"

整座岱庙沸腾起来，愤怒的吼声此起彼伏，经久不息。

范明枢、赵笃生、江海涛、马馥塘四人走上露台，面向众人，深深地鞠了一躬。

范明枢高声道："我宣布，'泰安民众抗敌总动员委员会'成立啦！"

台下掌声雷动。

范明枢和马馥塘、赵笃生和江海涛分别扯着一幅白布走下露台：一幅上面画着两个日本鬼子举枪刺向一个赤裸着上身的中国汉子；一幅上面画着一个日本鬼子举枪仰天大笑，枪尖上挑着一个中国儿童。

众人看罢，满腔愤恨。

晚上，范明枢回到家里，孩子们高兴地围上来。范琳正想问爷爷他们演得好不好，范明枢开口问道："琳琳，贺盛平答应了吗?"范琳道："答应了。"

范明枢欣慰地笑了。

今天上午，到了贾汗青家，范琳直截了当地问贺盛平什么时候加入"抗敌后援会"，贺盛平说尽快参加。贺盛平本来想着大会后同贺盛安认真谈一谈，哥俩一起参加，但直到大会结束，也没看到贺盛安，晓得他在煎熬中又一次做出了抉择。同他谈，只会让他更难受；舍下他，自己加入，盛安兄弟心里能好受? 贺盛平不得不再一次打消加入"抗敌后援会"的念头。上一次是从东良庄回来，亦是因为贺盛安。

夜深了，贺盛平躺在床上，辗转反侧，不能入眠：虽然没有找回自己，但这几天也算为抗日出了一点力，心里很踏实；可以不参加"抗敌后援会"，拒绝加入共产党，但不能不抗日；不管自己是共产党还是国民党，首先是个中国人，外敌入侵，不抵抗可不行；贾笑荷突然生病，十分蹊跷，大抵与向正强有关，他对汗青叔说了什么，要不要问一问……

# 二十二

10月4日，泰城里喜气洋洋，人人争相传颂着中国军队大捷的消息。一时间，日寇入侵的阴霾荡然无存。

消息来源于萃英中学和育英中学的宣传栏。贴在宣传栏上的《中央日报》头版头条《津浦路我军大捷》，报道了第三集团军夜袭桑园成功。日本鬼子入侵中华，中国军队打了胜仗，谁不高兴？

学生又上街了。警察局局长石擎柱命令全体警察出动，上街维持秩序，确保学生不要出现过激行为。石擎柱站在萃英中学对面护城河岸边，看着学弟、学妹冲出校园，心中隐隐作痛。他真想拦住他们，劝其回校读书。然而他胆怯了，青春的热血洪流汇入时代的大潮，谁能阻挡？

下午，回到县衙大院，石擎柱去了周县长的办公室。

周百锽看到石擎柱阴沉着脸，颇为诧异，问道："擎柱啊，今天是个大喜的日子，怎么不高兴？"石擎柱道："县长您带过兵、打过仗，岂能不知？也许是不愿意面对而已。"

周百锽一脸戚然，长叹一声道："擎柱啊，你留学过日本，又是行伍出身，很久了，我就想问你一个问题……"石擎柱道："您请讲……"

周百锽道："我们如何才能战胜日本？擎柱，这屋里就咱俩，你一定说心里话。"石擎柱凄惨一笑："现在有两种说法，一种是持久战，一种是死战到底。死战到底你得有本钱啊，一城不弃，死守到底，历史就不是今天这个样子了。自古以来，没有哪个将领能够做得到。持久战就得先撤退，以求保存实力，或者冠冕堂皇地说是诱敌深入。当今时局，如何跟民众交代？淞沪会战之前，我认为蒋委员长是不抵抗；现在看，很大程度上是一种策略。"

周百锽点头道："言之有理。山东呢？"石擎柱道："第三集团军大炮几乎没有，如何打？黄河失守，避其锋芒，是为上策。"

周百镍听了这话，心里甚是惶恐，嗟叹道："如此不堪？"石擎柱道："大集团作战，手枪营就是个笑话，最大的用处是督战，打自己人。"

周百镍道："擎柱，守土抗战，人人有责，我们应该做点什么？"石擎柱正色道："我已做了决定，随波逐流。政府让我打我就打，政府让我走我就走，只要不投降，我啥都听政府的。我都快四十的人了，为抗日早死几年，也没什么！"

周百镍勉励道："擎柱兄，不要如此颓唐，振作起来！"石擎柱道："周县长，以前每次看到学生上街，我都冲动地想去劝阻，但是今天，我怕了，在青春热血的洪流面前，我石擎柱算什么？"

第二天一早，周百镍把石擎柱叫到办公室，告诉他一个坏消息：坚守德州的第三集团军第四八五团全体官兵为国捐躯。石擎柱听了这话，泪流满面，哽咽道："淞沪会战硬撑下去，就是这个结局啊！我有很多弟兄都在那里……想我石擎柱不是贪生怕死之人，可我……"

未几，日军出动飞机轰炸泰城、大汶口及铁路沿线站点。中国军队驻蒿里山、大汶口炮兵开炮射击，击中两架日机。

泰城陷入恐慌之中，日本鬼子要来泰安，再没有人怀疑了。

走了的，自不必说；张望的，大都下定了要走的决心；绝望的，渐渐地便麻木了。


警察局副局长向正强就是"张望一族"，走还是留，很快做了决断。

这晚，向正强把贺盛平、许成鹏、江舜、石敬昊、甄鑫和郑伟东约到张大山香客店，自然也少不了祝亭亭。

众人虽然一如既往地谈天说地，但心头却有日机盘旋，事关生死大事，如何拂得干净？

第一道菜上来，每人一只海参。众人吃了一惊，望着向正强。向正强呵呵一笑："吃吧！吃吧！拜小日本所赐。炸弹一扔，我突然想明白了：人生在世，所为者何？先吃点喝点吧！"

说完这话，向正强大快朵颐。众人便不再说什么，纷纷开吃，心中的不快渐渐隐去。

吃罢海参，一条糖醋鲤鱼端上桌来。向正强扑哧笑了，嗟叹道："最近，泰城里突然来了十几条大鱼，急得我手痒痒。"众人听了这话，一头雾水。向正强道："现在不是以前了，成鹏，说说吧。"

许成鹏道："中共山东省委大前天迁来泰安，一部分住在第三中学，一部分住在夏天庚家。省委书记黎玉、宣传部部长林浩、组织部部长赵健民，就是向局长说的大鱼。"

向正强拿起筷子，一面夹了鱼分送左右，一面说道："最近还有三条大鱼来泰，红军将领赵杰、程绪润、韩明柱。唉！要是搁在以前，逮到一个，也是一生的荣耀啊！"

祝亭亭认识夏天庚，问道："夏天庚出狱了？"许成鹏道："出狱了，还有夏张的崔子明也出来了。那个崔子明啊，真不简单，才出来一个多月，就和镇长马世进打得火热。"

甄鑫道："共产党就好这手，程照轩出狱后，共产党安排他回老家活动，还不是奔着他哥程金泉去的？"向正强笑道："有一次，石局长问我程金泉是共产党吗，我说不是，石局长还有点不相信。"

祝亭亭突然想起范明枢来，说："今天看到范校长上街宣传抗日，真想替替他老人家！"众人听了这话，心里咯噔一下，都缄默不语了。

贺盛平欲言又止，终究还是忍住了。

向正强盯着盘子里的鱼骨，突兀地说道："各位兄弟，今天把大家请来，系有要事相托。咱走到哪儿说哪儿的话。以前，我们的主要任务是抓捕共匪，现在是国共合作，日本鬼子来了山东，这一章就翻过去了。

"共产党刚刚改组了泰安县委，夏天庚任泰安县委书记，鲁宝琪成了组织部部长。昨天，他们在城南篦子店小学召开会议，决定以泰安县人民抗敌自卫团为基础，成立山东人民抗敌自卫团。程照轩任主席，崔子明任副主席；程照轩负责津浦铁路以东，崔子明负责津浦铁路以西。我的意思很清楚，以前我们是这些人的克星，从现在起，没有上峰的正式命令，我们可以不帮他们，但是绝对不能再对他们下手了。至于什么原因，大家都清楚，但我向正强还是想说一句：我们都是中国人啊！"

众人听了，心有戚戚。祝亭亭率先鼓起掌来，余者立即响应。郑伟东高兴地说道："正强哥，您这句话，兄弟我等了很久啦！"

向正强端着酒杯站起身来，众人亦端了酒杯呼啦起立。向正强冲祝亭亭道："亭亭，倒杯酒。"祝亭亭答应着，将杯中的水倒掉，斟满酒。

众人碰杯，一饮而尽。

这天晚上，夏天庚忙完公务，抬头看了看墙上的挂钟：九点多了。他还是放心不下范明枢，匆匆忙忙去了元宝石街。

范琳开了大门，夏天庚问爷爷怎么样。范琳俏皮地说道："没事，天天生气，天天那样。"夏天庚这才放下心来。

进了堂屋，甫一落座，范明枢便道："宝琪怎么样？"夏天庚听得明白，笑道："宝琪哥很好，工作依然积极热情主动。"范明枢慨叹道："我就佩服共产党这一点，能上能下！不像国民党，争权夺利，尔虞我诈。国民党若像共产党这样，国家哪能羸弱至此？"

夏天庚附和道："爷爷说得对。"

范琳望着夏天庚甜甜地笑着。

范明枢看看夏天庚，望望范琳，温和地说道："天庚，琳琳，你俩都是爱国青年，每天为抗日救国奔波，现今国难当头，婚事就别按老规矩办了。琳琳，收拾收拾你的东西，现在就跟着天庚去吧。"

夏天庚一脸欣喜，深情地看着范琳。范琳点了点头，抿嘴笑了。

夏天庚欢声道："好，我和琳琳听爷爷的。"范琳支吾道："爷爷，我去……收拾东西了。"范明枢挥手笑道："好孩子，去吧！"

范琳收拾完东西，夏天庚背了包裹，牵着她的手出了堂屋，转身看到范明枢颤巍巍迈过门槛，二人扑通跪地磕起头来。范明枢和车秀轩忙将夏天庚和范琳扶起。二人出了大门，辞别范明枢、车秀轩和范杭，转身去了。

程照轩领着赵杰出了文庙，看到崔子明急火火赶来，忙快步迎上前。两个人握了手，未及寒暄，崔子明便道："省委会议开完了？"程照轩道："开完了。"

崔子明道："红军来的领导去了哪儿？"程照轩扭头看了赵杰一眼，笑道："子明，干啥？"崔子明擂了程照轩一拳，一步跨到赵杰近前，握住赵杰的右手，高兴地说道："我是抗敌自卫团副主席崔子明，不用说，您就是红军领导！"

赵杰道："我是红军战士赵杰，请子明同志多多帮助！"崔子明大喜："终于找到您啦！"他又抓住程照轩的左手，"有件事想请两位帮忙，万勿推辞啊！"

赵杰和程照轩焉能不允？崔子明领着二人走到城墙根一棵柳树下，把所托之事讲了。赵杰和程照轩听了，都夸这个法子高明。

这日，贺盛平荷了扁担，出了家门，走到小西关街，崔子明追上来拦住他，问道："小伙子，能给我担趟东西吗？"贺盛平道："能。去哪儿？"崔子明道："夏张小学。"

两个人讲好价钱，崔子明带着贺盛平去了顺河街。贺盛平挑上两捆子锄镰镢锨——中间夹带的大刀、长枪足有一半——百余斤，上了路。

过了孝感桥，程照轩和赵杰从后面喊着"崔大哥"追上来，与他俩结伴而行。从他们彼此的寒暄中，贺盛平晓得他们是老乡。

到了三里庄，向正强带着三个警察骑着脚踏车追来，将他们拦下。三个警察举枪瞄准他们，喝令其举起手来。

崔子明、赵杰和程照轩无可奈何地举起了手。

向正强道："盛平，放下挑子离开那儿！"贺盛平猛地想起松树林里那一幕，顿觉不寒而栗："正强哥，这是为何？"向正强道："你前面那个人就是崔子明，我怀疑他对你没安好心，所以带人追来了。"

崔子明认得向正强，知道这人心狠手辣，此时受制于他，十分危险，遂当机立断，索性打开窗子说亮话，朗声道："向局长，崔子明明人不做暗事。我回来后，听说了贺盛平兄弟这事……"

向正强勃然大怒，霍地掏出手枪，对准崔子明，怒道："'兄弟'也是你叫的？你们葫芦里卖的什么药，以为我不知道？"

形势危急，崔子明、赵杰和程照轩焦急地思谋着对策。

贺盛平放下担子，高声道：“正强哥，崔子明这人我听说过，是条汉子……”向正强道：“盛平，离开那儿，他们没安好心。”崔子明大声道：“向局长，此话怎讲？”

向正强呵呵一笑：“‘每一个优秀的共产党员，脱下长衫，到游击队去！积极动员徂徕山周围各县的党组织和共产党员立即行动起来，以各种方式，利用各种机会，广泛宣传中国共产党《抗日救国十大纲领》，宣传党的抗日民族统一战线主张，宣传“有人出人，有力出力，有钱出钱，有枪出枪”，发动各阶层民众团结抗日，同时联络爱国志士，抓紧做好武装起义的准备。中共山东省委决定，在国民党、韩复榘的部队开始撤退或已溃败，而日本侵略军尚未到达或虽到达但立足未稳之际，在省委的领导下，举行徂徕山抗日武装起义。’还此话怎讲？你们这些人，贼心不改，妄图骗我兄弟跟你们上山，没门！程照轩，我知道你是程金泉的兄弟。现在国共合作，我也不难为你们。留下我兄弟，放你们走；否则，你们留下性命，兄弟我带走！”

贺盛平道：“正强哥，把枪放下，有话咱和他们好好说。”向正强道：“盛平，你不知道，他们仨哪一个也不简单。程照轩和崔子明刚从省监狱里放出来，那一个我没猜错的话，是个从死人堆里爬出来的红军将领。兄弟，快快离开他们！”

崔子明朗声道：“向局长，能听我崔子明说句话吗？”向正强道：“可以，少废话！”

崔子明道：“回到泰安，我便听说了贺盛平这个人，我认为他八成是位共产党员。我们今天把他带回夏张，是希望帮助他找回自己。”贺盛平大喜，急忙问道：“如何帮我？”

崔子明道：“盛平，你有可能是位红军战士，所以我才请赵杰同志一同来夏张……”

贺盛平转身望着赵杰道：“您是红军？”赵杰点头道：“是，而且我还参加过长征。”

贺盛平大喜：“正强哥，我相信他们，让我去夏张吧！”

向正强迟疑不决。

贺盛平道：“正强哥，你放心，我不想做的事，他们能强迫我？”

向正强认为贺盛平说的有道理，略一沉思，问道："崔子明，我再问你一句话。说实话，便放你们走；否则——"崔子明道："请讲！"

向正强道："你应该知道我想问什么。"崔子明顿悟，高声道："我有一个朋友在蒿里山神祠，我听他说，蒿里山神祠住持了远道长曾应贾汗青所托，帮助贺盛平恢复记忆，失败了。"

向正强高声道："崔子明，我且信了你。我向正强把丑话说到头里，不要强迫我兄弟；否则，不只你们仨，整个中共山东省委，我一个也不放过！"

向正强说完这话，收了枪，带着三个警察，骑上脚踏车去了。

转危为安，赵杰、程照轩和崔子明不胜欢喜，围住贺盛平，热情地寒暄了一通。

贺盛平弯腰抓起扁担，正要上肩，崔子明劈手夺去："哪能让客人干活！"他不由分说，扁担上了肩。

到了夏张小学，正午已过，平校长热情款待他们。吃罢午饭，贺盛平满怀期待地望着赵杰。崔子明看得明白，遂向平校长告辞。

离开夏张小学，崔子明领着贺盛平、赵杰和程照轩去了蔡家大院。蔡家看到崔子明领着人来了，便知其意，照例让着到堂屋里坐。崔子明说，请客人爬一爬蔡家楼，其他的就不麻烦了。蔡家会意，由他去了。

蔡家楼位于蔡家大院正中，木质架构，开间三，进深二，楼高三层，上有阁楼，飞檐凌空，端庄俊逸。登上阁楼，极目四望，远山如黛，令人心旷神怡。

崔子明指着东南角一所院落道："盛平，我就在那儿读了五年书，这个地方，在我脑海里烙下了深深的印记。让赵杰同志在这儿同你谈谈长征吧，也许你就能想起过去来。"

贺盛平怅然道："我也想过，如果我是共产党，也许我就参加过长征。"崔子明一脸欢喜："我盼着啊！"他抓住程照轩的手，正色道，"照轩，咱可说好啊，如果盛平是共产党，你可别和我争啊！贺盛平我留下，泰西这块他负责，我做他的助手。"

程照轩笑道："既然你乐意做盛平的助手，我就不和你争了。"

程照轩和崔子明说说笑笑下楼去了。

贺盛平与赵杰相视而笑。

赵杰道："我看你是个军人。"贺盛平道："都这么说。"

两个人不约而同地伸出右手，叉开五指，只见两只手掌的食指、虎口都有老茧。

贺盛平掀起短褂，露出腹部的伤疤。赵杰看罢，转身背对贺盛平，反手上卷短褂，腰间两处伤疤，赫然在目。他接着解开短褂最上边两个扣子，右手抓住左衣袖，向下一搋，左肩袒露，凹下去有半个拳头大小。

赵杰风趣地说道："贺盛平，如果你是国民党，这可就是你的功劳啊！"贺盛平不卑不亢地说道："现在国共合作，勠力一心，抗击日寇，过去的，一张纸，翻过去吧！"

赵杰听了这话，心中赞佩，旋即给贺盛平讲了自己亲身经历的两万五千里长征，着重讲了一些爬雪山、过草地的细节。

赵杰悲痛地说道："盛平，中央红军爬雪山、过草地，行程两万五千里，大小战斗三百八十余次，牺牲十万多人，包括四百多名营以上干部，平均年龄不到三十岁……所有这一切，都是为了建设一个新中国啊！"

贺盛平认真听着，努力回想着、追索着……

赵杰说完，急切地问道："盛平，你听进去了吗？"贺盛平苦笑着点了点头："听进去了，非常感人，可是……所有这些就像是一个非常遥远的故事，和我一点关系也没有。"

赵杰失望地说道："看你不像穷苦人家出身……也许你真是国民党……"贺盛平坦诚地说道："对！都说我不是穷人家的孩子。"

这天晚上，崔子明请镇长马世进出面，召集夏张镇的头面人物——财主和商铺、酒家老板等四十余人，来到夏张小学。大家站在操场上，心里忐忑不安。日军的飞机轰炸泰城后，他们没有一天安生过。

贺盛平置身其间，从他们的攀谈中得知，崔子明曾动员他们把枪交到抗敌自卫队，由抗敌自卫队统一看家护院，保境安民。有的积极响应，有的虚与委蛇，大多则观望徘徊、疑虑重重。

看看人到得差不多了，崔子明同马镇长耳语了几句，旋即拱手作揖，高声道："各位老少兄弟爷们，眼下的时局大家都清楚，日本鬼子轰炸了泰城，谁要是再抱有什么幻想，就是头号大傻瓜！德州失陷了，日本鬼子占济南打泰安，也就是几天的事。我们夏张离泰城这么近，泰城失守，咱们还有安稳日子过？怎么办？只能靠自己啊！所以，在马镇长的支持下，我们成立了自卫队。结果怎样？相信大家都能看得到，土匪不敢来了，贼收手了。自卫队统一站岗放哨，不比你们一家一户、一店一铺自己弄省心吗？也省钱啊！今天，我报告大家一个好消息：鉴于目前的严峻形势，从现在起，夏张镇抗敌自卫队队长由马镇长担任，我任副队长。"

崔子明说完这话，使劲鼓起掌来，众人的掌声哗啦哗啦响起来。

马镇长拱手作揖，朗声道："世进不才，愿为父老乡亲效劳！"

掌声停歇，崔子明道："现在，咱们自卫队已有八十多人，不算少了，接下来还要继续壮大。可枪才有七八支，大刀片子、红缨枪倒不少，但拼不过日本鬼子的枪和炮啊！所以，为了大家，也为了咱们家人的安全，你们把手里的枪献给自卫队吧！"

崔子明话音刚落，马世进高声道："子明，镇公所拿五支枪给自卫队。"崔子明欢声道："谢谢马镇长。"他扭头看着曹龙骧，"龙骧，把镇公所的五支枪登上。"随后，他环顾左右，"老少兄弟爷们，捐者自愿，可先登记，明天我们分头去拿。"

大家踊跃登记，捐献枪支子弹。

众人开始散去，崔子明迫不及待地问曹龙骧："龙骧，一共多少？"曹龙骧道："步枪七十二支，手枪五只，子弹四百二十九发。"

崔子明开心地笑了。

第二天，吃过早饭，程照轩和赵杰回程照轩的老家山阳庄，贺盛平回泰城。崔子明将贺盛平送出镇外，心有不甘："盛平，加入我们的队伍吧！哥需要你！"贺盛平摇头道："不敢答应，因为我不知道自己肩负着什么使命。"

崔子明道："盛平，你这样做是对的，哥很赞成。你找回自己后，即便是国民党，也一定马上来帮我！"贺盛平摇头道："对不起，子明哥，我已经做了决定。如果我现在清醒的话，只要不是共产党，我就立即去济阳或者上海，那儿更需要我。"

崔子明听了这话，迟疑着握住贺盛平的双手，凝视着他的眼睛，真诚地说道："盛平，我没看错人，只要你抗日，我们就是好兄弟！"贺盛平道："子明兄，谢谢你能理解我。"

出了夏张镇，程照轩一边走，一边向赵杰介绍六区和山阳庄的情况："泰安县六区是山区，穷，山阳更穷。山阳庄是个大庄，也是国民党区公所驻地，区长是我的堂兄程金泉。金泉哥原在冯玉祥部当兵，后脱下军装返乡，因颇有名望，被推举为区长兼民团队长。俺哥这人，思想进步，共产党的政策和主张大都赞成，老百姓也都支持他。区民团有一百多支枪，成员多是本村或周遭村的人，金泉哥说话管用。我想，只要我们的政策对头，争取他抗战没问题。"赵杰道："照轩，有你在，这事就成功了一半。"

程照轩去见程金泉，故意谈及抗战问题，试探着问询其意见。程金泉慨然道："国家兴亡，匹夫有责！照轩，你放手组织武装，我大力支持。我有人也有枪，日本鬼子来了，我也打！"

赵杰知道了程金泉的态度，心里有了底。

# 二十三

　　贺盛平回到泰安，房东告诉他，贺盛安昨晚和今早都来找过他。此时日头偏西，大约下午一点钟的光景，贺盛平料定贺盛安担山去了，便吃了点东西，去了育英中学。他把宣传栏里的内容浏览了一遍，没有什么新消息，却看到十余张卖房子的告示。贺盛平心里恓惶，转身去了。战争的脚步越来越近，人们开始变卖房产，这是要逃啊！

　　贺盛平走到瘟神庙前，看到一个孕妇慢腾腾地走着，蓦地想起池灵芝来。灵芝已有身孕，好久不见，她现在可好？他掏了掏衣兜，还有三元钱，随即去了"利泰号"杂货铺，买了五斤鸡蛋、二斤红糖。出了店门，走了不远，他又折回铺子，买了半斤猪头肉、半斤花生米和一斤馒头，忧心忡忡地回家了。

　　太阳还没落山，贺盛安就来了。贺盛平笑着指了指饭菜，说："盛安，我知道你会来找我，坐下吃吧。"贺盛安亦不客气，两个人坐下吃起饭来。

　　吃罢饭，贺盛安道："盛平哥，交通银行关门了。"贺盛平道："我知道，要打仗了，银行最敏感，提前撤了。"贺盛安道："天泰银号呢？"贺盛平道："还能怎样？日本鬼子所到之处，杀人放火都干，钱号能放过？"

　　贺盛安皱眉道："帮会的钱还有两千多，哥，我不放心啊！"贺盛平道："那就换成黄金藏起来。"贺盛安道："我请教过汪青叔，他也是这么说的。可换成黄金往哪儿藏啊？也是个麻烦。所以我决定把这些钱以借款的名义，发到每个挑夫手中。"

　　贺盛平凝望着贺盛安道："盛安啊，泰山挑夫摊上你这个会长，真是幸运啊！"贺盛安道："每人五块，也就剩不下多少了。这样不管将来时局怎样，我也能睡着觉了。"

贺盛平道："兄弟，这才是大担当啊！"贺盛安道："盛平哥，我明天就把钱提出来交给你，这事就由你来办吧。"贺盛平痛快地答应了。

贺盛安告辞，贺盛平让他拿上鸡蛋和红糖，说是给灵芝买的。贺盛安啥也没说，拎着鸡蛋和红糖，荷上扁担去了。

第二天，贺盛安荷了一条岢新的柏木扁担，同贺盛平一起去了天泰银号。贺盛安将折子递给柜台伙计，告知提取一千五，伙计说每日最多提五百。他提了五百，连同挑夫的名单，一同交给了贺盛平。

五天后，每人五块钱的借款，顺利地到了二百七十三名泰山挑夫的手中。挑夫们虽不言说，但心里都给贺盛安留了位置。


11 月 18 日这天，一上班，周百锽把石擎柱叫到办公室，低声道："擎柱啊，第三集团军 16 日已撤至黄河南岸。"石擎柱低声道："我知道，曹福林、李汉章、展书堂等师牺牲过半。"

周百锽痛心疾首道："没想到，如此不堪一击！"石擎柱道："也怨不得韩主席，蒋委员长把答应给的高炮旅调走了，这仗如何打？周县长，淞沪会战也结束了，中国军队投入八十余万人，包括最精锐的中央教导总队，死伤三十多万。"

周百锽一脸哀戚，伤感地说道："13 日，韩主席率卫士及手枪队七十余人赴济阳前线督战，在济阳西关与一支日军不期而遇，敌我战力悬殊，韩主席一行寡不敌众，伤亡殆尽。韩主席在众卫士拼死掩护下，突出重围。回到济南，身边只剩下九名卫士，余皆阵亡。韩主席沉痛地说，他韩某人能活着从济阳回来，是六十多位弟兄用性命换来的。"

石擎柱哀声道："我亦有所耳闻。"周百锽嗟叹道："个人在时局的洪流面前，是多么无足轻重啊！"

石擎柱道："心有戚戚啊。"周百锽道："擎柱啊，我觉得你这个人为官公道，所以今天才同你说这些。你能听明白吗？"

石擎柱心中一凛，望着周百锽沉吟道："擎柱明白，谢谢周县长！"

第三集团军和日军在黄河南北两岸对峙，每天都有不同的消息传到泰安，坏消息多，好消息少。渐渐地，人们彻底麻木了，开始算计着日本鬼子哪一天来泰安。时间虽不能确定，但大家心里都清楚：日寇攻陷济南，不几天，定会打进泰安。

1937 年 12 月 22 日上午 11 时，泰安县县长周百锽奉命登上停在泰安站的火车，拜见山东省政府主席韩复榘。

接到命令的那一刻，周百锽心惊胆战，心道："该来的，终于来了。"

周百锽忐忑不安地上了火车，看到韩复榘一脸颓唐，心里明了，仍例行公事地问道："不知韩主席有没有时间，在泰安歇个一天半日？"韩复榘沉默片刻，突兀地说道："大兵压境，百锽，你做何打算啊？"

周百锽道："我一直在等韩主席的命令。"韩复榘道："我不会给你下命令了，南京给我下的命令是'死守泰安'。"

周百锽听了，一阵悲凉袭上心头。

韩复榘道："百锽，泰安是个好地方，你知道我现在最想看一看哪儿吗？"周百锽道："主席无论想去哪儿，接着就去！"

韩复榘摇头道："哪儿也不去了……我现在最想看的是包公祠。山东的老百姓大概没有多少人说我好，过去我从未放在心上。我想啊，只要把山东拾掇得好好的，百姓早晚能理解。至于那些向我身上泼脏水的宵小之徒，何足挂齿……也许我错了。我心里是想着抗日的，不知道老天还给不给我韩复榘这个机会。"周百锽道："留得青山在，不怕没柴烧。韩主席一定有机会与鬼子一决雌雄！"

韩复榘一字一句地说道："但愿如此！"

周百锽回到县衙大院，众人呼啦拥过来。

周百锽看着一张张焦灼的脸庞，努力笑了笑，朗声道："我是泰安的父母官，在外敌入侵面前，有守土抗战之责。下一步……我打算带领县大队去徂徕山或者西南乡打游击。总之，要和日本鬼子血战到底！大家等消息吧。"周百锽说完这话，去了办公室。

半个小时后，秘书区博传达了县长周百锽的命令：明日一早，县政府一科、二科、三科、四科、五科、警察局、县大队迁往满庄。

县政府和县大队一走，谜底揭晓。尽管答案民众早已确定，但当这一刻到来时，心里还是伤痛不已。

有权的走了，有钱的加紧逃离。一时之间，百业停滞，唯泰山挑夫日渐忙碌，城里城外，一根根扁担，一台台山轿，来来往往。挑夫们个个满腔悲愤。

无力逃亡的人们，只能恓惶无助地熬煎着……

24 日，日本飞机轰炸泰城……

飞机走后，人们四处打探，听说没有死人，心里才安定下来。

27 日一早，县大队的人突然嚷嚷起来：周县长不见啦！

泰安县县长周百锽溜之乎也，秘书区博、卫士杨庆岭亦不见踪影。

警察局局长石擎柱，警备队副队长梁武、马敬光，还有五位科长，拥进周百锽的办公室兼卧室，看到一应摆设如常，面面相觑，心里惶恐。

一切明了，大势去矣！

众人商定，既然县长不辞而别，大家各扫门前雪吧。

无处可去，众人大都结伴可泰城。刚到三里庄，一架飞机呼啸而至，一颗炸弹投在火车站，响声过后，一阵黑烟腾起。

众人逃离、躲避，没有一个向北的。

28 日晚上，崔子明和程照轩来到贺盛平的住处，还领来两位陌生人，贺盛平心里清楚：肯定是共产党。

五个人挤在屋里，贺盛平忙着倒水，崔子明劝阻道："盛平，不必客气，事情非常紧急。我们来找你，是我和照轩商量决定的，希望你能认真听一听。"贺盛平猜得出他们的来意，笑道："好，子明哥，你讲。"

崔子明向贺盛平介绍了那两位陌生人，一位是张北华，一位是远静沧。崔子明在这两位同志的领导下开展工作。张北华和远静沧各自同贺盛平握手寒暄了几句。

崔子明忙不迭地说道："盛平，韩复榘数万大军弃险南逃。昨日凌晨，日军占领了济南。鉴于形势严峻，今天上午，省委在篦子店召开紧急会议，会议决定在泰城沦陷时正式举行起义。起义地点主要有两处：一处是徂徕山，一处是夏张。盛平，值此关键时刻，我和照轩还是放不下你，即便你是国民党，也应该立即投入抗日的洪流中。我们来找你，一是认为你就是我们的同志，有责任向你传达省委会议精神；二是希望你参加即将举行的抗日武装起义。徂徕山和夏张，这两个地方任你选。你若愿意去徂徕山，就跟着照轩走；去夏张，就跟着我们走。"

说完这话，四个人急切地望着贺盛平。

贺盛平坦诚相告："子明兄，我目前委实难做决定。但是，贵党抗日，只要有用得着我贺盛平的地方，赴汤蹈火，在所不辞！"

崔子明一脸尴尬，程照轩冲他使了个眼色，起身握住贺盛平的手道："好样的，盛平！有你这句话，我们就很感激啦！日后有求之处，万望操心！"贺盛平道："应该的，抗日嘛，地无分南北，年无分老幼。但有所遣，定当尽心竭力！"

29日上午，警察们陆续来到县衙大院。他们大都在昨天接到了石局长的传话：今天到县衙大院商量事情。

九点左右，已到了三十余名。向正强带着许成鹏、江舜、石敬昊、甄鑫和郑伟东，一起赶采。

石擎柱面向众人，朗声道："我们警察局共有七十一名警察，现在来了三十九位，在这分崩离析的形势下，我石擎柱很满意。今天把大家请来，就是告诉大家我的一个决定。"

众人听了心里忐忑，都目不转睛地看着石擎柱。

石擎柱慨然道："我留学日本，深知日本的强大、文明，因此更晓得中国的落后，所以特别反感有人张嘴'小日本'，闭嘴'小日本'。弟兄们，日本不小，中国不大，要不人家打得咱找不到北吗？我喜欢日本的樱花，也喜欢日本这个国家，但我石擎柱是个中国人。日本人打到泰安来了，我们手里有枪，就要挺身而出。我决定，带着弟兄们打日本鬼子去。有愿意去的，今夜在泰安门外瓮城集合，子时准时出发。我们第一仗先去设伏，袭击来泰的日军，然后再做决定。或者，我们也上徂徕山。"

众人纷纷响应，向正强主动带头报名，五个弟兄自是一个不落，最终报名者共计十九人。余者大都对石擎柱说回家商量商量。

石擎柱反复说道："万勿勉强，万勿勉强啊！"

其间，有人问石擎柱，周县长干啥去了？石擎柱回道，有人说周县长跑了，有人说周县长投降日本鬼子了。至于周县长到底干啥去了，他是真不知道；但有一点他相信，周县长绝对不可能投日！

晚上，祝亭亭和贺盛平在中山街会芳园的房间里等着向正强他们。八点半，向正强、许成鹏、江舜、石敬昊、甄鑫和郑伟东一起赶来。

向正强和郑伟东各背了一挺冲锋枪，腰里缠了两圈子弹；许成鹏、江舜、石敬昊和甄鑫各背了一杆步枪，肩上斜挎着子弹袋。

祝亭亭惊讶不已。

贺盛平起身相迎。向正强自豪地说道："盛平，没想到吧，我们这是打鬼子去！"贺盛平一脸钦敬，迭声道："佩服！佩服！大担当啊！嗨，我要是带扁担来就好了，挑着送送你们。"

向正强一怔，意味深长地说道："我们这样，也算是正义之举啊，要是贺会长领着几个挑夫送我们一程就好了。前几天，中共山东省委往笸子店搬家，贺会长亲自上肩。共产党很高兴，觉得他们真的深入民心了，我看未必。"他拍了拍冲锋枪，"能否深入民心，还得看这个。共产党有吗？拿什么打鬼子？！"

贺盛平一面帮着向正强搁枪，一面说道："贺会长知道了，一定会送的。"向正强呵呵一笑，说："未必！在贺盛安眼里，我向正强可不是一个好人。"

祝亭亭抓住向正强的胳膊，嘬嘴道："想那么多干吗？你在我眼里是个好人就行啦！什么时候回来啊？"向正强深情地看着祝亭亭，伤感地说道："亭亭，说句丧气的话，也许今晚这顿饭就是最后的晚餐。过一会儿，出了泰安门，脑袋说掉就掉啦！打仗嘛，哪有不死人的？"

祝亭亭撒娇道："俺就不让你死。"向正强道："不让我死，那就得想法留下我。"祝亭亭道："俺跟着你去！"向正强的脸抽搐了一下，说："三生有幸啊！"

祝亭亭一跺脚，转身背对着向正强抹起眼泪来。贺盛平道："祝小姐，不要担心，正强哥带着弟兄们定能凯旋！"祝亭亭小声道："盼着呢。"她抽泣一声，出门催菜去了。

许成鹏、江舜、石敬昊和甄鑫放下枪支弹药，木然地站着。

向正强道："盛平，共产党搬家你去了吗？"贺盛平道："去了。盛安叫我去的，他们也没多少东西。十一个人，就担了一趟。"

向正强道："赵健民也是个不小的官了，亲自出面请贺会长参加共产党，他愣是直截了当地拒绝了。"贺盛平吃了一惊，笑道："什么也逃不过你的眼睛。"

向正强嘿嘿一笑，说："诈你的，我现在哪里还有这个心啊！盛平，共产党的大官没找你？"贺盛平道："没有。"向正强道："贺会长主动去的？"贺盛平道："听说中共山东省委搬家，盛安就叫上我们去了。"向正强嗟叹道："贺盛安真是个人物，以前小看了他。"

贺盛平低声道："盛安是个好人。"向正强呵呵一笑："大敌当前，谁不是好人？"他从衣兜里掏出一张字条递给贺盛平。贺盛平接了，看那字条上写着："共产党员韩豁（韩复榘侄女），召集范琳、傅生（马馥塘妻妹）以及平津流亡学生赵新、唐克、蒋平，正在篦子店小学赶制八路军臂章和起义大旗。"

贺盛平看罢，一脸不解地望着向正强。向正强面无表情地说道："这是今天早晨一个线民送到我家的。我一看就火了，真想一枪毙了他，但还是忍住了，并按惯例给了他十块钱。我告诉他，日本鬼子是国共两党的敌人，不能再弄这个了，今后发现有谁做了汉奸，有谁卖国，告诉我。"

祝亭亭进来，众人随即落座。菜接着上来了，颇丰盛，有鱼翅、海参……

气氛死寂，大家端坐着，不约而同地望着向正强。

向正强咬了咬牙，忽地向前一推酒杯，皱眉蹙额道："我是不是做错啦？我和石局长的家人都不在泰安了，走就走了，可你们的家人都还在泰城，走得如何心安？说实话，不愿意去别强求！"

许成鹏、江舜、石敬昊和甄鑫立即低下头去。

向正强掏出一枚制钱按在桌子上，往祝亭亭面前一推，说："既然你们都不好意思说，那就听上天的安排吧。正面朝上，大家都去；反面朝上，大家都不去。兄弟一场，这样的话，大家都过得去。"

众人目不转睛地盯着那枚制钱，除了贺盛平和郑伟东，均是一脸期待。

向正强道："亭亭，开始吧。"

祝亭亭拿了一只茶碗扣住制钱，迅疾抬手，制钱进了茶碗。她举手摇晃了一阵子，倏地扣在桌子上，看着向正强。

向正强道："开。"祝亭亭翻开茶碗：制钱反面朝上。

向正强嗟叹道："天意如此，奈何不得。一会儿见了石局长，我说吧。"他左右瞅了瞅，见许成鹏、江舜、石敬昊和甄鑫喜形于色，郑伟东却一脸沮丧。

向正强盯着郑伟东，郑重其事地说道："伟东，你要去就去吧。家里的事，由我们弟兄兜着。"

郑伟东喜笑颜开，忙道："多谢大哥成全！"

向正强冲着郑伟东挑起大拇指，赞道："好！伟东，真是条汉子。说来说去，还是我向正强意志不坚定。今天，弟兄们给你送行，你把枪支弹药都带上，用得着！"他端着酒杯起身，"来，伟东，我敬你一杯！"

郑伟东慌忙站起来，两个人碰过杯，将酒喝下。

十一点半，向正强、许成鹏、江舜、石敬昊和甄鑫下楼去送郑伟东。片刻间，到了泰安门。进入瓮城，石擎柱高兴地迎上前来。向正强一看，包括石局长在内，仅有六人。

向正强忐忑不安地说了他们五人变卦一事，石擎柱道："正强，我早就说过自愿嘛，你们来送，我们就很高兴啦！"

众人聚拢在一起，不尴不尬地闲聊了几句时局，到了十二点，也没再来人。石擎柱一行七人，出了瓮城，大家挥手作别。

向正强、许成鹏、江舜、石敬昊和甄鑫看着他们过了桥，隐在漆黑的夜里。

# 二十四

12 月 28 日晚上，武中奇在韩豁、范琳、赵新、唐克、蒋平和傅生六位女同志做好的红旗上写下了"游击"二字。她们立即拿了旗子，找到黎玉、洪涛，请两位首长过目。

红旗的右上方绣了镰刀、斧头，正中是"游击"两个大字，右边绣了"八路军山东人民抗日游击队第四支队"。

黎玉、洪涛看罢，笑容满面。

黎玉道："中奇同志'游击'这俩字写得好，看着就像是打游击的。"众人听了，忍俊不禁，笑了起来。

黎玉又道："我们到了徂徕山就把红旗升起来，再上山的同志，看到红旗，就有了目标。"洪涛道："对，长征时，红旗就是向导！"

1937 年 12 月 30 日下午，通信员将情报送到篦子店：日军已过长清，沿途并无军队拦阻，预计 31 日下午到达泰安。

省委决定：31 日一早，省委机关、平津流亡学生以及自卫团成员，分两批撤离篦子店。洪涛、林浩带领一部分人员，先行赶往徂徕山西麓四禅寺，做好准备，迎接各路起义人员。黎玉、景晓村带领一部分人员，去山阳庄，与程照轩、赵杰、封振武、冯平、李镇卿等人会合后，一同赶往徂徕山。同时，命令泰安县委立即通知全县各地所有参加起义的人员，迅速赶往徂徕山四禅寺。

30 日晚上，大风吼了一夜。第二天天还没亮，洪涛便带领众人离开民众教育实验小学，去了徂徕山。

山里，鹅毛大雪飘飘扬扬。

为安全起见，洪涛将众人分成三拨，分头前进。大家不畏风雪严寒，铆足了劲向四禅寺进发。

洪涛、武中奇、范琳和杨纯四个人一伙。武中奇推着脚踏车，车的横梁上捆了一床被子，里面包着两支汉阳造步枪。

雪悄无声息地停了。

范琳看到不远处一座寺庙的上空飘扬着一面鲜艳的红旗，瞪大眼睛欢声道："看，那就是咱们的红旗！"

洪涛、武中奇和杨纯抬头观看，只见四禅寺的旗杆上，一面红旗迎风飘扬。洪涛道："是我们的旗帜，黎玉书记到了。"

四个人欣然前行，又走了三十多米，洪涛突然低声道："注意，有情况。"武中奇、范琳和杨纯立即收住脚步。只见东南山膀子上走下来五个人，肩背钢枪，刺刀闪亮。他们定睛一瞧：是国民党军兵，像是奔四禅寺而来。

洪涛掏出手枪，屈身隐在一块山岩后，悄声道："你们快去寺里，告诉黎玉书记，可先行躲避。"

武中奇、范琳和杨纯依言快步前行，洪涛断后。

一阵噼里啪啦子弹上膛的声响传来，洪涛扭头望去，便见他们举枪瞄向这边。洪涛料定其并无恶意，当即决定不予理会，掩护武中奇、范琳和杨纯他们进了四禅寺。

到了寺里，洪涛令武中奇和胡寅留下盯着寺前，看那五个人有何举动；他则同黎玉书记带着众人，上后山隐蔽。

武中奇和胡寅将众人送出后门，转身快步来到前门。武中奇拉住胡寅道："你在庙里等着，我出去看看。记住，我不喊你别出来。"胡寅收住脚步，看着武中奇小心翼翼地贴着门柱绕了出去。

武中奇探头眺望，发现那五个国民党军兵正朝四禅寺走来，后面没有队伍，遂放下心来。

武中奇高声喊道："老总，哪个队伍的？"对方有人回道："我们是二十二师谷良民师长的队伍。你哪个队伍的？"武中奇道："我是乔立志的队伍，七十四师二百二十二旅四百四十四团一营。"

这五个人是二十二师的韩德、李怀英、徐福礼、刘玉和杨忠。

他们迟疑着收住了脚步。

武中奇断定他们有所顾虑，忙道："你们上来一个，进来看看。"

五个人商议了一下，推举韩德上去。韩德抱枪于怀，大踏步走到寺门前。武中奇请他进了四禅寺。

一进寺门，韩德警觉地收住脚步，四下里打量了打量，看着胡寅问道："就你们俩？"武中奇实言相告："不知道你们是哪个队伍，其他人都上山躲了。我姓武，叫武中奇，老总您贵姓？"韩德道："我叫韩德。"

武中奇道："您哪里人？"韩德道："利津。"武中奇喜不自胜："咱是老乡。老乡见老乡，两眼泪汪汪！"韩德一脸诧异："你不是利津口音啊？"

武中奇道："不骗你，虽然不是利津口音，但我是利津人啊！姥娘家是济南，我常住济南。"韩德面露喜色："你利津县哪儿的？"

武中奇随口说道："府前街十五号。"怕韩德疑心，他又道，"韩庆润，你认识吗？"韩德道："庆润我认识啊，我们两家隔着一条街。"

武中奇道："韩老弟，你怎么到了这儿？"韩德摇头道："一言难尽啊！"武中奇道："有何打算？"韩德道："回家。"武中奇道："韩老弟，回家怎么行？咱都是韩复榘的部队，一块干吧！打鬼子！"

韩德扭头向寺外望了一眼，慌忙说道："不能跟你谈了。"武中奇道："为什么？"韩德道："我得下去。我们说好的，五分钟后我不下去，他们就开枪。"

武中奇道："好，韩老弟，下去跟他们商量商量吧！"

韩德抱着枪，慢慢地退出寺门，转身去了。

武中奇跟了出去，站在寺门口，眼热地盯着韩德的钢枪，心道："快快加入我们的队伍吧！"

韩德同其他四个人嘀咕了一通，扭头冲武中奇挥了挥手，转身便走。

武中奇喊了一声"同志们不要走"，接着跑过去拦住他们，急切地说道："弟兄们，咱都是韩复榘的队伍。当下时局动荡，你们去哪儿？回家，路途遥远，扛着枪，到哪里都扎眼！实话说了吧，我们是八路军。"

五个人听了这话，大吃一惊。

武中奇抬手一指四禅寺上空猎猎飘扬的红旗，高声道："看到了吗？我们是八路军山东人民抗日游击队第四支队。国家兴亡，匹夫有责！各位朋友，留下一起干吧！"

他们迟疑起来。

武中奇道："各位朋友，真要回家，也不急这一时啊！上去坐一坐、谈一谈？"韩德望着他们四个，试探着说道："要不……咱上去坐坐？"

武中奇攥住韩德的手，热情地说道："各位老总，真要回家，也得想个万全之策。我们凑点钱，送你们回去，再让地方上的同志护送护送。"话音未落，他不由分说，拉着韩德向寺里走去。

另外四个人听了这话放下心来，迈开脚步，跟在韩德身后。

武中奇心中大喜，冲站在寺门口的胡寅道："快把同志们叫出来，欢迎这五位同志参加我们的抗日队伍！"胡寅转身进寺，跑着出了后门，将山上的同志喊了回来。

黎玉、洪涛和林浩兴冲冲地来到他们近前，武中奇为他们相互做了介绍，大家热情地寒暄起来。

省委书记黎玉决定立即为五位同志举行欢迎仪式。

仪式开始，林浩站在一条方凳上，讲了抗日战争的必要性，还有山东发动地方游击战争的重要性，五个人听得非常认真。林浩讲完，大家一起鼓掌欢迎五位同志正式加入革命队伍。接着，孙陶林、韩豁、赵新、唐克、王冰、蒋平、范琳、杨纯和胡寅表演节目《放下你的鞭子》。

看着看着，李怀英和杨忠情不自禁地掉下眼泪来。

演罢《放下你的鞭子》，韩豁唱了一首《松花江上》：


我的家在东北松花江上，
那里有森林煤矿，
还有那满山遍野的大豆高粱。
我的家在东北松花江上，
那里有我的同胞，
还有那衰老的爹娘。
九一八，九一八，
从那个悲惨的时候！

九一八，九一八，

从那个悲惨的时候！

脱离了我的家乡，

抛弃了那无尽的宝藏，

流浪！流浪！

整日价在关内流浪！

哪年，哪月，

才能够回到我那可爱的故乡？

哪年，哪月，

才能够收回我那无尽的宝藏？

爹娘啊，爹娘啊，

什么时候，才能欢聚在一堂？！

韩豁唱得悲愤激昂，人们心头郁结的愁苦怨恨喷薄欲出。

韩豁唱罢，胡寅振臂高呼："打倒日本帝国主义！"

众人齐声高呼："打倒日本帝国主义！"

大家的怒吼声渐渐停歇，武中奇告诉韩德他们，唱歌的这个女孩叫韩豁，是韩复榘的侄女，他们都肃然起敬。

是夜，古老寂静的泰城覆盖了一层厚厚的积雪。

二十二时许，日军第二军第十军团进占泰城。

铁骑践踏，吱嘎作响，像是无数的利刃戳在百姓的心上。

崔子明在夏张小学门前徘徊许久，依然不见有人前来，气呼呼地长叹一声，转身进了校园。校园里，张北华、远静沧、程重远、夏振秋、夏天任、曹龙骧、叶子真、叶明伦和刘西歧背着枪站在操场正中。

崔子明来到张北华近前，低声道："北华同志，对不起，是我没有做好工作。"张北华道："子明同志，不必自责，时间紧，又下着大雪，可能消息没有及时送到。现在子时已过，我们不再等了，按原定计划正式举行起义。

大家同意吗?"

众人齐声道:"同意!"

张北华朗声道:"我宣布夏张抗日武装起义正式开始!"

崔子明大声道:"出发!"他转身前行,众人依随其后出了校门。

一行十人,携带十一支枪,踏着厚厚的积雪,径直北去。

1938年1月1日,徂徕山覆盖了一层薄薄的白雪,太阳出来了,天地一新。

一百六十余名抗日志士,聚于徂徕山四禅寺。

众人穿着不一。有长衫棉袍,有破旧棉袄,还有的腰间扎着绳子;有国民党军服,有八路军军装,还有中山装。武器更是简陋,长枪、短枪、红缨枪、大刀、长矛、木棍,花样繁多。然而,人人精神抖擞,个个志气昂扬。

孙陶林宣布大会开始。

黎玉登上高台,高声道:"我代表中共山东省委庄严宣布,山东人民抗日游击队第四支队正式成立!"热烈的掌声响彻山间。

掌声止歇,黎玉高声道:"我们这支军队属于人民,其宗旨是全心全意为人民服务。这支军队,一切行动听指挥,不拿群众一针一线,一切缴获要归公。鉴于目前的形势,我们这支军队要以开展抗日游击战争为主。同志们,什么是游击战?游是走,击是打,就是游动攻击。游而不击是逃跑主义,击而不游是拼命主义。游击战的精髓是敌进我退,敌驻我扰,敌疲我打,敌退我追。游击战要合理选择作战地点,快速部署,合理分配兵力,选准作战时机,速战速决,战斗结束迅速撤退。游击战是以弱胜强,需要人民群众的大力支持。游击战通常适用于反侵略一方,在敌强我弱的情况下保存自己、打击敌人,最终夺取胜利。同志们,我们这支军队,今后主要就是打游击。下面我代表省委宣布:洪涛任司令员,黎玉任政治委员,赵杰任副司令员,林浩任政治部主任,马馥塘任经理部主任。第四支队暂编为两个中队:省委机关、泰安县人民抗敌自卫团和青年学生编为一中队,李怀英任中队长,鲁宝琪任指导员;赵杰、程照轩、封振武等同志编为二中队,封振武任中队长,程照轩任指导员……"

誓师大会结束，悲壮激昂的歌声响起：

> 工农兵学商，一齐来救亡，
> 走出田间、工厂和课堂，
> 奔向那民族自救的抗日战场。
> ……

日军进城后，向正强便和祝亭亭窝在家里，忐忑不安地等待着即将发生的一切。

泰城的雪一直下着，到第三天也没停。

清晨，一阵敲门声响起，向正强悚然一惊。

"向局长——正强，正强在家吗？"张化成的声音传来。

向正强拉开堂屋门，高声道："张老板，来了。"他兴冲冲地开了大门，见门外站着张化成和一个日本军官。

张化成道："正强，认识一下，这是翻译官唐宋。"

唐宋摘下雪白的手套，笑着将手伸到向正强胸前。向正强鼻子一酸，悲声道："不敢当！"唐宋缩回手，依旧笑着。

张化成支吾道："正强……进……进去说话。"向正强道："请……"

他们进了堂屋，落座后，祝亭亭忙着冲茶，张化成劝阻道："不用了，我们说几句话就走。"向正强摆了摆手，祝亭亭转身去了里间屋。

张化成道："正强老弟，自古以来，识时务者为俊杰。泰城易主，老百姓有什么办法啊？我已经就任泰安县维持会会长，并向矶谷廉介司令官推荐你担任警察局局长。不知老弟意下如何？"向正强呵呵一笑："这么快啊！"

向正强语带讥讽，张化成焉能听不出来？他并不理会，面无表情地说道："正强老弟，行不行，你今晚给个话。"说完这话，张化成艰难起身，趔趄了一下，快步向外走去。

向正强忍着心头的悲愤，将唐宋和张化成送出家门。

雪又下了一天，天黑下来，向正强踏着厚厚的积雪出了家门，身后留下两行脚印，在漆黑的夜里若隐若现。

# 二十五

张北华、远静沧、崔子明、程重远、夏振秋、夏天任、曹龙骧、叶子真、叶明伦和刘西歧一行十人，顶风冒雪，到了夏张西北的松树林坟地，不由得放慢了脚步。

在漆黑的夜里，借着皑皑白雪的光，张北华挨个看了看每个人身上的枪。崔子明腰里别着一只匣子枪，肩上背着一杆步枪。张北华想起毛泽东"枪杆子里面出政权"这句光辉论断，陡然间便觉身上似有千钧重担。今朝枪在手，打鬼子，不就是为了老百姓吗？

崔子明突然笑了起来，众皆愕然。张北华问道："子明，你笑啥？"崔子明道："我问个问题，有谁不害怕？"

众人不语。

刘西歧突然说道："我不害怕。"崔子明道："我也不害怕。"张北华笑道："子明，这是为何？"崔子明道："我们有些同志扛上枪，放不开手脚了，大可不必！"

张北华道："你们俩不害怕，是因为当过兵、打过仗。子明说得对，不要畏首畏尾。我们今朝钢枪在手，是打鬼子，是保家卫国，是项光明正大的事业。我们从现在起就放开手脚，干！"

崔子明拊掌道："对！北华同志说得对！我们放开手脚干！"众人一齐大声吼道："干！放开手脚干！"

张北华道："同志们，咱们有枪了，已正式成为一支革命队伍。是队伍就得有个头，遇事听指挥，这样才能打胜仗。我提议，咱们十个人成立一个中队，两个小队。我建议由崔子明担任中队长，大家同意吗？"

"不同意！"崔子明高声道，"北华，别谦虚，中队长你干。我也别客气，小队长我当一个！"

众人纷纷附和，一致推举张北华担任中队长，崔子明和刘西歧分任小队长。

张北华道："子明，你是活地图，我们这支队伍去哪儿？"崔子明道："我也正在想……去馍馍山吧。王靖夫同志是馍馍山人，他一心想参加游击队。我们先到馍馍山找他，然后再做打算。"张北华道："好，子明，你带队，我们立即出发。"

一行十人，顶风冒雪，摸黑去了馍馍山。他们赶到馍馍山村时，天已放亮。放眼四顾，这里四面环山，进出不便，易守难攻，倒真是一个隐遁藏身的绝佳之地。

崔子明去村里找王靖夫，余者在村头等候。

咣当咣当，一阵响声传来。众人循声望去：东北方山坡上，一个汉子正慌慌张张地往村里跑去，身后两只水桶滚下山坡。

众人先是愕然，旋即明白了。远静沧皱眉蹙额道："他这是把我们当成土匪了。"张北华道："见到靖夫同志，一定请他向群众好好解释。老百姓安定不下来，我们没有落脚之地啊！"

过了一会儿，崔子明领着王靖夫兴冲冲地赶来。王靖夫看到众人肩背钢枪，笑逐颜开，连声道："好好好！有了这些家伙，我们就能打鬼子啦！"

崔子明将王靖夫介绍给大家，众人握手寒暄了一通。崔子明拉着王靖夫站在张北华面前，郑重其事地说道："报告中队长，王靖夫同志正式提出，要求加入我们队伍。"张北华高兴地握住王靖夫的手道："欢迎！欢迎！子明，就编入你的小队吧！"

崔子明摘下步枪递给王靖夫："靖夫，拿着，枪！"王靖夫攥紧钢枪，上下瞅瞅，欢喜道："我也能打鬼子啦！"

王靖夫领着众人去了山顶的小学，央告了一间校舍，铺上麦秸，张罗着众人躺下歇息，然后匆匆下山弄饭去了。

约莫一个时辰后，王靖夫从家里取来煎饼、地瓜和咸菜，叫醒众人吃饭。

吃罢饭，张北华急切地同王靖夫商谈如何做好群众工作。这时，一位五十岁左右的汉子，站在门口探头向里张望。远静沧赶忙起身道："叔，快请进！"王靖夫听了扭头看去，见是村长，一面起身向门口走去，一面说道："村长，您快请进！"

听说是村长，众人忙走至门前相迎。村长连连摆手道："不啦！不啦！靖夫啊，我说几句话，接着就走。"王靖夫脸色骤变，晓得事情要坏。果不其然，村长道："村里都传着来了土匪，住进了小学，我说啥也不相信。靖夫老师是个正经娃，咋能往学校里领土匪啊？"

王靖夫道："村长，是打日本鬼子的抗日队伍，昨晚刚从夏张起义，来咱这儿暂住。"村长支吾道："打日本鬼子……好是好，可咱这儿没鬼子啊！你们就不要在这里住了，引起麻烦，我担当不起。你们还是另寻别处吧！"

村长说完这话，转身去了。

崔子明皱眉道："去哪儿？馍馍山村不让住，别的庄子也够呛！"说完这话，他焦急地看着王靖夫。

王靖夫喃喃道："下着大雪，去哪儿也不方便，要不先到鹁鸽崖山洞里暂住一两天？"崔子明去过鹁鸽崖山洞，倒真是个藏身所在，便对张北华道："北华同志，那地方条件虽然差一些，但山势险峻，易守难攻，要不先去住几天？"张北华慨然道："苦怕什么？走，我们去！"

鹁鸽崖山洞位于一架山东侧，高居峭壁，距山顶约四五十米，崖壁如削，不能攀爬。去往山洞，只有一条陡峭逼仄的羊肠小道，曲折盘旋、蜿蜒而上，一人攀登亦须不时侧身，方能通过。洞外砌有石墙，有门通山道。山洞宛如一座城堡。洞口左侧立有一碑，碑文云："吾泰西鄙盘龙山，峦嶂回合，涧谷幽邃，广袤数十里。其中胜景甚多，黄石赤松，洪崖浮丘，古羽客每栖迟，往来不绝。鹁鸽崖则其尤焉者。崖左近峭壁百尺，削若天成，壁半嵌空……"洞内呈弧形，进深两米有余，长十余米。

众人进了山洞，不胜欣喜：此地易守难攻，真可谓"一夫当关，万夫莫开"。

刘西歧问道："这里可有水源？"王靖夫道："没有。"

众人豁然醒悟：若被围困，最终吃亏的还是洞里的他们。

打扫完山洞，天黑了下来。昔日在家，便到了饭时，然而，此时此刻，人人心里犯愁：到哪儿去弄吃的？

洞外狂风怒吼，洞里不时卷进一团团凌乱的雪花。

大家闲聊了片刻，便无话可说了。张北华当机立断：睡觉，一切等天亮再说。众人商定：晚上两个人一班，轮值站岗，半山腰一个岗，洞口一个岗。

崔子明和远静沧第一班当值。崔子明去了半山腰，躲在一块山岩后，避着风雪，心急如焚：此地不可久留，一是生存困难，二是群众不欢迎。我们是抗日的，为何不受欢迎？真没想到！

"打日本鬼子……好是好，可咱这儿没鬼子啊！"崔子明陡然想起村长的这句话来，恍然大悟，仰天大笑一声，吼道："大刀大刀砍向鬼子的头！"

远静沧听了霍地站起来，高声喊道："子明，怎么啦？有情况？"崔子明大声吼道："没情况！做梦打鬼子啦！"

山洞里没有一根稻草，九个人靠在一起，顶着王靖夫从家里拿来的一床破棉被，席地而卧。众人冻得浑身瑟缩，如何睡得着？崔子明同远静沧之间的呼喊问答，听得清清楚楚。

叶子真道："子明再喊，就让他进来睡觉。"听了这话，大家情不自禁地笑了。

刘西歧嗟叹道："我终于知道国民党军队为何一败涂地了。"张北华问道："为何？"刘西歧道："没有崔子明这号人物啊！"

天亮之后，大家商议如何走出困境，最后共同决定：把钱凑到一起，先吃饭，然后寻找目标打鬼子。

张北华掏出十元钱，笑道："我就十块钱，五块是黎玉同志给我的生活费；五块是我出狱后，从小光腚一起长大的伙伴给的。"远静沧和夏振秋各拿出五元，程重远拿出四元，共计二十四元。张北华把钱攥在手里，觉得沉甸甸的，望着程重远笑道："重远同志，你就把这事管起来吧！"

程重远一脸庄肃地接了。众人又合计了一番，王靖夫、程重远和崔子明一同下山弄饭去了。

天晴了，众人出了山洞，看着明晃晃的太阳，心里涌起些许暖意。

十点钟光景，崔子明和程重远带着煎饼和咸菜回到山洞。

张北华不安地问道："靖夫同志呢？"崔子明道："村里都传着来了土匪，人心惶惶的。我们仨商量了一下，让靖夫留下，如果有情况赶紧上来报信。"张北华点头道："如此甚好！如此甚好！"

傍晚时分，王靖夫慌慌张张回到山洞，告诉大家：国民党县党部的崔仲华，还有夏张镇的部分地主及商贩，一口咬定他们就是土匪，已正式向陈学曾施压，请红枪会立即围剿鹁鸽崖；二区区长薛家俊派员调查此事，人已到了馍馍山。

崔子明、曹龙骧、叶子真和叶明伦都是本地人，晓得红枪会的实力，心里惊慌不已。

崔子明道："陈学曾的红枪会颇有实力，手下二百多人，五十多支枪，不到万不得已，一定不能与他们正面冲突。当务之急是让红枪会接受我们。如果做不到这一点，必须马上离开这儿，否则后患无穷。"夏天任道："我在鱼池街教过书，陈学曾的儿子是我的学生。北华同志，我可以去找陈学曾解释解释。"

众人议了议，都认为这是个好法子。

第二天一早，夏天任动身去程子崖，张北华将其送至半山腰。傍晚时分，夏天任回来了，告诉大家：陈学曾说，只要是抗日队伍，他都支持，住在这里不方便，缺啥到庄里去拿。

一场风波化解，众人如释重负。这天晚上，大家开会决定：尽快下山打鬼子。

崔子明慷慨激昂道："只有大刀砍下鬼子的头，才能证明我们是抗日的队伍！"


一队鬼子簇拥着司令官矶谷廉介来到大众桥，泰安县维持会会长张化成和警察局局长向正强依随其后。

矶谷廉介穿过大众桥，蹼到向方亭前，饶有兴致地看着。唐宋凑到矶谷廉介近前，一脸谄媚道："向方亭，是以韩复榘的名字命名的。"矶谷廉介闻言色变，转身怒视明轩亭。唐宋怯怯地说道："那是明轩亭，以宋哲元的名字命名。"

矶谷廉介满面怒容，抬手向西指了指。唐宋会意，忙道："南边是协和亭，以李烈钧的名字命名；北边是右任亭，以于右任的名字命名。"

矶谷廉介气冲冲地走近协和亭，瞅了一眼，又转身走到右任亭前，看了一会儿，咆哮道："除了这个亭子，那三个，统统砸掉！砸掉！砸掉！"

贺盛安荷着扁担，走过进士坊，看到遥参亭坊有鬼子走来走去。他并不胆怯，依然昂首阔步，庄重前行。

未到遥参亭坊，鬼子便将其拦下，一面叽里咕噜地吼着，一面比画着让他去遥参亭坊北边。贺盛安向北瞅了一眼，见那儿站了三五名挑夫，晓得鬼子是抓挑夫扛活。他想起自己立下的誓言，佯装不知，迈步向前走去。

鬼子大怒，将枪倒转，捣在贺盛安左肩上。贺盛安趔趄了一下，旋即又昂首挺胸大步向前。

鬼子哇啦一声大叫，举枪对准贺盛安。千钧一发之际，向正强冲到近前，抓住鬼子的枪向上一举："太君，我来收拾他！"

鬼子犹豫不定。向正强忽然瞥见贺盛平举着扁担从中山街向这边奔来，当机立断，掏出手枪向南一指，厉声喝道："贺盛平，你给我站住！"贺盛安听了这话，转身向南看去：贺盛平拄着扁担，立在中山街头。

向正强忙冲近前的江舜喊道："把这俩人给我带到警察局，往死里打！"江舜应声抓着贺盛安，奔贺盛平而去。

向正强慢慢放手，恭恭敬敬地向鬼子鞠了个躬，鬼子面无表情地看了他一眼，转身向北去了。

目送鬼子过了遥参亭坊，向正强慢慢转身，看到江舜押着贺盛安和贺盛平向西走去，长出了一口气，摇摇头，心道："这是真的吗？"

# 二十六

1月3日夜，中共山东省委开会研究决定：明日移师光化寺，并通知莱芜、新泰等地县委，率领起义队伍，速到光化寺集合。

会后，黎玉、洪涛、赵杰和林浩走进庭院，顿觉寒气逼人，浑身瑟瑟，不约而同地袖起手来。

黎玉抬头望了一眼天空的月牙，低声道："天寒地冻的，同志们冷啊，咱们去看看……"洪涛道："去看看。"

寺院东南角一间小屋里传来雷鸣般的鼾声，众人哑然失笑。

黎玉道："听起来像振武同志啊。"赵杰道："不是他是谁?"

黎玉向东南走去，洪涛、赵杰和林浩依随其后。他们到了小屋门前，赵杰紧走一步，轻轻推开房门。

黎玉抬起脚，旋即又放下。众人站在门前探头观看，只见微弱的灯光下，十余人躺在铺了山草的地上，头朝四壁，腿伸正中，整个形状如同轮辐，一床被子盖在中央的腿上。

封振武头顶在门槛上，上身盖着棉袄，两条腿伸进一条裤筒里，另一条裤筒压在下面当了褥子，鞋和袜子用草捆了，枕在头下。

黎玉不忍心看了，轻轻地掩上门。

洪涛低声道："黎玉同志、林浩同志，你们休息去吧，我和赵杰同志查完岗也休息。"

黎玉和林浩答应着走了。洪涛去了前门，赵杰去了后门。

哨兵看到司令员来了，忙将枪倚在墙上，垂手恭立，笑道："报告司令员，平安无事。"洪涛走到近前，敬了个礼，伸手抓过枪，双手平端着递与哨兵，低声道："记住，作为一个哨兵，什么时候枪都不能离手！"

哨兵惭愧地说道："记住了，司令员。"

第二天，队伍离开四禅寺，开赴光化寺。

未几，莱芜县委和新泰县委带领起义人员先后来到光化寺与第四支队会合，随后编为第三中队，程绪润任中队长，刘居英任指导员。

灯光下，黎玉一脸欢悦，提笔写道：

> 徂徕山就像一块魔力无边的磁石，吸引着无数爱国志士争相前来，有农民，有工人，有学生，有教师，有商人，还有国民党军兵。大家穿着不同的服装，扛着枪，拎着刀，荷着棍棒，脖子上挂着手榴弹，欢笑着、畅想着，来到徂徕山……
>
> 他们的目标只有一个：打鬼子。

1月10日，赵润川老师告诉村民：明天下午，徂徕山抗日游击队来村里，晚上住下。村民们早就听说共产党在徂徕山有一支队伍叫游击队，专门打日本鬼子，但谁也没见过，颇为好奇。村民们热情地张罗着给游击队准备吃食，安排住处。

翌日，东良庄全村上下欢歌笑语，喜气洋洋。下午四点，游击队来了。村民和学生出村二旦，夹道欢迎。

看到游击队员衣着不一、武器混杂，有人惊叹道："怎么还有国民党军兵？"学校的老师道："不要大惊小怪，这是投降的，你没看见帽子上没有青天白日帽花，胸前没有白底蓝字胸章吗？"听了这话，人们恍然大悟。

队伍里最惹人注目的是女兵。她们笑着走进人群里，百姓十分好奇，围住她们问这问那。杨纯、唐克、赵新、傅生、韩豁、范琳、夏明、蒋平、何浩、王冰她们，轻松愉快地和百姓拉家常，迅速与其打成一片，趁机宣传抗战。

晚上，抗日剧团在东良庄小学演出节目，宣传抗日。节目除了《放下你的鞭子》《松花江上》，还有《捉鬼子》《大刀砍向鬼子们的头》等等。

红枪会危机解除后，夏张抗日游击队在鹁鸽崖山洞稍做休整，1月4日移师香水寺。香水寺陈道长是夏张人，与崔子明相熟，对游击队颇为照顾。夜里，十一个人躺在软和的麦秸上香甜入梦。

第二天早晨醒来，游击队召开全体会议，一致决定：吸取馍馍山村的教训，立即派曹龙骧和叶子真去周围村庄宣传抗日，发动群众参加游击队；崔子明和远静沧联络泰西各地的抗日起义组织，大家迅速联合起来，寻找目标，打响第一枪；刘西歧和王靖夫负责军事训练。

三天后，远静沧和崔子明回到香水寺，收获颇丰：安临站的葛阳斋组织了一支四十余人的队伍，随时配合行动；陆房的王鸿乾决定立即拉起一支队伍，参加抗日；王仲范、张韶三和张魁三的队伍有五十余人，随时可以前来会合。

众人听了，十分欢喜。

马世进回了香水寺，崔子明一看愣住了。张北华忙道："子明，马镇长两天前就来了，正式加入了我们游击队。"

崔子明高兴地与马世进拥抱在一起。马世进道："子明，我正式投入抗日洪流中了，谢谢你！"崔子明道："世进，我们都应该谢谢你，没有你，也许就没有游击队的今天！"

这日，吃罢早饭，崔子明手把手地教张北华打枪。

崔子明把匣子枪的弹夹退下，先讲了一遍枪的构造，又讲了射击"三点一线"的要领，然后装上弹夹，递与张北华。

崔子明指着二十米开外的一棵松树道："就打那棵松树吧。"

张北华举起枪，眯着眼扣动扳机。只听叭的一声脆响，子弹不知飞到哪儿去了。

张北华自嘲地笑了，说："有生以来第一枪，就这么打飞了。"崔子明道："再来一枪。"张北华正色道："规定好的，每人只能打一粒子弹，谁也不能例外！"

这时，一位山民来到香水寺，告知粥店村经常有鬼子去抢东西、催粮、抓差。崔子明一面仔细地询问情况，一面盘算着如何下手。送走山民后，崔子明道："北华，这是个机会。"张北华点了点头道："我们也该有所行动了。"

崔子明道："北华同志，人多目标大，我一个人去就行。"张北华道："子明，算上我一个。"崔子明道："你不会打枪。"

"我用手榴弹。"说完这话，张北华将匣子枪递给崔子明，转身去了大殿。他拿了一把刺刀、两颗手榴弹，把寺里的队员召集起来，简单地说了说情况，随即同崔子明下山去了。

到了粥店，恰逢集日，路上人来人往。崔子明大喜，悄声道："北华，今日该着咱俩得手。"张北华道："千万不要误伤百姓。"崔子明道："那是，一定！"

到了村头，迎面遇到老中医尚华庭，崔子明快步迎上前，抓住他的手，小声道："华庭叔，打听个事。"尚华庭吃了一惊："子明啊，啥事？"

崔子明一掀棉袄，露出匣子枪，低声道："鬼子在哪儿？"尚华庭惊得目瞪口呆，忽地抱住崔子明的胳膊，高声道："老侄子，家去吃饭去！"崔子明焦急地说道："叔，问您呢！鬼子呢？"尚华庭正色道："你来晚啦！走了。走，家去叔好好给你说说。"

就这样，崔子明和张北华跟着尚华庭回家去了。

吃罢饭，尚华庭道："唉，子明，我还是说实话吧。这个时候了，鬼子是真走了。"崔子明愀然变色。尚华庭呵呵一笑："子明，别生气，叔是为你俩好，也是为俺粥店庄子好。你俩打不过鬼子，咱是世交，叔不能看着你白白送命。再说，即便你们万一得了手，杀死鬼子，鬼子来报复，村里得死多少人啊！夏张离这儿才多远？大家伙不骂死你啊！"

崔子明心里烦躁，碍于尚华庭是长辈不便发火，敷衍了几句就告辞了。

到了山下，王靖夫和刘西歧急呼呼地迎来。一见面，刘西歧就笑道："不用说，没有找到鬼子。"崔子明一脸诧异："你怎么知道？"王靖夫道："俺回来，一听说你们俩打鬼子去了，不放心……"刘西歧插话道："你们以为日本鬼子这么好打，堂堂国民党军不如你们？淞沪会战，国民党军的装备是德国造。"

听了刘西歧这话，张北华心里颇不服气，掏出一颗手榴弹晃了晃："西歧同志，不要长鬼子的志气，灭自己的威风！我就不信，中国的手榴弹炸不死日本鬼子？"刘西歧一看，哭笑不得："中队长，你这手榴弹都生锈了，啥年月的？"张北华尴尬一笑："蒋冯阎大战时，阎锡山留下的。"刘西歧道：

"八成不响！"

四个人说说笑笑，上山去了。

第二天，游击队收到情报：肥城的鬼子大部南下，只留下七八个，县城靠维持会和警备队把守。警备队有五十余人，净是些烟鬼、赌棍、酒徒，没什么战斗力；维持会更是不堪。

张北华、远静沧和崔子明商议决定：打！通过这一仗，让老百姓看看，游击队是真抗日还是假抗日。

崔子明提议：此地距肥城七十余里，为了便于行军作战，将队伍移至离城四十余里的空杏寺。众人同意，连夜出发，拂晓时分抵达空杏寺。

空杏寺依山而建，四周松柏叠翠，寺前涌泉潺流、幽窈静洁，寺内殿宇宏伟、七宝庄严。

1月12日，王仲范、张魁三、张韶三、葛阳斋、陈惠民等人率领抗日义士，先后赶来会合。

张北华召集众人开会，根据省委指示，正式成立"山东西区人民抗敌自卫团"，与会人员一致推选张北华任主席。会议决定：泰安县组织的队伍编为一大队，由张韶三任大队长，崔子明任指导员；肥城县组织的队伍编为二大队，由陈惠民任大队长，葛阳斋任指导员；成立特务队，负责保卫工作，由王仲范任队长。

六十余名游击队员站在庭院里，眼睛望着大殿，心里想象着旗子的模样。

大殿内，夏振秋用红墨水在程重远的被单上写下"山东西区人民抗敌自卫团"，抬头看了看围在近前的张北华、远静沧、崔子明等人，笑道："怎么样啊？"

张北华慨然道："终于盼到这一天啦！"

空杏寺内庄严肃穆，众人仰望，看着书有"山东西区人民抗敌自卫团"的大旗冉冉升起，心潮澎湃。

升旗仪式结束，王仲范立即带人下山，去县城侦察敌情。

这天晚上，自卫团认真研究了王仲范带回来的情报，做出决定：1月15日夜零时，自卫团出发，夜袭肥城，速战速决。

是夜，北风呼啸，大雪纷飞。游击队员们吃罢饭，荷枪实弹，踏上征程。到达肥城近郊，天还没亮，队伍隐在一片松树林里。稍事休息之后，他们逼近城门，各就各位，枕戈待旦。

天亮了，风停雪歇，寂静无声。

王仲范和张韶三悄无声息地站在城门两侧。一阵脚步声传来，二人对望了一眼，掏出手枪，蹑手蹑脚地逼近城门中间。

城门吱吱呀呀开启，开门的伪军刚露出身子，王仲范和张韶三便举枪顶住其前胸。那人正自惊诧，王仲范探手摘了他的枪。两个人接着挤进城门，四下探看。确定无人后，张韶三忙向外挥手。崔子明一声令下，率队迅疾占领南门，安排队员在城门楼上架起枪，掩护后面的队员进城。

王仲范率部去了维持会，崔子明率部去了警备队。

游击队员们冲到"大东亚肥城新民维持会"门前，发现大门紧闭。王仲范举枪冲院墙前的大槐树一指，近前一名队员噌地爬上去，跳上墙头，进入大院，将门打开。

游击队员们一拥而入，四下里散开。根据战前部署，凡是没有从外面锁门的房间立即撞门而入。片刻间，游击队员们的警告声和汉奸的哀号声接二连三地响起。

游击队员们正砸着东屋门，窗户里突然探出一支枪来，叭叭打了两枪。两名游击队员立即回了一枪。

王仲范厉声吼道："缴枪不杀，再放枪，投手榴弹啦！"屋里的伪军拼命叫着"别投，别投"，接着一支步枪从窗户里掷出来。

片刻之后，维持会的汉奸悉数投降。经过盘问，没有发现范维新。

警备队驻扎在县警察局。听到枪声和厮杀声传来，警备队队长朱成武翻身坐起，一面飞快地穿衣，一面尖声叫道："快起来抄家伙！"霎时，屋内乱作一团。

屋外，墙上和屋顶上站满了游击队员，荷枪实弹，严阵以待。邹筱孟带人堵在门前，高声喊道："我们是抗日游击队，你们已经被包围啦！快快缴枪，不缴枪就扔手榴弹啦！"

朱成武穿上衣服，蹑手蹑脚下了炕，低声指挥着伪军顶门、堵窗。这时，崔子明赶来，看到一名队员正要贴近窗户，忙冲到近前将其拽住，弯腰捡起一块石头掷向窗户。

石头砰的一声砸在窗户上。未及落下，里面打出枪来，子弹擦着一名队员的耳朵飞过。"开火！"崔子明话音未落，一阵密集的枪声响起，游击队员们对着窗户开了枪。

崔子明心疼子弹，急忙挥手，队员们停止射击。

一名队员厉声吼道："不缴枪，老子扔手榴弹啦！""别扔，俺投降！""投降！投降！""饶命啊！饶命！"室内传来告饶声，惊恐刺耳。

朱成武眼见大势已去，绝望地跌坐在地上。

靠近门口的两个伪军，各持门槛一端将其抬起摘下，随后把自己的枪支弹药从门下投出。两扇窗户里，接连不断地有枪支弹药"飞"出来。

游击队员们看在眼里，乐在心上。

投光枪支弹药，伪军们在游击队员的指令下，举着手、低着头走出来，哆哆嗦嗦站在庭院中央。

崔子明冷冷一笑，走到朱成武近前，喝道："抬起头来！"朱成武慢慢地抬起头。崔子明道："你是朱成武？"朱成武点了点头。崔子明鄙夷地骂道："贱骨头！"他抬脚将其踹倒在地，"绑起来！"

几名游击队员一拥而上，将朱成武反剪双臂，五花大绑。

范维新家在城南门外，城里枪声一响，范家大院里听得清清楚楚，接着就炸了锅。范维新慌慌张张起了床，戴上皮帽子，战战兢兢地来到大门前，手刚触到门闩便抽搐着缩回，转身去了庭院西南角。

长工范雷霆竖上梯子，范维新尚未爬到墙头，便警觉地停下来，靠在墙上，摘下皮帽子，用右手举着，慢慢探出墙去。

叭的一声枪响，一颗子弹打中帽子。帽子坠地，范维新吓得抱住梯子，摇晃着下来，跌跌撞撞跑向花窖。进了花窖，他又探出头来，反复叮嘱家人，无论谁来，都说他不在家。

游击队员们押着俘虏来到范家大院，叫开门，把范家一干人等看押在庭院正中。他们问询范维新人在何处，范雷霆支吾着说了。游击队员们从花窖里把范维新捉了，反剪双臂，五花大绑，推着去了。

# 二十七

萃英中学的宣传栏上贴了一则告示："肥城大汉奸维持会会长范维新、警备队队长朱成武，已于 1 月 16 日经群众大会公审，判处死刑，立即执行。其所有财产，悉数没收。"

贺盛平看罢，扬眉吐气。

向正强悄无声息地走来，轻轻拍了一下贺盛平的肩膀。贺盛平转身，一看是向正强，忙向北挪了一步，挡住其视线。

向正强凄凉一笑："盛平，大可不必。"贺盛平道："正强哥……"

向正强听得出这三个字的分量，心里颇为感动，低声道："盛平……这地方以后要少来……人家说了算，不愿意跑，就躲一躲吧。"贺盛平道："我明白，人在屋檐下，不得不低头啊！"

向正强的脸抽搐了一下，转身去了。

贺盛平突然想起贺盛安所托之事，紧走几步，追上向正强，说："正强哥，盛安想请你吃顿饭……"向正强收住脚步，笑了笑，说："挑山帮会会长请我，不能推脱，我去！贺盛安请我，我心里高兴啊！就今晚吧。"

贺盛平问道："去哪儿？"向正强道："老地方，桃园春吧。盛平，我去不早，晚上你早点去，点上菜，咱别让盛安结账……就说你请吧。吃他一顿，担个把月山，让人如何心安？"

晚上，向正强、贺盛平和贺盛安坐在一起。贺盛平点了六个菜：天花炖鸡、糖醋鲤鱼、九转大肠、酱牛肉、芫荽炒豆腐皮、韭菜炒鸡蛋。

贺盛安看着一桌子的鱼和肉，眼前浮现出一双双眼睛来。这桌子菜，自己的三个兄弟莫说吃了，有的见也没见过啊！贺盛安心慌意乱，不忍看觑。

向正强看其情形，心里不忍，忙道："盛平、盛安，两位好兄弟，今天我请客……"贺盛安忙道:"那可不行!"向正强道:"盛安,不要争了,我请客也请不起,但我到哪儿吃饭,人家都不要钱,为什么? 他们摊上事,有求于我。萃英中学的教书先生们,常说警察局里那些人白吃白喝。吃谁的? 喝谁的? 不都是民脂民膏嘛。他们说得对,道理的确是这样。他们也来吃吃试试,少一文钱也不行! 人要是一根筋,认死理,这一辈子到哪里都是死胡同!"他端起酒杯,"好了,待要好大敬小,两位兄弟,哥先喝为敬!"

向正强一饮而尽,贺盛平同贺盛安也忙端起酒喝了。

贺盛安将酒一一斟满,忐忑不安地端着酒杯站起来。向正强慌忙起身,双手搁在他肩上,请他坐下。

贺盛安涨红着脸支吾道:"向局长……"向正强摆手道:"贺会长,啥也别说,我明白。你也别觉得欠我多大的人情。这样说吧,日本人若不来,我救人一命,富人家得拿一千大洋谢我;穷人家再困难,也得一百。这就是价码,要不谁心里也不舒服。多大的人情,多大的账! 千古一理。现在则不同了,因为我们都是中国人,我不救你,心里不安啊!"

向正强从衣兜里掏出一张折叠的纸,展开递给贺盛安。贺盛安接过一看,皱紧眉头。向正强道:"贺会长,是他们把日本人抬到山上,刻下'皇道无边'四个字。马上就正月十六了,如何措置?"贺盛安道:"我为这二十四个人,两天两夜没合眼。开除他们,狠不下心来……还是原谅他们吧。"

向正强道:"为什么?"贺盛安道:"他们抬日本人上山,不是为了一口饭,而是活命,所以我不怪他们。"

向正强点了点头,问道:"盛安,如果日本人再用枪逼你,你抬吗?"贺盛安垂下头,低声道:"抬……我是为了孩子……不能让孩子生下来就见不到爹,那样我死了也合不上眼!"

向正强低声道:"这样就对了,十八盘高直陡峻,也不是不拐弯啊!"贺盛安抬起头,晃了晃那张纸,颤声道:"正强哥,这个能给我吗?"向正强道:"拿来就是给你的。"

贺盛安咬着牙将其撕碎,揣进兜里。贺盛平从这张名单上,隐约看到了方诚、方信兄弟俩。

临走时,贺盛安争着结账,店家拒绝,只得作罢。

向正强从教场后街拐进青龙街，看到两棵柏树后面各站了一人，疑心顿起，掏出枪来，故意放慢脚步。果不其然，俩人快步追上来。

听得脚步近了，向正强举枪转身，但见二人举着扁担，正劈头砸来。向正强忙闪身躲避，厉声喝道："不许动！动一动，打死你们！"

方诚、方信吃了一惊，两条扁担砰地砸在地上。他俩似木雕泥塑一般，不敢动弹。

向正强看清是方诚、方信兄弟俩，呵呵一笑："回去让鲁宝琪好好教教你们。要是搁在以前，老子一枪一个，送你们去蒿里山。给鲁宝琪捎个信，大家都是中国人，就不能相安无事吗？锄奸！锄奸！有本事去蒿里山啊！"

向正强说完这话，转身去了。

这日，朱玉干急匆匆赶到东良庄，报告省委：近日，有四十余名国民党军兵来到北望村，领头的是副连长林国栋。他动员村民热情款待他们，并告诉他们徂徕山上有八路军的起义队伍，是真抗战，建议他们上山加入游击队。他们并不排斥，已有加入之意。

省委决定积极争取，派林浩、武中奇随朱玉干一同回北望村。果然不虚此行，四十余人集体加入游击队，编为第四中队，林国栋任中队长，林浩兼任指导员。

游击队收到情报：国民党鲍峄山和万金山已正式结成联盟，将于近期逼近我军驻地，并各自传下命令，所辖之地，一旦发现八路军游击队活动，立即驱离，必要时可以开枪。

黎玉对此非常重视，马上召开会议研究对策。会上形成了两种意见：一种意见是尽快与鲍峄山和万金山谈判，敦促其以抗日民族统一大业为重，不要搞摩擦，要团结起来共同抗日；一种意见是立即转移，避其锋芒，寻找机会打击日寇。

会后，黎玉问洪涛："洪涛同志，两种意见，你倾向哪一种？"洪涛道："都有道理。对'鲍万联盟'要防，更重要的是，要尽快向日寇打响第一枪。只要我们打了胜仗，民众就会大力支持。我们得民心，鲍、万也不敢肆意妄为。否则，我们的处境会愈来愈难。"

黎玉高兴地说道："洪涛同志，你这话说到我心里去了。"洪涛道："黎玉同志，这几天，有群众送来消息：新汶公路上，经常看到鬼子和他们的汽车。游击队侦察小组前去侦察了几次，情况属实。我觉得，鬼子在明处，我们在暗处，可先发制人，打他个措手不及。"

黎玉道："好！洪涛同志，一定要打好这一仗！这是我们第四支队成立后的第一仗，对于扩大我军政治影响、迅速发动抗日游击战争关系重大！我们要坚决打赢这一仗！不然，如何向山东人民交代啊？"

这时，鲁宝琪匆匆赶来，向黎玉和洪涛报告了泰西抗日游击队打下肥城，公审处决了范维新和朱成武的消息。

黎玉和洪涛听了大喜过望。

黎玉道："立即告诉全体指战员，让大家高兴高兴，我们游击队也能打胜仗，也能攻下一座城！"洪涛道："对，一定要让大家通过肥城这一仗，看到胜利的曙光！"

鲁宝琪道："是啊，泰城人民知道后，别提多高兴啦！个个扬眉吐气！"黎玉问道："宝琪同志，有人员牺牲吗？"鲁宝琪摇头道："不知道，消息来源于萃英中学的宣传栏，我收到情报后立即赶来报告省委。"

黎玉点头赞道："北华同志干得好！"


据可靠情报：1 月 26 日，有一队鬼子将通过新汶公路。省委决定：在寺岭村以东伏击鬼子。

1 月 26 日凌晨，部队整装待发，作战总指挥赵杰严肃地说道："同志们，我再强调一遍，一定听从指军，遵守纪律，不发信号谁也不准开枪！都记住了吗？"游击队员们齐声道："记住啦！"

拂晓时分，队伍按预定时间到了寺岭村汶河北岸。大家四下散开，或挑着秫秸捆，或扛着柴草，或背着筐，俨然就是一群赶集的农夫。过了河，进入埋伏地点，大家从秫秸捆或柴草里抽出长枪，从筐里掏出手榴弹，从腰里拔出手枪，各就各位。战士们居高临下，瞪大眼睛凝视着公路，静候鬼子到来。侦察员背着粪筐，荷了铁锹，在公路上来回走动，监视敌情。

太阳升起老高了，鬼子还不露面。有的队员开始着急，暗自嘀咕："难道走漏了风声，鬼子临时改了道？"赵杰镇定自若，传下话去："我们的情报准确，敌人一定从这儿过，大家务必坚持到底，胜利一定属于我们！"

三九严寒腊月天，正是天寒地冻时。游击队员们不畏酷寒，坚守阵地。拿枪的，想象着子弹射进敌人的脑壳；握手雷的，想象着手雷在鬼子的头上炸响开花；杨桂芳想象着手中的大刀一挥，鬼子人头落地，鲜血喷溅……

晌午了，一点鬼子的影子也没见。赵杰暗自思忖："难道情报有误？难道走漏了风声？咳！我身为主将，岂能自乱阵脚？"他牙一咬、心一横，又一次传下话去："我们的情报准确，敌人一定从这儿过，大家务必坚持到底，胜利一定属于我们！"

下午三点左右，在西边拾粪的哨兵突然走下公路，这是信号：鬼子从西边来了。大家的心倏地提到嗓子眼，均屏息静气，支棱起耳朵，等着司令员下达开火命令。

鬼子来了，是一支辎重马车运输队。前面汽车开道，中间是马车，满载着军用物资。车队两侧，每隔二三十米，便有一个鬼子护卫，荷枪实弹，趾高气扬。

游击队员们手扣扳机，瞪大眼睛，看着鬼子从准星上一个一个地闪过，手痒痒，心颤颤，凝神倾听，生怕听不到命令，错失战机……

鬼子、马车越来越多，目力所及，马路上全是。

赵杰暗自提醒自己：耐心等待！一定要有耐心！

时间一分一秒地流逝，游击队员们熬了半个多小时，方才看到车队的尾巴：两辆马车落在后面，几十名鬼子压阵，从容不迫地走着。

终于，马车进了预定的伏击圈。

赵杰大喊一声："打！"霎时，马路两边的高墙上、屋顶上和土丘上，游击队员霍然现身，如神兵天降。一时间，步枪、土枪、机关枪齐齐开火。四五个鬼子倒地，余者急忙卧倒。

捆在一起的手榴弹接二连三地落下，轰隆隆开了花。鬼子魂飞魄散，鬼哭狼嚎。

胜利在望，赵杰喜出望外。

鬼子的机关枪扫射过来，子弹像一阵狂风，呼啸而过。一发发炮弹打来，在游击队员们身后炸响。游击队员们奋勇还击，愈战愈勇。

赵杰陡然清醒：敌我双方装备悬殊，若非地利，我方非常危险；相持下去，断然扛不住炮弹的密集轰击。权衡利弊，赵杰决定立即发起冲锋，扬长避短，与敌人近身搏斗，速战速决。

嘹亮的冲锋号响起，游击队员们如猛虎下山，扑向公路。

突击排排长杨桂芳一马当先，手持大刀闯进敌阵。一个鬼子端枪向他射击，杨桂芳侧身躲过，一个箭步冲到近前，挥刀将其右肩砍下，接着弯腰捡拾步枪。一个诈死的鬼子突然跃起，举枪射击，杨桂芳前胸连中两枪，摔倒在地。

游击队员们将那个鬼子扎死，扛起杨桂芳转身回撤。杨桂芳趴在战友肩上，胳膊垂下，手紧紧地握着那柄鲜血淋漓的大刀。

胜利归来，游击队员们没有喜悦，人人挂念着杨桂芳。

躺在担架上的杨桂芳奄奄一息，到了凤凰庄便咽了气，头歪着，眼睛睁着。杨桂芳的同学岳凌山攥住他的手，哽咽道："桂芳，合上眼吧！俺会把振东娃照顾好……"

杨桂芳慢慢地闭上了眼睛。

# 二十八

日军驻泰安司令官吉田相左召见张化成和向正强。

吉田相左问道："徂徕山的游击队有多少人？"张化成和向正强委实不知，一时之间不知如何作答。

吉田相左满面怒容。翻译官阮庆国向张化成丢了个眼色，张化成慌慌张张地说道："报告司令官，我是个商人，素日养成了习惯，除了钱，从不关心其他事情。游击队究竟有多少人，我真没听说过！"

吉田相左未做理会，冷冷地瞅着向正强。

向正强忙道："报告司令官，多少人我真闹不清。他们1月1日举事，这才几天？不过我可以肯定地说，都是些乌合之众，不足挂齿。"吉田相左道："如何消灭他们？"

向正强道："大动干戈不值得，小打小闹逮不住他们。司令官，这事我真没什么好办法。"吉田相左呵呵一笑，说："维持会没办法，保安大队没办法，警察局没办法，皇军有。昨天晚上，我已给宾野君下达命令，近日务必全歼徂徕山游击队。大日本帝国在你们的泰山上刻下'皇道无边'四个字，中国人不服气，不服气那就让枪炮来说话吧！"

向正强听了这话，心里翻江倒海。

吉田相左道："向局长，夏张那伙人闹腾得也挺欢啊！他们同徂徕山什么关系？"向正强道："同属于中共山东省委领导，津浦铁路以东为泰东区，以西为泰西区。"

吉田相左鄙夷不屑地说道："他们的好日子也该结束了。"

临走时，吉田相左送给张化成和向正强每人一张《中央日报》。出了日军司令部大门，看了南边的贞节坊一眼，向正强忐忑不安地展开报纸，惊得目瞪口呆。头版头条刊载：韩复榘因"不遵命令，擅自撤退"，另有"勒派烟土、强索民捐、侵吞公款、收缴民枪"等情节，被高等军法会审判处极刑。

山东西区人民抗敌自卫团处决范维新和朱成武后，为防止泰安的鬼子增兵反攻，随后撤出了把城。张北华和崔子明带领一大队、二大队返回夏张香水寺，远静沧和葛阳斋带领三大队去了肥城大、小董庄。

回到香水寺，游击队收到情报：界首车站的鬼子正在修筑炮楼，时常外出催粮抓差，奸淫掳掠，无恶不作，周围村庄的百姓苦不堪言。

张北华与崔子明商议决定：趁鬼子立足未稳之际，夜袭界首，杀他个措手不及。他们随即派王树勋带人前去侦察。王树勋回来报告：界首车站离界首村有一里多地，车站里住着二十多个鬼子，村里住着七八个。村里的鬼子住在一个地主家里，他家大门前是一个晒场，晒场里停着小汽车一辆、摩托车两辆。

张北华立即召于会议，研究分析敌情，决定围强打弱，集中力量封锁车站，把鬼子困在站房内，重点消灭村里的鬼子。

六十余名游击队员分为三个小队：程重远带领一小队截断电话线，防止鬼子用电话向泰安求援，并掩护三小队进攻界首村，阻止鬼子增援；陈惠民带领二小队包围车站，封锁站房，阻止鬼子出站；崔子明和张韶三带领三小队直捣界首村，全歼村里的鬼子。

1月28日晚九时，自卫团游击队员们翻越五龙山，直奔界首。他们爬沟越崖，经过两个多小时的奔突，逼近界首车站，就地休息。张北华重申了一遍纪律：进入阵地不许说话，不能吸烟。片刻后，各小队按照部署，快速进入阵地。

程重远后腰别着一把大刀，噌噌噌爬上电线杆，左手搂住杆子，右手抽出大刀，霍地砍向电线。电线铮铮作响，在寒风中尖厉刺耳。他张嘴咬住大刀，双腿用力夹住杆子，脱下棉袄裹住电线，然后左手抓着棉袄，右手握刀奋力砍去。

只听砰的一声，电线断开，扯着杆子倒下。程重远当机立断，丢了大刀，用力向右跳下。他蹲在了地上，电线杆子贴着其后背砸下。众人一拥而上，将程重远扶起。程重远劫后余生，心中委实惊悸，嗟叹道："真悬啊！"

陈惠民带领二小队悄悄逼近车站，埋伏在站房对面的高坡上。队员们卧在积雪上，持枪攥刀，屏住气息，目不转睛地盯着站房，静候村里枪声响起。

北风呼啸，寒冷彻骨。

张北华的枪一直跟着巡逻的鬼子游移。半个小时过去了，村里没有动静；一个小时过去了，还是没有听到枪声。张北华焦灼不安：战斗目标是消灭村里的鬼子，三小队若失利，全盘皆输。

张北华放心不下，抓起一把大刀，找到陈惠民，低声耳语了几句，叫上队员郑梁，猫腰下了高坡。两个人穿过桥洞，摸到车站后面的公路上，直奔界首村去了。

到了村庄近前，张北华突然看到村子上空闪过一团火光，喜不自胜：肯定是子明他们把鬼子包围了，鬼子不投降，他们放火开烧。

张北华带着郑梁快步到了村子南头。村里寂静无声，哪里有什么火光？张北华悄声问郑梁可曾看见火光，郑梁肯定地说没有。

张北华带着郑梁，贴着墙根，隐在月亮的暗影里，蹑手蹑脚摸进村去。到了街中心，见一面膏药旗插在一处庭院大门前，大门对面是晒场，停着一辆小汽车和两辆摩托车。

正是此地！怎么不见子明？张北华心里颇为诧异，低声对郑梁道："到北边看看去。"郑梁点了点头。

向北行之不远，是一家大车店，大门开着，隐约有说话声传来。张北华探头偷窥，便见北屋走出一个鬼子，提着枪，冲大门而来。

张北华料定不妙，倏然跨过大门向北疾行，郑梁紧随其后，两个人迅疾拐进一条小胡同。张北华隐在墙角，举起大刀；郑梁退后几步，端着匣子枪瞄着胡同口。

两个人屏息静听，脚步声渐渐远去，虚惊一场。

这时，忽听东院有人说话，张北华冲郑梁招招手，旋即沿着小胡同向东摸去。郑梁会意，悄然跟上。走了百余米，看到一家店铺的大门开着，张北华让郑梁进去找个百姓请教请教，自己在大门外警戒。

片刻后，郑梁领着一个四十多岁、身躯瘦小的汉子出来，低声道："这是掌柜的。"张北华急切地问道："掌柜的，我们是八路军游击队，麻烦您讲一讲村里鬼子的情况，好吗？"掌柜的听了这话，下意识地摇摇头，惊恐地说道："哎哟！可多啦！鬼子可多啦！"

张北华大吃一惊，颤声问道："多少？"掌柜的道："得有三四百吧。"张北华大为惊骇，低声道："不是只有七八个吗？"掌柜的道："原先是七八个，今晚八点多来了三四百。"张北华惊声道："真的？"掌柜的道："都是中国人，干吗骗你？"张北华道："住哪里了？"掌柜的道："前街、后街、南北街，都有啊！"

张北华一听这话，心里叫苦不迭。他漫不经心地挥了一下大刀，对掌柜的说道："谢谢了，您请回吧，千万不要乱说啊！"掌柜的连声答应着退回店里，将门掩上，落了闩。

张北华立即决定：马上取消行动，找到崔子明，迅速撤退。

张北华和郑梁隐在月亮的阴影里原路返回，到了膏药旗那儿，迟疑四顾：四周无人，阒然无声。

张北华盯着门洞看了看，转身对郑梁道："爬进去瞧瞧。"说完这话，他将大刀插在背后，走到门洞前，趴下，慢慢地向里爬去。郑梁也紧跟着爬了进去。

出了门洞，二人逼近二门，听到了马吃草的声音。他俩探头看觑：院子里没有人，西屋的窗户透着亮光。张北华拉着郑梁回到大门前，将大门轻轻开启，然后转身快步逼近窗户。

张北华将食指蘸了唾沫，戳开窗纸，贴脸向里探看：炕上和地铺上都睡满了鬼子，屋子东北角燃了一支蜡烛，南墙上挂着背包及枪支。

张北华闪开，示意郑梁看看。郑梁看罢，两个人对视了一眼，各自点了点头，彼此会意，接着找到房门。房门上挂了油布，张北华左手掀起油布，右手抓了刀看着郑梁。郑梁会意，蹲身推门，吱呀声响起，尖厉刺耳。郑梁倏地缩手，两个人屏息谛听，断定鬼子并未觉察，遂缓缓地将门推开一条缝隙。

张北华一眼便看见挂在墙上的钢枪，抬手一指。郑梁咧嘴一笑，侧身进入屋内，蹑手蹑脚走近，摘了三支递出。这时，张北华蓦地想起数百名鬼子就睡在他们四周，崔子明小队尚不知底细，万一误打误撞那就危险了，还是抓紧时间动手吧，忙低声道："别摘了，用刀砍吧。"

郑梁道："先别砍，把枪送出去，回来再砍。"张北华恍然大悟，背着枪下手是累赘，可这么好的枪说啥也不能丢下。于是两个人悄悄地出了大院，匆匆向南走去。到了村南头，遇见崔子明带队赶来。原来崔子明他们担心人多目标大，所以绕着走，爬沟翻岭，迷路耽搁了。

张北华简单地把情况说了，并让崔子明和张韶三看了看三八式大盖步枪，恨恨地说道："鬼子睡得像死狗一样，没有岗哨，快跟我回去砍吧！"

崔子明大喜："好！天赐良机！"

众人商定：张北华、崔子明、刘西歧和张连秀四个人回去砍鬼子，其他人警戒接应；通知程重远、陈惠民两队，三小队撤离后，立即撤退。

张北华、崔子明、刘西歧和张连秀每人腰里别了一把匣子枪，手握大刀，疾速返回。

进了膏药旗大院，张连秀留在门外警戒，张北华、崔子明和刘西歧掀开油布冲进屋内，举刀砍向鬼子的头颅。

随着咔嚓咔嚓的声音响起，一颗颗人头滚落，鲜血喷溅，血腥气弥漫开来……

张北华去了许久仍不见动静，陈惠民心里焦灼，爬上路基探看，不料一脚蹬掉几块石碴。石碴滚落，声响虽然不大，在这寂静的夜里，却是格外突兀刺耳。站房外巡逻的鬼子听见后，端着枪快步冲来。

陈惠民当机立断，举枪将其击毙。站房里的鬼子立即号叫着冲出来，队员们开枪射击，转瞬间，冲出站房的鬼子悉数倒毙。鬼子见势不妙，慌忙缩回，透过门窗向外射击。双方隔着站前广场，你来我往，乒乒乓乓对射起来……

张北华、崔子明和刘西歧正酣畅淋漓地砍着，不知谁一刀砍偏了，一声尖厉的哭号炸响。鬼子们惊醒，看到三个汉子各自挥着一把血淋淋的大刀，恶狠狠地砍着，惊魂丧魄，纷纷跳起。他们手无寸铁，且无从躲避，便下意识地扯起毯子与他们对打起来。张北华、崔子明和刘西歧杀红了眼，又有数名鬼子扑通倒下，身首异处。

崔子明看到一条毛毯裹住张北华的刀头，忽地警觉。这时蜡烛灭了，崔子明大喊一声："撤！"张北华奋力将刀往前一搠，鬼子一声惨叫松了手。张北华急忙抽刀，大喊一声"撤"，转身跃出门去。刘西歧和崔子明跟着冲了出去。

四周枪声响成一片，四个人冲出大门，向着枪声稀疏的村北奔去。

拂晓时分，游击队员们先后回到夏张。百姓们听说打鬼子胜利了，无不欣喜若狂，奔走相告。听到管仲富不幸牺牲，都伤感不已：他才十九岁。

这天下午，庆功会在夏张小学举行，各界人士踊跃参加，挤满了校园。

长条桌上摆着三支日本三八式大盖步枪和三把血迹斑斑的钢刀。张北华站在长条桌后，提议为死难烈士管仲富同志致哀。众人低头垂泪，悲痛欲绝。

庆功会甫一结束，崔子明拿起自己那把钢刀，双手端正，举到嘴边。众人吃了一惊，目不转睛地看着。

崔子明慢慢地伸出舌头，舔了一下钢刀上的血迹，旋即举起钢刀，怒吼道："我崔子明一天不死，就要用它去砍日本鬼子，为死去的战友报仇！为父老乡亲报仇！为我们的国家、我们的民族报仇！"

张北华和刘西歧大吼一声"好"，各自拿起自己的钢刀，舔了一下血迹。众人呼啦围上来，接过三个人的钢刀，悲愤地舔过，然后递与他人。

众人一一舔过，国仇家恨，刻骨铭心。

# 二十九

1938 年 1 月 28 日清晨，吃罢早饭，赵润川来到学校，进了备课室，从抽屉里拿出《共产党宣言》，尚未翻开，张朝震走进来。

赵润川问道："朝震，年货都置办齐了吗？"张朝震道："今天再赶个集就完事了。"赵润川道："那你去吧，上午我替你值班看校。"

张朝震喜形于色："我来找你就是这个意思。你不赶集去？"赵润川道："我家里人多，用不着我。"张朝震高兴地去了。

赵润川翻开《共产党宣言》，看了三五页，还是读不进去，笑了笑，起身出了备课室，袖着手在校园里来来回回踱着步。

八路军游击队住在庄里的十多天，有不少人劝赵润川参加游击队。赵润川终于下定了决心，告诉了妻子。妻子抹着眼泪说不管，让他去给爹娘说。赵润川狠狠心给爹娘说了，爹娘说啥也不同意。爹说，你就待在村子里，老老实实教你的书，日本鬼子能怎么着咱？赵润川只得作罢。

游击队临走前，鲁宝琪找到赵润川，自我介绍说范明枢是自己的姥爷。赵润川肃然起敬，忙打听范校长的近况。鲁宝琪让他放心，说范校长根据党组织的安排，去了一个安全的地方。

鲁宝琪告诉赵润川，游击队就要离开东良庄了，希望他在游击队走后继续宣传抗日，动员更多的青年后生参加抗日游击队和自卫团。赵润川惭愧地答应着，心中十分不安，恨自己没有勇气跟队伍走。鲁宝琪仿佛看透了他的心思，拍着他的肩膀道："润川哥，我们都相信你，在前线打鬼子是抗日，在后方支援打鬼子也是抗日啊！"听了这话，赵润川如释重负。

鲁宝琪临走时送给赵润川一本《共产党宣言》，叮嘱道："润川哥，这本书第一次全面系统地阐述了科学社会主义理论，指出共产主义运动必将成为不可抗拒的历史潮流。你看看吧，也许它能帮你做出正确的选择。"赵润川郑重地收下了。

张朝震出了西寨门匆匆向北走去。路上积雪覆盖，坚滑难行，但依然人流如织。他向四周望了望，心道："是啊，今天都年二十七了，再不置办年货就来不及了。"想到这儿，他加快了脚步。走到寨子西北角，熙熙攘攘的人群突然潮水般拥来。张朝震慌忙站住，接着便听到惊恐的号呼声炸响，此起彼伏："鬼子来啦！""鬼子来了，快跑啊！"

张朝震转身便跑，冲进寨子，回到学校，气喘吁吁地将刚才所见告诉了赵润川。

傅金贵走出西寨门望了望：远处还有拼命逃跑的百姓，近处则空无一人。他料定本庄的百姓都回了寨子，急忙关闭寨门。

1927 年，苦于匪患，东良庄村民自发修筑了寨墙。寨墙高约丈许，修有垛口，每隔二百余米有个岗楼。南、东、北三面是沟，北门通徂徕山。寨墙上共有七个寨门，寨门之上筑有门楼，配有两条火铳、四座抬炮，有专人日夜值守。

赵润川登上西寨门门楼，看到庄长李昌敦、副庄长李昌盛、寨主朱玉清俱在，心中稍安。他走近垛口向西眺望：数百米开外隐约有一群人向东奔来。

朱玉清皱眉道："真来了，黄皮子是鬼子，黑皮子是汉奸。"李昌盛拍着寨墙，恶狠狠地吼道："想过咱东良庄这个寨门，没那么容易！"

朱玉清喝道："金贵、昌麟，火铳、抬炮拾掇好，我就不信他日本鬼子是铁打的。"傅金贵和李昌麟齐声应道："放心吧，寨主，今天一定让小日本知道，中国有个东良庄！"

不一会儿，驻大汶口日军中队长宾野率鬼子百余人、汉奸三十余人来到西寨门。

宾野抬头看了看寨墙，鄙夷地笑了，心道："这个国家真是不可思议，到处筑墙。北平有个长城，也没能阻挡住王朝更迭；一个小小的东良庄，还想依靠一堵墙，拦阻皇军的铁骑？"他扭头冲翻译官玄哲臣哼了一声，玄哲臣仰头吼道："东良庄的父老乡亲，皇军来打游击队，保护老百姓，快快开门，请皇军进村！"

门楼上的人听了这话，哑然失笑。朱玉清道："骗人！二鬼子最坏啦！"

玄哲臣继续高吼："皇军说了，日本人、中国人都是朋友，大家友好共处，携手建设大东亚共荣圈。"李昌敦高声道："庄里没有游击队，你们回去吧！"玄哲臣道："别误会，皇军去天宝，路过此地，快开门吧！"李昌敦道："老百姓害怕，你们就别进庄了。去天宝，向北再向东过不去吗？"玄哲臣理屈词穷，便道："你们的庄长呢，出来和皇军说句话。"李昌敦道："庄长不在家，等他回来去大汶口找你们。"

玄哲臣瞅了宾野一眼，见其满面怒容，急忙威胁道："再不开门，皇军就开枪啦！"李昌敦决定以拖待变，遂道："我们商量商量再说，好不好？"

玄哲臣报告宾野，宾野点了点头。玄哲臣高声道："可以，你们快商量吧，别让皇军等急啦！"李昌敦笑道："放心吧！"

小学生姜春明跑上门楼，找到赵润川，上气不接下气地说道："赵老师，都叫你去关帝庙啊！"赵润川道："谁？"姜春明道："老多老多，庄里的人到了老多啊！"赵润川冲寨门外瞅了一眼，同李昌敦、朱玉清和李昌盛说了一声，匆忙去了关帝庙。

走到关帝庙后面，孩子们稚嫩的歌声传来：

> 大刀向鬼子们的头上砍去！
> 全国武装的弟兄们！
> 抗战的一天来到了，
> 抗战的一天来到了！
> 前面有东北的义勇军，
> 后面有全国的老百姓，
> 咱们军民团结勇敢前进，
> 看准那敌人，
> 把他消灭，把他消灭！冲啊！
> 大刀向鬼子们的头上砍去！杀！
> 大刀向鬼子们的头上砍去！

......

赵润川听了，心潮澎湃。

听说鬼子到了西寨门，村里男女老少两千余人自发聚在关帝庙前，青年人的激愤与老年人的忧虑，在孩子们天真稚气的歌声中交锋。

孙仲三高声喊道："决不能让鬼子进村，要打就打，要拼就拼，非教训教训日本鬼子不可！"范成山道："打得过吗？打不着貔子惹身臊，打不过鬼子可真就要了老命啊！"

李任卿冷冷一笑："大爷，您老快七十的人啦，这话说得……"范成山道："孩子啊，谁愿意别人骑在自己头上啊，何况还是日本鬼子？没办法啊！"

玄秀才走到大殿门前，一脸慈爱，语重心长地说道："我这把年纪了，也算是过来人了。前些年，我没少应付南来北往的军队。当兵的有枪，来了不招待行吗？关门别让鬼子进村。要是打起来，谁吃亏？"他挥了挥手，"年轻人，都回家吧，关上大门。接下来就让我们这几个老头子去应付，出门迎进鬼子，吃点喝点再送点，糊弄走就算了。"钱财主高声道："我赞成玄老兄的意见，和人家打，就咱那几支破土枪，打得过吗？人家那是大炮、机关枪，打起来，烧了房子、死了人，谁担着？"他怯怯地瞅了众人一眼，"干脆……咱也成立维持会，应付应付小鬼子，来了就办公，走了就散伙。"

江老汉急不可耐地挤到前面，结结巴巴道："自古以来，老百姓……就是墙头草，东来东倒……西来西歪，谁来不是……管着……咱们，谁不和咱们……要钱粮啊！我赞成老兄们的意见……开门迎进来……这事还得快……不然……就来不及啦！"

褚冠三大吼一声："这不是逼着大家当汉奸吗？"

众人怒不可遏！

木匠李平旺拎着一把明晃晃的锎刀冲上前来，厉声质问道："谁说的开门迎鬼子啊？鬼子进来糟蹋妇女怎么办？"玄秀才道："这事……这事……"

众人瞪眼怒视着玄秀才。

李平旺高声问道："老少兄弟爷们，同意不同意开门迎鬼子？"

众人齐声怒吼:"决不同意!不能开门迎鬼子!谁迎鬼子,谁就是汉奸!"

李平旺右手举起铡刀,左手指着玄秀才,怒道:"谁再说开门迎鬼子,我李平旺立马砍掉他脑袋!"他将铡刀往肩上一扛,"是爷们的,别磨牙,走,打鬼子去!"说完这话,他大踏步向西走去。

背枪握刀的青壮年们,相互招呼着,跟着李平旺去了。

关帝庙前霎时喧闹起来。

耳闻目睹了这一切,赵润川热血沸腾,快步登上大殿台阶,高声喊道:"平旺,先回来!"李平旺转身回望。

赵润川做了个往下压的手势,众人渐渐安静下来。

孔庆喜拎着铡刀,走到赵润川近前,高声道:"润川哥,你说句话吧,我们都听你的!你指挥我们跟鬼子好好打一仗吧!"赵润川高兴地说道:"好,兄弟!"孔庆喜将铡刀高高举起,大声吼道:"大家都听润川的,差不了事!我先去守住西寨门,谁要开门迎鬼子,我一刀剁了他!"说完这话,他扛着铡刀,雄赳赳、气昂昂地奔西寨门去了。

李平旺、孙仲三、李任卿、褚冠三、赵清安、张志成等人围上前来。赵润川心里欢喜,感激地看了他们一眼,昂首挺胸,朗声道:"老少兄弟爷们,我赵润川与日本鬼子势不两立!是孩子们的歌声让我下了这个决心!我同意大家的意见,决不开门迎鬼子!鬼子开枪咱就打!鬼子有枪炮,我们有寨墙啊!我们居高临下,远了用枪打,近了使刀砍,坚决不让鬼子爬上寨墙!只要我们坚持到天黑,鬼子就得滚回大汶口去!大家说,这样行不行?"

众人听罢心里赞成,纷纷道:"行!""行!我看行!""只要守住寨墙,鬼子进不来,只能从外边向庄内打枪,伤不着我们!""不让鬼子进庄,不信他们还能飞上天!"

赵润川将持有刀枪的青壮年分成十个战斗小组,大家高声唱着《大刀进行曲》,慷慨激昂地冲向西寨门。

太阳偏西了,还不见村民让步,宾野暴怒,下令开枪。

枪声骤然响起,子弹像密集的雨点落在西门和寨墙上,砖石碎裂,四处乱飞。

宾野得意扬扬地看了一会儿,冷酷地笑了笑,下令攻城。

鬼子和汉奸十余人，抬着一根粗大的树干，撞击寨门。寨门厚达二十多厘米，钉有铁锏，三道门闩都是粗木棍。他们撞了几十下，寨门纹丝不动。

傅金贵、李昌麟等人引燃火铳和抬炮。轰！轰！轰！伴着数声巨响，一片铁沙子射下。撞门的鬼子和汉奸死了一个，余者丢下树干逃了回去。

片刻间，鬼子在寨子西北角张家林的一座坟头上架起一挺机枪，对着寨门疯狂扫射。鬼子和汉奸在机枪的掩护下逼近寨墙，开始攀爬。守卫寨墙的村民无法露身还击，眼睁睁着鬼子和汉奸越爬越近，焦急万分。

自卫团队员赵清安看得明白，隐在女墙后瞄准鬼子的机枪手。砰的一声，子弹正中其头，机枪停歇。村民们立即跃起，用石头砸、红缨枪戳、棍子打，鬼子和汉奸纷纷退却，落荒而逃。村民们扬眉吐气、大喜过望。不料，机枪又响起来，鬼子和汉奸再次强攻寨门。自卫团队员和村民们凭借寨墙，用大刀、土枪和木棍与鬼子和汉奸展开殊死搏斗。

爬上寨墙的鬼子和汉奸，有的被木棍打得头破血流，有的被红缨枪戳伤，有的被刀砍掉手指……他们坠落壕沟，痛苦哀号。

三个多小时过去了，东良庄西寨门依旧岿然不动。宾野气急败坏，下令炮击。

鬼子在西良庄东门外崖头上架起两门迫击炮，开炮轰击。

一颗炮弹落在"德和兴"杂货铺门前，张玉琪、李乐臣和宋存谦三人被炸死。

一颗炮弹落在孙家菜园的屋顶上，两间平屋瞬间坍塌。

一颗炮弹落在狮子庙西，孔庆喜臀被炸烂，骨头袒露，挣扎着去西寨门拼命，弟弟孔庆荣将其劝住。孔庆喜疼痛难忍，跳井身亡。

一颗炮弹落在寨子西北角，张彩云被炸死。

一颗炮弹落在寨墙上，张志成被炸死。

一颗炮弹落在关帝庙前的大碾上，碾盘裂为三块。

……

炮声隆隆，鬼子乘机将柴草堆在西寨门，引燃。

看着门楼下熊熊燃烧的大火，李昌敦和赵润川心中寒意凛凛。他们商量了一下，立即派人组织妇女儿童迅速从东寨门撤离。

　　一颗炮弹落在西寨门南侧寨墙上，炸开一个大豁子。寨墙随即坍塌，鬼子和汉奸翻墙而入，打开寨门。

　　鬼子和汉奸端着枪，叫嚣着冲进东良庄，见人就杀，近的用刺刀挑，远的用枪打，看见草屋和柴草垛便烧。

　　自卫团队员王怀善胸部中弹，拼尽最后一丝气力，举刀向一个鬼子砍去。鬼子挥刀从其右肩斜劈下去，王怀善倒地身亡。

　　鬼子踹开孙清梓家的大门，抓了他推到街上。五个鬼子狞笑着挺枪刺入其身，挑起，抛出。孙清梓倒地身亡，周身血流如注，时年七十周岁。

　　李平旺举起铡刀，砍在一个鬼子肩膀上，鬼子倒地。他抬脚踏其背，擎着铡刀高声怒吼："东良庄只要有一个三岁的男孩，就不会让你们进村！"枪声响起，李平旺身中数弹，摔倒在地，气绝身亡。

　　鬼子到了狮子庙，自卫团队员李平江和张立连分别隐在西南、西北拐角，开枪狙击。一个鬼子中枪倒地，余者吓得后退十余米，开枪扫射。李平江和张立连被迫撤离。

　　鬼子兵分三路追击。一时之间，东良庄哀鸿遍野，火光冲天。

　　一路鬼子从狮子庙北去。鬼子冲进孙永乾家，孙永乾手持菜刀扑向鬼子，鬼子将其刺死。鬼子到了张英师家的场院，引燃大车敞棚，藏匿其中的张树堂和张树秋不堪烟熏火燎，蹿跳着冲出来，被鬼子刺死。张立宪和张英翠被鬼子攮进西北角的小草屋里活活烧死……

　　一路鬼子从狮子庙东去。颜跟崇和颜跟尚手提铡刀冲出家门，扑向鬼子。未及交手，见鬼子来势汹汹，颜跟崇喊了声"快跑"，翻墙而去。颜跟尚刚爬上墙头，一个鬼子冲到近前，举枪刺入其谷道。颜跟尚哀号坠地，凄惨身亡。鬼子顺街东去，一路上，先后打死杨淑宁、李恒金、李乐士、李东恒四人。到了水寨门，鬼子返回，沿姑姑庙街北去。牛玉凤一手拉着儿子，一手扯着闺女出门躲避，迎头遇见鬼子，鬼子开枪射击。其儿子心窝中弹，当场死亡；女儿小腿卟弹，倒地哭号。一个村民冒死把她娘俩拖进家去，一起翻墙逃了。鬼子到了黑水湾，张佃玉提着铡刀躲在拐角处，待其靠近，猛地跳出，抡起铡刀劈头砍去。鬼子闪身躲避，铡刀落空。接着，数名鬼子将其围拢。张佃玉拼死搏斗，寡不敌众，被刺身亡……

　　一路鬼子从狮子庙南去。鬼子逮住逃跑的村民李恒荣，将其扔进火里烧死；开枪打死了正要逃走的李恒迎、李昌弟、陈元海、薛老三四人。范秀芝领着女儿李青出门碰上鬼子，转身回家，决绝跳井；七岁的李青被鬼子一刀劈成两半。鬼子点燃李恒贵家的房屋和牛棚，将李恒贵扔进火里。李昌松和颜振符听到李恒贵的惨叫，慌忙外逃，出门恰遇鬼子，鬼子举枪便刺。颜振符当场死亡；李昌松身中十八刀，万幸怀揣了菜刀，掩住胸口，侥幸存活。鬼子在东门捉了李小翠，将其蹂躏后掷进火中。李小翠哭喊着爬出来，鬼子再次把她投入火中……

　　夜幕降临，鬼子将鸡、鸭、鹅、猪宰杀炮食，大快朵颐。

　　鬼子去了，村民们陆续返回，看着断壁残垣、尸横遍地的寨子，悲痛欲绝。

　　一个十五六岁的孩子搀着张殿忠走出家门。张殿忠左手拿纸，右手握笔。他们身后跟着一个十一二岁的孩子，左手拎着杌子，右手端着一碗墨汁。

　　张殿忠来到李平旺家，李平旺的爹迎出来。四目相对，泪水涟涟。张殿忠道："平旺这娃好样的！要让后人记住他！"

　　孩子将杌子放在张殿忠面前。张殿忠慢慢跪下，将一张雪白的宣纸展开铺好，握笔蘸了墨，挺直身躯，一脸庄肃，悬腕写道：李平旺，东良庄人……

　　张殿忠停下笔，问道："平旺他爹，娃今年多大？"

　　李平旺的爹哽咽道："二十一……"

　　张殿忠颤抖着写下：二十一岁，男，枪杀。

　　张殿忠将亡者一一登记，誊了一份，贴在关帝庙前。

### 泰安东良庄惨案伤亡人员名录

　　李平旺　　东良庄人，二十一岁，男，枪杀

　　李乐士　　东良庄人，十七岁，男，枪杀

　　李东恒　　东良庄人，二十三岁，男，枪杀

梁素娴　东良庄人，三十三岁，女，枪杀

李恒荣　东良庄人，二十三岁，男，烧死

李恒通　东良庄人，三十八岁，男，枪杀

李昌弟　东良庄人，二十一岁，男，枪杀

李昌贵　东良庄人，二十六岁，男，枪杀

宋存谦　东良庄人，二十三岁，男，炸死

孙清祥　东良庄人，十八岁，男，枪杀

张玉孝　东良庄人，十二岁，男，枪杀

张玉宽　东良庄人，二十四岁，男，枪杀

张英翠　东良庄人，二十九岁，男，烧死

张佃之　东良庄人，十四岁，男，枪杀

张庆义　东良庄人，十六岁，男，枪杀

张敦和　东良庄人，二十岁，男，枪杀

陈元海　东良庄人，二十二岁，男，枪杀

陈元泰　东良庄人，五十五岁，男，枪杀

姜存明　东良庄人，十一岁，男，枪杀

孙永乾　东良庄人，二十一岁，男，刺杀

张树堂　东良庄人，三十六岁，男，刺杀

颜跟尚　东良庄人，二十二岁，男，刺杀

杨淑宁　东良庄人，三十二岁，女，枪杀

张佃玉　东良庄人，五十五岁，男，刺杀

颜振符　东良庄人，十五岁，男，刺杀

薛志三　东良庄人，十四岁，男，枪杀

李昌川　东良庄人，二十三岁，女，枪杀

李恒金　东良庄人，五十三岁，男，枪杀

李洛武　东良庄人，四十一岁，男，枪杀

孙清梓　东良庄人，七十岁，男，刺杀

大　贤　东良庄人，三十六岁，男，枪杀

王庆田　东良庄人，二十四岁，男，枪杀

孙永钱　东良庄人，二十二岁，男，活体解剖

孙大盛　东良庄人，二十三岁，男，吊死

杨呈玲　东良庄人，二十岁，女，吊死

张夫木　东良庄人，十七岁，男，枪杀

张夫秋　东良庄人，二十八岁，男，枪杀

张夫堂　东良庄人，三十九岁，男，枪杀

张立现　东良庄人，三十五岁，男，枪杀

张召宽　东良庄人，三十岁，男，枪杀

张西芝　东良庄人，二十三岁，男，枪杀

张庆臣　东良庄人，四十一岁，男，枪杀

张志成　东良庄人，二十五岁，男，炸死

张志敏　东良庄人，四十岁，男，枪杀

张英偿　东良庄人，四十岁，男，枪杀

李昌雨　东良庄人，三十五岁，男，枪杀

李昌柏　东良庄人，三十五岁，男，枪杀

李昌芝　东良庄人，三十五岁，男，烧死

李双喜　东良庄人，三十岁，男，枪杀

李法平　东良庄人，四十岁，男，逼死

范秀芝　东良庄人，二十六岁，女，跳井

李　青　东良庄人，七岁，女，劈死

沙头归　东良庄人，四十五岁，男，炸死

李恒迎　东良庄人，三十七岁，男，枪杀

张彩云　东良庄人，四十五岁，女，炸死

张树秋　东良庄人，二十九岁，男，刺杀

王怀善　东良庄人，十七岁，男，劈死

张立宪　东良庄人，五十岁，男，烧死

董和青　东良庄人，二十二岁，男，吓死

颜少仓　东良庄人，三十三岁，男，炸死

颜希银　东良庄人，四十四岁，男，刺杀

赵吉莹　东良庄人，三十八岁，女，炸死

张振福　东良庄人，三十八岁，男，枪杀

张振康　东良庄人，三十五岁，男，枪杀

张志德　东良庄人，二十五岁，男，炸死

孔庆喜　东良庄人，二十五岁，男，跳井

张传家　东良庄人，五十八岁，男，枪杀

张尚城　东良庄人，二十八岁，男，枪杀

胡秋艳　东良庄人，五十二岁，女，枪杀

颜岱贤　东良庄人，二十六岁，男，枪杀

颜少华　东良庄人，三岁，男，枪杀

李相山　东良庄人，二十六岁，男，烧死

李纪崇　东良庄人，二十七岁，男，烧死

张玉琪　东良庄人，三十五岁，男，炸死

李乐臣　东良庄人，二十二岁，男，炸死

李恒贵　东良庄人，二十二岁，男，烧死

娄存旺　东良庄人，三十三岁，男，枪杀

褚明刚　东良庄人，二十七岁，男，枪杀

朱玉明　东良庄人，三十三岁，男，枪杀

张建新　东良庄人，三十岁，男，枪杀

薛富贵　莱芜人，五十一岁，男，烧死

薛老三　东良庄人，四十九岁，男，枪杀

李小翠　东良庄人，十七岁，女，烧死

大年初二一早，赵润川带领东良庄七十余名热血男儿，荷了刀枪，高唱着《大刀进行曲》，出了西寨门奔向徂徕山。

众乡亲依依不舍，洒泪送别。

# 三十

正月十五这天，贾汗青家大门紧闭。

晚上，贾汗青和女儿吃罢元宵，各自梳洗打扮一番，七点整，关了堂屋门，心事重重地走向大门。门闩拉了一半，贾汗青蓦地停下，低声道："妮，爹自己去吧。"

贾笑荷道："我想再看看灯笼，再跟着爹走走那几条街……"贾汗青叹息一声，说："妮啊，泰安门的灯笼年前就挂出来了，往年的'国泰民安'换成了'皇道无边'，你说还有啥看头？鬼子骑在咱中国人的脖子上，这节还有啥过头！爹到那儿把心里话掏给父老乡亲，立马回来，咱接着坐火车去。"

贾笑荷心有不甘地答应了。贾汗青拉开门闩，嘱咐女儿关好大门，匆匆去了。

贾笑荷慢慢地关着大门，留了一条缝隙，向外看了许久，方轻轻地将门关闭，落了闩。她转身倚靠在门板上，闭了眼睛。

贾汗青走到包公祠，迟疑着收住脚步，转身出了瓮城，沿双龙街向南走去。他心里懊悔不迭：该让笑荷来啊！今晚这一走，不知道什么时候才能回来，我心里难以割舍，女儿也是这样啊！

贾汗青步履沉重，走近泰安门，忍不住抬头望了一眼：两盏硕大的红灯笼挑在城门两侧，东边的灯笼上书有"皇道"，西边的灯笼上书有"无边"。

贾汗青鼻子一酸，坠下两滴泪来，慌忙拭去，快步进了泰安门。

中山街依旧灯火楼台，金光闪闪，大小店铺都挂了灯笼，却怎么也感觉不到往年那喜气洋洋的气氛。升平街、东迎翠街和仰圣街也是如此，昔日那祥和喧闹的情景不见了。岱庙呢？大抵也是这样啊！

走到瞻岱门，贾汗青折身进了岱庙。这里还是那样，火树银花不夜天，说书的、杂耍的、斗鸡的、蹴鞠的……各霸一方，端的热闹。贾汗青穿行其中，却觉得这一切十分遥远，仿佛看到的不是真的，听到的亦是假的。

出了正阳门，他看到岱庙坊下还是和往年一样，稀稀落落地站着几个人，与四周人群熙攘相比，颇为冷清。贾汗青心中一热，快步向前走去，一边走一边不停地拱手作揖，连声问好。

到了岱庙坊下，有人喊道："贾师傅……"贾汗青晓得那人的意思，东南西北各鞠了一躬，挺直身躯朗声道："各位父老乡亲，国难当头，我贾汗青罢演皮影也算是一个态度吧。万望见谅！万望见谅！"

众人听了这话，缄默不语。

贾汗青又道："各位父老乡亲还给我贾汗青留着这个地方，我心里十分感激，一定让各位不虚此行！今晚泰山板书为大家奉献新作《挑泰山》。"

这时，一人喊道："贾老板，八点到了。"

贾汗青道："好！老规矩，八点到了咱就开场！"

他掏出鸳鸯板，手一抬，打起来：当哩个当，当哩个当，当哩个当哩个当哩个当！

贾汗青一面打着鸳鸯板，一面绕着场子开了腔：

> 当哩个当，当哩个当，
> 当哩个当哩个当哩个当！
> 闲言碎语咱不讲，
> 泰山板书开了腔。
> 不给权贵唱赞歌，
> 只为苍生鼓与呼。
> 各位父老和兄弟，
> 你们好啊！
> 今年正月十五夜，
> 月亮圆圆升上来。
> 一样的月亮，一样的圆，

可叹啊，物是人非心悲切。

当哩个当，当哩个当，
当哩个当哩个当哩个当！
九一八，枪炮响，
日本鬼子占东北。
张学良，挑泰山，
畏难胆怯不上肩。
舍下民众几千万，
一枪不放窜了圈。
民众不堪陷苦海，
舍家撇业去流浪。

当哩个当，当哩个当，
当哩个当哩个当哩个当！
卢沟桥，枪声响，
日本鬼子挑事端。
觊觎中华凶相露，
势成水火不相容。
共产党，发宣言，
全民抗日停内战。
委员长，挑泰山，
犹犹豫豫上了肩。
国民党，意不坚，
志不定，人心涣散。
唉，也是力不从心啊！
丢上海，弃南京，
一路败北，迁都重庆。

当哩个当，当哩个当，
当哩个当哩个当哩个当！
韩主席，挑泰山，
身不由己上了肩。
夜袭桑园克日寇，
守德州，全团将士俱捐躯。
韩主席，济阳去督战，
遭遇鬼子兵，
众卫士拼死保护脱了身。
心灰意冷怯了阵，
一心一意谋脱身。
弃山东，不回头，
挑子一撂，跑跑跑！
丢性命，留骂名，
唉！不划算啊！

当哩个当，当哩个当，
当哩个当哩个当哩个当！
周百锽，挑泰山，
虚晃一枪窜了圈。
声言守土抗战他有责，
原来只是把人哄。
泰安坐衙七载多，
剿匪保民去一线，
修泰山，兴水利，办教育，
为官也算那个清廉。
你这一跑啊，
都付了东流水！

当哩个当，当哩个当，
当哩个当哩个当哩个当！
范明枢，挑泰山，
老而弥坚上了肩。
不退缩，不畏难，
千斤重担一肩挑。
走南闯北去发动，
子孙儿女齐上阵。
南下安徽，西去滕县，
唤起民众，悉力赴难！
泰山青松范明枢，
擎天一柱有担当，
不给权贵唱赞歌，
只为苍生鼓与呼。

当哩个当，当哩个当，
当哩个当哩个当哩个当！
日本鬼子进中国，
罪恶滔天贯满盈。
长春活埋战俘两百多。
平顶山屠杀村民三千人，
全村仅有一人活。
南京屠城四十天，
三十万人丧了命啊！

当哩个当，当哩个当，
当哩个当哩个当哩个当！
年前腊月二十七，
鬼子攻陷东良庄。

杀人放火没商量，
刀砍枪挑不眨眼，
妇孺老幼不放过。
刀劈孩子成两半，
年龄只有七岁啊！
姑娘投进火海里，
哭着爬出还是不放过。
这般兽行在眼前，
泰山作证，天可鉴。

当哩个当，当哩个当，
当哩个当哩个当哩个当！
中国自古多磨难，
从来不缺好儿郎。
宋有岳飞沅金兵，
明有继光斗倭寇。
佟麟阁、赵登禹，
壮烈殉国留英名。
淞沪大会战，
持续三个月，
中国军队伤亡三十万，
一寸山河一寸血。
四行壮士八百人，
置之死地而后生。

当哩个当，当哩个当，
当哩个当哩个当哩个当！
黎玉和洪涛，
肩负使命来泰安，

徂徕山上举义旗，
仁人志士齐投奔。
有学生，有农民，
有商人，有官员，
还有国民党军兵来加入。
猛虎下山出奇兵，
寺岭一仗扬威名。

当哩个当，当哩个当，
当哩个当哩个当哩个当！
张北华、崔子明，
举义旗，遭误解。
鹁鸪崖上避风雪，
转危为安打肥城。
范维新、朱成武，
卖国求荣当汉奸。
游击队，不手软，
抓了范、朱判死刑。
民众拍手又称快，
从此认准游击队，
真抗日，不言空，大担当！

当哩个当，当哩个当，
当哩个当哩个当哩个当！
张北华、崔子明，
半夜三更摸进界首村，
先偷枪，再挥刀，
大刀大刀砍向鬼子头。
凯旋后，把会开，

崔子明，举大刀，

舌舔血迹仰天笑：

"大刀大刀砍向鬼子头！"


贾汗青说完，心里畅快淋漓，随即与众人拱手作别，转身快步走上岳阳街，向西去了。

众人沉默不语，似木雕泥塑一般。

隐在人群中的池四喜、贺盛平和贺盛安，悬着的心落了地。池四喜喃喃道："看不出来啊……汗青是条汉子！"

贺盛安领着贺盛平看灯去了。池四喜离开岱庙坊，没有回家，出了岳晏门，心事重重地沿着大关街向西走去。


向正强喝得酩酊大醉，回到家里将堂屋门关了，转身扑通跪在祝亭亭身前，抱住她哭起来。

祝亭亭给他拭去眼泪，柔声道："怎么了？"向正强哽咽道："心里……苦……啊……"祝亭亭劝道："想开点，谁心里不苦啊！倒出来吧，我听着。倒出来就好受了。"

向正强不哭了。祝亭亭将他扶起，搀到椅子上，拿了一张矮凳，坐到他近前，抓起他的右手捧在自己胸前："说吧，说出来就好受了。"

向正强道："他们又杀人去了。"祝亭亭冷冷地说道："哪天不杀人啊？日本人杀中国人，中国人也杀日本人。"向正强道："可他们是去杀老百姓啊！"祝亭亭皱眉道："杀老百姓？"向正强道："这次是去山阳庄。"祝亭亭一脸不解："杀人也得找个理由吧？东良庄那是村民和他们对着干，山阳庄咋了？"

向正强道："大汶口维持会会长李作修，带人到朱家庄骚扰百姓，让程金泉逮住，弄到山沟里拿石头砸死了。李作修的小老婆和宾野关系暧昧，哭着闹着要宾野给李作修报仇。宾野来泰城告求吉田司令。吉田司令带领泰安、大汶口两地的日军五六百人，说是去徂徕山剿匪，临走时，我才听说他们是去山阳庄。到了那儿，围起来，支上炮就打。"他攥紧祝亭亭的手，"亭亭，想想东良庄，我心里就害怕啊！"

祝亭亭道："干吗不送个信？"向正强道："送不出去，也不敢啊！我猜他们是故意透露给我的。"祝亭亭恨恨地说道："鬼子真坏！干吗老是对手无寸铁的百姓下手！"向正强道："吉田司令这一手毒辣啊！东良庄和山阳庄都跟共产党走得近，没有维持会，镇压这两个庄子，目的是杀鸡骇猴，把老百姓吓住！"

砰砰砰！一阵急促的敲门声突然响起，向正强猛地站起身来。"正强哥，在家吗？"贺盛平的声音传来。向正强答应着，快步走出堂屋，开了大门。

贺盛平劈手抓住向正强的胳膊，急切地说道："正强哥，贾笑荷被人抢走啦！快帮着找找吧！"向正强迟疑着问道："你说啥？贾笑荷……被人抢走了？"

贺盛平道："正强哥，详细情况我也闹不清，反正贾笑荷丢了。你是警察局长，找人方便，就帮帮忙吧！"

向正强回屋穿上大衣，同贺盛平匆匆忙忙去了贾汗青家。

贾汗青躺在床上，鼻青脸肿；贺盛安站在床前，一脸愁苦。

贺盛平拉着向正强走到近前，贾汗青挣扎着要坐起来，向正强忙按住他，关切地问道："贾老板，把情况说一下，我尽快安排人去查。"

贾汗青瞪大眼睛看着向正强。

向正强道："贾老板，过去的事……您别放在心上。我现在同盛平、盛安都是好兄弟，你不相信我，还不相信盛安？"贾汗青忙道："向局长是个好人啊！"旋即，他哭啼道，"十点左右，我带着笑荷去火车站，走到兴隆街西头，一伙人扑上来抢了笑荷，把我按倒就打……"

向正强怒道："还有这事？我抓紧安排人去查！"说完这话，他告辞去了。

第二天，太阳出来了，找寻贾笑荷的人陆续回到贾汗青家，均没有贾笑荷的下落。众人不知怎样安慰贾汗青，都心急如焚。

池四喜悄悄地告诉贺盛平和贺盛安：日本鬼子轰炸了泰城，贾汗青决定离家南下，年前就偷偷地变卖了部分家产。余下的东西，包括宅院，都托付给了池四喜。他买好了十五晚上十一点的火车票，在岱庙说完板书《挑泰山》回到家，同笑荷背起行囊就去了火车站。

池四喜听说贾汗青要走，吃惊之余，坚持一起吃顿饭，给他送送行，贾汗青说啥也不肯。池四喜攥着贾汗青家的钥匙，掂得出它的分量，只得答应了。

这么多年的兄弟情谊，他如何舍得？这一走，不知何时才能再次相见，又何况是在这兵荒马乱的年月。池四喜打定主意，无论如何都要送送贾汗青。在岱庙同贺盛平和贺盛安分手后，池四喜来到火车站等候贾汗青父女。

月夜里，池四喜突然听到一声尖叫，像是贾汗青的声音。他心里惊恐，循声找寻，最后在兴隆街西头找到了他。贾汗青倒在地上，昏迷不醒。

贺盛平去了警察局。向正强不在，值班警察告诉他，向局长带着弟兄们找人去了。贺盛平明知故问："找什么人？"

警察道："就是那个说快板的贾老板的女儿。"他摇头叹息一声，"这个贾老板啊，都什么年月了，也不管管自己的嘴。昨天晚上，要不是皇军出了城，他能不能走出那个地方都不好说。"

贺盛平听了这话，若有所思，心情沉重地离开了警察局。

日薄西山，贺盛平又去了警察局，见到了向正强。向正强告诉他，安排人找了一天一夜了，杳无音信。他提醒贺盛平，像这种情况，一天之内找不到，再找到的可能性就不大了。

贺盛平问道："是日本人干的吗？"向正强摇头道："不是，日本人昨天都去了山阳庄。"

向正强看了一眼紧闭的房门，忽地怒容满面，伤感地说道："盛平啊，昨天下午，鬼子围了山阳庄，三门大炮一齐开火。他们进村后见人就杀，见屋就烧。鬼子又杀了不少人啊，上到八十多岁的老人，下到娘胎里的孩子……"说着说着，向正强趴在桌子上呜呜咽咽哭起来。

贺盛平攥起拳头，两眼冒火。

# 三十一

贺盛平来到灵应宫。宫里已聚了不少人，有挑夫，也有民众。

他走到露台前，向上望了一眼：露台正中摆了一张供案，上面立了泰山老奶奶的牌位，牌位前横着两根扁担。

贺盛平来到露台下方西南角处。贺盛安和池灵芝瞪大眼睛望着他，他伤感地摇了摇头。池灵芝的眼泪唰地流下来，贺盛安忙握住她的手，低声道："别哭。"

贺盛安指着搁在桌子上的柏木扁担道："盛平哥，你记账，我收钱，时候不早了。"贺盛平答应着坐到桌子前，提笔蘸了墨，呆呆地看着宽大的柏木扁担。

挑夫们将钱递给贺盛安。认识的，贺盛安直接喊出名字和金额，贺盛平将姓名和金额写在扁担上，池灵芝则将金额分别记在两个本子上；不认识的，贺盛安望一望，脸上挤出一丝笑容，挑夫忙报上名字和金额。

往年这个时候，露台上，贾家皮影的桌子早已摆好。今年怎么了？大家相互问询，贾笑荷失踪的消息不胫而走。

专程前来观看皮影的民众，伤感叹息一阵子，陆陆续续地去了。

钱账核对一致，贺盛平将其写在扁担上。

贺盛安双手捧着柏木扁担，大踏步登上露台，缓步走到供案前，将其庄重地搁在上面。

贺盛安转过身来，看着露台下的众挑夫，心里五味杂陈，一肚子的话不知如何开口。挑夫们仰望着贺盛安，缄默不语。

贺盛安眼前蓦地浮现出贾笑荷往年在露台上忙忙碌碌的身影，悲不自胜，慌忙转身，走到供案前跪下，心里暗自祷告："泰山老奶奶啊，保佑贾笑荷平安无事！"

八点整，灵应宫的大钟鸣响……十二下，钟声止。

贺盛安跪拜过泰山老奶奶，起身从供案上捧起扁担，走到露台前部，弯腰鞠躬，朗声道："各位老少兄弟爷们……"他如鲠在喉，忙把扁担擎起，高声道，"老少兄弟爷们，去年收入一千四百零九元，支出八百六十二元，转入借款本金五百元，再加上利息七十八元，共计结余一百二十五元。支出、结余详情，都记在扁担上了。借款本金是两元。今年泰山挑山帮会继续本着'入会自愿、多少随意'的原则运作，共有会员三百零六人，收到入会费六百二十六元，捐赠款五十元，收入合计……"

"等一等……贺会长，等一等！"一阵急促的叫喊声传来。

众人循声望去：一队荷枪实弹的鬼子，簇拥着吉田相左进了灵应宫。

贺盛安惊得目瞪口呆，下意识地收了扁担，抱在怀中向露台下看去：几百双眼睛齐刷刷地凝望着他。

贺盛平迅疾走上露台，站在贺盛安身旁。池灵芝拖着笨重的身躯向露台挤去，方诚和方信奋力冲到近前把她拦住。池灵芝手捂肚腹，只得作罢。

翻译官阮庆国低头哈腰，领着鬼子登上露台。吉田相左走到贺盛安东侧，收住脚步。鬼子立即分作两队，站在露台东西两侧。

阮庆国欢喜道："贺会长，天大的喜事啊！"贺盛安转身向东，忐忑不安地问道："什么事？请讲。"

阮庆国道："贺会长，皇军向挑山帮会捐款一千元。"贺盛安不假思索地回道："对不起，泰山挑山帮会不要日本人的钱！"

阮庆国迟疑了一瞬，低声道："贺会长，识时务者为俊杰。"贺盛安昂首挺胸道："我们是中国人，不要日本人的钱！"

阮庆国告诉吉田相左："司令官，贺会长说，帮会不缺钱。"吉田相左呵呵一笑："告诉他，要钱活命，不要钱枪毙！"

阮庆国把吉田相左的话如实说与贺盛安，委婉地劝道："贺会长，人在屋檐下，不得不低头啊！"

贺盛安紧皱眉头，转身望着露台下的众挑夫，眼中噙泪，悲声道："老少兄弟爷们，泰山挑山帮会可以不存在，但不能要鬼子一分钱……挑山帮会就地解散！"说完这话，贺盛安双手抓了扁担，抬左膝一顶，咔嚓一声，扁担折为两截。

众人正自惊诧，却见贺盛平探手将贺盛安推下露台，自己接着也跳了下去。挑夫们忽地拥上前来，贺盛平抓着贺盛安冲出人群。众挑夫迅疾转身，荷着扁担从容南去。

吉田相左勃然大怒："他说什么？"阮庆国道："贺会长说，他没这个能力，挑山帮会就地解散！"

吉田相左看着一根根远去的扁担，冷冷一笑："中国有句俗话说得好，'跑得了和尚跑不了庙'！"阮庆国点头哈腰道："司令官说得对，'跑得了和尚跑不了庙'。"

众挑夫出了灵应宫，看着贺盛安隐在朦胧的月色里，才放心散去。挑夫们心里念着贾汗青的好，商量着去他家安慰一番。有人说，来的时候好像在遥参亭坊看见过他，他应该在岱庙。于是，有的挑夫去了大车档街贾汗青家，有的去了岱庙。

傍晚时分，贾汗青把池四喜和贺盛富劝回家，冥思苦想许久，找了一根竹竿，拿着出了家门，像瞎子那样在地上戳着，踟蹰前行。

他进了岳晏门，有人高声道："哎，这不是贾老板吗？""是啊！"贾汗青答应一声，并不停留，仍踟蹰前行。那人又道："干啥去啊？"

贾汗青高吼一声："心里苦啊！"

走到岱庙坊，贾汗青摸索着将竹竿靠在柱子上，转身面向正阳门，长叹一声，缓缓地掏出鸳鸯板，手一抬，鸳鸯板响起来：当哩个当，当哩个当，当哩个当哩个当哩个当！

有人闻声赶来，熟悉的喊一声："贾老板，今晚说个啥啊？"贾汗青悲声道："心里苦啊！"

人越聚越多，有人晓得贾汗青的女儿丢了，悄悄说了。片刻间，围观的众人尽皆知悉。

一位旧相识掏出一元钱，走到贾汗青近前，没瞅见托盘，便往贾汗青衣兜里塞。贾汗青赶忙攥住那人的手腕，收了鸳鸯板，哀声道："这位老哥，贾汗青不缺钱，老哥若赏脸，今晚听俺倒倒苦水……就千恩万谢啦！"

借着朦胧的月光，那人隐约看到贾汗青一脸伤痕，双眼红肿，忙道："好，我听！我听！"他收了钱，退回人群中。

贾汗青挺直腰身，抬手打响鸳鸯板，心如刀绞开了腔：

当哩个当，当哩个当，
当哩个当哩个当哩个当！
闲言碎语咱不讲，
泰山板书开了腔。
十五的月亮十六圆，
贾汗青心里不安宁。
春寒料峭夜渐深，
劳烦各位近前听。
贾家有女叫笑荷，
今年恰好一十八，
心地善良长得美。
不笑不说话，
恶言与恶语，
从来不出口。

当哩个当，当哩个当，
当哩个当哩个当哩个当！
上有老，下有小，
饭菜上了桌，
老的少的动了筷，
笑荷才把手柬抬。

当哩个当，当哩个当，
当哩个当哩个当哩个当！

心也灵，手也巧，
针头拿得起，
线脑放得下。
上厅堂，迎来送往众人夸，
下厨房，蒸煮烹炒样样精。

当哩个当，当哩个当，
当哩个当哩个当哩个当！
贾家有女叫笑荷，
今年恰好一十八。
昨日正月十五夜，
陪爹省亲去车站。
走出兴隆街，
恶人忽然至。
把爹摁住打，
将女绑架逃。
众人齐找寻，
至今无影踪。

当哩个当，当哩个当，
当哩个当哩个当哩个当！
各位父老与乡亲，
贾汗青心里苦啊！
笑荷一岁没了娘，
两岁爹爹胸前挂，
三岁爹爹背上驮，
四岁爹爹肩上坐，
五岁爹爹手中牵，
六岁爹爹眼前跑，

七岁爹爹身后跟，

……

说到这儿，贾汗青收了鸳鸯板，扑通跪地，哽咽道："老少兄弟爷们，有信捎个信……有话带个话……"

"我们帮您找！"

"贾老板，我们帮您找！"

……

方诚和方信把贾汗青搀起来。朦胧中，贾汗青看到四周密密麻麻立满扁担，恍然大悟，忙拱手作揖道："各位挑夫兄弟，对不起，贾汗青失约了。"

方诚道："贾老板，您的事我们听说了，我们一定帮您找回笑荷姑娘！"

"对！我们一定帮您找回笑荷姑娘！"

"贾老板，您放心，我们一定尽力帮忙！"

……

贾汗青听了心里感动，抹了一把泪，朗声道："有泰山挑夫这句话，我贾汗青还有什么不知足的啊！"他拱手作揖，"各位挑夫兄弟，承蒙抬爱，你们想听什么，我贾汗青还能说！"

"《泰山挑山工》！"

"我们听《泰山挑山工》！"

……

最后，众挑夫异口同声道："我们听《泰山挑山工》！"

贾汗青道："好！下面我就说一说《泰山挑山工》！"

他昂首挺胸，举起鸳鸯板，眼前浮现出那日站在狮子峰上的情景，蓦地心生怯意，垂下手臂，不安地说道："各位挑夫兄弟，《泰山挑山工》是去年站在狮子峰上的即兴之作，彼处居高临下，此地抬头仰望，若说得不好，还请各位挑夫兄弟见谅！"

方信道："贾老板，有何难哉？我们有扁担、有绳子，百尺高台不敢说，十尺高台，眨眼就好！"方诚道："对！让贾老板站在高台上演说《泰山挑山工》!"

贾汗青犹豫间，众挑夫已动手扎起架子来。

不一会儿，一个十余尺高的台子搭了起来，并有台阶层叠而上。

方诚和方信扶着贾汗青登上高台。

贾汗青抬头仰望泰山。泰山雾蒙蒙的，看不清。他转身朝东，看着圆圆的月亮，庄重地举起鸳鸯板。手一抬，鸳鸯板响起来：当哩个当，当哩个当，当哩个当哩个当哩个当！

贾汗青高亢激昂开了腔：

> 当哩个当，当哩个当，
> 当哩个当哩个当哩个当！
> 一条扁担肩上扛，
> 我是泰山挑山工。
> 肩挑日月，
> 足踏三界。
> 蒿里山，鬼神府，
> 魂归蒿里入地狱。
> 奈河上，三座桥，
> 金桥、银桥、奈河桥，
> 过了奈河是人间。
> 进岱庙，拜山神，
> 过山坊，别离尘世登仙界。
> 台阶六千六百三，
> 踩在脚下，登上山巅。
> 我比天高啊，
> 我比天高！
>
> 当哩个当，当哩个当，
> 当哩个当哩个当哩个当！

一条扁担肩上扛，
我是泰山挑山工。
一肩挑王朝，
一肩挑帝王。
古有三皇与五帝，
泰山封禅，彰显正统。
秦嬴政，一统天下始皇帝，
急急忙忙来封禅。
汉有武帝、光武帝。
唐有高宗和玄宗，
还有那女皇武则天。
宋真宗，弄假成真败了兴。
有名有姓七十二，
不远万里来泰安，
封天禅地为哪般？
国祚永长天下安！

当哩个当，当哩个当，
当哩个当哩个当哩个当！
一条扁担肩上扛，
我是泰山挑山工。
一肩挑众神，
一肩挑传说。
东岳大帝黄飞虎，
掌管人间主生死。
碧霞元君老奶奶，
保佑众生显神灵。
石敢当，真英雄！
大汶口降服九头狐，

灭魑魅，杀魍魉，诛肥遗，
斩妖除魔保平安，
才有这朗朗乾坤！

当哩个当，当哩个当，
当哩个当哩个当哩个当！
一条扁担肩上扛，
我是泰山挑山工。
一肩挑生活，
一肩挑家人。
柴米油盐酱醋茶，
全在这盘道上爬。
孝敬爹娘，拉巴儿女，
全由这双肩扛。

当哩个当，当哩个当，
当哩个当哩个当哩个当！
一条扁担肩上扛，
我是泰山挑山工。
肩挑泰山，
跋涉人生。
重担挑上肩，抬头向上看，
不回头，不溜肩。
重担挑上肩，低头暗加油，
不撂挑子，不埋怨。
泪向盘道洒，苦往心里咽，
劳和累，踩脚下，
脚就比这盘道长！
紧咬牙，勇登攀，

我就比这泰山高!

比泰山高啊,

比泰山高.

贾汗青唱罢,两百余名挑夫激动得热泪盈眶,抬头仰望着他,心里满怀感激。

正月十七下午,灵应宫的一位道士将三条扁担送到贺盛安家,断了的那根柏木扁担用锔子锔好了。

正月十八这天,贾汗青戴上墨镜走出家门。他以竹竿探路,听到有人的地方,就踱到近前,打起鸳鸯板,哭哭啼啼地唱响《找女儿》。

从此,人们都知道贾汗青成了个瞎子。大家心生怜悯,逢人便相互请托,帮忙寻找贾笑荷。

池四喜安排贺盛平搬到贾汗青家,早晚照顾他的生活起居。同时,池四喜、贺盛平、贺盛安、方诚、方信等十余人,四处寻找贾笑荷,泰安周边都找遍了,依然没有消息。

池四喜、贺盛安等人回家担山,贺盛平继续外出找寻。

贺盛平骑着一辆脚踏车,历时月余,几乎找遍了济南、肥城、宁阳、东平、新泰、莱芜这些城市的大街小巷,还是没有一点贾笑荷的音信。

这天,贺盛平推着脚踏车又要出门,贾汗青喊住他:"盛平,算了吧。"

贺盛平收住脚步,欲言又止。

# 三十二

日本鬼子觊觎新泰一带的煤炭，不断增兵新泰县城。国民党第三专区专员张里元驻扎在新泰城外，拥兵自重，将其视为禁脔，一直盘算着借此扩大自己的势力范围，此时如何心安？

同鬼子真刀真枪干一仗，张里元的这个想法虽然由来已久，怎奈力不从心。委员长迁都重庆，韩主席跑了，我张里元此时若争强好胜，匹夫之勇尔。要是能打，韩复榘还跑吗？跑吧……到哪里去？

正当他进退两难、焦头烂额之际，中共山东省委代表汪洋前来拜访。一阵寒暄过后，汪洋开门见山，建议张里元与八路军游击队联合抗日。张里元出人意料地答应了，并提议尽快与八路军游击队谈判。

中共山东省委接到汪洋同志的报告，研究决定：为了促进抗日民族统一战线的建立，同意与张里元举行谈判，同时对其是否真心抗日要保持高度警惕，要听其言、观其行。

双方约定在刘杜镇举行谈判。

2月16日一早，黎玉和赵杰率队赶往刘杜，朱玉干带人在光明水库接到省委一行，引领着去了关帝庙。

到了那里，他们见国民党代表张里元、谢辉等人业已赶到。根据双方约定，国民党军的手枪排负责关帝庙西侧的警卫，八路军游击队负责东侧的警卫。

双方代表进入关帝庙大殿，彼此做了一番介绍后，谈判开始。

张里元道："七七事变之后，贵党立即通电全国，号召全民抗战，后来贵党又提出抗日救国十大纲领，我张里元完全赞同。举国上下，国共合作抗战乃大势所趋，亦是人心所向，是中国人都不能置身事外啊！我提议，趁鬼子刚刚进驻新泰县城、立足未稳之际，我们联合起来把县城拿下，给日本鬼子一个下马威！"

黎玉高兴地说道："我完全同意张专员的提议，鬼子立足未稳，我们予以迎头痛击。如此，则可事半功倍！"张里元道："好，既然我们意见一致，那么我们近期就攻打县城。"黎玉点头道："好。"

张里元道："为了便于联合作战、统一行动，建议由我方统一指挥，你们意下如何？"黎玉、赵杰等人听了大吃一惊，张里元之心昭然若揭。

黎玉断然拒绝："你们也知道，我们四支队刚刚成立，全队上下正处于磨合期，由贵部统一指挥，时机尚不成熟。我们可就作战内容合理分工，各司其职，勠力合作。"张里元呵呵一笑，说："有道理。你们攻城，我们打外围，这样分工可以吗？"

赵杰笑了笑，说："张专员，难为人啊！我军成立仅月余，士兵来源复杂，缺乏系统训练，实战经验不足。四百人，不到一百支枪，攻城重任，实难担当。贵军兵强马壮，装备精良，且在新泰驻扎多时，对县城的情况了如指掌，为了确保全局的胜利，我认为，贵军攻城，我部打外围，这样比较好。"

黎玉接着道："是啊，张专员，这样分工，胜利的把握大一些。"

张里元一脸尴尬，扭头问谢辉："你觉得怎么样？"谢辉道："游击队的实力的确有点弱啊，攻城……就怕误事。"张里元借坡下驴，皮笑肉不笑地说道："我们攻城，你们打外围。"黎玉道："如此甚好！"

赵杰道："张专员，最近我军侦察员发现泰新公路上鬼子的车辆来往频繁，经过缜密查证，确定系日军增兵台儿庄，我们已计划予以伏击。可否这样：我们在四槐树村设伏阻击敌人，战斗打响，县城的鬼子必然增援，你们借机攻打县城，可以吗？"张里元想了想，点头道："可以！"

赵杰又道："张专员，我们双方于18日拂晓时分各自进入作战地点，伺机行事，攻击鬼子。您看这样安排行吗？"张里元道："行，四槐树离县城不远，枪响就是信号！"

赵杰道："好，我们回去立即安排。不过有件事……希望张专员能够帮帮忙。"张里元支吾道："请……讲……"

赵杰道："我方枪支弹药匮乏，贵军能否支援一下？"张里元面露为难之色："我军枪支亦不充裕……弹药倒是可以考虑一下。"

赵杰听了心里欢喜，却面呈失望之色："弹药也能解燃眉之急啊！如果可能的话，再支援我们一些手榴弹和地雷吧。"张里元痛快地说道："都是打鬼子，我们也得大方点。五十箱子弹、十五箱手榴弹、四颗地雷，怎么样？"赵杰高兴地说道："多谢啦！"

双方经过进一步研判，确定了战斗部署，然后离开刘杜。

回到谷里，省委一面派人去张里元部取回弹药、手榴弹和地雷，一面研究部署四槐树伏击战，确定这次战斗由二中队执行。

四槐树村位于新泰县城正北，距县城十余公里。

2月17日黄昏，封振武和李镇卿率领二中队到达四槐树村。

第二天拂晓前，部队赶到公路两旁隐蔽，并在桥上埋下两颗地雷。

游击队员们握刀持枪，屏息静听，全神贯注地盯着公路。中午时分，哨兵从北边飞速跑来。游击队员们明白，这是信号：鬼子从泰安方向来了。接着，一阵汽车马达的轰鸣声传来，声音愈来愈响、愈来愈近。片刻之后，七八辆汽车驶来。两辆卡车夹着一辆黑色小汽车殿后。卡车上挤满了鬼子。

封振武当机立断，低声言诉赵玉："炸小汽车。"

第一辆汽车过了桥，队员们的心都提到了嗓子眼，握枪的手微微颤抖着……

小汽车驶上桥，赵玉引爆地雷。随着轰的一声巨响，小汽车被炸得粉碎，卡车被炸得七零八落，鬼子被炸得血肉横飞、鬼哭狼嚎。侥幸活命的，看到游击队员冲来，吓得连滚带爬，一面寻找汽车残骸躲避，一面伺机还击……

经过一番激战，共毙伤日军四十余人，包括一名大佐，游击队员无一伤亡。

是夜，朱玉干送来消息：张里元的队伍躲在青云山上，向县城里打了一阵冷枪后悄悄地撤了。一时之间，传为笑谈。

2月19日，省直机关和支队机关率一中队进驻刘杜。

朱玉干向省委报告：刘杜的青帮颇有势力，此地设有香堂，国民党教员彭书哲打算利用 20 日开香堂的时机，聚拢一批"三番子"，拉起一支队伍，先行集中二百支枪。如果彭书哲的图谋得逞，恐对游击队不利，请省委指示如何措置。

省委认为，如具彭书哲拉起这支队伍，势必与国民政府军事委员会别动总队第五纵队司令秦启荣的队伍合流，甚或为其掌控，那么，这支队伍十有八九会走向八路军的对立面。因此，一定要提前阻止。省委决定，派武中奇、朱玉干、赵笃生、孙陶林、李怀英、韩德、杨忠、徐复礼和刘玉九人前去处置，务必将其消灭在萌芽之中。

众人聚在一起商量对策，武中奇先让朱玉干介绍介绍什么是"赶香堂"。

朱玉干道："只要有老头子召集，各地的青帮都得来，这就叫赶香堂。赶香堂有两大内容：一是孝祖，就是开香堂行礼，向三位祖师叩拜；二是新人投师入帮。"武中奇道："谁是老头子？"

朱玉干道："辈分大的就是老头子。现在香堂里有'大''通''务''学'四辈，'大'字班排廿一，'通'字班排廿二，'务'字班排廿三，'学'字班排廿四。我是'务'字班，所有'学'字班的都得称我为老头子；同理，'务'字班的都得称'通'字班的为老头子。"

众人明白了。

朱玉干又详细讲了赶香堂的程式和礼仪。大家商定，明日带枪前去，由武中奇扮作'通'字班前辈，比召集人刘春河高一辈，借辈分掌握话语权，然后公开宣传抗日，联合刘春河拉队伍。刘春河若不从，就踢开他单干。其他人，除了朱玉干，都扮作投师者。

次日一早，武中奇、朱玉干等九人，腰里别着匣子枪，径直去了大寺。

走到大寺街上，人忽地多起来，有扛步枪的，有扛土枪的，有拎大刀的……武中奇压力倍增，心中暗道："这部分人的力量不可小觑，说啥也不能让他们跑到国民党那边。"

到了大寺门前，大家收住脚步。依照约定，朱玉干进寺去找刘春河。

进入寺内，朱玉干看到彭书哲正站在香炉近前同几个"三番子"谈笑风生，一副踌躇满志的样子，心里暗自冷笑。

朱玉干在大殿里找到刘春河，告之老头子来赶香堂了。刘春河肃然起敬，忙不迭地说道："快带我前去迎接！"

朱玉干领着刘春河匆匆忙忙出了寺门，将武中奇介绍给刘春河。刘春河忙抬手扶了扶领扣，武中奇回礼，也从容自若地扶了扶领扣。刘春河抱住武中奇的右手道："老头子，我是'务'字班刘春河啊。"武中奇额首道："春河好，春河好。"

刘春河与众人寒暄一通，领着他们进了大寺。朱玉干看到彭书哲还站在香炉旁，便悄悄地将他指给众人。

九点整，"三番子"按辈分高低先后进入香堂，在传道师的引领下跪拜潘清、钱坚和翁岩三位祖师。拜毕，传道师按辈分留下八位尊者，请他们立在两侧，武中奇居前。

传道师走到殿门前喊道："投师者进殿！"六十余人进入大殿，列队站立，赵笃生、孙陶林、李怀英、韩德、杨忠、徐复礼和刘玉七人厕身其中。

投师者在传道师的引领下，依次跪拜了三位祖师和八位尊者。

仪式结束，众人簇拥着武中奇出了香堂。庭院旦挤满了"三番子"，都热望着他。刘春河和传道师一起恭请"老头子"武中奇给大家做指示，他欣然应允。武中奇看到近前树下摆了一张方桌，便跨上去，威严地扫视了一下庭院，高声道："本帮的宗旨是'结义保家'，然而当下，国将不国，何以有家？皮之不存，毛将焉附？日本鬼子来了，要夺咱的国，咱们怎么办？要么打鬼子，要么当亡国奴。夹起尾巴当亡国奴就能平安无事吗？看看东良庄和山阳庄吧，老幼妇孺也不放过，日本鬼子还是人吗？我进了寺门，一看到枪，立即就想拿起来去打鬼子。现今谁在打鬼子，相信大家都看到了。远的咱不说，近的只有八路军游击队在打鬼子啊！我们怎么办？拉起队伍打鬼子去啊！春河，我看你就行！拉起队伍打鬼子去！"

刘春河大声吼道："对！拉起队伍打鬼子去！"

"三番子"们纷纷附和："拉起队伍打鬼子去！"

"打鬼子去！受够啦！"

"大刀大刀砍向鬼子头！"

……

朱玉干他们不遑多让，喊得最卖力，情绪激昂。

彭书哲见势不妙，溜了。

众人渐渐散去。

武中奇对刘春河道："春河，要努力啊，有人也有枪，你若不尽快把队伍拉起来，万一别人抢先一步，你今后如何立足？"刘春河点头道："老头子，您放心，我马上办！"

武中奇一行回来后，将情况报告省委。省委决定：尽快派一些同志加入刘春河的队伍，引导其积极抗日。

2月23日，中共山东省委在刘杜召开会议，会议决定：黎玉同志去延安向党中央汇报山东的抗日形势，请中央再派些干部来山东，以加强对山东各地抗日工作的领导；四支队兵分两路，开展抗日活动，壮大队伍。四支队的北路由洪涛和林浩率领，向莱芜、博山和淄川一带发展；南路由赵杰和程照轩率领，向新泰、蒙阴、泗水和费县一带发展。

未几，洪涛和林浩带领一中队离开刘杜，黎玉等人送至光明水库。洪涛和林浩向黎玉庄重地敬了一个军礼，转身大踏步地去了。

# 三十三

吉田相左召见向正强。向正强急急忙忙赶到蒿里山，进了日军司令部，毕恭毕敬地站在吉田相左的办公桌前。

吉田相左冷冷地看着向正强。向正强知道这一天终于来了，比他预计的晚了不少时日。尽管自己已有预案，心里还是颇为忐忑。

吉田相左呵呵一笑，说："洪涛打下莱芜县城，杀了张启林，向局长你有何感想？"向正强道："形势越来越严峻，不是你死就是我活啊！"

吉田相左道："你说得很对，不是你死就是我活。我们大日本帝国没有选择，你们也没有选择。向局长，不要抱有侥幸心理，你……同样也没有选择！"向正强平静地说道："司令官，在下明白。"

吉田相左道："洪涛去了博山，我们先不要管他了。崔子明抢军粮、扒铁路闹得欢，道朗一战击毙了远静沧，也算是给了他一个警告。保安大队出力很大，马敬光这个大队长还算合格。向局长，接下来我想说什么，你知道吗？"向正强道："知道。"

吉田相左点了点头，正色道："那我就不说了。"

这天晚上，向正强喝得酩酊大醉，回到家门口，恶狠狠地吐了一口唾沫，低声骂道："你们也配！"他抬起手，有气无力地拍响大门。

这日，吃罢早饭，贺盛安荷了扁担走出大门，迎面看到县保安大队大队长马敬光带着四名保安队员快步走来。

贺盛安心里厌恶，目不斜视地向前走去。马敬光迎上来，拱手作揖道："贺会长请留步！"贺盛安收住脚步，故作不识："您是……"

马敬光夸张地笑了笑，说："贺会长，您真是贵人多忘事啊！咱们见过几次面的。"贺盛安冷冷地说道:"对不起,忘了。"

马敬光一脸尴尬,旋即又正色道:"贺会长,那咱就公事公办吧。我是保安大队大队长马敬光,要是晚来几步这事就耽搁了。"贺盛安警觉地问道:"何事?"

马敬光道:"吉田司令官仰慕挑山帮会那块堂匾,想借去瞻仰几日。"贺盛安心里一惊,随即又笑了,说:"马队长,谁都知道,挑山帮会的堂匾是假的,看它干什么?"

马敬光拉下脸来,不冷不热地说道:"贺会长,这是吉田司令安排我来的,借与不借,是您的自由,我回去禀报就是了。但是……"他压低声音,"咱都是中国人,贺会长,听我一句劝,赶紧拿出来吧,何况还是假的。"

贺盛安不由得想起遥参亭坊那惊险的一幕来,耳畔又回响起刚才出门时,池灵芝那声一成不变的叮咛:"小心啊!"

贺盛安道:"谢谢马队长提醒,这事我一个人做不了主,容我晚上同大家商量一下,明天给您答复,行吗?"马敬光道:"行!明天一早我在保安大队等您。"贺盛安道:"好!马队长,明天一早,不见不散。"

下午担山回来,贺盛安径直去了贾汗青家。贾汗青去了五马庄,贺盛平在家。贺盛安把鬼子借堂匾一事原原本本告诉了贺盛平。

贺盛平道:"如果是真的,便是国宝,鬼子能安什么好心?肯定有去无回啊,所以不能交!既然是假的,不妨给他们看看,还回来更好,不还也别硬要,惹祸上身不划算。"贺盛安道:"还给帮会说一声吗?"

贺盛平道:"算了吧。挑夫兄弟们心地敦厚,你不说,大家也能体谅你的难处。谁不相信你啊!"贺盛安支吾道:"要不要……听听向局长的意见?"

贺盛平道:"这样最好,看看正强哥怎么说。"

两个人吃罢晚饭,去了向正强家。

向正强听后凄惨一笑:"覆巢之下无完卵啊!既然是假的就无所谓了。如果是真的,肯定有去无回啊!依我看……"他盯着贺盛安,"挑山帮会这块堂匾,关键所在不是'真假',而是'挑泰山'这三个字。"

贺盛安忙道:"假的咱也不给啦!"向正强连连摆手道:"大可不必!鬼子要看就给他送去,过一段时间不还,去要要看,不给就算了。还能怎样?

大家都知道这块堂匾是假的，谁也不会怪你。如果是真的，那就另当别论啦！泰山是国山，不要小看这块堂匾啊！"

贺盛安听了，毛骨悚然。

第二天一早，贺盛安挑着红绸布包裹的堂匾去了保安大队。

贺盛平挑了一担木柴，送到金星庙，出来便迫不及待地奔向育英中学，拐进灵芝街，看到宣传栏前空无一人，快步向前奔去。

宣传栏上新贴了一张告示："3 月 27 日，国民党第三集团军孙桐萱、曹福林部为配合台儿庄战役，攻破大汶口，夜袭日本侵略军机场，破坏了大汶口至兖州的铁路。"

贺盛平心里欢喜，右手情不自禁地攥了一下扁担。

"举起手来！"一声吼叫炸响。

贺盛平察觉背后有数人围拢过来。此地无处躲避，如何是好？

"举起手来，否则立即打断你双腿。"

贺盛平只好丢下扁担，举起手来。

"不许回头，把脸贴在墙上。"

贺盛平只得举着双手，贴靠在宣传栏上。

一只手枪顶住贺盛平的后心，两支步枪一左一右抵住其双肋，一条绳索套在他脖子上系了，反剪双臂，五花大绑。

马敬光瞅着贺盛平，得意扬扬地说道："贺盛平，对不起，皇军让这么做的，没办法。"贺盛平冷冷一笑，问道："我犯了哪门子法？"

马敬光苦笑着说道："贺盛平，我虽然敬你是条汉子，但爱莫能助。"他手一挥，保安队员押着贺盛平去了。

校工老王看到二鬼子走远了，捡起扁担，踌躇了一瞬，匆匆忙忙进城去了。

在县衙门前，老王拦住两位挑夫，问他们认不认识贺盛平。他们说认识，老王便把贺盛平被抓一事讲了。两位挑夫吃了一惊，不约而同地说道："得赶紧告诉贺会长。"

老王道："这样最好，拜托二位了。"他接着把贺盛平的扁担给了他们。

两位挑夫急忙赶到灵山庄贺盛安家。贺盛安不在家，他们便把贺盛平被抓一事告诉了池灵芝。池灵芝听了，蓦地掉下眼泪来。两位挑夫对望了一眼，把扁担倚在近前的一棵杨树上，转身去了。

贺盛安傍晚时分回到家，听了消息，心急如焚。他坐在椅子上，眉头紧锁，一言不发。全家人默默地坐着，谁也没有心思吃饭，贺习氏和池灵芝不停地抹着眼泪。不知什么时候，庭院里站满了挑夫，他们手握扁担，凝望着堂屋。

池四喜来了，挑夫们自动闪开一条道。池四喜手里握了一根竹竿，身后跟着贾汗青，攥着竹竿的另一端。黑夜里，贾汗青还戴着人们早已熟悉的那副墨镜。

贺盛安慌忙迎出堂屋，池四喜低声道："盛安，快让弟兄们回去。"

贺盛安顿悟，忙拱手作揖道："各位老少兄弟爷们，贺盛平一事让大家挂心了，帮会一定想办法。大家累了一天了，都请回吧！"众挑夫默不作声，转身去了。

贺盛安送走挑夫们，快步回到堂屋。一进门，贾汗青便道："公门里面好修行，盛安，去找找向正强吧。"贺盛安跌足道："嗨！我怎么没想到啊！急糊涂啦！我这就去！"说完这话，他转身便走。池灵芝忙道："吃了饭再去！"贺盛安抓了俩窝头，吃了一个便咽不下去了，喝了两口水，匆忙去了。

到了向正强家，向正强还没回来，祝亭亭留贺盛安在家里等他。贺盛安坐了一会儿，心神不宁，告辞去了。走到路口两棵柏树近前，他慢慢蹲下身去，焦急地等候向正强。过了片刻，心里不踏实，他又回到向正强家门口，坐在门墩石上，双手抱头胡思乱想起来。

向正强十点多才回来。贺盛安怯怯地叫了声"向局长"，向正强攥住贺盛安的手，啥也不说，轻轻地拍起门来。祝亭亭开了门，向正强拉着贺盛安进了家。

向正强把贺盛安摁在椅子上，贺盛安迫不及待地便要开口，向正强摆手道："听我说吧。盛平关押在鬼子那儿了，吉田司令亲自审讯。我今天去了两趟，都没见到人。人是马敬光在育英中学抓的，我晚上才找到马敬光，他说吉田司令让抓的。至于什么原因，吉田司令没说，他也不敢问。"

贺盛安慌张地问道："向局长，怎么救他?"向正强皱眉蹙额道："得先弄明白原因再说，现在就怕鬼子下毒手啊！"

贺盛安坠下两滴泪来，抬手拭去，望着向正强道："向局长，倾家荡产我也要救盛平哥，需要多少钱，您说个数吧，我去凑钱！"向正强气呼呼地说道："盛安，现在不是钱的问题，关键是弄清原因，对症下药。你和盛平是好兄弟，我和盛平也是好兄弟啊！只要是钱能解决的事，对我来说都不是事！"

听了这话，贺盛安手足无措起来。向正强道："我明天去趟蒿里山，一有消息立即通知你。"

贺盛安回到家，看到池四喜和贾汗青还在，就把向正强所言如实讲了。贾汗青点头道："向局长说得在理，这样操作也是个办事的路子，现在没有什么好办法，只有依靠他了。"

池四喜点头道："只能这样啦！"

贾汗青若有所思，自言自语道："除了向正强，还能依靠谁？日本鬼子来之前，我无论如何都不相信他是个好人。自从他出手救了你们俩，我才知道自己错了。那个马敬光，出身书香门第，谁能想到他竟然当了汉奸，还为虎作伥？唉！"

贺盛安送走池四喜和贾汗青，没有回家，慢慢向北走去。他过了贞节坊，登上台阶，仰望蒿里山神祠。只见神祠里灯火通明，门前鬼子哨兵持枪站立，刺刀在灯火的照耀下锋芒逼人。

池灵芝走来，抱住贺盛安的左臂，倚靠在他身上，低声道："盛平哥就在里边？"贺盛安潸然泪下，哽咽道："是……啊……"

池灵芝哭啼道："咱……回吧……"

说完这话，池灵芝拉着贺盛安回家了。

翌日，贺盛安在家等了一天，没有任何消息。吃过晚饭，他匆匆去了向正强家。推门，发现落了闩；敲门，没有回应。他犹豫良久，鼓起勇气喊了十几声"向局长"，均无人应答。

邻居告诉贺盛安，到后面砸砸墙试试。贺盛安像捡了个大元宝，感激的话也忘了说，迅疾跑到屋后，抬头一看，呆了：后窗户里有灯光透出，家里有人啊！

贺盛安豁然明白了，摇摇晃晃地走到窗户下，举手握拳擂墙，绝望地喊道："向局长……向局长在家吗？"

叫了几声，窗户上的亮光消失了。

贺盛安收手，跌跌撞撞地回家去了。

这天晚上，贺盛安与池灵芝商量了半宿也没个主意。贺盛安说，再去汗青叔那儿请教请教。池灵芝心里酸楚，没有接言，沉沉地睡着了。

第二天，贺盛安正吃着早饭，马敬光带着一队汉奸荷枪实弹冲进家来。

马敬光高声喊道："贺会长在家吗？"

贺盛安一听马敬光来了，撂下饭碗跑出堂屋，看到汉奸挤满庭院，惊得目瞪口呆。贺家众人挤到门前，心惊胆战。池灵芝倚靠在门框上，浑身瑟瑟。

马敬光拱手作揖，朗声道："贺会长，打扰了。"贺盛安忙还了一揖："马队长，屋里请！"马敬光道："不了，我是奉命而来，把吉田司令的话带到便回。"贺盛安心头一振，忙道："请讲。"

马敬光道："昨天，向局长缠了我半天，告求我同他一起去求吉田司令放了贺盛平。没办法，下午，我们俩到了日军司令部，见到吉田司令，壮着胆子把事情讲了。吉田司令很爽快，说是因为堂匾才抓了贺盛平……"说到这儿，马敬光故意停下来，盯着贺盛安。

贺盛安皱眉道："堂匾？堂匾与贺盛平有什么关系？"

马敬光道："我们也不知道啊！吉田司令说，既然你们来求情，就给你们一个面子，告诉贺会长，把那块真堂匾拿来，便放了贺盛平。否则，还要不断地把挑夫抓了，送到日本去做苦力。"

贺盛安听了，不啻五雷轰顶。

马敬光又道："出了日军司令部，向局长让我来通知贺会长，我说啥也不同意，这让挑夫兄弟们怎么看我，何况这事因他而起。向局长再三央求，说他和您，还有贺盛平都是好兄弟，堂匾这事，他真是开不了口……没办法，谁让我和向局长是好兄弟呢。贺会长，话我捎到了，您看着办吧。"

马敬光说完这话，转身去了。

贺盛安似木雕泥塑一般，呆呆地立在庭院里。池灵芝泪流满面。

贺习氏招呼二人吃饭。吃罢饭，贺盛安撂下饭碗，去西屋拿上扁担，荷在肩上出了家门。池灵芝站在堂屋门前，一直盯着贺盛安，看到他头也不回地走了，眼泪又坠下来。

贺盛安到了"利泰号"杂货铺，问今天有到山顶的货吗，伙计告诉他没有，最高只到中天门。他又去了岱庙，岱庙也没有。贺盛安只好把希望寄托在张大山香客店。到了那里，一问，也没有，最高到朝阳洞。贺盛安问多少斤，伙计说只有十斤。贺盛安只得挑了一担中天门的货，才六十斤，三十斤菜蔬，三十斤面。到中天门交了货，贺盛安荷了扁担，拾级登山，艰难攀爬。

下了山，太阳还老高，贺盛安步履沉重地去了五马庄池四喜家。大门开着，他走进庭院，东屋里突然传出池灵芝的声音："盛安……"

贺盛安答应着，放下扁担，快步去了东屋。

池灵芝坐在炕上，双眼红肿，呆呆地盯着东北角的大瓮。

贺盛安低声问道："灵芝，你想干啥？"池灵芝低下头，喃喃道："不想干啥……你是……会长……你说了算。"贺盛安道："爹知道了吗？"

池灵芝道："我没告诉爹。"贺盛安道："那就别说了，这事我一个人担着。"池灵芝抬头望着贺盛安，问道："你决定了？"

贺盛安道："决定了，明天我就送到蒿里山去。"

池灵芝道："你怎么给大家交代？"贺盛安道："我没法给大家交代，千秋骂名就让我一个人来顶着吧！"

池灵芝道："盛安，你想好了，这事大家要是计较起来，我们世世代代都要背着骂名啊！"贺盛安道："灵芝，我不懂什么大道理，但不交出这块堂匾，鬼子今天抓一个，明天抓一个，送到日本去，俺受不了。我翻来覆去地想啊，我这个会长，保住大家的性命，才是重中之重！"

池灵芝道："盛安，我和你想的不一样，我觉得应该保住这块堂匾。大道理我也说不出来。咱俩是担山的，多大的苦都能呕得下，就怕孩子这一辈子让人家戳着脊梁骨骂……不过，盛安，既然你决定了，我是你老婆，听你的。再大的骂名，我池灵芝也和你一起扛！"

贺盛安捧起池灵芝的双手，深情地望着她，泪眼双流。池灵芝哽咽道：

"盛安，想哭……就痛痛快快地哭一场吧……哭出来才好受啊……"

贺盛安趴在床上，抽抽搭搭地哭起来。

当晚，贺盛安和池灵芝住在五马庄。第二天，吃罢早饭，池灵芝帮着贺盛安从大瓮里取出堂匾。看着"挑泰山"三个大字，贺盛安心如刀绞。池灵芝慢慢地将包裹系好。贺盛安挑着青布包裹的堂匾去了蒿里山神祠。

下午，贺盛平回来了。晚上，在贾汗青家里，众人看到贺盛平完好如初，并未受刑，皆欢喜不禁。

第二天，向正强找到贺盛平，把贺盛安用真堂匾将其换出一事告诉了他。贺盛平十分震惊。

贺盛平找到贺盛安追问此事，贺盛安只得实言相告。贺盛平听了，也不好再说什么，但心里暗自发誓：一定要把堂匾夺回来！

十余天后，贺盛安不再担山了，每日往蒿里山神祠担送菜蔬和杂物。与此同时，泰山挑山帮会的堂匾是真的，贺盛安已送给日本鬼子一事，迅速传遍了泰安城。

挑夫们听到这个消息，悲愤之余，心里五味杂陈。

这天，池四喜、贾汗青和贺盛平一起来到贺盛安家。

池四喜道："盛安，堂匾怎么成了真的啊？范校长不是亲口说是假的吗？"贺盛安道："爹，是真的。那次我和牛爷爷把范校长抬到家里，请范校长鉴定堂匾的真假，范校长认为是真的。我接了堂匾，深感责任重大，和灵芝商量了商量，把真的藏了起来，花钱从济南做了个假的……"

众人听了，心里无不痛惜。

贾汗青道："盛安啊，泰山挑夫心地敦厚，不怪你，何况你这样做也是为了他们啊！所以，你不用躲着他们，该怎么担山还怎么担山。"贺盛安道："叔，我心里没鬼，谁也不躲不避，每日给鬼子送几担东西，不也是下力求财吗？我接下这个活计，主要是因为离家近，再说，灵芝也快生了……"池灵芝听了这话，眼里噙着泪，起身去了里间屋。

次日，贺盛安一个人悄悄地去了林地，跪在爹的坟前，烧了纸，磕着头哽咽道："爹……咱担山的……差一步也到不了顶啊！"

三天后，贺盛安被日本鬼子打死在蒿里山神祠门前。他趴在地上，血流了一地，后背被打成了筛子，右手攥着扁担，左手向后伸着，呈抓取状。扁担上系了两个筐子，后边的筐子被打烂了，隐约露出一块堂匾，被子弹打得千疮百孔。

池灵芝撕心裂肺的哭声炸响时，一队荷枪实弹的鬼子来到贞节坊前，贴了一张告示：泰山挑山帮会会长贺盛安，潜入皇军军事重地，盗窃堂匾，予以就地正法。

贺盛安出殡这天，泰山挑夫到了四百余位，有些已经放下扁担多年了。出殡时，池灵芝哭闹着要送丧，众人劝不住，最后贺习氏给她跪下，她才放弃。

挑夫们用扁担扎了大架子，三十六位挑夫抬棺。棺材两边各拴了一匹白布，分别由贺盛全和贺盛平领头牵引。丧乐由鱼池村段氏后人领衔，一十二位名角组成，俱是自发前来。

正要起灵，向正强派人送来消息：日本鬼子已在泰安门部署兵力，绕城走吧。贾汗青听了凛然道：“不让走也要去，这是中国人的态度！”众人默然。

老盆摔过，哀乐响起，灵柩起行，去了泰安门。

众挑夫手拄扁担依随其后，扁担上都系了孝绢。

灵柩到了泰安门，果然城门紧闭，城墙上站满了荷枪实弹的鬼子和汉奸。

方诚将情况说与贾汗青，贾汗青长叹一声道：“烧烧纸，咱们绕城走吧。”

方诚和方信在护城河桥前烧罢纸钱，灵柩起行，沿着南海子向东行进，绕城去了关帝庙。

灵柩停在登山盘道前，众人庄肃祭奠。围观民众万余人，无不痛心垂泪。

祭奠完毕，方信搀着贾汗青来到灵柩前。

贾汗青昂首挺胸，掏出鸳鸯板，手一抬，鸳鸯板响起来：当哩个当，当哩个当，当哩个当哩个当哩个当！

众人屏息静听。

当哩个当，当哩个当，当哩个当哩个当哩个当！当哩个当，当哩个当，当哩个当哩个当哩个当……

贾汗青慢慢收了鸳鸯板，涕泗横流，哭号道："盛安啊……你是个好孩子……没人说你孬……安心上路吧！"

灵枢起行，向西回了灵山庄，葬于贺家祖林。

第二天一早，贺盛全抱着两条柏木扁担来到贾汗青家。贺盛平看到两条扁担用绳索捆在一起，心里明白了。

贺盛全掏出一个存折递给贺盛平："盛平哥，昨天晚上，俺嫂子看到两条扁担捆在一起，还夹了这个折子，说这肯定是俺哥留给你的，让我今天一早给你送来。"

贺盛平接过折子，又伸手抓过扁担，紧紧地搂在胸前。

贾汗青踱拉到近前，朗声道："盛平，你也是一个合格的会长啊！"

贺盛平眼前浮现出那块千疮百孔、血迹斑斑的堂匾……

# 三十四

洪涛和林浩率领部队北上攻打博山，令刘居英、朱玉干、亓象岑、马馥塘等人组建四支队驻莱芜办事处，筹集物资，支援部队，尽快建立抗日民族统一战线，成立群众抗日团体，动员青年参加四支队。

未几，秦启荣委任谭远村为莱芜县县长、景肇令为保安大队大队长。谭远村和景肇令带领保安大队进驻莱芜县城，强行占领僧王庙，挂上了国民党莱芜县政府的牌子。

谭远村召开县政筹备会议，刘居英、朱玉干和亓象岑代表四支队参加。会上，谭远村煞有介事地说道："响应各界人士的呼吁，我们召开这次会议，国共两党共同商讨成立县政建设委员会。依据国民政府之规定，我作为一县之长，提名十位革命同仁入职县政府。"

秘书亓杰将名单递给刘居英。刘居英、朱玉干和亓象岑三人看罢气愤不已。刘居英正色道："谭县长，这十个人都是旧政权组成人员，并不能代表莱芜县目前各阶层民众的意志。我们建议重新考虑人员名单，立即召开真正广泛代表全县各阶层民意的代表会议，民主选举产生参议会和抗日县政府。"

景肇令一拍桌子，厉声喝道："刘居英，你啥意思？谭县长不抗日？我景肇令不抗日？现在的县政府不是抗日政府？说什么旧政权，我景某人听着就别扭。"

刘居英针锋相对，高声道："谭县长、景队长，在国家民族危急万状的现在，只有我们内部精诚团结，才能战胜日本帝国主义，这是国共两党的共识啊！国共两党合作抗日，这份名单根本没有体现嘛！"谭远村冷冷一笑道："贵党发言一向深明大义，慷慨激昂，我谭远村领教了。既然你们不同意，就再商量，贵党不妨也拟一份名单，咱们共同议决。"

双方不欢而散。

翌日，谭远村下令出动保安队，强行解散莱芜抗日后援会和莱芜抗日自卫团。

四支队驻莱芜办事处立即召开会议研究对策，一致认为：谭远村此举系故意制造摩擦，挑起事端，意欲排斥四支队，限制四支队在莱芜的活动。会议决定：刘居英和亓象岑北上博山向洪涛司令汇报，建议其回师驱逐谭远村和景肇令，重建抗日县政府；马馥塘和朱玉干留守办事处，积极筹集物资给养，支援前线。

会后，刘居英和亓象岑向马馥塘和朱玉干交接了工作，动身去了博山。

秦启荣率部进驻莱芜，听说八路军山东人民抗日游击队第四支队驻莱芜办事处正在筹集物资给养，勃然大怒，立即下令予以取缔。

谭远村怯怯地问道："秦司令，人呢？"秦启荣道："这也问我？抓了，统统关起来！"

谭远村找来景肇令，传达了秦启荣的指示。景肇令早就憋着一口气，听了谭远村的话，立即带着一个连的保安队包围了四支队驻莱芜办事处，将办事处的二十八个人全部绑了，关进大牢。

景肇令回到县政府禀报谭远村，四支队驻莱芜办事处被一锅端了，包括四支队经理部主任马馥塘。谭远村听了，想起自己在临朐县公安局局长任上审讯共产党的一些趣事，精神一振，向亓杰面授机宜，亓杰连连答应着去了。

景肇令恨恨地道："提起共产党我就来气，看见共产党我就想杀人。"谭远村摆手道："肇令，万万不可！抓起来，吓唬吓唬还可以，人可是杀不得啊！"

景肇令一脸不解："为何？"谭远村道："国共合作这个景还是要应一应啊！要不，民心都让共产党夺去了。共产党的农会分了你的地，也别往心里记了。你我通力合作，先断了四支队的给养，再把他们逼出莱芜，就算是给你报个小仇吧。"

景肇令心中不忿，却道："谭县长说得对！谭县长说得对！"

保安队员江成和唐百顺将马馥塘吊了起来。

江成问道：“马馥塘，你们四支队在莱芜做了哪些坏事？快快交代！”马馥塘正色道：“四支队光明磊落，从来没有做过坏事！”

江成挥鞭抽了马馥塘十余下，马馥塘咬紧牙关，一声不吭。

江成一脸诧异：“难道共产党真的骨头硬？”马馥塘道：“贱骨头干不了共产党的事业！”江成抬手又拚了马馥塘一鞭子，厉声道：“让你嘴硬！”

唐百顺道：“哥们，别打了，明天这人就要上路了，送个顺水人情吧。”

马馥塘瞪大眼睛望着唐百顺。

江成呵呵一笑：“共产党员，害怕了吗？我听说过不怕死的，却从来没见过，你可要让我见识见识啊！”马馥塘哈哈大笑：“怕死不当共产党员！我就不怕死！”

唐百顺道：“马馥塘，痛痛快快地说了吧，兴许还能活命。”马馥塘凛然道：“没什么好说的。为抗日而死，死得其所；死在中国人手里，我马馥塘心痛啊！”

唐百顺把马馥塘放下。

江成道：“有什么冤屈，明天见了阎王说去吧。”唐百顺道：“看你是条汉子，我告诉伙夫，给你做点好吃的。”

江成拍了拍马馥塘的脸颊，笑道：“一大碗壮行面，多加肉。”

说完这话，江成和唐百顺说说笑笑地去了。

出了门，江成高声喊道：“马馥塘，吃不吃辣啊？”马馥塘朗声道：“吃！大大的辣！”

天黑了，伙夫送来一海碗油泼辣子面，辣椒和肉丝堆了尖。

马馥塘冲伙夫笑笑，接了碗，一阵大快朵颐，吃得满头大汗，心里也透亮畅快起来。

亓杰将马馥塘的情形报告了谭远村。谭远村笑了笑，心里怅然若失。

洪涛知悉莱芜的情况后，与林浩商量决定：请范明枢和亓养斋两位老先生出面调停，劝说秦启荣和谭远村不要制造摩擦，释放我军被捕人员，顾全大局，团结抗日。

赵笃生和亓象岑各自辗转找到范明枢和亓养斋，转达了洪涛司令员请托一事，两位老先生庄重允诺。范明枢赶到莱芜县城，与亓养斋一起去了僧王庙。

秦启荣听说范明枢和亓养斋一同来了，冷冷一笑："共产党想得太简单了，这个时候把两位老古董搬出来压人，真是可笑。"

秦启荣和谭远村将范明枢和亓养斋恭恭敬敬迎进庙里。甫一落座，范明枢便把他和亓养斋此行的目的开门见山地讲了，亓养斋在一旁敲着边鼓。

秦启荣耐着性子听完，满脸堆笑道："两位老先生为国共两党合作抗战而奔波，令启荣心生赞佩。国难当头，委员长号召合作抗战，我们也是这样做的。之所以查封四支队驻莱芜办事处，主要原因是八路军的防区不在山东啊！"

范明枢强压心头怒火，说："此言差矣！'如果战端一开，那就是地无分南北，年无分老幼，无论何人，皆有守土抗战之责任，皆应抱定牺牲一切之决心。'秦司令，这话可是委员长说的，告谕全国啊！"亓养斋也道："秦司令，既然合作抗战，心胸就不应这般狭隘啊！"

秦启荣皮笑肉不笑地说道："'在此安危绝续之交，唯赖举国一致，服从纪律，严守秩序。'两位老先生，这也是委员长说的。合作抗战，也要服从纪律，严守秩序。共产党不能自行其是，乱搞一套。莱芜就这么大的地方，要是都从老百姓身上榨给养，让老百姓如何活？"

范明枢和亓养斋被秦启荣这番自圆其说的话惊得目瞪口呆。


4月15日，南路部队接到洪涛司令员的电报："谭远村、景肇令等顽固分子，无故扣押四支队驻莱芜办事处人员；尾随我军，制造摩擦；辱骂驱赶我军代表；肆意破坏抗日民族统一战线。是可忍孰不可忍！接电后，立即北上，南北两路大军会师莱芜，歼灭谭、景反动武装。"

四支队副司令员赵杰看罢电报，立即下令集合部队，奔赴莱芜。

4月26日，南路部队一千余人在距莱芜县城二十里处的坡草洼村驻扎。部队告诉当地及周边村子的百姓：游击队奉命北上，在此休整，三天后正式开拔。

八路军游击队送来一份公函，亓杰收了，急忙报送谭远村。谭远村正和景肇令等人喝酒，眯着眼问道："他们又想干啥？"亓杰道："他们说北上途经莱芜，希望咱们立即释放关押人员。他们还说此行是去博山打日本鬼子，想在这儿募点粮款，希望我们不要拦阻……"

谭远村道："谁带队？"亓杰道："赵杰。他们现在驻扎在城南坡草洼，离城有二十里地。"

谭远村皱眉道："听说赵杰是个会打仗的人。肇令啊，你派人去看看，他们要是耍花招，就是送上门来了，别怪咱们不客气。"景肇令立即安排人去了。

傍晚时分，前去窥探的保安队员回来报告：八路军游击队大约有一千多人，只有四百多支枪，有些还是土枪；他们正和周围村庄的老百姓借钱借粮，三天后开拔。

谭远村听罢，鄙夷不屑地笑了，说："打日本鬼子，就让他们去吧，手里这点破玩意，上赶着当炮灰啊！'景肇令恨恨地说道："真想一锅把他们端了。"

4月27日下午，亓象岑送来情报：谭、景自恃有城墙护卫，认定我军胆怯，不敢冒犯，未做任何防备。

赵杰听了大喜，说："象岑同志，我与照轩、振武等同志商量了两个方案，一是直接攻城，二是诱敌出城予以歼灭。你看哪个方案好啊？"

亓象岑道："司令员，还是直接攻城吧。县政府和保安大队共有千余人，战斗力薄弱，我军可攻其不备。城墙不高，保安队主力布置在南关、北关，我军攻东关、西关，定收奇效！"

众人听了深以为然，商议决定直接攻城：二中队、五中队攻东关，八中队攻西关，其余各中队佯攻南关、北关；原则上28日早六点统一进攻，但也要灵活应战，便宜行事，争取在一个小时内结束战斗。

28日清晨五点半，游击队悄然抵达莱芜城下，迅速进入预定地点隐匿起来。指挥部设在西关外的杨树林里。

封振武带领八中队刚刚隐蔽好，四个保安队员就背着枪走向西门。他当机立断，带着队员火速扑向西门。

两名哨兵看到换岗的来了，一个懒洋洋地打着哈欠，一个愁眉苦脸地伸着懒腰。这时，游击队员倏然现身，两只匣子枪和四支步枪齐刷刷地对准他俩。二人未及反应，便缴了枪。

封振武令两个班埋伏在城门，他同排长钟加田带领五名队员冲上岗楼。换岗的四个保安队员，甫一进城便被活捉。

西城门，不放一枪，悄然易主，众人心里喜不自胜。

封振武看了看怀表：五点五十。他正思谋着下一步如何行动，突然传来一阵齐刷刷的跑步声。游击队员们立即隐藏起来，屏息静听。

旋即，他们便见保安队员们呈四列纵队，步伐整齐地向西城门跑来。到了近前，游击队员们突然现身，大吼一声："缴枪不杀！"

保安队员们吓得目瞪口呆，随即乱作一团：前边的收住脚步，转身回跑；后边的拥上来，挤在一起。

赵杰带领百余名队员冲上去将其包围。保安队员们手无寸铁，心灰意冷，集体放弃反抗，举手抱头蹲地，统统做了俘虏。

六点整，二中队、五中队撞开东关城门，冲进城里，径直向僧王庙奔去。

僧王庙没有岗哨，大门紧闭。游击队员们争先恐后，翻墙而入。庭院里空无一人，队员们或推门，或破门，冲进室内。保安队员们大多还沉浸在梦里，惊醒之后纷纷投降，无一反抗，县长谭远村和保安大队大队长景肇令亦在其中。

此役，俘虏保安队员一千余人，缴获步枪七百余支、机关枪四挺、迫击炮四门……二十八名被押同志悉数获救。

洪涛和林浩率北路大军随后赶到，两路大军胜利会师莱芜县城。

4月29日，四支队全体指战员两千余人在僧王庙召开祝捷大会，会场内外歌声飘扬：

> 三月里来麦苗青，
> 咱们的队伍真英雄。
> 打老谭，打老景，
> 红旗一展克莱城。
> ……

# 三十五

贺盛平担山归来，过了经石峪牌坊，郑伟东悄然现身，追至其身后，低声道："奇数页。"

贺盛平收住脚步，转身仰望。郑伟东冲他丢了个眼色，回身拾级登山，折身东去。贺盛平依随郑伟东，两个人一前一后，不一会儿就到了经石峪。

郑伟东径直登上石亭，凭栏北望。贺盛平随后赶来，站在其身后。

郑伟东道："盛平，你听清了吗？"贺盛平道："听清了。"

郑伟东道："能给我吗？"贺盛平道："能，受人之托，忠人之事。不过，那个东西不在我这儿。"

郑伟东忽地转身，焦灼地盯着贺盛平道："在哪儿？"贺盛平道："在正强哥那儿。正强哥说了，有人找我要时，跟他说一声，他给弄出来……不过，那时日本鬼子还没来，不知道现在情况怎么样。"

郑伟东迫切地说道："希望你务必帮忙，这对我们非常重要！"贺盛平点了点头，问道："你是？"

郑伟东道："徂徕山上的。"贺盛平道："裕阳道长呢？"

郑伟东伤感地说道："牺牲了，临终之时，他向组织汇报了这件事。组织决定取回来，而且目前，我们也急需这个东西。"贺盛平道："我们这就去找正强哥。"

郑伟东摇头道："盛平，我目前不方便和他见面，终究是两条道上的人，你也不要告诉他是我来要这个东西。其他的，我相信你自有办法。"贺盛平道："伟东，正强哥是身在曹营心在汉……"

郑伟东冷冷一笑："盛平，我比你了解他。一个人，不抗日没什么，不支持抗日也没什么，都可以原谅。但是，不论是谁，投靠日本人，做汉奸就说不过去了。"贺盛平道:"好,伟东,我尊重你的决定。明天晚上八点,你在火神庙门前等我,我争取把东西带到。"

郑伟东一脸欣喜,握住贺盛平的手道:"多谢盛平!裕阳道长果真没有看错人啊!"贺盛平道:"谢谢你们的信任!在山东,如果没有贵党的抗日义举,这段历史如何向后人交代啊!"

郑伟东听了这话,冲动地想约贺盛平一同走,但欲言又止。两个人下了石亭,郑伟东终究不甘心,问道:"盛平,你还没有找回自己?"贺盛平摇头道:"没有。"

到了石坪前,贺盛平收住脚步,望着潺潺流水,若有所思。

郑伟东道:"盛平,人不可能两次踏进同一条河流,过去的就让他过去吧。七七事变之后,国家、民族、个人都在抉择。盛平,你不能置身事外啊!"贺盛平道:"伟东,你说得对,在时代的洪流面前,个人怎能置身事外?"

郑伟东正欲开口邀其上山,贺盛平道:"伟东,我和你打听一个人。"郑伟东道:"谁?"

贺盛平道:"你们的司令员洪涛。"郑伟东心里一酸,沉吟道:"你想知道些什么?"

贺盛平道:"听说这个人打仗很厉害,还很年轻。"郑伟东道:"你说得对,司令员才二十六岁。"

贺盛平道:"我听人谈起他,天然有一种亲近感,很想了解一下。"郑伟东道:"你希望洪司令帮你找回自己?"

贺盛平道:"是啊,这是我做的最后努力。即便找不回自己,我也该离开这儿了。"郑伟东道:"去哪儿?"

贺盛平道:"哪里能打鬼子去哪里。"郑伟东高兴地拍着贺盛平的肩膀道:"盛平,你跟我走吧!"

贺盛平道:"对不起,伟东,我现在还未做最后决定,所以不能答复你。"郑伟东收了手道:"盛平,好!我就给你讲一讲我们司令员这个人吧。"

贺盛平一脸期待:"太好了。"

郑伟东道:"司令员是江西横峰县人,出身农民家庭,从小给地主做长工。土地革命时，他参加了苏维埃运动，那年才十五岁。长征时，他任红九军团第七团团长，去年来到山东领导武装起义。

"我第一次认识司令员是在光化寺。那时四支队刚成立，游击队员来自各行各业，会打枪的没几人。司令员便从军队的基本知识讲起，手把手教大家站岗放哨，瞄准、射击、投弹、刺杀，以及如何利用地形地物作战，如何打游击、打埋伏、搞袭击。那时游击队还没有司号员，司令员一面亲自吹号，一面训练号兵。我们都从心里敬重这个年轻的司令员，特别是从国民党军队来的战士，常挂在嘴边的一句话是：还有这样的司令员？

"后来，我有幸跟在司令员身边，更受感动。冲锋陷阵，司令员总是冲在前面，身先士卒；遇到危急情况，司令员总是挺身而出，沉着冷静；部队撤退，司令员总是负责掩护，走在后面。

"司令员肺部受过伤，子弹一直没有取出来。三月份，司令员开始发烧咳嗽，痰中带血。现在想想，也是累的，吃不好、喝不好，铁打的人也熬不住啊！"

贺盛平隐约听出一丝不祥，抬头看到郑伟东的眼圈红了，心中不觉一沉。

"五月初，游击队与秦启荣作战，司令员病势沉重，已经站不起来了，不得不躺在担架上指挥战斗。面对我军的强大攻势，秦启荣孤注一掷，重金组织敢死队进攻指挥部。司令员听到报告，从担架上一跃而起，提着匣子枪，亲率师部特务队还击，击退了秦启荣的敢死队。经过三昼夜激战，我军完胜，然而，司令员的身体彻底……

"部队托关系从济南给司令员买来一点好药，司令员舍不得吃，留给了其他伤员。警卫员见司令员一天天瘦下去，偷偷弄了点海参，熬了汤端给司令员。司令员问明情况，严厉批评了他。"

贺盛平听了颇为感动，问道："伟东，你咋知道得这么清楚？"郑伟东道："我给司令员抬担架。"

贺盛平旋即打定主意，郑重其事地说道："伟东，明天我跟你一起走。"郑伟东大喜过望："真的？"贺盛平道："真的。"

晚上，贺盛平去了向正强家，开门见山道："正强哥，把裕阳道长那东西还给我吧。"

向正强迟疑了一瞬，皱眉道："事情来得有点突然，盛平，能否说得详细一点？"贺盛平道："裕阳道长让人来取。我当时答应他了，受人之托，忠人之事，还给他吧。"

向正强道："裕阳道长人呢？"贺盛平道："没了。"

向正强沉默片刻，说："盛平，我一直对这部电台格外留心，县政府撤往满庄时，我偷偷弄出来，安排一个好弟兄收着。明天取来，应该没什么问题。"

贺盛平听了，颇为高兴："谢谢您，正强哥。"向正强道："来人是谁？"贺盛平早有准备，回道："我不认识，他说是徂徕山上的。"

向正强一脸诧异："盛平，不要小看一部电台，对共产党非常重要，这还是其次，说不定那本书里藏有重大机密。现在，共产党在山东成为抗日主力，我们应当力所能及地帮助共产党，帮助共产党就是抗日。所以，这事大意不得，万万不能被人利用！"贺盛平道："正强哥，您放心，裕阳道长留有暗号，这事假不了。"

向正强点头道："这就好，这就好。"

电台有了着落，贺盛平心里欢喜，告辞而去。走到街口，他发现柏树后有人探头窥视，像是郑伟东，心里颇觉好笑。

过了柏树，贺盛平迅疾转身，一个箭步站在那人身后，左手抓了他的左手腕，右手下了他的枪。接着，贺盛平左手猛地一提一绕，那人胳膊缠颈，不由自主地转了半圈，面朝贺盛平。果然是郑伟东。

郑伟东忙道："盛平，别误会！"贺盛平将手枪还给他，冷冷一笑："我没有误会。但是我告诉你，你跟踪我也罢，不相信我也罢，我都会把东西安全地交到你手上，因为这是件大事情！"

郑伟东道："谢谢你……"贺盛平转身离去，郑伟东又道："盛平……"

贺盛平收住脚步，转回身来。郑伟东支吾道："我想……给你说件事。"

贺盛平道："有话直说无妨。"郑伟东低声道："一定要提防向正强。"

贺盛平答非所问："我没有暴露你。"郑伟东道："谢谢你。"

贺盛平道："有些事情，离开前，我必须有个交代，明天来不及，后天吧。后天晚上八点，火神庙门口准时见面。"郑伟东高兴地说道："好好好。"

5月25日，劝礼村刘家药铺的刘大夫，跟着三名游击队员急匆匆出了村，便见一群人簇拥着一抬担架飞奔而来。一个面色苍白的年轻人躺在担架上，嘴唇紫绀，呼吸急促，额头上滚动着豆大的汗珠，胸前血糊淋剌。

刘大夫心里一惊：这就是他们说的司令员洪涛！他忙伸左手握了洪涛的手腕，搭上右手寻到脉动——虚弱无力，大有渐行渐远之势。

到了药铺，刘大夫找出六头人参、云三七、黄芪等名贵药材，亲自煎上，心里暗自祷告："泰山老奶奶啊，救救这个娃吧，他是个打日本鬼子的司令员……"

刘大夫解开洪涛的衣衫，其胸部的两处伤疤赫然入目。洪涛有气无力地说道："长征时的枪伤……子弹赖在肺里……不肯出来啊……"

刘大夫愈发慌张起来：发热、咳血，皆是由此生发……难啊！

他喂洪涛吃下药，叮嘱他放心休息，洪涛答应着合上眼。

林浩悄悄扯了一下刘大夫的衣衫，转身出了房间。刘大夫会意，跟了出来。赵杰等人蹑手蹑脚依随而出。

林浩焦急地望着刘大夫，刘大夫伤感地摇了摇头。

林浩慢慢地抬起头来，汪眼婆娑。泪花中，一位年轻人打马飞奔而来：方脸阔额，鼻尖微翘，一双大眼炯炯有神，一手抓住缰绳，一手挥着匣子枪……

夜深了，赵杰、林浩等人围拢在洪涛床前。

洪涛眯着眼，气喘吁吁道："莱芜战斗……经验要认真总结。这是……生命和鲜血……换来的……是很好的步兵操典……"他慢慢地睁开眼睛，笑容艰难地爬上蜡黄的脸颊，"同志们……我……真的……不行了。重担搁在你们……肩上……一师……是支好队伍……要爱惜……大有前途……"

说完这话，洪涛大口大口地喘着气，不能言语了。他焦急地转动着眼珠，颤抖着抬起右手……

警卫员会意，忙拿来本子和笔，把笔递到洪涛手上，将本子展开托在洪涛胸前。

洪涛用尽最后一丝气力，艰难地写道："要加强部队内部团结，抓紧训练，创立抗日根据地……"他的右手蓦地停下，笔脱手坠地……

贺盛平走到贺盛安家门前。"哇！"一声响亮的婴儿的啼哭声传来。贺盛平大喜，快步进了庭院。

贺盛贵正从堂屋里出来，一见贺盛平便高声道："盛平哥，俺嫂子生了，是个男娃！"贺盛平扭头看了南屋一眼，忙道："好啊！"他听着孩子的哭声，高兴地走进堂屋。

贺习氏拉着贺盛平的手告诉他，孩子是昨天早晨出生的，太阳老高了，属虎的。属相好，时辰也好。

贺盛平掏出十二元钱留下，说自己明天出趟远门，很久才能回来。

贺盛平告辞，走到南屋前，高声道："灵芝妹子，我出趟远门，要很久才能回来。"池灵芝高声道："盛平哥，自己照顾好自己啊！"贺盛平答应着去了。

贺盛平走到贞节坊，贺盛贵跑着追上来，气喘吁吁道："哥，俺嫂子让你给娃取个名。"贺盛平抬头望着蒿里山神祠，说："叫贺振中吧，振兴中华。"

"这个名字好啊！俺告诉嫂子去！"贺盛贵高兴地跑着回去了。

贺盛平登上台阶，看到蒿里山神祠大门上猎猎飘扬的膏药旗，心里想着那块堂匾，愤恨难平！

晚上，贺盛平荷了两条柏木扁担去了方家，说自己要出趟远门，不知什么时候才能回来。他把扁担和存折交给方诚和方信，并将帮会中的事项悉数委托他俩全权处理。方诚和方信郑重地应承下来。

第二天，贺盛平把要出远门一事分别说与池四喜和贾汗青。池四喜嘱咐他快去快回。贾汗青则道："盛平啊，你早就该去那儿了。"贺盛平听了缄默不语。

晚上，贺盛平背了包裹，急匆匆去了火神庙。到了庙门前，不见郑伟东。他等了一会儿，火神庙里走出一位道士，悄悄告诉他，有人在前面那棵大槐树下等他。

贺盛平谢过道士，快步向南走去。走了二百余米，到了大槐树近前，他收住脚步，警觉地四下望了望，还是不见郑伟东。他正自诧异，却见郑伟东从后面追来。

到了近前，郑伟东低声道："盛平，对不起，我这样做完全是防着向正强。"贺盛平心中不恼，说："我理解，电台顺利拿到，我们快走吧。"

两个人快步南行，走到一座小桥上，一束刺眼的光亮突然照来。郑伟东急忙掏枪。

"举起手来！"向正强低沉的声音传来。贺盛平和郑伟东不约而同地举起手来。

向正强来到近前，下了郑伟东的枪，又摸了摸贺盛平的腰间，呵呵一笑，说："一个来了不给我打个招呼，一个走也不给我说一声，可见我这个当哥的多么不堪啊！"

两个人同时支吾道："正强哥……"

向正强嗔怪道："我是来送你们俩的，还不快快放下手来！你们还当真啦！要是当真，你们还能出得了城？"

贺盛平和郑伟东放下手，心中的不安倏然消散。

郑伟东道："正强哥，对不起。"向正强道："伟东，我见到你真是非常非常高兴，那晚一别，后来听说……"郑伟东伤感地说道："只有我一个人侥幸活命，还是石局长舍命相救。"

向正强道："为何这样？"郑伟东道："石局长什么都想到了，就是没有想到鬼子直接开炮打。"向正强道："是啊，有些事情不到最后一刻，你永远想不到结局会是什么样。"

他话音未落，枪声响起。郑伟东摇晃着歪倒，向正强飞起一脚将其踢下桥去。

贺盛平救之不及，跌足道："你这是干什么？"

向正强道："我这是为你好。"贺盛平道："此话怎讲？"

向正强道："这个人，我太了解了。盛平，你要参加游击队，我不拦着，但是跟郑伟东去，凶多吉少。这部电台到了游击队那儿，功劳是他的；万一出了事，责任是你的。事后翻旧账，你永远说不清。"

贺盛平糊涂了，想起松树林里那件事来，陡然间觉得向正强太可怕了，冷冷地说道："正强哥，能不能把话说明白啊？"

向正强道："盛平，你是真糊涂还是装糊涂？你到了游击队，裕阳道长说你好你就好，说你孬你就孬。"贺盛平道："我跟你说过，裕阳道长死了。"

向正强道："一个样，他死了比活着对你有利。"

贺盛平百感交集，抬头仰望星空，心里伤感不已。

向正强道："盛平，你去，我不拦你，把电台放下就回来吧。将来万一查明你是国民党，彼此都会尴尬，如何自处？每个人，注定要把过去的一切背在身上走完一生。你要还想不明白，就想一想历史上那些杀俘事件吧。共产党内部也有斗争，中国人的宿命，一样不会少！"

向正强说完这话，把自己的手枪往贺盛平手里一塞，转身回城去了。


傍晚时分，残阳如血。

贺盛平登上劝礼村北面的小山，心情沉重地走到洪涛墓前……

# 三十六

　　这日，贾汗青戴了墨镜，以竹竿探路，来到灵应宫。他登上大殿露台，发觉人来人往，忙掏出鸳鸯板打起来：当哩个当，当哩个当，当哩个当哩个当哩个当！

　　　　当哩个当，当哩个当，
　　　　当哩个当哩个当哩个当！
　　　　闲言碎语咱不讲，
　　　　泰山板书开了腔。
　　　　春暖花开喜洋洋，
　　　　劳烦各位近前听。
　　　　贾家有女叫笑荷，
　　　　今年恰好一十八，
　　　　心地善良长得美。
　　　　不笑不说话，
　　　　恶言与恶语，
　　　　从来不出口。

　　　　当哩个当，当哩个当，
　　　　当哩个当哩个当哩个当！
　　　　上有老，下有小，
　　　　饭菜上了桌，
　　　　老的少的动了筷，

笑荷才把手来抬。

当哩个当，当哩个当，
当哩个当哩个当哩个当！
心也灵，手也巧，
针头拿得起，
线脑放得下。
上厅堂，迎来送往众人夸，
下厨房，蒸煮烹炒样样通。

当哩个当，当哩个当，
当哩个当哩个当哩个当！
贾家有女叫笑荷，
今年恰好一十八。
正月十五夜，
陪爹省亲去车站。
走出兴隆街，
恶人忽然至。
把爹摁住打，
将女绑架逃。
众人齐找寻，
至今无影踪。

当哩个当，当哩个当，
当哩个当哩个当哩个当！
各位父老与乡亲，
贾汗青心里苦啊！
笑荷一岁没了娘，
二岁爹爹胸前挂，

三岁爹爹背上驮，

四岁爹爹肩上坐，

五岁爹爹手中牵，

六岁爹爹眼前跑，

七岁爹爹身后跟，

……

唱罢，贾汗青收了鸳鸯板，扑通跪地，拱手作揖道："老少兄弟爷们，有信捎个信，有话带个话……"

熟悉的，不忍心再听，早就走了；不熟的，也能知道个大概，但终究爱莫能助。

乞丐张一峰和武巍摇头叹息，走下露台。

张一峰道："好像听说过一个叫什么笑荷的姑娘在大汶口那儿……"武巍道："那就快告诉贾老板啊！"

贾汗青听了这话，霍地站起，盯着张一峰和武巍，支棱起耳朵，屏息静听。

张一峰道："不确定啊！忘了听谁说的。"武巍道："再想想，听了这快板，心里酸酸的。"

贾汗青冲下露台，拦住张一峰和武巍，拱手作揖道："两位大好人，可怜可怜我这个当爹的吧！"张一峰道："贾老板，就怕听错了啊！"武巍道："一峰兄，错了不就是多跑趟腿吗？"

贾汗青扑通跪地，抓住张一峰的手哀求道："这位老哥，俺求您啦！告诉俺，找不到，俺若有丝毫怨言，天打雷劈！"

张一峰忙将贾汗青扶起，皱着眉头支吾道："谁说的真想不起来了……大汶口……山西……"他突然似恍然大悟，"对啦！贾老板，你看我这记性！大汶口山西会馆对面……慰安所！"

贾汗青惊喜万分，朗声道："大汶口山西会馆对面的慰安所，对吗？"张一峰肯定地说道："对！"

贾汗青说了声"谢谢"，疯也似的绕过露台，冲出宫去。出了灵应宫，他摘了墨镜塞进衣兜，跑到财源街租了一辆脚踏车，风驰电掣般奔向大汶口。

贾汗青奋力蹬车，一刻也不停歇。到了南门街，他看到山西会馆对面，一所宅院的门前两边，贴着墙各站着一队鬼子。贾汗青猛地刹住脚踏车，靠在墙上大口大口喘着粗气，一种不祥的预感劈头砸来。

贾汗青拦住一位挑担的农夫问道："这是慰安所吗？"农夫道："是。"贾汗青颤声道："慰安所是干啥的？"

农夫笑了，说："咳！就是窑子啊。"贾汗青头嗡地一响，使劲咬了咬牙，喃喃道："有……有……中国人吗？"

农夫一脸戚然，低声道："能没有吗？昨天死了俩姑娘，抬出来扔河里了……今天抓来三个。"

贾汗青贴着墙慢慢蹲下身去。一群鬼子神采飞扬地走出大院，贾汗青咬牙起身，踩着脚踏车去了。

晚上，贺盛平回到家，不见贾汗青，忙外出找寻。近处不见，他便去了五马庄，叫开池四喜家的大门。池四喜说，可能关在城里了，现在天热了，不用担心，明天一早进城去看看。

第二天一早，池四喜去了泰安门，贺盛平去了岳宴门。城门一开，他们冲进城去，不约而同地奔向岱庙。贺盛平走到进士坊，看到池四喜出了中山街，忙喊了声"叔"，向前跑去。

池四喜收住脚步，等着贺盛平。

"有人上吊啦！快来人啊！有人上吊啦！"一阵惊恐的叫喊声从正阳门前传来。

池四喜心里一惊，拔腿向前跑去。

他跑过东太尉街，便见岱庙坊上吊着一个人，正是贾汗青。池四喜收住脚步，颤巍巍地走到坊前。他抬头看觑：贾汗青胸前一片鲜红。

"汗青……你这是干啥啊！"池四喜说完这话，蹲在地上泪如雨下。

贺盛平赶来，心里痛惜，咬住嘴唇盯着贾汗青愣了一瞬，弯腰搀起池四喜道："叔，这是没办法的事，咱带汗青叔回家吧！"

池四喜踱拉到近前抱住贾汗青，贺盛平踩着一块石头摘了绳索。池四喜把贾汗青揽在怀中，盯着他血糊糊的嘴巴瞪大眼睛：贾汗青的嘴里咬着两块鸳鸯板。池四喜探手将鸳鸯板捏住拔出来，举到眼前一看，忽地弃之于地，悲声道："汗青，你终于知道了吧！晚啦！这世道，哪里有小老百姓说话的地方！"

"啊——"池四喜大吼一声，荷了贾汗青大踏步进了岱庙。贺盛平捡起鸳鸯板，塞进衣兜里，追着去了。

池四喜荷着贾汗青冲进天贶殿，跪在泰山神东岳大帝面前，高声道："东岳大帝，还有天理吗？"

随后，池四喜荷着贾汗青出了瞻岱门，径直去了石敢当庙，跪在平安神泰山石敢当面前，高声道："石敢当，降妖除魔，您还管吗？"

接着，池四喜荷着贾汗青去了红门宫，跪在泰山老奶奶面前高声道："老奶奶，我们怎么活啊！"

最后，池四喜荷着贾汗青回了大车档街，停灵、燃了长明灯，方才醒悟：汗青如此决绝，一定是笑荷回不来了。笑荷啊，你到底咋了？

池四喜悄悄说与贺盛平，贺盛平心痛如焚。

天热，棺材买来便匆忙入殓。贺盛平将鸳鸯板洗净，正要搁进贾汗青的衣兜，池四喜劈手攥住其手腕。贺盛平道："汗青叔生前从不离手，就让他带着吧。"

池四喜的手攥得更紧了。

池灵芝道："爹，搁上吧，汗青叔真不喜欢了，就让他自己在那边扔了吧。"

池四喜慢慢松了手。

下午，挑夫们纷纷前来吊唁，有人昨天在灵应宫听到过贾汗青的事，便说了。贺盛平听后，仔细问了问，暗自打定主意：出殡后立即前去探看。

安葬了贾汗青，池四喜与贺盛平算了算账：丧事结余，加上贾汗青留下的钱，总共二百二十五元。

池四喜道："盛平啊，笑荷怕是回不来了。钱你收着，房子你住着。笑荷她娘若回来，钱和房子就都交给她；若不回来，钱和房子便归你吧。我这也是琢磨着汗青的意思……当然啦，笑荷要是回来，全是笑荷的。"

池灵芝一脸惊诧，问道："笑荷的娘还活着？"

池四喜道："还活着吧……笑荷一岁的时候，她娘跟着一个南方的商人跑了。"池灵芝道："还有这事？为何汗青叔总说她死了呢？"

池四喜道："伤心吧。你汗青叔本来和我一起担山，遇到笑荷她娘就迷上了。笑荷她娘唱皮影，你汗青叔扔下扁担学起皮影、板书来……汗青他爹是外地人，讨饭来到泰山，跟着你爷爷担起山来，后来在咱五马庄安了家……"

池灵芝道："原来如此啊！怪不得咱们两家走得这么近。"

贺盛平道："叔，这钱我不能要！"

池四喜道："盛平，这钱只能你拿着。你给俺汗青兄弟披麻戴孝……他得了你的济……这是老规矩，你不能推辞。"贺盛平道："叔，灵芝困难，让她先拿着花去吧！"

池四喜怒道："胡说八道！这让我池四喜以后如何做人？"池灵芝道："盛平哥，别担心，孩子断了奶我就担山去。"

贺盛平不再说什么了。

池四喜道："盛平，要是为了找笑荷，这钱你就大胆花，不够咱们想办法，再不够就卖房子。笑荷她娘回来，我顶着。"

贺盛平点了点头，眼前忽然浮现出贾汗青那副墨镜来，试探着说道："我有时觉得汗青叔的眼睛没有瞎，昨天听人说起他在灵应宫的事，看来是真没瞎。"

池四喜嗟叹道："我早就看出来了。唉！可怜天下父母心啊！汗青还不是希望大家可怜可怜他这个瞎子吗？都是为那苦命的笑荷啊！"

第二天一早，贺盛平租了辆脚踏车去了大汶口。进了南门街，他一眼便看见山西会馆对面贴着墙排队的鬼子。

贺盛平返回泰城，找到向正强，说起贾汗青的事。向正强说他知道，听说后十分难过。贺盛平请他帮忙打听一下贾笑荷在不在那儿。

次日晚上，向正强来到贾汗青家。他告诉贺盛平，贾笑荷在那儿。

贺盛平道："正强哥，我去救她，什么时候方便？"向正强道："当然是夜里，但难度非常大。以你的能力，去杀个人易如反掌，救人就难了，慰安所里驻了一个班的鬼子，你如何带着贾笑荷离开？"

贺盛平道："有什么好办法吗？"向正强道："请徂徕山的人帮忙，设法将鬼子引开。除此之外，你自己想办法吧，把贾笑荷活着带出大汶口，不容易。"

向正强起身告辞，走到堂屋门前，收住脚步，转身面向贺盛平，掏出一把手枪，退出弹夹看了看：满的。他慢慢地将弹夹装回，握了枪管递给贺盛平。贺盛平抬手接了，欲言又止。

向正强转身去了，贺盛平送出大门。向正强头也不回，大踏步向北走去。月光朦胧，贺盛平凝望着向正强，直到他拐进小西关街。

两天后，夜幕降临时，池四喜和贺盛平各自骑了一辆脚踏车，径直去了大汶口。池四喜那辆脚踏车的横梁上绑了一根扁担。他告诉贺盛平，带根扁担用着顺手，说不定就能派上用场。

到了山西会馆，池四喜同贺盛平迅疾过了石桥，将脚踏车藏在河东岸的杨树林里，然后回到石桥西头，隐在一片芦苇丛里。

大约一个小时之后，一阵枪声响起，慰安所里乱了起来。

贺盛平掏出手枪便要冲上岸去，池四喜猛地抓住他的胳膊，低声道："有人。"

贺盛平听到一阵急促的脚步声从身后传来，扭头回望，有六个人端着枪从石桥上跑来，一闪而过，冲上岸去。

这时，慰安所大门开启，鬼子蜂拥着出来，与之对射起来。

贺盛平晓得是游击队来了，立即箭一般地冲上岸去，攀着慰安所墙外的一棵杨树，翻墙跳了进去。

里面灯光明亮耀眼，贺盛平扫了大院一眼，冲正中那间大屋扑去。他伸手推门，里面落了闩。他随即侧身用肩膀撞开房门，一阵女子的尖叫声响起。

贺盛平大喜，忙道："笑荷！笑荷！贾笑荷！"

屋内无人应答，一颗子弹擦着贺盛平的脸颊飞过。贺盛平闪身冲进屋去，贴着门框向外一看：一个鬼子端着枪冲来。贺盛平举枪射击，枪未响；再射，还是不响。

贺盛平幡然醒悟："上当啦!"他当机立断,抓起一个杌子掷向屋外,趁着鬼子分神之机,推开窗子逃了。

贺盛平冲下堤岸,看到池四喜拎着扁担,站在桥头焦急地张望着,忙冲他跑去。

贺盛平刚到池四喜身边,四名游击队员便跑下来,一面跑一面回身射击。一名游击队员冲池四喜和贺盛平大声喊道:"还不快跑!"

贺盛平和池四喜跟着游击队员们跑到大桥中间,东边忽地扑过一群人来。众人吃了一惊,迟疑着收住脚步。与此同时,枪声密集响起。

四名游击队员慌忙转身,接着两人中枪倒地,一人喊了声"卧倒",顺势抱住池四喜倒下。

"快跳河!"贺盛平大喊一声,转身正要向南一跃,身前的游击队员突然中弹,向后歪倒。贺盛平忙将他揽在怀中,一股鲜血喷到脸上,他大为惊骇:这炙热,这气息,竟然如此熟悉!刹那间,一道闪电在脑海中划过……

池四喜下意识地一翻身,身上那人软绵绵地滑下,脸摔在桥上。池四喜抬头一看,他的后脑勺血流如注。池四喜忙向贺盛平看去:他正抱着一个人发呆。

池四喜来不及细想,右手攥紧扁担,猛地扫向贺盛平的小腿。贺盛平趔趄着掉下河去。池四喜一声咆哮,滚下河去。

贺盛平仰头望去:那名游击队员倒在桥上,鲜血喷溅。他一个鱼跃便欲冲上桥去,池四喜喊了声"都死啦",抓着贺盛平的衣领顺流而下。贺盛平仰面躺着,泪流满面。

上岸后,两个人骑着脚踏车飞速赶回泰城,悄悄来到向正强家。贺盛平让池四喜在外守候,自己翻墙入内。到了堂屋门前,他轻轻推门,门竟然开了。贺盛平迟疑了一瞬,蹑手蹑脚地进去,慢慢地摸到东里间屋门前。

啪的一声,电灯亮了,贺盛平惊恐转身,看到向正强正举枪对着他,脸上挂着一丝嘲弄的冷笑。

向正强道:"想让你死没那么容易,所以我留了一手。"贺盛平道:"我来是想问一问,你给我的那把枪为什么打不响?"

说完这话,贺盛平一面掏枪,一面向前跨了一步。向正强厉声道:"别动！举起手来，否则我立即开枪！"

贺盛平举起手来，说："给我个理由。"向正强道："你活着已经成了我的障碍。所以你得死！"贺盛平道："你为何杀死郑伟东？"向正强道："郑伟东不死，将来共产党得了势，我永远没有出头之日。我与徂徕山一直有渠道单线联系。"

贺盛平道："徂徕山上来了游击队，是你通知的？"向正强点头道："也是，也不是。"贺盛平道："此话怎讲？"向正强道："借刀杀人，你不懂？而且，我知道你通知了崔子明，我也通知了。"

贺盛平道："这是为何？"向正强得意地说道："多方下注！"

贺盛平道："向正强，我承认是你的手下败将，你就让我死个明白吧。"向正强道："可以，我知无不言，你尽管问。"

贺盛平道："贾笑荷在哪儿？"向正强道："死了。"贺盛平道："怎么死的？"向正强道："三天前，我一脚把她踹下了山沟，早被狼吃了。"

贺盛平道："她一个女孩子，与你无冤无仇，为何下此毒手？"向正强道："喜欢！我说过，贾笑荷早晚是我的人。腻了，就是累赘；活着，你们早晚会发现；死了，一了百了。"

贺盛平伤心落泪。

向正强呵呵一笑，说："你为贾笑荷掉几滴眼泪也是应该的。说起来，贺盛安是死于贾笑荷之手啊。"贺盛平怒道："胡说八道！"

向正强道："我问贾笑荷，若知道堂匾在哪里，是告诉贺盛安啊，还是贺盛平？这两个人，无论是谁，知道堂匾的下落，都一定会想方设法去偷。我说，笑荷啊，你如果喜欢贺盛安便选贺盛平，喜欢贺盛平就选贺盛安。贾笑荷不好意思起来。我递给她一枚制钱，让她抛，正面朝上是贺盛安，反面朝上是你。你猜怎么着？贾笑荷抛了制钱，反面朝上，可她却捂着说正面朝上。你说贺盛安死得冤不冤？"

贺盛平心痛如焚，警觉地问道："堂匾在哪里？"

向正强自负地笑了笑、得意扬扬地说道："在森罗殿的神龛上面，是我建议鬼子放那儿的。告诉贺盛安的，也是放在那儿。"贺盛平道："谁告诉盛安的？"

向正强道："挑夫梁群。你别以为挑夫都是好人。"贺盛平道："那两个乞丐也是你安排的?"向正强点头道："正是。"

贺盛平道："抓起我来，逼迫盛安拿堂匾去换，也是你的主意?"向正强道："是啊，人在屋檐下，没办法，我也是为了活命啊！贺盛平，你别以为我向正强不爱国，共产党打败鬼子，我就把堂匾献给共产党；国民党打败鬼子，我就把堂匾献给国民党。"

贺盛平突然惊喜地叫道："亭亭……"向正强冷冷一笑："贺盛平，你这一招没用了，祝亭亭已经去了蒿里山。"

贺盛平道："也是你害的?"向正强道："她知道得太多了，将来不管是国民党说了算，还是共产党说了算，她都是颗定时炸弹，所以必须死！"

贺盛平看到池四喜悄没声地走进来，慢慢地举起扁担，遂恨恨地说道："向正强，你这个魔鬼！"

向正强嘴一撇，说："刘黑七不是魔鬼?不管国民党还是八路军，去谁那儿不是座上宾?还有那冯大……"

池四喜的扁担劈头砸下，向正强扑通倒地……


池四喜赶着一辆马车，出了粥店村，疾驰在回城的路上，贺盛平戴了一顶草帽坐在车上。

两个鬼子，手里拎着鸡，枪上挑着鹅，趾高气扬地走在路上。

马车追上鬼子，贺盛平跳下车，左掌、右拳，一拍、一挥，两个鬼子颓然倒地。贺盛平一手一个，将其扔上马车，一跃而上，扯起席子盖了。

池四喜一挥鞭子，马车疾驰而去……

夜幕降临，贺盛平穿了一身鬼子的军装，荷了钢枪，耀武扬威地走进蒿里山神祠……

一辆马车停在小桥南边，池四喜和池灵芝站在马车旁焦急地向北望着。

一辆三轮摩托车亮着灯疾驰而至。贺盛平拎着一个包裹跳下车，抬脚将摩托车蹬下桥去。

池灵芝抱着孩子迎到近前："盛平哥，我也去吧！"贺盛平高兴地说道："去去去！都去！"

贺盛平扶着池灵芝坐上马车，池四喜挥鞭打马前行。

贺盛平道："灵芝，堂匾拿回来了，盛安泉下有知，也该瞑目了。"

池灵芝泪如雨下。

池四喜道："盛平，你把堂匾送给八路军？"贺盛平道："是啊，现在全山东只有八路军在抗战，徂徕山游击队配得上'挑泰山'这块堂匾！"池四喜道："盛平，你说得对！"

贺盛平道："叔、灵芝，我找回自己了。"

池四喜道："怪不得啊！你真是共产党啊！"贺盛平道："我不是共产党……灵芝，我有个妹妹，长得和笑荷几乎一模一样……"

池灵芝长叹一声，自责道："笑荷没了，盛安想到过向正强，可惜没有告诉你……"贺盛平心头一惊，忙道："为何想到是他？"

池灵芝道："盛安听向正强说过，笑荷早晚是他的。"

贺盛平心痛如焚。

池灵芝哽咽道："盛安要去告诉你，俺劝他，人家救过你和盛平哥的命，又正忙着找笑荷，肯定是个好人……俺哪里想到，人世间还有这么坏的人啊！"

贺盛平流着泪安慰灵芝道："灵芝，别往心里去了。盛安是个厚道人，向正强救了盛安后，我问盛安为什么厌恶他……盛安说可能真是误会他了……盛安不说……我也没再问。可正强这个恶魔，他骗了所有人……"

池四喜气得浑身战栗，支吾着说不出话来。


日本鬼子扫荡后的夏张一片狼藉。鬼子痛恨崔子明，将崔家宅院付之一炬。

崔子明的二弟崔平盛、三弟崔平顺肩背大刀，跪在母亲面前。

崔母道："儿啊！鬼子不让中国人活命，你俩打他们去，把他们赶出中国！"

崔平盛和崔平顺磕了三个头，起身去了。


7月7日，范明枢跪在森塔村外的乱石滩上，带领民众宣誓：

宁为战死鬼，不做亡国奴！

打倒日本帝国主义！

抗战是我们中华民族争生存、争人格的唯一出路！

要种族不灭，惟抗战到底！

中华民族解放万岁！

拿热血换取民族的独立自由！

当汉奸者杀无赦！

好铁要打钉，好男要当兵！

军民合作，驱逐日寇！

还我河山！

……

民众纷纷跪地，齐声高吼。正义的怒吼响彻云霄，经久不息。

突然，一阵惊恐的呼喊声传来。众人循声望去：东边树林里火光冲天。

人群的东北角和西北角霎时骚动起来，有些人撒腿就跑。接着，越来越多的人惊慌逃离。

朱玉干和姚新远不约而同地俯身凑到范明枢耳畔，低声道："范老，撤吧！"

范明枢怒不可遏，慷慨激昂道："你们带群众转移吧，我老头子不走啦！日本鬼子来了，由我范明枢对付他们！"

池四喜、贺盛平、池灵芝和贺盛贵来到范明枢身后。

池四喜手里握了一根扁担，池灵芝背着贺振中，贺盛贵抓着池灵芝的衣襟。

贺盛平望着远去的民众，说："如果跑了能活命，就让他们跑吧！"

他和池灵芝一左一右将范明枢搀了起来。

池灵芝道："不能再跪啦！"

贺盛平道："中国人跪了太久啦！"

贺振中突然醒来，放声大哭。众人听到婴儿的哭啼声，慢慢收住脚步，转身回望……

# 后　记

　　我一直不认为能写一部关于挑山工的小说，特别是长篇小说。爬山遇见他们，总是荷着重担，艰难攀登，不消说，这大约就是他们生活的全部。荷担登山，自顾不暇，有什么可写的？多方搜寻，关于挑山工的小说一部没有。果不其然。

　　终于写就，个中缘由，迂回曲折，不是不说，而是自己也弄不清楚。只好不说，把感恩的人和事记在心间，等书出版后，送上一册，聊表谢意。

　　1937 年 1 月至 1938 年 7 月间，泰安地区各界人士，有挑山工，有共产党，有国民党，有社会贤达，还有艺人、市民、学生等，面对日寇入侵，艰难抉择，或奋起抗争，或屈膝投降，或苟且偷生……在这一方历史的天幕上，留下了各自的剪影。这本书讲的就是那时候的故事。

　　书中人物众多，我都将他们看作"挑山工"，并以"挑泰山"为主题，贯穿始终，正如书中泰山板书所唱：

　　　　张学良，挑泰山，
　　　　畏难胆怯不上肩。
　　　　……
　　　　委员长，挑泰山，
　　　　犹犹豫豫上了肩。
　　　　国民党，意不坚，
　　　　志不定，人心涣散。
　　　　……
　　　　韩主席，挑泰山，

身不由己上了肩。

……

周百锽，挑泰山，
虚晃一枪窜了圈。

……

范明枢，挑泰山，
老而弥坚上了肩。
不退缩，不畏难，
千斤重担一肩挑。

……

黎玉和洪涛，
肩负使命来泰安，
徂徕山上举义旗，

……

张北华、崔子明，
半夜三更摸进界首村，
先偷枪，再挥刀，
大刀大刀砍向鬼子头。

……


写完后，有几点感慨一直萦绕在心头，挥之不去：

那年那月，中国政府太难了，一路溃败，狼狈不堪。

中国人太苦了，亡国奴的凄惨，古今中外一个样，毋庸赘述。

以共产党人为首的爱国志士，真不容易，没钱，没粮，没枪，没炮，扛着大旗便上了山。凭啥？一腔热血！

日本鬼子太坏了，烧杀掳掠，无恶不作，惨绝人寰。

以上感悟，均是基于严谨的史料，并力求将其真实呈现。

2019 年 5 月